번개와 천둥

번개와 천둥

초판 1쇄 발행 2015년 3월 10일

지은이 이규정
펴낸이 강수걸
편집장 권경옥
편집 문호영 양아름 손수경
디자인 권문경 박지민
펴낸곳 산지니
등록 2005년 2월 7일 제14-49호
주소 부산광역시 연제구 법원남로 15번길 26 위너스빌딩 203호
전화 051-504-7070 | 팩스 051-507-7543
홈페이지 www.sanzinibook.com
전자우편 sanzini@sanzinibook.com
블로그 http://sanzinibook.tistory.com

ISBN 978-89-6545-282-9 03810

*책값은 뒤표지에 있습니다.
*이 도서의 국립중앙도서관 출판시도서목록(CIP)은 서지정보유통지원시스템 홈페이지(http://seoji.nl.go.kr)와 국가자료공동목록시스템(http://www.nl.go.kr/kolisnet)에서 이용하실 수 있습니다.(CIP제어번호: 2015003796)

소설 대암 이태준

번개와 천둥

이규정 장편소설

산지니

일러두기

1. 처음 등장하는 인명에 한자나 영문이 병기된 것은 역사적 실재인물, 한자가 없는 것은 가공인물이다. 단 중국인과 일부 일본인은 예외로 하였다.
2. 성경 인용은 가톨릭과 개신교가 공동 번역한 공동번역성서를 사용하였다.

차례

1
경성 탈출

태준은 경의선 기차가 막 출발할 때에야 가까스로 찻간에 올라탈 수 있었다. 기관차 옆구리에서 하얀 김이 힘차게 뿜어져 나오면서 거친 소리를 냈다. 하마터면 차를 놓칠 뻔했다. 기차는 처음 치치칙 푸욱, 하는 소리를 몇 번 내다가 이내 소리가 잦아지면서 점점 속도를 내었다. 태준은 기차 소리만큼 가쁜 숨을 몰아쉬며 한 손으로 승강계단의 손잡이를 잡고, 다른 손에 들려 있던 가방을 승강계단에 놓았다. 가방은 크지 않았으나 들고 뛰기에 얼마나 거추장스러웠던지. 그는 숨이 계속 턱에 닿아 심하게 씩씩거리면서도 안도의 숨을 몰아쉬었다. 그러면서 속으로 뇌었다. 큰일 날 뻔했네. 이 차를 놓쳤으면 어쩔 뻔했노!

기차 출발 시각이 코앞으로 다가와서야 병원 안의 숙소를 벗어날 수 있었다. 왜경 마쓰야마(松山) 때문이었다. 태준은 왜경이 잠시 병원 정문을 떠난 틈을 이용해 민효례가 대기시켜 놓은 인력거에 잽싸게 올라탔다. 그리고 소리쳤다.

"남대문역으로, 있는 힘을 다해 뛰어욧!"

인력거꾼은 힘껏 달렸다. 남대문역(후일의 경성역)까지 오면서 얼마나 마음을 졸였는지 몰랐다. 겨우 역에 닿아 가방을 든 채 매표구까지 미친 사람처럼 뛰어, 미리 준비해둔 차비를 내밀며 표를 달라고 했다. 그러나 매표원은 무덤덤히 말했다.

"너무 늦어 표 못 팔아요."

"그런 걱정은 마시고 얼른 표나 주시오!"

매표원이 다시 말했다. 매표원은 태평스럽기만 했다.

"늦어서 안 된대두 그러네?"

"이 양반아, 되고 안 되는 건 내 몫이니 얼른 표나 달라니까!"

그때서야 매표원은 고개를 들어 태준을 힐끗 쳐다보면서 뇌까렸다.

"허, 그 양반 고집은……. 차를 못 타도 표는 안 물러줄 거욧!"

하면서 표를 내주었다. 태준은 차표를 빼앗듯이 받아 쥐고는 플랫폼으로 힘껏 달려 출발하는 차에 겨우 올랐던 것이다. 낮 12시 정각이었다.

그는 승강계단에 잠시 놓아 두었던 가방을 집어 들고 객차 안으로 들어갔다. 차안은 먼저 온 승객들로 자리가 거의 차 있었다. 그러나 자세히 살피니 세 사람이 앉는 좌석에 한 사람이나 두 사람이 앉은 데도 있었다. 승객들은 그 사이에 눈을 감고 있거나 옆 사람과 이야기를 하고 있기도 했다. 그는 손수건을 꺼내 이마에서 흘러내리는 땀을 닦으며 앉을 만한 곳을 찾아 앉았다.

1911년 12월 31일, 엄동인데도 땀이 흘렀다. 다시 한 번 생각했다. 이 차를 놓쳤다면 어떻게 될 뻔했는가. 생각할수록 아찔했다. 자신은 꼼짝없이 왜경에 붙잡히는 신세가 됐을 것이다. 진작 남대문역으로 나왔을 텐데, 왜경 마쓰야마가 무슨 눈치라도 챈 듯 병원 입구에서 얼찐거리는 바람에 도무지 움직일 수가 없었다.

이날 오전이었다. 그는 중국으로 급히 망명하는 김필순(金弼淳) 남매를 배웅하기 위해 남대문역으로 왔다가 김필순이 누이 순애(淳愛)와 함께 평양행 기차를 타고 떠나는 걸 보고야 돌아섰다. 일단 평양으로 떠났지만 틀림없이 중국 남경으로 망명할 것이라고만 믿었다. 남경에는 조선인 독립운동가들이 많이 가 있었기 때문이다. 그래도 김필순 남매의 행선지를 한 번 물어 확인을 했어야 하는 건데 그걸 안 묻고 헤어진 것이 두고두고 후회가 될 줄은 몰랐다.

태준은 추운 길을 걸어 다시 숙소로 돌아갔다. 김필순은 세브란스 의학교 한 해 선배이면서 태준이 한양으로 처음 올라왔을 때부터 여러 가지로 보살펴주었고, 세브란스 의학교에 입학하도록 권유하였으며, 재학 기간 내내 강의를 하면서 지도해준, 태준보다 5살 위인 스승이기도 했다.

그런 김필순이 왜 중국으로 급히 망명해야 했던가. 그는 서북지방 출신이어서 소위 105인 사건에 연루되어 있었다. 이것은 1910년 평북 선천에서 안중근(安重根)의 사촌 동생 안명근(安明根)이 데라우치(寺內) 총독을 암살하려다 실패하자, 일본 경찰이 이를 계기로 서북지방 애국지사 600여 명을 체포하여 그중 105인을 기소한 사건이다. 이때 신민회 회원들이 모두 체포되어 신민회는 해체되었고, 이 와중에 김필순에게도 검거령이 내려졌던 것이다. 잡히지 않으려면 도망치는 수밖에 없었다.

매사에 빈틈이라고는 없고, 그러면서도 주변의 남녀노소 어떤 사람에게나 친절하고 겸손했던 김필순, 그래서 그는 누구에게나 호감을 사고 있었다. 그는 그토록 경계하고 증오하는 일본 사람들에게조차 아주 예절 바르고 겸손하게 대함으로써 신임을 얻는 사람이었다. 그래서 얼마 전 일본 경찰 한 사람이 세브란스병원에 입원했을 때도 그는 정성을 다해 그 일경을 치료했다. 급성 간염이었지만 구사일생으로 목숨을 건져 퇴원했던 것이다. 그런 일경이 김필순에게 내려진 검거령의 기밀을 필순에게만 살짝 몰래 알려주었다. 막 회진을 나가려고 할 때였다. 딴에는 목숨을 살려준 고마움에 대한 보답이었다. 노크도 없이 급히 문을 열고 들어온 그는 긴장된 표정을 감추지 못하고 입술 가장자리를 약간 떨면서 빠른 소리로 속삭였다. 물론 왜말이었다.

"김 선생, 속히 경성을 떠나 몸을 피하시오. 한시가 급합니다. 경찰이 김 선생을 잡으려고 눈에 불을 켜고 있습니다."

김필순은 아무것도 물을 수 없었다. 우선 피하고 볼 일이었다. 그런 덕분으로 김필순은 무사히 경성을 빠져나갈 수 있었다. 김필순이 누이 순애와 함께 막 병원을 빠져나가자 경찰들이 들이닥쳤던 것이다. 그야말로 위기일발의 순간이었다.

그런데 태준이 남대문역에서 김필순 남매를 배웅하고 병원으로 돌아왔을 때 전혀 예기치 못한 상황이 벌어져 있었다. 그것은 아주 급박한 상황이었다. 그는 병원 구내의 식당으로 향하다가 마침 먼저 식사를 하고 나오던 간호부 민효례와 마주쳤다. 뜻밖에도 효례는 태준을 발견하고는 깜짝 놀라며 얼른 주위를 한 바퀴 살핀 다음 빠르고 작은 소리로 말했다.

"어머! 선생님, 김필순 선생님과 함께 남대문역으로 안 나가셨어요? 모두들 이 선생님도 중국으로 망명하신 줄 알고 있어요. 그리고 왜경들이 지금 김필순 선생님과 이태준 선생님의 행방을 찾아 혈안이 돼 있어요."

이태준이 아무것도 모른 채 태연스럽게 되물었다.

"내가 왜 경성을 떠나야 해요?"

민효례는 주변을 다시 한 번 돌아보면서 손가락을 세워 얼른 입에다 대었다. 그녀는 경북 안동 출신으로, 평소에도 태준에 대하여 관심을 보이면서 호감의 눈길을 보내고 있었다. 그래서 그녀는 이제 연적(戀敵)격인 김순애가 오빠 김필순과 함께 한양을 떠나자 내심 기뻐해야 할 사람이었다. 그런 효례가 무슨 뚱딴지 같은 소린가. 민효례는 다시 낮은 소리로 빠르게 말했다.

"지금 대단히 위험해요. 온 병원 사람들이 이 선생님은 김필순 선생님과 같이 경성을 떠나신 걸로 알고 있어요. 그런 소문이 지금 쫙 퍼져 있는 걸요. 그래서……."

"그래서요?"

"이 선생님 허락도 받지 않고 저는 조금 전 선생님 방의 문을 열어봤어요."

"그게 무슨 잘못이라고 그래요?

"잘못이라기보다 선생님 짐이 그대로 있어 놀랐는데, 선생님이 지금 나타나시니 더욱 놀랄 수밖에요!"

"내가 떠나기를 그렇게나 고대했어요?"

태준은 짐짓 농담을 했다. 그녀는 다시 주변을 얼른 한 번 돌아보고는 작은 소리로 말했다.

"음성 낮추시라니까요. 개인적으로야 안 떠나신 게 좋지만 떠나셨어야 해요. 그만큼 지금 선생님은 위험하시다니까요. 아니, 절박

해요!"

"절박이라, 글쎄, 내가 왜 위험하고 절박하다는 겁니까, 대관절?"

"이 선생님, 요즘 병원 안에 왜경이 상주하다시피 한 걸 몰라서 그러세요?"

"그야 왜놈들 버릇 아닙니까? 왜경이 나에게조차 무슨 짓을 할 거라고 그럽니까?"

민효례는 얼른 태준의 소매를 잡고 잡아끌 듯 걸으며 빠른 소리로 말했다.

"지난번 도산(島山) 선생님께서 치료받고 나가신 뒤부터 왜경의 눈길이 한층 더 매서워졌다니까요. 도산 선생님 치료를 이태준 선생님이 혼자 하시지 않았어요? 그래서 이 선생님을 왜경이 진작부터 주시하고 있는 것 같았어요. 그러다 오늘 갑자기 왜경들이 김필순 선생님과 이 선생님을 찾아 난리를 피웠죠."

태준은 그때야 긴장이 되었다. 아니 머리끝이 쭈뼛 치솟는 것 같았다. 이렇게 둔감할 수가 있는가. 그는 속으로 자신을 나무라며 민효례를 바라봤다. 그리고 물었다.

"아, 그랬네요! 그럼 나는 어찌하면 좋을까요?"

"지금부터 제 방에 들어가 숨어 계세요. 틀림없이 왜경이 이 선생님 방을 덮칠 겁니다. 지금 여기서 이러고 있을 새도 없어요. 얼른 따라오세요."

"아니, 효례 씨 방에 숨어 있으라고요?"

그녀는 급한 걸음으로 걸으면서 낮게 말했다.

"제 방에 잠시 계세요. 선생님이 병원에 돌아오신 건 절대 비밀로 해야 해요. 왜경은 물론이고, 병원 식구들도 아무도 몰라야 해요. 이 선생님은 김필순 선생님과 함께 이미 경성을 떠난 걸로 해야 해요. 기왕 그렇게들 알고 있으니까요."

그녀는 어느새 자기 방 앞에 닿아 방문을 열며 말했다.

"병원에 돌아오신 뒤 다른 사람은 아직 아무도 안 만났죠? 제 방에서 꼼짝 말고 계세요. 나오시면 안 돼요."

하면서 태준이 벗은 구두를 집어 방 안에 넣었다. 그러고는 문을 닫고 밖에서 문고리를 걸어 잠갔다. 그리고 효례는 사라졌다.

한참 뒤 문이 열리며 민효례가 쪽지 한 장을 밀어 넣고 나갔다. 펼쳐봤다.

> 급히 선생님 방에서 챙겨 나와야 할 짐을 알려주세요. 제가 얼른 가져올게요. 챙길 짐을 이 쪽지 뒷면에 써주세요. 그리고 신발 미리 신고 만반의 준비를 하고 계세요. 기차는 정오에 있습니다.

태준은 효례가 시키는 대로 쪽지 뒷면에 챙길 물건들을 썼다.

> 효례 씨, 고맙습니다. 책상 위의 책 중에서 성경과 의서(醫書)만 모두 챙기고, 옷가지 등도 대강 챙겨 책상 밑의 가방에 넣어 가져다 주면 됩니다.

잠시 뒤 효례가 와서 쪽지를 가져갔다. 그러고 한 10분 후 다시 문이 열리며 가방과 함께 효례가 얼굴을 들이밀며 말했다.

"큰일 났어요. 왜경이 병원 문 앞에서 얼씬거리고 있어요."

그러면서 또 하나의 쪽지를 내밀었다. 태준은 쪽지부터 먼저 펴

읽었다.

> 병원 앞 골목에 인력거를 대기시켜두었어요. 제가 돌멩이를 문에 던지면 즉시 나와 대기시켜둔 인력거를 타고 급히 역으로 가십시오. 이태준 선생님, 안녕히 가십시오. 부디 무사하시기를 빕니다. 늘 선생님의 무고를 빌면서 소식 기다리겠습니다.
>
> 신해(辛亥) 12월 말일(末日)
>
> 민효례 올림

다 읽고 가방을 열어봤다. 일러준 건 다 챙겨져 있었다. 이제 그 마쓰야마란 자만 사라져주면 이 방을 나간다. 그런데 이 자가 좀 빨리 사라져주어야 할 텐데…….

태준은 차츰 조바심이 나기 시작했다. 그냥 정문을 유유히 걸어 나가 볼까. 아니지, 만약 이 자가 내 덜미를 잡고 늘어지면 속수무책이다. 그러니 조금만 더 기다려보자. 문 밖의 그림자를 보면 분명히 해가 정오에 가까워져 있었다. 기차 떠날 시간이 가까워지고 있었다. 그때 뭐가 날아와 문에 부딪치는 소리가 났다. 그는 가방을 들고 쏜살처럼 달려나가 병원 정문 옆 골목에 서 있는 인력거에 올라탔다. 그리고 소리쳤다.

"남대문역으로, 있는 힘을 다해 뛰어욧!"

도산 안창호 선생이 세브란스 병원에 입원하여 치료를 받은 다음부터 일본 경찰이 병원에 상주하다시피 하면서 태준에게 필요 이상으로 날카로운 눈길을 보내고 있었는데도 태준은 이를 무심하게 보고 지냈다. 마쓰야마가 병원 진료일지까지 검열하는 걸 보면서도 참 이상한 작자로군, 왜놈들이란 할 수 없어! 이렇게만 생각했을 뿐이다. 태준이 도산 선생의 치료를 도맡아했다는 걸 알고는 그에게 도산이 무슨 말을 했느냐고 묻기까지 했는데도 그랬다. 태준은 무신경을 넘어 바보 수준의 자신을 새삼스럽게 돌아보며 쓰게 웃었다.

도산이 병원에 처음 왔을 때의 일을 그는 생생히 기억하고 있다.

김필순의 부축으로 병원에 들어와 태준에게로 인도되어 온 도산은 태준을 보자 깜짝 놀라며 반가워했다. 태준도 뜻밖에 도산을 만나 뵈니 반가워 가슴이 다 뛰었다. 도산이 먼저 말했다.

"어? 대암 아닌가. 김필순 동지가 나를 데리고 자네한테로 왔네 그려."

"선생님, 오랜만에 뵙습니다."

신관이 안 좋아 보이십니다란 말은 하지 않았다.

도산은 건강 상태가 많이 나빠 보였다. 물론 텁수룩하게 자란 수염에다 아무렇게나 쓸어 넘긴 머리도 그렇지만 무엇보다도 혈색이 아주 좋지 않았다. 잠을 얼마나 못 잤는지 눈도 충혈이 되어 있었고 의복도 남루하고 후줄근했다. 도산이 다시 말했다.

"자네, 결국 그 어려운 의사가 되었군 그래, 장하네, 장해!"

"아닙니다. 저는 아직 학생입니다."

도산을 부축해 온 김필순이 도산을 보고 말했다.

"이 사람은 아직 학생이지만 오늘부터 자네 주치의네. 얼른 건강을 회복하시게나."

김필순은 태준을 보고도 말했다.

"자네 도산 선생 두 번째 만나지? 내가 자네에게로 도산을 모시고 온 까닭은 말하지 않겠네. 최선을 다해서 돌봐 드리게나."

태준은 일찍이, 자신이 도산을 처음 만나서 받은 인상과 그로부터 얻은 감화를 김필순에게 밝힌 적이 있었다. 그래서 김필순이 도산을 자신에게로 모시고 왔다고 생각했다.

1909년 10월 만주 하얼빈에서 안중근이 이등박문(伊藤博文, 이토 히로부미)을 사살한 직후 안창호는 서북인사들인 김구(金九) 등과 함께 일본헌병대에 체포되었다. 모진 고문을 동반한 심문 끝에 아무리 두들겨도 별 혐의가 없자 석방시켰다. 안창호는 감옥에서 석방된 즉시 김필순에 의해 세브란스병원에 입원했던 것이다.

이태준이 안창호를 처음 만난 것은 세브란스 의학교 1학년 때였다. 어느 날 수업을 끝내고 방으로 돌아오자 누군가 기다렸다는 듯이 방문을 노크했다. 문을 열자 김필순이 낮은 소리로 속삭이듯 말했다.

"대암, 지금 안 바쁘면 내 방에 잠시 가세. 자네한테 소개할 분이 있네."

태준은 김필순을 따라 그의 방으로 갔다. 김필순은 얼른 안에서 문을 잠그고 창문의 커튼까지 쳤다. 그런 필순이 태준에게 말했다.

"대암, 인사드리게. 도산 안창호(安昌浩) 선생이네."

태준은 도산 안창호에 대하여 익히 듣고 있었으므로 반가운 마음에서 공손히 인사했다.

"이태준이라고 합니다. 선생님의 존함은 진작 듣고 있어 한 번 뵙고 싶었습니다."

"김필순 동지로부터 나도 대암 선생 이야기를 들었습니다. 반갑습니다."

"선생님, 말씀 낮추십시오. 그리고 저에게 선생이란 호칭은 가당치도 않습니다. 이 군이라고 불러주십시오."

"아닙니다. 연배도 우리와 비슷해 보이고, 김필순 동지가 아주 좋게 말씀하시니 자연히 선생이란 호칭이 나옵니다."

"저는 김필순 선생님보다 다섯 살이나 밑입니다."

"그래요? 저는 김 동지와 동갑입니다. 그래도 초면인데……. 다음에 만나면 그렇게 하지요."

태준은 그 방에서 안창호를 보는 순간, 아, 이분은 보통 양반이 아니로구나, 하는 직감에 사로잡혔다. 그의 빛나는, 그러면서도 안정감과 믿음이 넘치는 눈 때문이었다. 나이도 그때 스물다섯 살이던 자신보다 적어도 5, 6세는 더 위로 보였다. 자연히 공손하고도 존경하는 눈빛으로 그를 대했다.

그날 늦게까지 김필순의 방에서 소곤소곤 이야기하면서 태준은 도산으로부터 많은 감명을 받았다. 우선 눈이 그렇게 빛날 수가 없었다. 그 눈은 그냥 광채만 나는 게 아니고 어떤 신뢰를 동반하고 있었다. 그리고 그의 말 한 마디 한 마디에는 모두 무게가 있었다. 그는 시골에서 갓 올라온 태준에게 크나큰 감동을 안겼으며, 감동을 넘어 충격을 주었다. 나라의 장래에 대하여 걱정하는 사람을 더러 보고, 그런 사람들의 말을 들었지만, 도산만큼 가슴을 울리는 사람은 없었기 때문이다.

"진리는 반드시 따르는 자가 있고, 정의는 반드시 이루어지는 날이 있는 법이지요. 우리는 진리와 정의를 위해 살아야 하고, 진리와 정의 때문에 죽을 수도 있어야 합니다."

혹은 이런 말도 하였다.

"낙망은 청년의 죽음이요, 청년이 죽으면 민족도 죽어요. 현실이 아무리 고통스럽고 절망적이더라도 청년들이 희망을 잃어버리면 우리 민족도 죽습니다. 민족이 죽어서야 되겠습니까? 우리 민족은 지금 크나큰 환난을 겪고 있어요. 그러나 성경의 로마서에는 '희망을 가지고 기뻐하며 환난 속에서 참으며 꾸준히 기도하십시오'라는 말씀이 있어요."

도산의 이 말을 들으니 태준은 자신을 처음으로 함안의 사촌교회로 인도한 조용관이 떠올랐다. 도산은 계속 힘주어 말했다.

"나 안창호가 찾고자 하는 인물은 우리 민족 사회에 대하여 영원한 책임감을 가진 젊은이입니다. 그런 젊은이는 비관도 없고 질투도 없고 오직 사랑의 정신으로써 어떻게 하면 우리 민족 사회를 건질까 하는 책임감으로 충만한 사람입니다. 내 말 알아듣겠습니까?"

태준은 그 사이에 두 주먹을 불끈 쥐고 있는 자신을 발견했다. 도산의 말이 자신에게 어떤 결심을 하라는 촉구처럼 들렸기 때문이다. 도산이 말을 이었다.

"우리나라를 망하게 한 것은 일본도 아니요 이완용도 아닙니다. 그것은 우리들 자신입니다. 우리 각자의 인격이 비루하고 생각이 비좁아서 일본에게 당한 것입니다. 누구를 원망하며 누구를 탓하겠습니까. 그러니 우리는 먼저 건전한 인격자가 되어야 해요. 나라가 없고서는 한 집과 한 몸이 있을 수 없고, 민족이 천대를 받을 때에 혼자만이 영광을 누릴 수는 없어요. 그런데도 우리 현실은 나라야 망하든 말든 자기 혼자 호의호식하려는 파렴치한 인간들이 판을 치고 있어요. 이런 작자들은 거짓말을 식은 죽 먹듯이 하고 있는데, 우리는 농담으로라도 거짓말을 해서는 안 됩니다. 꿈에라도 진실을 잃으면 통회해야 합니다."

도산은 이러고는 잠시 숨을 고르는 듯 입을 닫고 태준을 넌지시 응시했다.

"……."

태준은 무슨 말인가 응수를 해야 했으나 떠오르는 말이 아무것도 없어 침묵을 지킬 수밖에 없었다. 계속 가슴만 힘차게 요동치고 있었다.

뒤에 알았지만 도산은 국내 최초의 청년운동단체인 청년학우회를 조직해 지속적인 인재 발굴과 교육, 그리고 훈련에 매진하고 있었다. 그 무렵인 1909년 10월 26일 안중근 의사가 만주 하얼빈에서 이등박문을 응징하는 거사가 일어났다. 이 사건은 국내의 애국지사들에게도 영향을 미쳐 일제의 눈에 찍혀 있던 애국지사들은 모두 검거되었다. 도산도 이때 경성의 용산 헌병대로 끌려가서 40여 일간 수감되어 말할 수 없는 고초를 겪었다. 막말의 신문은 물론, 얼굴이나 몸통 등에 매질도 수없이 당했다. 그를 문초하는 헌병들이 맨주먹으로 도산의 얼굴을 가격해서 입술이 터지고 코피가 난 적도 많았다. 각목 같은 몽둥이로 몸통을 마구 내리치기도 했다. 온몸의 뼈가 다 으스러지는 듯했다. 이렇게 몸이 만신창이가 되어 석방되었고, 김필순에 의해 곧바로 입원한 곳이 세브란스병원이었다. 1910년 2월 20일경, 산야에 흰 눈이 덮여 있던 엄동에 도산 선생은 세브란스병원으로 왔던 것이다.

태준이 세브란스 의학교를 졸업한 것은 1911년 6월이었지만 졸업 전부터 이미 병원에서 틈틈이 진료 실습을 하고 있었는데, 그때 태준은 도산 선생을 두 번째로 만났다. 입원한 병실에서였다.

태준 스스로도 어찌하든지 도산 가까이에서 그와 함께 많은 시간을 보내기를 바랐지만 도산도 태준을 자기 옆에 있게 하면서 말도 한가를 하고, 호칭은 태준의 아호인 대암(大巖)으로 불렀다. 도산은 그때 이미 미국을 비롯한 여러 외국의 문물을 섭렵한 선각자로서 태준의 눈에는 연상의 단순한 선배라기보다는 넘을 수 없는 산, 조심스럽기만 한 스승처럼 여겨졌다.

그뿐인가. 도산 선생은, 이미 고인이 되기는 했지만 태준의 아내 안위지와도 동성동본이 아닌가. 태준은 도산의 성씨인 안씨의 관향이 순흥이란 것을 알고 있었던 것이다. 이러한 인연만으로도 태준은 도산에게 깊은 정을 느꼈고 뜨거운 사랑이 솟구침을 느꼈다. 게다가 같은 하느님을 믿고 있지 않은가. 이런 감정을 가지고 있는 태준에게 도산은 어느 날 병상에서 비스듬한 자세로 일어나 완전히 앉은 것도, 그렇다고 누운 것도 아닌, 등에 베개를 받친 자세로 말했다.

"대암, 나는 순흥 안가지만 대암은 관향이 어딘가? 말씨는 경상도 출신 같은데 고향은 어딘가?"

"저는 인천 이갑니다. 그리고 고향은 경남 함안입니다."

"오! 인천 이씨, 고려조에서는 인주 이씨로 불렸지. 당시는 유명한 세도가문이었지. 그리고 대암의 고향 함안은 나도 좀 알아요. 남에서 북으로 물이 흐르는 고장이지. 그리고 함안의 3대 성씨가 조리안(趙李安)인데, 조씨는 함안 조씨, 이씨는 재령 이씨, 그리고 안씨가 바로 우리 순흥 안가지."

"그렇습니다, 선생님."

"대암, 그런데 내가 대암의 관향과 고향을 물은 건 관향이나 고향이 중요해서가 아니고, 본인을 앞에 두고 말하기는 좀 그렇지만, 대암의 위인(爲人)이 아주 고상해 보여서네. 뭐라고 할까. 대암은 외모도 출중한 호남형, 아니지 미남형이란 말이 더 정확하겠네. 게다가 심성이 훌륭해 보여서 의술만 펴면서 평생을 살 인물로는 아깝다는 생각이 드네. 의술의 중요성과 가치를 폄하하는 말이 아니고, 우리에게는 의술 못지않게 중요한 일이 산적해 있어 하는 소리네."

태준은 듣고만 있었다. 도산이 잠시 사이를 두고 침묵을 지키더니 이었다.

"지금 우리 조선은 그 어느 때보다도 훌륭한 인재가 필요한 때이네. 저 왜놈들이 욱일승천의 기세로 동양 전체를 휘젓고 있는 걸 보게. 우리가 이를 언제까지나 바라보고만 있어야 하는가? 우리 조선에 왜놈들을 대적할 인재가 그렇게도 없는가?"

도산이 다시금 잠시 말을 그치고는 태준의 눈을 지그시 바라봤다. 순간 태준은 지난날 고향 함안에서 의병을 일으키려다 실패한 부끄러운 기억을 떠올리며 주먹을 불끈 쥐었다. 도산이 다시 이었다.

"우리에게 인재가 없는 건 아닌데 모두들 정신을 바로 차리지 못하고 있는 게 탈이네. 남녀노소가 몽매한 상태에 빠져 있어요. 우리나라가 이 지경이 된 것은 왜놈들 탓만은 아니네. 지난번에도 한 번 말했지만 이완용 같은 매국노만 탓해서도 안 돼요. 우리 모두의 마음속에 이완용의 매국노 정신과 이완용의 이기주의가 들어차 있어. 기회가 없어 못하고 용기와 재주가 없어 못하지 기회와 재주만 주어지면 언제든지 누구나 매국노 짓을 할 사람들로 온 나라가 가득 차 있어요. 누구나 매국노를 욕하지만 누구나 매국노 짓을 할 사람들이란 말이네. 이게 이 나라의 현실이고 비극이네. 그리고 인재가 없는 것은 인재가 되려고 마음먹고 노력하는 사람이 없는 까닭이네. 대암, 그대는 백성의 질고(疾苦)를 가엾게 여겨 의사가 되려고 하지 않았는가? 그러나 의사(醫師)를 넘어 나라를 구하는 의사(義士)로도 살아야 해요. 의사(義士)란 정의에 죽고 정의에 사는 사람 아닌가? 이것은 이 시대가 우리에게 요구하는 진리요 정의이네. 처음 만났을 때도 말한 것 같지만 진리는 반드시 따르는 자가 있고 정의는 반드시 이루어지는 날이 있다네. 대암 같은 인재는 백성들의 육체적 질병을 고치는 의술에도 봉사해야겠지만 백성들의 정신을 일깨우는 정신적 의술도 발휘해야 하네. 대암은 그런 일을 할 수 있는 인재란 뜻이네. 나는 이미 조선의 주권을 되찾는 일에 신명을 바칠 결심을 한 사람이고, 그래서 많은 인재를 찾아 동지로 삼고 있지만 대암을 보니, 나와 함께 이 나라를 살릴 동지로 일하고 싶어 하는 소리네."

이태준은 도산을 바라보면서 떨리는 소리로 말했다. 태준은 도산의 그러한 제의, 나라 살릴 동지란 말이 너무 반갑고 영광스러웠다.

"선생님, 제가 무슨 일을 하면 되겠습니까?"

"해야 할 일이 너무 많아서 탈이네. 무엇보다 먼저 젊은이들의 독립 정신을 일깨워야 하네. 내가 재작년에 비밀로 만든 단체가 있어요. 청년운동단체인 청년학우회인데 여기에 일단 가입하게. 전국의 유능한 청년을 찾아 모아 무실역행(務實力行), 즉 겉만 번지르르한 것보다 진실하고 실속이 있도록 힘써 실행을 하자는 주의를 일깨우고 실천토록 해야 하네. 내 말 알아듣겠는가? 그래서 이런 무실역행 정신에 입각하여 후진을 양성할 목적으로 설립한 단체가 청년학우회네. 회장에 박중화(朴重華), 총무에 이동녕(李東寧), 서기는 신백우

(申伯雨) 동지가 맡고 있는데 대암을 보면 모두들 대단히 기뻐할 거네. 『소년(少年)』이란 기관지도 몇 년 전부터 정기 간행물로 내고 있는데, 이 일은 최남선(崔南善)이란 동지에게 맡겨놓았지. 이 단체에 가입하려면 입회금을 내야 하네. 그러나 대암의 입회금은 내가 부담할 테니 걱정 말고 입회하게. 이 청년학우회를 잘 키워나가야 하는데 대암이 그 중추 역할을 맡아주시게. 그리고 최남선도 가까운 시일 안에 한 번 만나보고."

이러면서 비스듬히 기대앉았던 몸을 완전히 일으켜, 바른 자세로 태준의 눈을 똑바로 쳐다봤다. 도산은 태준의 손을 힘차게 잡고 하던 말을 맺었다.

"이제 나는 대암을 보고 동지라 부를 테니 그리 아시게. 이 동지, 내 말 알아듣겠는가?"

태준은 참으로 흔감하고 감격하였다. 태준도 도산의 손을 두 손으로 잡고 힘주어 흔들며 말했다.

"선생님, 감사합니다. 선생님의 말씀을 명심하고 이 한 몸 민족과 조국을 위해 바칠 것을 약속합니다."

아, 내가 드디어 이 나라를 살리는 일에 뛰어들었구나……. 도산 같은 분이 나를 동지라고 부르시다니!

신의주행 기차는 북으로 북으로 힘차게 달렸다. 경의선이 개통된 것은 불과 6년 전인 1905년이었다. 기차는 사람의 쉰 목소리 같은 기적을 길게 울리기도 했고, 때로는 철교 위를 지나는지 기차의 쇠바퀴가 철로에 닿는 소리가 철거덕철거덕 유난히 크게 울리기도 했다. 군데군데의 역에 잠깐씩 정차하면서 손님을 내리게도 하고 태우기도 했지만 객차 안의 손님들은 크게 줄지도 않고 늘지도 않았다. 이미 개성을 지난 터였고, 개성역에서는 사람들이 좀 많이 내리고 탔다.

그런데 개성을 지나자 수상쩍은 사람 하나가 아까부터 태준을 자꾸 바라보는 것 같아 부쩍 신경이 쓰였다. 그자는 왜경이 잘 쓰고 다니는 이른바 도리구찌 모자에 코밑에는 수염까지 기른 게 아무래도 왜경이거나 그 끄나풀 같기만 했다. 그렇다고 그 자를 자꾸 바라볼 수도 없었다. 스스로 나 위험인물이오, 하는 것 같아서였다. 그래서 더욱 신경이 쓰였으나 의식적으로 무시하는 척하며 눈을 감고 있기로 했다.

그러나 잠은 오지 않고 온갖 잡념만 머릿속을 어지럽혔다. 조금 전에 떠나온 병원의 전경이 눈앞에 그려지면서 자기에게 헌신적이었던 민효례가 떠오르기도 했다. 그러다 이내 아버지께서 앓아 누워 계시면서 자주 태준에게 하신 말씀이 어제 일처럼 귀에 쟁쟁 울렸다.

"태준아, 니는 우찌하든지 이 평광 골짝을 떠나 대처(大處)로 가거라. 니는 이 애비맹크로 땅이나 팜시로 지내서는 안 된다. 그라고 우리한테 파먹을 땅이나 오데 있나. 손바닥 겉은 땅뙈기는 태식이한테 맽기고 니는 평광을 떠나 대처로 가서 크게 살아야 한다. 그래야 사람 구실을 할 수 있니라. 니는 큰일을 해야 한다 그 말이다. 너그매가 니를 가졌을 때, 물속에서 시퍼런 용 한 마리가 머리를 쳐들고 입에서 새파란 연기를 뿜어내는 거를 꿈에 봤다 캤니라. 그런 태몽은 아무나 꾸는 기 앙이거든. 그러니 니는 버씨러 크게 될 사램이니라. 내가 이 말을 안죽 아무한테도 안 하고 애꼈다가 오늘에사 처음으로 니한테만 하는 기니라."

그러던 아버지가 숨을 거두시기 직전에 한 유언도 떠올랐다. 숨을 가쁘게 몰아쉬던 아버지가 힘없이 손을 들어 허우적거렸다. 태준과 태식은 얼른 아버지의 손을 움켜잡았다. 눈을 겨우 뜨고 숨을 몰아쉬던 아버지가 먼저 태준을 보면서 말했다.

"태준아, 내 말 알고 있제? 니는 평광을 떠나 대처로 가서 큰 사람들을 만내가이꼬 큰일을 해야 한다이!"

그리고 이어 힘겹게 눈동자를 움직여 둘째아들 태식에게 말했다.

"니는 고향을 지켜라. 그기 너그 형제들의 분수니라."

그러고는 거친 숨을 몇 번 내쉬고 들이쉬다가 눈을 감았던 게 아닌가.

아, 언제 다시 이 조선 땅으로 돌아올 수 있을 것인가. 그리고 고향 마을 평광과, 마을 뒤에 솟은 백이산(伯夷山)과, 그 건너편의 금산(金山)은 언제 또 볼 것인가. 두고 온 가족들은 장차 어떻게 될 것인가. 만약을 위해 호적을 경남 함안에서 경북 상주로 옮겨놓기는 했지만 그런 조치만으로 과연 어린 딸들과 동생 태식(泰植)의 가족이 안전을 보장받을 수 있을까. 그는 꼬리에 꼬리를 무는 걱정과 상념에 잠겨 있었다.

태준의 부모님은 없는 살림에 춘궁기마다 모진 고생을 해야 했다. 사람에게 먹는 일만큼 크고 중요한 게 또 있을까. 태준은 걷기 시작하면서부터 어머니와 함께 봄이면 백이산으로 올라가 고사리를 캐고 온갖 산나물을 뜯었다. 가을이면 명관리 복판을 세로 질러 흐르는 내[川], 그 내 건너편의 금산 밑에서 도토리를 주워야 했다. 도토리를 까서 알맹이를 물에다 담가 며칠이고 우려 떫은맛을 없애고는 밥도 해 먹고, 가루로 만들어 묵을 해서 밥 대신 먹었다. 백이산은 평광의 동쪽에 있는 완만한 산인데 비해, 금산은 서쪽에 있는 급경사의 가파른 산이었다. 금산은 산 전체가 도토리나무로 우거져 봄이면 산이 온통 황금빛의 노란색이 되므로 금산(金山)이라 불렀다. 이 산들은 모두 명관리, 특히 평광을 상징하는 산이었다.

시간이 얼마나 흘렀을까. 그 사이 정차한 역도 몇 군데나 되었다. 태준은 눈을 감고 있다가 일부러 기지개를 크게 한 번 켜고는 그때서야 생각난 듯 짐짓 객차 안을 돌아봤다. 그러나 그 수상쩍기만 했던 사내는 어느 역에서 내렸는지 사라지고 없었다. 다시 한 번 눈여겨봐도 보이지 않았다. 다행이었다. 도둑놈처럼 괜히 제발이 저려 신경을 썼던 걸까. 그는 안도의 숨을 크게 쉬었다. 그러고는 작심한 듯 이제 다리를 뻗고 편히 앉아 눈을 감았다. 차창 밖 서녘 하늘에는 어느덧 겨울 석양이 산에 걸려 발갛게 물들고 있었고, 산 밑으로는 기인 내가 뻗어 있었다. 저 아름다운 산하는 대체 어떤 지명을 지닌 산하인가.

2
눈에 어리는 고향마을

비록 본적지를 경북 상주로 이적해놓기는 했지만 태준에게는 한시도 잊을 수 없는 곳이 고향 경남 함안군 군북면 명관리 평광 마을이었다. 그냥 명관, 명관 하고 있지만 명관리란 아랫동네인 평광과 훨씬 윗동네인 명동을 포함한 지명이었다. 아래 동네인 평광이 인천 이씨 집성촌이라면 윗동네인 명동은 경주 박씨 집성촌이다.

평광은 태준의 15대조인, 경상도사를 지낸 계운(啓耘) 선생이 서울에서 내려온 이후 4백여 년 동안 살아온 인천 이씨의 집성촌이었다. 그냥 평광이라고 했지만 여기에는 서재골, 큰동네, 모개정, 백이산, 큰독골, 구싯골 등 6개의 작은 마을들이 있고, 이들 마을에 타성은 거의 없이 오직 인천 이씨들만이 살고 있어, 그 역사와 전통을 면면히 지켜가고 있다. 서잿골은 이름 그대로 도천재(道川齋)란 유서 깊은 재실이 있는 동네다. 이 재실의 편액은 대원군의 글씨로서 글씨가 힘차고 품위 있음을 아는 사람들은 알고 있다. 큰동네란 역시 이름 그대로 평광 골짝에서 가장 큰 동네로 평광의 중심을 이루는 동네다. 백이산은 동네 뒤의 산인 백이산의 이름을 딴 동네로 이른바 백이산파라 불리는 회정공파(晦亭公派) 일족들이 모여 사는 작은 동네다. 태준은 회정공파에 속한다. 하지만 그의 생가는 서잿골에 있다. 모개정은 평광의 중심지에 있는 동네로 모과나무가 있는 정각이 있었다고 붙여진 이름이고, 큰독골은 마을 앞 논에 큰 돌 하나가 박혀 있었다고 붙여진 이름이다. 구싯골은 구유처럼 깊고 후미진 곳에 있다고 붙여진 이름인데, 구시란 구유의 서부경남 사투리다. 그러나 이런 마을들은 모두들 멀지 않은 거리에 오밀조밀 붙어 이웃해 있다.

서로 다른 이름의 동네에 흩어진 일가들은 모두 촌수를 댈 만큼의 가까운 사람들로서 지극히 화목한 가운데 아래 위 위계질서를 지킬 줄 알았다. 전통 깊은 유교의 가르침을 받아 조상 섬기는 위선사상은 물론 부녀들에게는 정절, 자녀들에게는 충효를 으뜸가는 미덕으로 강조하고 가르쳤다. 그래서 동네 안에는 여기저기에 수많은 열녀비 · 효자비나 그 정각이 흩어져 있기도 하다.

장터가 있는 군북에서 명관리로 올라가는 길목에 소밋재라는 낮은 재가 하나 있다. 이곳은 아래 동네인 군북의 신창 마을로부터도 멀고, 위 동네인 평광으로부터도 멀어 아주 후미진 곳이다. 동네 사람들이 장에라도 갔다가 밤늦게 혼자 이 후미진 소밋재를 지나칠 때는 언제나 긴장이 되고 머리끝이 하늘로 주뼛거리며 치솟는 듯했다. 여우가 나타나 짚신 뒤꿈치를 물었다가 놓고 또 물었다가 놓으면서 사람의 혼을 빼기도 했고, 구름이 끼고 빗방울이라도 듣는 날은 키가 팔대장승 같은 도깨비가 나와 사람을 혼비백산시키기도 하기 때문이다. 도깨비가 아니라도 건너편 금산의 바위 벼랑 위에서 시퍼런 불꽃이 마치 폭포수처럼 밑으로 소리 없이 쏟아지기도 했다. 소리를 쳐도 결코 들리지 않을, 인가와는 동떨어진 거리의 외진 곳인데도 밤중에 난데없이 닭 울음소리가 들리기도 해서 길 가는 사람의 혼을 빼기도 한다. 그래서 명관 사람들은 누구나 밤에는 이 소밋재를 혼자 걷지 않는다.

태준의 부친 질(瓆)이 젊은 시절에 겪은 일로 알려져 있다. 어느 해 가을, 추수를 끝내고 묘사(墓祀·時祀) 때가 되어 묘사에 쓸 제수(祭需) 장을 보러 장으로 갔다가 당한 일이었다. 넉넉한 시간을 두고 각종 과일이며 건어물 등을 정성 들여 장을 봤다. 정성 들여 장을 본다는 말은, 장을 보러 가는 사람이 목욕을 한 후 정갈한 옷을 입고 장으로 가서 물건들을 아주 깨끗한 것으로만 골라 사는 것은 물론, 물건 값을 깎으려고 장수와 다툰다거나 하지도 않는 것을 말한다. 이렇게 조상신께 바칠 제수는 이를 사들이는 사람의 정신이나 태도에서부터 온 정성을 모아야 했다.

태준의 부친은 제사 장을 다 봐놓고 보니 속이 하도 출출해서 도무지 그냥은 집으로 올라갈 수 없었다. 그래서 장짐 지게를 지게작대기로 받쳐놓고, 주막집으로 들어가 막걸리 한 사발과 국밥 한 그릇을 시켜 먹고 있는데, 죽마고우 한 사람 박 씨를 만났다. 박 씨도 시사 장을 보러 왔다가 일을 끝내고 요기차 들렀던 것이다.

그 친구는 어린 시절 질과 같은 서당에서 동문수학하던 동무였다. 오랜만에 만난 그들은 집안 안부를 묻고, 근황을 묻고, 나라 되어가는 꼬락서니에 대해서도 함께 울분을 좀 토하면서 막걸리를 서로 권하며 시간 가는 줄을 몰랐다. 친구는 몇 년 전 명관리 윗동네인 명동을 떠나 산 너머 마을인 태실로 이사를 한 이였다. 비록 둘다 시골에 살기는 해도 나라가 어찌 되어가는지에 대해서는 잘 알고 있는 향반(鄕班)들이 아닌가. 피차 집안이 어려워 글을 더 읽지 못하고 시골에 묻혀 사는 것도, 임금이 왜놈들 때문에 임금 노릇을 제대로 못할 지경이 되어 나라꼴이 마치 살림 망해가는 집구석 모양으로 되어가는 것도 그들에겐 공통 화제였고 좋은 술안주가 되었다.

술을 얼마나 마셨는지 주모가 이제 문 닫겠다고 하는 소리에 정신을 차리고 보니 장판은 이미 파장이 된 지 오래였다. 둘은 잔뜩 취한 중에도 각자의 제수 장짐 지게를 지고 일어섰다. 사방은 어두울 대로 어두워져 있었다. 음력 10월 초승달이 하늘 어느 모퉁이에 걸려 있을 텐데도 구름이 짙은지 그렇게 어두웠다. 친구와 헤어진 태준의 부친 질은 혼자 콧노래를 흥얼거리며 걸었다. 발이 어디로 놓이는지 가끔씩 헷갈리기는 했으나 정신을 잃을 정도는 아니었다.

소밋재에 닿았을 때에도 술기운으로, 여기가 그 악명 높은 소밋재란 걸 의식하지 않고 있었다. 그런데 아니나 다를까. 반갑잖은 손님이 어김없이 나타났다. 이날도 여우가 그의 앞뒤를 에돌며 발걸음을 훼방 놓았다. 땅에 닿은 꼬리가 턱도 없이 길고 풍성한 것이 어디서나 쉽게 보는 여우였다. 그러나 결코 무섭지는 않았다. 여우쯤이야, 이렇게 생각하였다. 그런데 이놈이 이번에는 그의 짚신 발뒤꿈치를 자꾸 물어서 발걸음을 뗄 수 없게 했다. 그는 길가에 지게를 벗어 받쳐놓고 여우를 쫓았다. 쫓아도 그냥 쫓은 게 아니고 아주 멀리까지 따라가 소리를 치면서 쫓고 돌아섰다. 그런데 받쳐놓은 지게 쪽을 바라보니 금시 쫓은 여우가 이번에는 지게 위 제수를 향해 팔짝팔짝 뛰어 오르고 있는 게 아닌가. 무슨 이런 괴변이 있는

가. 그는 머리를 좌우로 크게 한 번 흔들고 눈을 바로 떴다. 그러다 차츰 정신이 혼미해지는 걸 그 자신도 어쩔 수 없었다. 큰일 날 일이었다. 큰일 날 일은 정신이 혼미해지는 것만이 아니었다. 묘사에 쓸 제수를 요망한 여우란 놈이 건드리려고 하지 않는가. 그는 지게 가까이로 단숨에 달려갔다. 여우는 보란 듯이 할끔거리면서 도망쳤다. 그는 안도의 한숨을 쉬면서 중얼거렸다. '그러면 그렇지, 요망한 야시 새끼가 오데서…….'

그때 바로 길 위의 수풀 속에서 사람 소리가 들렸다.

"거 질(瓆)이 아이가?"

그는 소리 나는 곳을 향해 눈길을 주면서 귀를 기울였다. 이 밤중, 이 후미진 곳에서 자기 이름을 부를 사람은 아무도 없었다. 더군다나 그 소리는 앳된 아이 소리였다. 기이하지 않은가. 어린아이가 어른의 이름을 함부로 부르다니. 그때 다시 같은 아이 소리가 들렸다.

"이리 좀 오이라. 와서 나 좀 도와 도라. 나는 니가 어릴 때 죽은 니 조상 할배니라. 내가 이 험한 가시넝쿨 틈에 찡겨 전딜 수가 없으니 내 좀 여어서 빼내 도라."

질은 자기를 부르는 소리가 들리는 곳까지 올라갔다. 결코 그런 소리에 홀려서는 안 되는데도 이미 이성적 판단을 상실한 후였다. 그런데 그 소리는 다시 더 위에서 들렸다. 이렇게 산속으로, 그야말로 귀신에 홀린 듯 걸어 길도 아닌 산을 올라가다가 바위에 걸려 넘어졌고, 결국 정신을 잃고 말았다. 이미 여우로부터 정신을 반쯤 홀린 뒤였고, 술까지 많이 취해 있어 더욱 그랬는지 모른다.

태준은 더 자라서 알았지만 백이산 줄기 어느 중간 지점의 돌 너

털겅에 아이들이 죽으면 묻는 공동묘지가 있었다. 이걸 사람들은 애장터라고 했다. 평광의 어린애가 죽으면 거의 모두 어린애의 시체를 항아리에 넣어 이 너덜겅에 버렸다고 했다. 그래서 이 애장터에는 항상 여우가 끓었다. 아이의 시체를 먹기 위해서였다.

태준의 아버지가 당했던 이 일은 태준도 어렴풋이 기억하고 있는, 태준의 어린 시절 일로, 전설이 아닌 실제 경험이었다. 그만큼 소밋재는 어른이라도 밤이 되면 혼자 다니기가 꺼려지는 곳이었다. 아주 후미진 데다 주변 산은 울창한 수풀로 우거져 있었다. 여러 사람이 밤에 떼를 지어 걸어 여우 같은 것이 나타나지 않아도 부엉이가 섬뜩한 소리를 내는 바람에 등골이 서늘해지는 그런 곳이었다. 여우 아닌 늑대, 여우보다 훨씬 덩치가 큰 늑대가 두세 마리 떼를 지어 사람 앞을 시위라도 하듯이 어슬렁거리며 지나가기도 했으나 늑대는 사람을 함부로 해코지하지는 않았다.

해마다 가을걷이를 끝내고 나면 묘사를 지낸다. 묘사 때에는 온 동네 남자들이 모두 산소를 찾아 윗대에서부터 차례대로 며칠을 두고 돌아가면서 산소에서 제사를 올렸다. 주로 젊은 남자들이 제수를 지게에 지고 산으로 가곤 했다. 그러니 보통 힘든 일이 아니었지만 응당 그렇게 해야 하는 일로 여겼을뿐더러, 묘사는 일 년에 한 번 있는 온 동네의 큰 행사요 잔치라 해도 과언이 아니었다.

묘사에 참례하는 모든 남정네는 하나같이 하얀 두루마기에 갓을 쓴다. 하얀 두루마기에 검은 갓을 쓴 남정네들 수십 명이 산소 앞에 몇 겹이나 줄을 지어 선 모습은 멀리서 보면 하나의 장관이었다. 문중에서 뽑힌 사람 하나가 홀기(笏記)를 불러 제사를 진행하고, 다른 사람들은 진행자의 지시에 따라 꿇어앉았다 일어섰다가 절을 하고,

또 술을 올리는 사람들 몇이 뽑혀 초헌관(初獻官), 아헌관(亞獻官), 종헌관(終獻官)이 되어 차례로 잔을 올렸다. 이 헌관으로 뽑히는 일은 큰 영광이요 자랑이 되었다. 그리고 축관이 점잖은 목소리를 구성지고도 청승맞게 빼어 축문을 읽었다. 이런 묘사를 하루에도 여러 곳의 산소에서 지내야 했고, 이 일을 며칠을 두고 했다. 산소마다 한 번 쓴 제수는 다시 쓰는 일이 없었다.

어린 태준은 사람들이 산소에 모여 묘사를 지내는 모습을 멀리서 바라보기만 해도 입안에 군침이 고였다. 묘사를 끝내고 나면 상석에 진설(陳設)된 푸짐한 제수(祭需)를 모두 그 자리에서 나누어 먹었다. 태준은 어른들을 따라 묘사 현장에 더러 가기도 했지만 못 가는 때도 있었다.

땔나무를 하러 산으로 가게 되면 집안 묘사에는 못 가고, 나무를 하다 말고 남의 묘사 자리에 가서 떡을 얻어먹기도 했는데, 묘사 풍경은 그 복장이나 제사 순서, 진설되는 제수가 모든 가문이 거의 같았다. 그리고 비록 타성의 사람들이 묘사 현장에 나타나도 제수 음식을 나누어 먹는 데는 아무 차별이 없었다. 모두들 떡과 고기를 골고루 나누어 먹었고, 먹다 남긴 음식은 집으로 가져가곤 했다. 다만 아이들은 제주로 쓴 술(막걸리)을 먹지 않았을 뿐이다.

명관리 들머리에는 큰 숲이 있다. 수백 년 묵은 고목 수십 그루가 큰 숲을 이루고 있다. 이 숲은 동쪽의 백이산과 서쪽의 금산 사이 중간에 위치해 있고, 숲 주변은 꽤 넓은 평지로 되어 있다. 또 숲 옆으로는 수량이 풍부한 냇물도 흐른다.

사람들은 이 숲을 양졸정 숲이라고 한다. 양졸정(養拙亭)이란 태준의 10대조인 이휴복(李休復)의 아호이다. 이휴복은 27세에 임진왜란을 만나자 의병을 일으켜 곳곳에서 왜적과 싸워 승리를 거두다가 30세 때는 홍의장군(紅衣將軍) 곽재우(郭再祐)와 더불어 의령, 창녕의 화왕산 등지에서 왜적을 크게 토벌하고, 39세인 1606년에 무과에 급제하여 절충장군, 순천군수를 지내고, 1624년 이괄의 난을 평정함으로써 조정으로부터 인원군(仁原君)으로 봉해진 인물이다. 여러 곳에서 관직을 맡고 있다가 순천군수로 재직 중에 서거하자 1625년 인조로부터 단서죽백(丹書竹帛)을 하사받고 호조판서(戶曹判書)에 추증되었다. 함안 명관의 인천 이씨는 거의 인원군의 후손들이라 해도 과언이 아니다.

이휴복이 서거하자 평광의 인천 이씨들은 휴복의 외가(경주 박씨)가 있는 명동의 경주 박씨 문중 사람들과 의논해서 인원군의 충효정신을 기리고 그 정신을 영원히 본받자는 취지로 명관리 들머리의 넓은 땅에 숲을 조성했다. 몇 년을 두고 느티나무, 참나무, 박달나무 등 수백 그루의 나무를 심어 드디어 큰 숲을 이루었으니 벌써 수백 년 전의 일이다. 숲은 해마다 무성하게 우거져 평광의 명물뿐만이 아닌 온 함안 고을의 명승지로 알려지기 시작했다.

이 양졸정 숲은 평광의 상징적인 명소이기도 해서 동네 사람들의 사랑방 노릇은 물론, 평광을 찾아오는 외지 사람들에게는 피곤한 다리를 잠시 쉬게 하는 훌륭한 쉼터가 되기도 한다. 숲에는 큰 바위들을 여러 개 옮겨다 놓아 여름철에는 사람들이 이 평상 같은 반석 위에 둘러앉아 이야기꽃을 피우기도 하고 바둑이나 장기를 두기도 하며, 또 어떤 이는 한쪽 구석에서 드러누워 자기도 한다. 바위가 그만큼 넓고 크기 때문이다.

이 숲 바로 위, 백여 미터 거리에 있는 백이산 동네로 들어가는 입구에는 네모반듯한 직사각형의 화강암 반석 하나가 길가 왼쪽에 놓여 있다. 가로가 1.5미터, 세로가 1미터가량인 바위는 자연석 같기도 하고 일부러 그렇게 다듬어 만든 것 같기도 하다. 바위 표면 한복판에는 하마석(下馬石)이라고 크게 음각으로 글씨가 새겨져 있다. 말을 타고 명관으로 들어오는 사람은 누구든지 이 하마석 앞에 이르면 말에서 내려 걸어 들어가야 한다는 표지석이었다. 명관이란 동네가 그만큼 조상 대대로 떵떵거리면서 이웃 고을에까지 명성과 세도를 떨친 명문 호족(豪族)의 동네임을 알려주는 것이 이 하마석이다. 따라서 명관은 지금도 사대부의 자부심과 명예, 예절을 숭상하는 사람들의 마을로 유명하다.

그러면 이 고장으로 첫발을 내디딘 어른, 이태준의 윗대 조상은 누구인가. 아니 이 고장에 처음으로 들어와 터를 잡고 둥지를 튼, 이른바 평광 인천 이씨의 입함안(入咸安)조상은 누구인가. 아니 그 전에 인천 이씨의 시조는 누구인가. 잠시 인천 이씨의 연원을 더듬어볼 필요가 있겠다. 이태준이란 인물이 시대를 앞서간 선각자이기 때문이다.

인천 이씨의 시조는 이허겸(李許謙)이란 분이다. 그러나 이허겸의 선대는 가락국 수로대왕이다. 수로대왕에게는 아들 열 사람이 있었는데, 왕이 인도 출신 왕후를 총애하고 신임하던 터라 왕후의 청이라면 거의 들어 허락했다. 허씨 성인 왕후는 왕에게 아들 둘에게만이라도 자기 성을 붙여달라고 했다. 즉 아들 여덟에게는 김해 김씨를 쓰도록 하지만 둘은 허씨가 되게 해달라고 한 것이고, 왕은 이를 쾌히 승낙하였다. 이중 허씨 성의 아들 한 분이 신라 경덕왕 때 17

관등의 여섯째 등급인 아찬(阿湌) 벼슬을 한 허기(許奇)였다. 그가 당나라에 사신으로 갔던바, 당시의 황제 현종(玄宗)은 마침 안록산의 난(755년)을 만나 위기에 처했다. 이때 허기는 황제와 함께 촉나라로 피란 가서 황제를 측근에서 극진히 모시며 동고동락의 의리와 충성을 다했다. 난이 평정되어 환도하니 황제는 이를 가상히 여겨 황제의 성인 이씨를 허기에게 사(賜)했다. 이래서 허기는 복성(複姓)인 이허(李許)씨가 되어 4년 만에 귀국했다. 황제는 귀국길에 오른 이허기에게 소성(邵城, 현 인천)백을 봉하고 식읍 천오백여 호를 내리니 세세로 신라의 높은 벼슬아치가 되었다고 한다.

이허겸은 신라 마지막 경순왕의 외손녀인 경주 김씨 김은열의 딸을 맞아 네 자녀를 두었는데, 외손녀가 고려 현종의 비가 되어 덕종, 정종, 문종을 낳아 왕의 외조부로 귀족의 반열에 올라 상서좌복야, 상주국 소성현 개국 후로 식읍 천오백을 하사받은 분이다.

인천 이씨는 고려조 내내 왕의 외척 가문으로서의 지위를 굳혀 고려가 망할 때까지 수많은 인재와 왕비를 배출함으로써 고려 제일의 귀족가문으로서 명예와 영광을 누렸다.

이태준의 혈통에서 상대(上代)의 연원을 간단히 밝혔지만 그가 속한 파(派)는 시조로부터 14세손인 공도공(恭度公) 이문화(李文和)를 중시조로 하는 공도공파에 속한다. 공도공은 조선조의 영의정에 증직된 이문화의 시호다. 이문화의 호는 오천(烏川)이고, 승정대부 의정부 좌참찬(左參贊) 예문관 대제학이었다. 그는 조선조의 문신으로 학문과 문장이 뛰어났다. 아들 여섯을 두었는데 큰아들이 효인(孝仁), 둘째가 효의(孝義), 셋째가 효례(孝禮), 넷째가 효지(孝智), 다섯째가 효신(孝信), 여섯째가 효상(孝常)이다. 모두들 부친을 닮아 명석한

두뇌에 높은 관직(판서가 셋, 돈녕이 셋이었다)에 있었다. 이 중 공조판서였던 둘째 효의의 후예가 함안으로 내려온 계운(啓耘)이었다.

계운은 시조로부터 17세손으로 가선대부 행 경상도사로 있었다. 그는 조선 성종(1480년) 때에 서울에서 이곳 함안으로 내려오게 되었는데 그 사연이 또한 남달랐다. 계운은 성종의 비 윤 씨 사건 때에 윤 씨를 모함하여 폐비하려는 세력에 맞섰지만 결국 1479년에 윤 씨는 폐위되고 이듬해 사약을 받고 죽게 되었다. 이때 반대파를 숙청하려는 세력에 밀려 이계운은 망명도생(亡命圖生)의 근거지로 함안 명관을 택하게 된 것이다. 후세의 명관 인천 이씨들은 이계운을 도사공(都事公) 할아버지로 추앙하고 있다. 계운이 경상도사로 있었기 때문이다.

다시 요약하면 이태준의 조상으로 기억할 만한 인물로는 시조 이허겸, 14세손인 중시조 이문화(공도공), 17세손인 도사공 계운, 22세손인 인원군 이휴복(단서죽백의 주인공)이 있다. 그리고 이태준이 속한 가장 낮은(가까운) 파는 회정공파(晦亭公派)인데, 이태준은 평광에서도 회정공파에 속하고 시조로부터 32세손이 된다.

태준의 부친은 자(字)를 중옥(衆鈺), 이름을 질(瓆)이라 했지만 동네 사람들과 그의 친구들은 자를 불렀다. 중옥은 천성이 과묵한 위에 부지런하고 정직한 농사꾼이었다. 아들 태준은 어려서부터 두뇌가 총명했고, 생긴 모습은 출중한 귀골이었다. 하지만 가난한 농사꾼인 중옥은 그런 아들에게 특별한 공부를 시킬 방법이 없었다.

태준의 나이 네댓 살 무렵에, 부친이 집에 있던 낡은 천자문을 주어봤더니 그걸 혼자 공부하는데 신통하게도 몇 달 안 가서 천자문을 술술 외기도 하고 쓰기도 했다. 그래서 태준의 아버지는 아들을 바로 집 뒤쪽에 있는 도천재 서당에 보냈던 것이다. 그러나 태준이 아무리 머리가 좋고 잘 생겼어도 가난한 농사꾼의 아들로서의 운명이 달라질 수는 없었다. 어린 나이에도 소를 먹이러 가거나 쇠꼴을 베어 날라야 했고, 좀 커서는 서당 공부보다는 지게를 지고 농사를 거들거나 땔나무를 하러 산으로 가야 했다.

태준은 그렇게 집안일을 거들면서도 틈틈이 서당에 나가 열심히 공부했고, 그 실력이 장마철 오이 자라듯 날로달로 늘어갔다.

3
도천재의 추억

앞에서도 잠시 말했지만 도천재는 서잿골에 있는 인천 이씨 문중의 재실인데 인원군 이휴복을 위해 지은 재실이다. 도천재의 경내에는 도천사(道川祠)라는 사당도 있다. 도천사는 순조 25년, 1825년에 유림의 공의(公義)로 창건되어 공도공 이문화를 주벽(主壁)으로, 삼휴당(三休堂) 이교(李郊), 소고(嘯皐) 이원성(李元盛), 금계(琴溪) 이원좌(李元佐), 양졸정(養拙亭) 이휴복(李休腹) 등 오현(五賢)이 봉사(奉祀)되어 오다가 고종 5년, 1868년에 대원군의 서원 철폐령으로 제향이 중단된 적이 있다.

도천재에는 인조가 1625년에 이휴복에게 내린 교서인 단서죽백(丹書竹帛)과 제문인 어제사제문(御製賜祭文)이 보관되어 있었다. 어려서부터 서당에 다니던 이태준은 도천재의 단서각에 고이 보관되어 있던 단서죽백을 딱 한 번 구경한 일이 있었다.

그해 가을, 동학란이 일어난 지도 3,4년 뒤, 전봉준이 처형되고(1895년), 그 이듬해 서재필이란 사람이 독립신문을 창간했다. 다시 그 이듬해(1897년)에는 고종이 국호를 대한이라 고치고 연호를 광무라 하면서 황제에 즉위했다. 그러나 나라의 정세는 한치 앞을 내다보기 힘들 만큼 어수선하기만 했다.

서당에서 글을 가르치던 50대 중반의 훈장은 이날따라 글은 안 가르치고 나라 돌아가는 형편에 대하여 이야기하기 시작했는데, 훈장 바로 앞에 앉은 태준에게 술 냄새가 끼쳐졌다. 어디서 아침부터 한 잔 한 모양이었다.

명색이 독립 국가의 꼴이 이 지경에 이른 것은 조정에 제대로 된 충신이 없어서라고 했다. 친로파다 친일파다 해서 서로 파당을 나누어 싸우기만 하니 중간에 끼인 임금은 이러지도 저러지도 못한다고 했다. 그러면서 또 대대로 충신과 효자로 이름난 인천 이씨 가문의 내력을 이야기했던 것이다. 벌써 여러 번 들은 이야기지만 아무도 훈장을 향해 또 그 소리 하느냐고 할 수는 없었다. 군사부(君師父) 일체, 감히 누가 스승에게 불경스런 소리를 함부로 하겠는가.

게다가 이날은 훈장이 평소에 좀처럼 하지 않던 시국담을 꺼냈으므로 훈장의 뒷말이 궁금했던 것이다. 학생들은 거의 다 열다섯 살이 넘었고, 스무 살이 된 사람도 있었다. 그래서 훈장의 이러한 시국담을 조금은 알아들을 수 있었다. 처음부터 태준은 훈장의 말에 귀를 세우고 들었다. 가문의 지겨운 내력, 양반 자랑 다음에는 틀림없이 새로운 이야기가 나올 것 같아서였다.

태준의 기대와 추측은 옳았다. 훈장은 이 무렵 왜군들이 인천에 상륙, 서울에 입성하고 공주 우금치에서 동학군을 대량 학살한 일(1894년), 국모 민비가 왜놈 낭인들의 손에 살해된 일(1895년), 왕을 러시아 공사관으로 모신 이른바 아관파천(1896년)의 부끄러움, 작년에 고종 황제의 즉위식을 거행(1897년)했지만 황제의 자리가 왜놈들 등살에 얼마나 오래 버티겠느냐는 한탄, 그래도 정신 바로 박힌 인물 최시형을 역도로 몰아 결국 사형(1898년)한 일 등, 주로 최근 몇 년 사이에 일어난 굵직한 사건들을 이야기했다.

이태준은 그때 우리 나이로 열일곱 살이었고, 동몽선습(童蒙先習)에서 출발한 공부의 경지도 그때쯤에는 이미 사서삼경(四書三經)을 마친 수준으로, 동문수학하는 학생들 중에는 가장 뛰어났다. 그래서 훈장은 자주 태준으로 하여금 훈장 대신 학생들에게 글을 가르치라고도 했다.

훈장 역시 평광의 어른으로 태준에게는 숙항(叔行)이 되는 일가였는데, 이 날 그는 허연 수염은 물론 머리에 쓴 관이 다 떨릴 정도로 흥분을 감추지 못했다. 시종 눈물을 글썽거리기도 했다. 그러더니 또 가문에 대한 말로 맺었다.

"우리 인천 이씨는 조상 대대로 충신들이 많았는데 나라꼴이 풍전등화겉이 되고 말았으니 장차 이 일로 우째사 쓰겠노 말다. 젊은 너그들이라도 정신을 채리고 공부로 열심히 해사 될 거 앙이가!"

그러더니 훈장은 재실 별채에 거처하는 도유사(都有司)를 불러, 조상의 신주를 모신 도천사 옆에 따로 자그마하게 지은 단서각(丹書閣)의 열쇠를 받았다. 그러고는 떨리는 손으로 직접 거북 모양의 커다란 청동 쇠통을 열었다. 단서각의 문을 열고 안으로 들어간 훈장이 손으로 제자들을 향해 모두 들어오라는 시늉을 했다. 학생들이 들어가자 고색창연한 큰 궤짝 앞으로 가서 궤짝에 채워진 쇠통도 열었다. 조금은 퀴퀴한 것 같기도 하고, 또 조금은 묵은 향내 같은 냄새가 확 끼치는 듯했다. 훈장은 떨리는 손으로 조심스럽게 궤짝 안에서 푸른 색깔의 비단 보자기를 들어냈다. 그러고는 그 보자기를 풀어 단서죽백을 꺼내 앞에다 놓고 절을 올렸다. 절을 하고 그것을 학생들 앞에 펼쳤다.

"너그도 절을 해라."

태준과 학생들은 모두 훈장처럼 큰절을 했다. 좀처럼 잘 열지 않는 단서각이어서 여간해서는 보기 힘든 단서죽백, 어른들로부터 늘 말만 들어오던 단서죽백을 오늘 처음으로 보게 된 것이다.

훈장이 다시 말했다.

"이 단서죽백은 인조왕이 인원군 할아버님께 내린 진무공신(振武功臣) 책훈의 교서이니라."

태준은 자세를 바로 해서 이 귀한 보물을 눈여겨봤다. 노란 색깔로 된 비단의 가로가 6자(180센티)도 넘어 보였고, 세로도 한 자가 훨씬 더 되어 보이는 두루마리였다. 황색 비단 바탕에는 붉은색이 선명한 글씨가 해서체로 정성 들여 쓰여 있었다. 제목은 교갈성분위진무공신가선대부행순천군수인원군이휴복상가서(教竭誠奮威振武功臣嘉善大夫行順天郡守仁原君李休復賞可書)였다.

한문 해독이 가능했던 이태준은 제목을 읽고 본문을 천천히 읽어 보았다. 훈장은 그러는 태준에게 이 한문을 소리 내어 새겨보라고 했다. 태준은 훈장이 시키는 대로 했다. 그렇게 하는 동안 모두는 침묵을 지키고 있었다.

"왕은 이렇게 말한다. 자기 몸을 잊어삐리고 나라 위해 목숨을 바치는 일은 실로 오직 신하의 순수한 충성이요 덕행이니 이를 포상하고 공신에게 상을 주는 것은 곧 나라의 옛 법도이다. 이에 봉호를 주어서 공훈에 보답하노라 (중략) 이에 그대에게 갈성분위 진무공신에 봉하고 가선대부 벼슬을 그대로 두니라. (후략)"

태준이 새겨 읽기를 마치고 낮은 기침 소리를 내자 훈장이 떨리는 음성으로 말했다.

"감회가 어떠냐? 임금이 내린 교서이니라. 어제사제문의 내용도 새겨 읽어보거라."

하면서 다시 궤짝 안에서 역시 푸른 보자기에 싸인 것을 꺼냈다. 보자기를 풀자 색이 바래 누렇게 된 한지 봉투가 나왔고, 훈장은 봉투에 든 문서를 꺼냈다.

어제사제문이란 임금이 직접 써서 내린 제문을 뜻한다. 어제사제문(御製賜祭文)의 내용은 이러했다.

"천계 5년 7월 14일에 국왕은 예조좌랑 신 김주(金輳)를 보내어 인원군 이휴복의 영령에 유고(諭告), 타일러 알리니라. 오직 영령이여, 전 번에 국운이 불행하여 적신이 날뛰었니라. 도성이 함락되고, 왕은 피란을 갔니라. 안현(安峴)의 싸움에서 의사들은 분발했니라. 편장(偏將), 그런깨네 장수 다음의 아래 장수가 편장인데 편장으로서 앞장을 섰으니, 그 누가 경의 공적에 비교되리오. 장차 크게 등용함을 기약하고 우선 군수에 임명했니라. 관직은 재능에 비교되지 못했는데, 우찌하여 세상을 떠났단 말인고. 숫돌에 간 듯한 굳은 맹세에도 덧없이 죽으니 애절하구나. 이에 제전을 올려 지하의 영혼을 위로하니라. 바라건대 이 자리에 강림하여 내 은명, 즉 왕이 내리는 잔을 흠향할지니라."

어려운 말을 태준 스스로 풀어 쓰느라 시간이 좀 걸렸다. '천계 5년'은 훈장도, 태준도 몰랐으나 서기 1625년이었다.

난서죽백을 보고 온 그날 밤, 태준은 밤이 이슥하도록 잠을 이루지 못했다. 인원군 할아버지의 11세손인 나는 과연 어떤 일생을 보내야 할까. 나라 형편은 임진왜란 때보다 훨씬 더 심각한 이 시점, 임진란 때는 그저 왕권이 좀 흔들렸고, 백성이 고생을 했을 뿐이지 나라가 영 망하지는 않았는데, 지금은 나라 전체의 구석구석이 왜놈들에게 짓밟히고 있지 않은가. 이런 비극과 원통함을 어찌할 것인가. 그런데도 왜놈 밑에 빌붙어 출세하고 돈을 벌려는 벌레 같은 인간들이 설친 지가 벌써 몇 년짼가. 그는 혼자 가슴을 쳤다. 아, 이렇게 촌구석에서 하릴없이 썩고 있어야만 하는가.

1900년, 열여덟 살의 태준은 서당 공부를 끝냈다. 서당 공부를 끝내고는 영어와 일어를 독학으로 공부하기 시작했다. 영어는 지금 세계의 공통어가 되어 있으니 앞으로 사람 행세를 하려면 영어를 미리 좀 공부해둬야 될 것 같았고, 일어를 공부하는 게 마음에 썩 내키지 않기는 했지만 호랑이를 잡으려면 호랑이 굴에 들어가야 한다는 말처럼 일본을 이기려면 일본 말을 몰라서는 안 되겠다는 생각에서 시작했다.

태준은 장날에만 문을 여는 군북의 책방 비슷한 가게에서 가져온 독립신문 등 여러 신문에서 심심찮게 영어로 된 말과 일어가 기사에 섞여 나오는 걸 보면서 세상 돌아가는 사정을 알고 있었다. 특히 독립신문은 4면이 온통 영문으로 되어 있기도 했다.

태준은 아무래도 집에만 붙어 있을 수가 없었다. 농사래야 태준이 거들어야 할 만큼 많지도 않았다. 그래서 장날만 되면 군북으로 내려가 장판을 둘러보기도 하고, 서점 같지도 않은 작은 가게에 들러 책 구경도 했다. 이 가게는 장날이면 붓이나 먹, 종이 같은 문방구를 팔면서 책도 몇 권씩 가져다 놓고 팔았다.

동네사람들은 태준이 왜 장날만 되면 군북 장으로 가는지 그 깊은 생각은 모르고들 말했다.

“평암댁. 큰아들은 한 달 6장 매장 치네!”

“장에 가도 넘맹크로 술을 받아 묵나, 국밥을 사 묵나? 맨날 벼루하고 붓이나 책을 파는 가게에만 간다 쿠더라.”

“술이사 안죽 나이 어린깨네 그렇다 쳐도 와 국밥도 한 그릇 안 사 묵고 오는고?”

“참말로 몰라서 하는 소리가? 평암양반이 돈이 오데 있노? 아들 국밥은커이사(커녕) 묵고 죽을 돈도 없는 헹편인데!”

태준이 그런 가게에서 본 책은 주로 ‘신소설’이란 말을 제목 앞에 붙인 『혈의 누(血의 淚)』, 『자유종(自由鐘)』, 『치악산(雉岳山)』 같은 책들이었지만 그런 책은 살 엄두를 내지 못했다. 다만 영어 공부에 필요한 책이나 일본어 공부에 닿는 책들만 보고 어쩌다 한 권씩 사왔다.

그리고 이미 몇 년 전에 창간된 독립신문, 최근에 창간된 〈대한매일신보(大韓每日申報)〉 같은 신문, 나온 지가 한참이나 지난 구문들을 거의 거저다시피 얻어 와서 꼼꼼히 읽었다.

태준이 몇 년을 두고 장터 출입을 하면서 얻은 진정한 보람이라면 아주 좋은 동무 한 사람을 얻은 것이다. 사촌에 사는 이 지기는 조용관이었다. 그도 서당에서 공부를 한 사람이었는데, 그는 태준과는 달리 상당한 지주의 자제였고, 그때 둘 다 나이 스물두 살이었다. 그런데 조용관은 조혼을 해서 아이들이 셋이나 되었다. 그러나 농사를 지을 머슴이 여럿이니 그는 농사에 관심을 두지 않아도 되어, 상날만 되면 군북까지 내려와 책방 비슷한 가게를 찾곤 했다.

그러다 자연히 태준과 자주 만나게 되었다. 어느 날 태준이 책을 사고 그냥 얻다시피 한 지난 날짜의 독립신문 몇 부를 주자 용관이 아주 고마워하며 말했다.

"사촌에 사는 조용관입니다."

"저는 명관에 사는 이태준입니다. 먼발치에서 몇 번 뵌 적이 있지요."

"저도 그렇습니다. 귀한 신문을 주시어 고맙습니다."

"귀한 신문도 앙이고, 오래된 구문이지요. 그렇지만 이 촌에서는 듣기 힘든 소식이 많습니다."

"그렇데요……. 특히 영어판 기사가 흥미를 끌더만요. 그거는 그렇고 점심때가 됐는데, 우리 오데 가서 점심이나 묵음시로 이바구를 좀 더 하몬 안 되겠습니까?"

태준이 받았다.

"안 될 기 뭐 있겠습니까? 오데 가서 요기나 하입시다."

그들은 마치 오래 사귄 동무처럼 장터의 국밥집에서 점심을 함께 먹게 되었다. 그러나 태준은 용관이 독립신문의 영어판 기사가 흥미를 끌더란 말이 자꾸 귓가에 맴돌았다. 영어판 기사가 흥미를 끌다니……. 그러나 태준은 아무 말도 하지 않고 국밥집으로 따라갔다. 그런데 태준은 조용관에게서 또 다른 이상한 점을 발견했다. 국밥이 나오자 숟가락을 들기 전에 눈을 감고 고개를 숙이더니 뭐라고 입속말로 중얼거렸다. 그러나 태준은 그 행동에 대해 묻지 않았다. 둘은 국밥을 먹으면서 여러 가지 이야기를 했다. 태준이 서당에서 어디까지 공부했는지를 밝혔고, 용관도 자기 공부한 것을 말했다. 공부가 비슷했다.

“우리 성씨도 한 쪽이 지울지도 않을 만큼 모두 양반이고, 동년배에다 글 읽은 것도 비슷하니 고마 말을 놓으몬 우떻겠습니까? 저는 함안 조가에 이름은 용관입니다.”

용관이 어른들 말을 흉내 내는 것처럼 말했다. 어른들은 흔히 말을 트고 벗으로 삼을 때 양반의 수준이 서로 비슷한지, 또 나이가 비슷한지를 따졌던 것이다.

태준이 받았다.

“우리 함안에 함안 조씨는 대성이고 양반 가문 앙입니까. 그라고 ‘용’자가 항렬 앙입니까. 저는 본관이 인천이고 이름은 태준입니다. 사실은 제가 먼저 말 놓자 쿨라 캤는데, 그쪽에서 먼첨 그라이 고마 말 놓고 지내입시다.”

이리 해서 그들은 둘도 없는 동무가 되어 거의 장날마다 만나 많은 이야기를 나누었다. 서로 경어를 쓰다가 말을 놓게 되면 단박에 몇 갑절의 우정이 생기는 법이기도 해서 이들은 깊은 우정을 쌓아갔다. 그렇다고 이들은 조심성 없이 함부로 말한다거나 상대방의 비위를 건드리는 말은 절대로 하지 않을 만큼의 인품을 지니고 있었다. 양반의 씨[種]란 게 본시 그런 것이었으니까. 게다가 태준이 조용관을 사귀어보니 참으로 놀라운 면이 보였다. 그는 남부럽지 않은 부잣집 아들이지만 전혀 부자 티를 내지 않았다. 흔히 부자들은 행색부터가 값비싼 차림에, 자기 하고 싶은 것은 온갖 짓을 다 하면서도 남에게는 인색한 것이 보통인데, 용관은 자기 절제가 철저했다. 그리고 남에게 인색한 행티를 보이지 않고 인정이 후했다. 신발도 가죽신이 아닌, 삼과 짚을 섞어 삼은 수수한 미투리였고, 두루마기도 명주나 비단이 아닌 허연 무명베였다.

장에서 만나면 언제나 점심은 용관이 샀다. 그러나 격변하는 세상, 하루가 다르게 나라가 기울어져 가는 일에 대해서는 주로 태준이 말했다. 용관은 의외로 서양 사람들의 관습이나 영어에 대한 말을 가끔씩 하기도 해서 태준은 그 연유가 더욱 궁금했지만 묻지 않았다. 그러나 용관은 자기 말은 별로 하지 않고 매양 태준의 말과 의견을 주의 깊게 들으면서, 때로는 의분이 끓는, 또 어떤 때는 말할 수 없는 비감이 어린 눈으로 태준을 바라보기도 했다. 그러던 어느 날 태준은 기어코 용관의 그 이상한 행동에 대하여 물었다.

"이런 말이 혹시 실례가 될지 모르지만 하도 궁금해서 묻는데 답해줄란가?"

"뭔데 그리 어렵게 말하노? 궁금한 기 뭣고?"

"자네 밥 묵을 때마장 눈감고 고개 숙여 구시렁거리는 거는 무슨 짓고?"

"응, 하느님께 고맙다고 인사하는 기지."

"하느님?"

"그래, 옥황상제가 하느님이라고 생각하몬 될 끼다."

"옥황상제? 그 말은 도가(道家)에서 쓰는 소리 앙이가?"

"나는 도가의 노장(老莊)을 믿는 기 앙이고 하느님을 믿는 기독교 신자네."

"하느님? 아하, 자네 은자 보이 서학(西學)꾼이네?"

용관이 미소를 머금고 답했다.

"천주교 신도들을 서학꾼이라 캤는데 나는 천주교가 아닌 기독교, 즉 개신교 서학꾼이네. 그라고……."

"그라고 뭐?"

"우리 어무이가 천주교 순교자 손녀이시다. 우리 외증조부님이 순교자이신데 함자가 정 찬자 문자이시다."

"정찬문이라……. 그런데 와 자네는 기독교를 믿노?"

"어무이가 기독교 신자이시거든. 우리 어무이가 시집 오셔가이꼬 천주교 대신 기독교의 씨를 우리 집에 뿌리셨지. 그라고 자네도 알고 있겠지만 천주교도 사실은 기독교라네. 사람들이 기독교라고 하면 천주교와 영 다른 것으로 아는데, 기독이란 말이 그리스도란 말이거든. 그라고 또 하나 밝히자몬 기독교는 개신교란 말이 더 정확하다네."

태준은 이 모든 것을 방금 처음 알았다. 태준이 언제 기독교란 말, 천주교란 말을 들어본 일이 있었던가. 더군다나 개신교란 말은 아마도 고칠 개자에 새 신자를 쓰는 모양이지만 더 물을 수가 없었다. 천주교를 새로 고친 게 개신교란 말이 아닐까 싶었을 뿐. 그러다 그는 엉뚱한 질문을 했다. 용관의 어머니가 본래 천주교 신자였다니 묻고 싶었다.

"외가집이 오데고?"

"진주 문산."

태준은 문산에 천주교 신자들이 많다는 사실을 모르고 있었고, 문산 출신의 순교자가 있었다는 것은 더욱 알 리 없었다. 그러나 용관의 외가는 문산에서도 이름난 순교자로, 병인박해(1866년) 때 순교한 정찬문(鄭燦文) 안토니오의 집안이었고, 용관의 모친은 정찬문의 손녀였다. 그런 사람이 함안 사촌리 신촌(압실) 부락의 유교 집안으로 시집왔다. 외인(비종교인)에게로 출가하는 바람에 신앙생활을 못하고 있었다. 용관은 어머니가 천주교 순교자의 손녀임을 알고 이를 대단히 자랑스럽게 여겼고, 좀 친한 사람에게는 항상 자랑을 하곤 했다.

1894년, 호주의 빅토리아 청년연합회가 파송한 선교사 아담슨(R. V. Adamson)이 사촌에 와서 전도활동을 펼치기 시작할 무렵이었다. 아담슨은 1894년 5월 20일 조선 부산으로 입국했다. 그는 부산 지역을 일행인 다른 선교사에게 맡기고 자신은 함안까지 들어왔던 것이다.

용관의 부친 조동규는 상당한 부자인 데다 독립사상이 몸에 밴 인물이었다. 물론 향리에서는 인정받고 있는 선비였다. 그런 그는 어느 날 우연히 대한매일신보를 접했고, 거기에서 눈이 번쩍 뜨이는 어떤 논설을 읽게 되었다. 그 논설의 요지는 이러했다.

"하느님이 세상을 사랑하사 믿는 자마다 멸망치 않고 영생을 얻게 하려 하심이니 조선의 미래는 하느님을 믿는 신앙에서 찾아야 하나니라. 즉 조선독립은 하느님을 믿는 신앙과 사랑과 그 의지로 이룰 수 있을 지니라."

이러한 글을 읽은 조동규는 그 글의 필자를 찾아봤으나 찾을 수 없었다. 그러던 차에 사촌리 신촌마을까지 들어와 선교활동을 하고 있던 아담슨을 만나게 되었다. 그 무렵 아담슨은 이름도 한국식 이름 손안로로 개명하여 사촌의 현지주민들 집을 이집 저집 방문하면서 숙식을 해결하고 있었다. 그런 수고 속에서 선교활동에 전념하고 있었던 것이다. 이런 사정을 알게 된 조동규는 머슴을 시켜 손안로를 자기 집 사랑채로 안내하게 했다.

사촌리 신촌 부락의 자기 집 사랑채로 손안로를 데리고 온 조동규는 그에게 단도직입적으로 물었다.

"손 선교사님, 내가 우떤 신문에서 보이까네 조선이 독립을 하려면 백성들이 기독교를 믿으면 된다고 했던데 그 말을 믿어도 됩니까?"

손안로 목사가 잠시 침묵을 지키다 말했다. 역시 알아듣기 힘든 조선말이었지만 요지는 이런 것이었다.

"독립은 힘써 지키는 것이고, 독립을 잃으면 온 백성이 일어나 잃은 독립을 도로 뺏어 오는 것이지, 그냥 얻어지는 게 아닙니다. 그리고 한 나라의 독립이란 것은 그냥 두면 입안의 사탕처럼 녹아 없어지는 것입니다. 싸울 때 싸우고 지킬 때 지켜야 독립은 유지되는 것입니다. 그런데도 조선 사람들은 생각이 모자라서 아무도 독립을 애써 지키려 하지 않았어요. 좀 똑똑한 사람들은 일본사람 밑에 붙어서 조선 사람을 멸시하고 조선 사람의 재산을 뺏고 있지 않습니까. 그러나 사람들이 기독교를 믿으면 먼저 정신이 바로 서고 지혜로워져서 나라와 사람들을 사랑하고 아낄 줄을 알게 됩니다. 이것이 하느님의 진리입니다. 하느님은 나라와 사람들을 사랑하고 아끼려는 정신으로 가득 찬 사랑과 진실, 정의 그 자체이신 분입니다."

조동규가 눈을 빛내며 물었다.

"조선 사람들이 얼마나 기독교를 믿으면 우리가 독립을 할 수 있을까요?"

손안로 목사가 자신 있게 대답했다. 마치 이런 질문을 기다리고 오래 생각해온 것처럼 말했다.

"조선 사람 1백만 명이 기독교 신자가 된다면 조선은 자동으로 독립이 되고 다시는 일본이 조선을 넘보지 못하게 될 것입니다. 이 말씀은 이 손안로가 목숨을 걸고 장담합니다. 그러니 우선 조동규

선생님부터 기독교를 믿으면서 조선 독립의 정신을 다른 사람들에게 널리 펴야 합니다."

"1백만 명이라, 우리 동포가 아직 2천만이 안 되는데 1백만 명이라……."

손안로 목사가 다시 말했다.

"조선에서는 그 좋은 종교인 불교도 지금 미신처럼 타락해가고 있지 않습니까? 이래서는 나라를 살릴 수가 없어요. 나라를 다시 살리고 독립하는 길은 조선 사람들이 기독교를 믿는 길뿐임을 다시 한 번 강조합니다."

그때 열세 살밖에 안 된 조동규의 아들 조용관이 이들 옆에 붙어 앉아 있다가 아버지에게 말했다.

"아부지, 목사님의 말씀이 옳다고 생각됩니더. 지캉 어무이는 하느님을 믿기로 이미 결심했습니더. 그러니 아부지께서도……."

"나는 이 함안 고을의 유도(儒道)계를 대표하는 사람인데 그런 결심이 숩게 서겄나. 우리나라의 독립을 위해서는 열 번도 더 기독교도가 되고 싶지마는 가문과 고을의 전통과 관습을 우찌 숩기 바꾸겄노. 그러나 니가 그러니 우선 선교사님부터 우리 집에 자주 오시게 하지."

용관의 어머니는 그동안 신앙생활을 못해 심한 갈등을 느끼면서 누구에겐가 자기 가슴속의 안타까움과 목마름을 하소연하고 싶었던 차여서, 집안에서 손안로 목사와 자주 만나게 되자 자신이 천주교 신자였음을 자연스럽게 밝혔다. 손안로 목사는 잠시 놀라는 눈이더니 서툰 조선말로 띄엄띄엄 말했다. 얼른 알아듣지 못할 말도 있었지만 이런 요지였다.

“자매님 반갑습니다. 우리는 모두 하느님의 자녀로 한 형제자매입니다. 기독교 천주교 아무 구별이 없어야 합니다. 모두 하느님 믿고 하느님 말씀대로 살아야 하는 사람입니다. 그러니 기독교 사람 천주교 미워하고, 천주교 사람 기독교 미워하면 안 됩니다. 절대로 그러면 안 됩니다. 서로 미워하고 싫어하고 의심하면 하느님 매우 매우 슬퍼하십니다. 우리 모두 사이좋게 지내야 합니다. 자매님 오늘부터 하느님의 딸로 행복하게 살아가시기 바랍니다. 하느님은 자매님을 매우매우 사랑하십니다. 나 손안로 목사, 하느님의 사랑으로 자매님의 외로움, 자매님의 괴로움 함께할 것입니다.”

용관의 어머니는 친정에서 믿었던 천주교의 하느님이나 손안로 목사가 말하는 기독교의 하느님이 사실은 같은 주님으로서 그 교리가 조금 다르기는 하나 얼마든지 믿을 만한 종교로 생각했던 것이다. 부처나 무당을 믿는 것도 아닌 같은 주님, 즉 하느님을 믿는다. 신앙에 목말라 있던 용관 어머니의 마음을 사로잡기에 부족함이 없었다. 게다가 아들 용관이 손안로 선교사로부터 영어를 배우게 되고, 자기는 하느님에 대해서 더 자세히 알게 되니 이런 다행이 없었다. 다만 한 가지 아쉬운 점은 손안로 목사가 성모님 마리아에 대해서는 일언반구도 없다는 점이었다. 그러나 그런 것은 크게 문제가 되지 않았다. 이래서 용관도 어머니와 함께 기독교인이 된 것이다.

용관의 어머니 정 씨는 밤마다 남편 조동규를 설득했다. 그런 결과 조동규도 드디어 큰 결심을 하고 하느님을 믿게 되었다. 유교적 전통과 조상 대대의 봉제사도 중요하지만 나라와 동포부터 왜놈들의 손아귀에서 벗어나게 하는 게 더 급하다고 봤던 것이다. 시골에 살아도 의식이 트여 있었다.

조동규는 부자로서 집도 크고 집터도 널렀다. 만장같이 너른 집터에 교회를 지어도 되었지만 자기 집 앞의 문전옥답 600평을 내놓아 교회 건물을 짓도록 했다. 그리고 기와를 직접 사 와서 덮도록 하는 등 교회 건축에 온 열성을 쏟았다. 이게 사촌교회의 출발이었고 1897년 3월, 조용관의 나이 열다섯 살 때의 일이었다.

태준이 군북 장에서 용관을 만나 절친한 사이가 되었을 때는 조용관의 집에서 이런 일이 있고서도 몇 년 지난 뒤였다. 용관은 어느 날 장터에서 만난 태준에게 조심스럽게 말했다.

"자네 영어 공부에 관심이 많던데……, 혹시 도움이 될 것 같아 하는 소리네만."

"말해보게."

"내캉 같이 우리 사촌교회에 한 번 안 가볼란가? 손안로라고 서양 선교사 한 분이 우리 교회에 자주 오시는데 나도 이 선교사로부터 영어를 배우고 있거든."

태준도 한문을 공부한 위에 영어와 일본어에 대하여 관심을 가지고 독학을 하고 있던 터라 영어를 배울 수 있는 조용관의 환경이 부러웠다. 그러나 선뜻 사촌교회로 가고 싶지는 않았다. 그래서 말했다.

"한분 생각해보겠네."

"생각은 무슨 생각? 오늘 바로 가보세. 목사님이 아주 좋은 분이라네."

"그렇다몬 나도 청이 있네. 우리 동네 평광으로 먼저 가서 자네가 우리 재실 도천재를 한분 보몬 내가 사촌교회로 가보겠네."

"괜찮네. 나도 그 유명한 도천재를 한 분도 안 봤응이 그라제. 그라몬 오늘 당장 평광부터 올라가세."

이렇게 하여 태준은 그날 오후 용관에게 도천재를 구경시키고, 도천재의 내력과 단서각에 모셔진 단서죽백에 대해서도 자랑 겸 설명했다. 그러고는 약속대로 서잿골 앞으로 난 산길을 걸어 옛날 절이 있던 절목 뒤의 다릿골(多老谷) 고개를 넘어 사촌으로 갔다. 다릿골 고개는 높고 가팔랐다. 앞서 걷던 태준이 잠시 쉬자며 작은 바위에 걸터앉았다. 용관도 옆에 앉았다. 그들이 앉은 곳에서 가까운 곳에 엄청나게 크고 높고 넓은 바위가 내려다보였다. 태산바위라 불리는 바위였다. 태준은 어릴 때 소 먹이러 오면 태산바위에 올라가서 동무들과 놀곤 했다. 그때 용관이 좀 엉뚱한 말을 했다.

"자네 호(號) 있나?"

"호?"

"남자가 학문을 그만큼 했고, 나이도 스물이 지났는데 아호(雅號)가 없어? 이름은 아끼고 호를 써야제."

"나는 또 무슨 소리라고. 자네는 호가 있나?"

"있지. 서당 훈장님께서 지어주셨다. 오곡이라고."

"오곡? 압실 우에 있는 골짝 동네 오실이라는 동네가 오곡 앙이가?"

오곡이란 동네는 사촌에서 근 십 리나 더 올라가야 하는 골짜기 동네다.

"흔히 동네 이름을 호로 쓰기도 하지. 까마귀 오(烏)에 골 곡(谷)."

"그래, 지금 그 호를 쓰고 있는가?"

"아직 안 쓰네. 그러나 훈장님이 지어주신 호를 기쁘게 받았다네. 그런데 자네 호를 내가 진작부터 생각하고 있으면서 늘 잊아삐리고 자네한테 말을 안 했는데 은자 저 큰 바구를 보이 생각이 나네."

"그기 뭣꼬?"

"대암(大巖)이다. 큰 바구."

"대암, 대암이라. 저 태산바구 보고 생각이 났는가베?"

"그렇다네. 저 바구 보이 내가 생각해둔 대암이란 호가 생각나네."

"그런데 내가 대암이란 호를 쓸 만큼의 깜냥이 되까?"

"되고말고. 남의 호를 지어줄 때는 깨끗한 한지에 호를 쓰고, 그런 호를 지은 이유랄까 연유를 밝혀 예(禮)를 다하는 법인데, 이렇게 불쑥 말로만 해서 미안하지만 나는 자네가 가진 심지, 기백, 그릇을 오래전부터 생각하고 있었네. 자네가 저 바구겉이 심지가 굳고 강해서 대암이 자네한테 딱 어불리는 호라고 생각하네."

"고맙네. 자네가 지어준 대암이란 호를 잘 쓰겠네."

"됐네. 인자 다시 걸으세."

태준은 조용관과 함께 사촌교회로 갔다. 명관 사람들은 사촌을 사랑목이라 했는데, 사촌교회는 사랑목에 있지 않고 그 윗동네인 신촌(압실)에 있었다. 물론 신촌도 사촌리였다. 거기에서 태준은 손안로 목사도 만났고 한경연이란 중년 남자도 만났다. 한 씨는 선교사인 목사를 돕는 조사(助事)란 직분이었다. 용관이 목사 손안로에게 태준을 소개했다. 태준은 그날 서양 사람을 난생 처음으로 봤다. 피부색이 하얗고 머리는 노랗고 곱슬곱슬했고 눈알이 고등어 눈알처럼 새파랬다. 키도 컸고, 코가 그렇게 높은 사람은 처음 봤다.

"목사님, 저의 친구 이태준이란 사람입니다. 목사님께 영어를 배우고 싶어 해서 데리고 왔습니다."

"나 영어 교사 아닌 선교사이니 이분 기독교 믿으면서 나 자주 만나면 영어 배울 수 있어요."

그날 저녁 집으로 돌아온 태준은 아버지께 아무 말도 못하고 혼자 깊은 고민에 빠졌다. 영어를 배우기 위해 기독교를 믿을 것인가. 영어는 계속 독학만 할 것인가.

그 후로 태준은 아버지 몰래 자주 사촌교회로 가곤 했다. 갈 때마다 용관과 함께 손안로 선교사를 만나 영어 공부를 했다. 따로 영어를 배운다기보다 영어로 기본 대화를 하는 것이었다. 영어 실력 느는 소리가 쑥쑥 선연히 귀에 들리는 것 같았다. 그만큼 재미도 있었다.

한 번은 어두워서야 그 높고 험준한 다릿골 고개를 넘어오다가 혼이 나기도 했다. 저만큼의 태산바위 위에서 시퍼런 불이 껌뻑껌뻑하고 있었던 것이다. 밤이면 소도 눈에서 푸른빛이 난다. 그러나 이 불빛은 그런 것과는 비교도 안 되게 강하고 컸다. 틀림없이 큰짐승(호랑이)의 불빛 같았다. 그러나 제 고을 큰짐승은 제 고을 사람은 해치지 않는다는 말을 어릴 때부터 들어온 태준이었다. 그는 조용하고 급한 걸음을 재촉할 뿐이었다. 온몸에서 식은땀이 흘러 옷이 완전히 젖었다.

그러던 어느 날 군북 장에서 용관을 만난 태준은 자신이 처한 사정을 조심스럽게 밝혔다. 입이 무거운 태준은 이 말을 할까 말까를 두고 한참 망설인 끝에, 이런 친구라면 마땅히 자신의 이야기도 속을 털어놓고 해야 한다는 생각이 들었던 것이다. 태준은, 딸 둘을 낳은 아내가 최근(1906년)에 세상을 떠난 것을 처음으로 이야기했다. 과연 용관은 왜 그런 걸 이제야 알리느냐고 나무랐다. 그러면서 자신은 장가를 일찍 들어 아들딸을 셋이나 둔 것을 말했다. 그러는 용관에게는 아내와 사별한 태준의 표정과는 다른 어떤 우울의 그늘이 짙게 드리워져 있었다. 그것은 차라리 슬픈 표정이기도 했다. 그러나 태준은 그가 왜 슬픈 표정을 짓는지 묻지 않았다. 가정을 거느리려면 누구나 슬픈 사연은 있기 마련일 테니까.

세상은 많이도 변해서, 작년(1905년) 초에는 한양의 치안권을 일본 헌병대에 몽땅 넘겨주더니 11월에는 기어코 을사늑약을 맺고 말았다. 이제 정말 나라를 빼긴 꼴이나 같다. 금년 3월에는 초대 통감으로 이등박문(伊藤博文)이 부임했고, 민종식(閔宗植)이 홍주에서 의병을 일으켰다. 4월에는 최익현(崔益鉉)이 전라도에서 의병을 일으켜 싸우다 관군에 붙잡혀 대마도로 유배되었는데 결국 대마도에서 왜놈들에 의해 살해되는 일이 일어났다. 그러나 세상은 최익현이 유배지에서 단식하다 죽은 것이라고 하고 있다.

스물세 살의 한창 나이인 태준은 난감하게 된 자기 가정 일도 걱정이었지만 집안일보다는 나랏일에 더 신경이 쓰였다. 이미 망하게 된 나라지만 이런 나라 꼴을 앉아서 보고만 있자니 치미는 울화를 견딜 수가 없었다. 그래서 생각해낸 것이 자신도 의병을 한 번 일으켜보자는 생각이었다. 자신이 일으킨 의병이 전국 방방곡곡으로 확산되어가는 광경을 상상하면서, 그렇게 한 결과 나라를 되찾을 수만 있다면 죽어도 괜찮겠다는 생각을 했다. 오래오래 혼자 생각하고 또 생각한 일이었다. 그러나 한 번도 이런 생각을 말로 표현하지는 않았다.

태준과 용관은 그렇게 거의 장날마다 만나면서 우정을 키워갔는데 그러던 어느 날, 태준은 자신이 오래전부터 마음에 품어왔던 생각을 처음으로 풀어냈다. 용관과 함께라면 어쩌면 의병의 거사가 가능할 듯도 싶었던 것이다.

"자네, 시방부텀 내가 하는 말 단딩이 듣게."

"뭔데 그리 미리 다짐을 하고 그라노?"

"우리도 의병을 한분 일바시 보몬 우떻겄노?"

"뭐? 의병?"

"그래, 의병을 일바시가이꼬 저 꼴 뵈기 싫은 왜놈들 식겁 좀 믹이세. 우리가 일바신 의병이 전국에 번져 나라를 되찾으면 울매나 좋겄노?"

용관은 태준의 말을 가만히 듣고 한참 뜸을 들이더니 말했다.

"이런 일은 신중에 신중을 기해 계획부터 빈틈이 없어야 하네. 자네 성격이 워낙 빈틈없어 일단은 마음이 놓이네만 더 구체적인 계획을 함께 세워보세. 설마 자네가 왜놈들 식겁 한분 믹일라꼬 의병을 일바실 택은 없을 끼고, 그 마지막 목적은 나라를 되찾는 긴데……."

하면서 태준의 눈을 응시했다. 그러다 잠시 뒤 이었다.

"의병을 오데서 처음 일바시며 사람들은 몇이나 동원할 것이며 왜놈들의 총질에는 우찌 대비할 것이며……. 죽거나 다치는 사람들도 있을 낀데…….

"그거는 내가 대강 생각해논 기 있네. 먼저 이 군북에서 장날을 기해 일나야 하네. 그래서는 의령으로 가야 하네. 함안과 의령은 모두 임란 때 의병들이 들고일나 왜적과 싸워 이긴 전통이 있네. 함안에는 평광의 인원군 신부공신 이휴복 장군이, 의령에는 망우당 곽재우 장군이 의병을 일바셔 왜적을 쳐서 이긴 역사가 있네."

"그렇다고 우리 둘이서 의병이 되나?"

"물론 안 되지. 나는 내가 배운 서당에서 동문수학한 동무들이, 자네는 자네가 배운 서당에서 동문수학한 동무들이 주축이 되어 의병을 모아야 하네. 자네 그럴 자신이 있는가?"

"자신이 있나 하고 물으면, 내가 당장 의병을 모아놓은 것도 아닌데 답하기가 난감하지. 자네는 이미 사람들을 모아 놨나?"

"아니, 나도 자네하고 이 일을 인자사 처음 의논해보는 긴데 우찌 사람들을 모아 놨겠노? 인자부텀서 사람들을 설득하고 모아야지."

"이런 일에는 돈도 수태 많이 들 낀데……."

그 말에 태준은 답하지 않고 침묵을 지켰다. 용관이 잠시 뒤 다시 말했다. 어떤 결심을 한 양 결연한 목소리였다.

"자네가 하는 일이면 내가 안 거들 수가 없지. 거사 비용이 얼마나 들지는 모르지만 그거는 내가 맡겠네."

"고맙네."

태준은 두 손으로 용관의 손을 잡고 힘줘 흔들었다. 이날은 이 정도로 하고 다음에 다시 만나 더 구체적인 계획을 세우기로 약속한 뒤 헤어졌다. 태준은 이만큼만 해도 의병이 반은 성공한 것 같았다.

그런데 반은 성공한 것 같던 이 일이, 사전에 일찍 발각되고 말았다. 신이 난 태준은 한양에서 잠시 귀향한 집안 동생 태봉에게도 어느 정도 계획을 말했던 것이다. 거사 자금을 댈 사람이 있었으니 신이 안 날 수가 없었다. 태봉은 일찍이 고향을 떠나 한양으로 가서 공부도 하고 청년운동을 해온 똑똑한 사람이어서 의병에는 반드시 참가시켜 함께 움직여야 할 사람이었다. 물론 눈이 바로 뜨인 똑똑한 사람이기도 했지만 무엇보다도 태봉은 이미 1906년 3월 민종식(閔宗植)이 홍주에서 일으킨 의병에 가담해본 경험자였다. 태봉이 태준에게 오히려 의병 거사의 문제를 먼저 꺼낸 터여서 태준은 자신의 계획을 털어놨던 것이다. 그런 태봉이 함안으로 왔다가 상경하던 길에 남대문역에서 체포되고 말았다. 문제는 태봉의 호주머니에 태준과 태봉이 도천재에서 이마를 맞대고 의병을 모의하면서 이태준과 조용관의 이름을 쓴 종이가 태봉의 호주머니에 그때까지 있었던 것이다. 함안 이태준과 조용관. 이 종이를 무심코 접어 태봉이 호주머니에 넣었고, 태준이 그것을 빼앗아 폐기하지 않은 것이 불찰이라면 큰 불찰이었다. 다행히 종이에는 태준과 용관의 이름만 쓰여 있었지만, 이 사람들도 민종식과 함께 의병에 관련된 사람들이 아니냐고 따지는 바람에, 태봉 딴에는 태준과 용관을 보호하려고 하다가 왜경의 교묘한 유도심문에 말려들어 그만 태준의 의병 계획을 들키고 만 것이다. 물론 왜경은 이들이 의병을 일으키려 한다는 확증은 없었지만 잡아들여 놓고 보았던 터였다.

태준은 이 일로 용관과 함께 마산까지 불려가 일본 헌병들에게 치도곤을 당했다. 몇날 며칠을 시달리다 태준은 다시는 이런 불순한 일을 생각하지도 않겠다는 각서까지 쓰고 풀려나왔다. 왜놈 헌병의 보조인 듯한 조선 사내의 울림장이 두고두고 기분 나빴다. 그 자는 상판이 흡사 산적 같았다. 온 얼굴에 시커먼 수염이 난 데다 피부색은 왜 그리 검었을까. 그런 상판이 왜놈 헌병 밑에 붙어, 어디서나 그 잘난 세도를 못 부려먹어 애를 태우는 것 같았다. 사내가 이죽거렸다.

"허, 함안에 인물 났네, 인물 났어! 요새 겉은 이 태평성대에 이병이 뭐꼬? 차라리 삼병이나 사병을 하던가, 지랄 개병을 해라 고마. 거 젊은 사람들이 생기기는 멀쩡한 기 개 흝은 죽사발맹키로 해가 이꼬 씰 데 없는 짓은 와 백줴 하노 이 말이다. 가만히 들어본께 조씨카마 이 씨가 주동자인데, 인자 함안 가는 길이 다 닳을 끼거마는. 호적을 딴 데로 파서 이사로 가뻬리몬 몰라도."

태준이 근 보름 만에 풀려나 집으로 돌아온 뒤에도 그 헌병 보존가 하는 사내는 그 사이에 두 번이나 집으로 찾아와 근황을 꼬치꼬치 캐묻고 괴롭혔다. 태준이 좋지 않은 눈길로 흘겨보자 그가 말했다.

"낸들 이 짓이 좋아서 하는 줄 아요? 우에서 시키는 일이니 마지몬해 하는 기지. 그러니 내 말대로 고마 이사를 하소, 이사를! 이사가 정 에러부몬 호적이라도 딴 데로 파 옮겨 뻬소. 그라몬 우에서는 이 동네 안 살고 이사 간 줄 알낀깨네."

그 사내는 무심코 뱉은 말이지만 태준은 그 말이 귀에 쏙 들어왔다.

호적을 파서 이사를 가버려라? 이사를 안 가도 좋으니 호적이라도 옮겨놓아라? 그러면 자신의 행위(의병 거사 시도)로 인한 뒤탈도 없을 거란 말이었다. 그런데 조용관에게는 집으로 그 자가 한 번도 안 왔더라고 했다. 태준은 아무래도 찜찜한 게 마음이 안 놓였다.

태준은 평광에서 더 얼찐거리며 사는 게 힘들 것 같았다. 고향을 떠나 좀 먼 데서 지내보고 싶었다. 그 먼 데란 어딜까? 사람은 나면 서울로 가고 말은 나면 제주로 보내라고, 서울, 그러니까 한양으로 갈까. 그러나 말이 그렇지, 한양까지 어찌 갈 것인가.

마산 헌병대에 불려가서 곤욕을 치른 일은 태준과 용관의 우정을 더욱 돈독하게 했다. 비록 의병은 실패했지만 두 사람은 이제 친형제 이상의 신뢰와 사랑으로 묶여 있었다. 그래서 자연스럽게 태준의 상경 속셈을 용관이 알게 되었고, 용관이 태준과 동행할 생각임을 태준이 알게 된 것이다. 호칭도 '자네'에서 '너'로 바뀌어 있었다.

어느 날 다시 만난 그들은 어디론가 떠나버리고 싶은 마음이 서로 통했다. 태준이 먼 산을 바라보고 있다가 혼잣말처럼 중얼거렸다.

"살기가 와 갈수록 이리 심들어지노?"

"허참, 니도 그렇나? 니는 그래도 집안에 싫은 사람은 없으이 좀 나슬 끼다.

"무슨 소리고?"

"니가 살기 심든다 쿠이 묻는 소린데, 내가 우짜몬 좋겠노? 나는 니카마 언충(훨씬) 더 심든다. 목이라도 매서 죽어삐리까?"

"말도 앙인 소리! 그기 무슨 소리고? 내 말은, 우리가 우물 안 깨구리 신세를 면할라 쿠몬 세상 귀경을 좀 해야 되겠다 싶어서……."

용관이 받았다.

"니도 그리 생각하나? 우짜몬 내캉 그리 생각이 똑같노? 우리 오데 바람 좀 쏘이고 오까?"

"그래, 그런데 오데로?"

태준의 물음에 용관이 답했다.

"한양에 한 분 갔다 오자."

"뭐? 한양꺼정……?"

태준이 잠시 침묵을 지키더니 이었다.

"하기사 바깥바람을 쏘일라 쿠모 한양은 댕겨 와야지, 그런데…….”

“또 뭐꼬?”

“한양 천리를 걸어 갈 끼가?”

“이 좋은 세상에 와 걸어 가노? 타고 가지……. 경부선 철도 개통된 기 운젠데?”

“기차를 오데 공짜로 태워주나?”

“아 참, 니 인자 보이 차비가 걱정인가베? 차비뿐 앙이고, 한양에 가서 며칠 지낼라 쿠몬 여관비캉 밥값도 있어야 할 낀데 그기 걱정이제?”

“그거를 말이라꼬?”

“그런 걱정은 말아라. 내가 다 알아서 해보꾸마.”

“니가 무슨 수로? 너그 집이 좀 잘 사는 줄은 알지만 너그 어른께서 니 차비는 몰라도 내 차비꺼정……?”

“허허 참, 고마 내한테 맽겨 놔두고, 니는 여행 일정이나 한분 자알 짜봐라 고마.”

두 사람은 한양으로 떠날 일을 정해놓고 나니 한양 사람이 다 된 것처럼 마음이 부풀었다. 마침 조용관의 큰 누나가 한양에서 산다고 했다. 살아도 대단히 잘 산다고 했다. 용관의 자형이 사업을 하는데, 그 사업의 규모가 커서 점포에는 여러 사람의 점원도 데리고 있다고 했다.

4
탈향, 한양 살이

태준은 용관과 약속한 날 정암 나루터로 갔다. 물론 걸어서였다. 정암은 평광에서 속보로 1시간도 채 안 걸리는 거리였다. 태준이 정암 나루로 나오니 조용관이 먼저 나와 있었다. 사촌에서 정암까지는 평광에서보다 좀 더 멀었다. 정암은 함안과 의령의 경계지점으로 낙동강의 지류가 흐르는 곳이다. 임진왜란 때 태준의 선조 이휴복과 의령의 곽재우가 왜적들을 수장시킨 곳이기도 하다. 진주에서 떠난 배가 하루에 한 번 구포까지 가곤 했는데, 정암과 남지, 삼랑진에서 각각 배를 대어 사람과 짐을 실어 날랐다. 그래서 태준은 용관과 삼랑진까지 이 배를 이용하기로 했다. 정암에서 배를 탄 두 사람은 삼랑진에서 내려 기차를 갈아탔다. 난생 처음 타보는 기차였다.

이리하여 이들은 한양으로 올라왔다. 1906년, 태준이 상처를 한 얼마 후여서 아내를 저세상으로 떠나보낸 뒤의 슬픔과 허전함을 달래기 위해서이기도 했지만 세상 견문을 넓히기 위해서였고, 용관은 정이라고는 다 떨어져버린 아내 곁을 좀 떠나 있고 싶어서였다.

3년 전인 스물한 살 때, 태준은 한 살 위인 순흥 안씨 처녀 위지(渭址)와 혼인했으나 아내가 둘째 딸을 낳은 뒤 세상을 떠나고 말았다. 난산에다 산후 조리가 잘못된 것 같았으나 일이 난 뒤에 알았다. 태준은 앞이 캄캄했다. 아버지의 유언이 아니더라도 언젠가는 고향을 떠나 큰 포부를 이루어야 한다고 생각하고 있었는데 아내가 세상을 떠나버리다니! 저 어린 것들을 어떻게 한단 말인가. 어린 두 딸 수남(壽南)과 수용(壽用)에게는 미안한 말이지만, 아내가 떠나자 차라리 혼인을 하지 않았던들 더 자유로웠을 거라는 생각이 얼핏얼핏 들었다. 그런 혼인을 왜 했던가. 어머니 박 평암댁이 많지 않은 나이에 오래 앓지도 않고 돌아가시자 가난한 살림이나마 집안을 꾸리고 조석 끼니를 끓일 사람이 당장 필요했던 것이다. 아버지께서 살아 계셨을 때이니 홀로 되신 아버지를 잘 봉양하기 위해서라도 혼인을 하지 않을 수 없었다. 아버지께서도 혼인을 하라고 하셨다. 그래서 그는 자신보다 한 살 위인 이웃 고을 처녀와 혼인을 하기로 했고, 혼인 날짜를 받아둔 상태에서 갑자기 아버지마저 세상을 떠난 것이다. 아버지는 아랫배가 못 견디게 아프다고 온 방을 매며 앓다가 사흘 만에 눈을 감았다.

그는 아버지의 장례를 치르고 나서, 과연 이 혼인을 할까 말까 망설이지 않을 수 없었다. 홀로 되신 아버지를 위해 혼인하기로 한 것인데 아버지께서 돌아가셨으니 그래도 혼인을 해야 하는 건지, 신부 될 처녀는 일면식도 없는 사람이라 생각이 깊어지지 않을 수 없었다. 그러나 혼인날짜까지 잡아 놓은 마당에 파혼이라니! 이는 혼인 상대인 처녀에게도 말이 안 되는 처사였다. 3년 상은 몰라도 다만 1년 상이라도 마치고 혼인을 하기로 쌍방 약속을 하고 1년 후 혼인을 했다.

그런데 그런 아내가 어린 딸 둘을 남겨놓고 혼인 4년 만에 세상을 떠나고 말았으니 이런 낭패가 있는가! 그래서 가끔씩 혼인을 하지 말았어야 했다는 생각이 들기도 했다.

일이 이렇게 되고 보니 동생 태식을 얼른 혼인시키는 수밖에 없었다. 태식(泰植)은 태준보다 다섯 살 밑이었다. 하지만 태식이 혼인을 해야만 어린 딸들에게 암죽이라도 끓여 먹일 게 아닌가. 태식도 형의 그런 낌새를 알고는 열아홉 살밖에 안 됐지만 혼인을 했다. 마침 제수 되는 사람이 아주 양순하고 심덕이 고와 어미 없는 질녀들을 잘 거두어 키우고 있다.

용관의 누님 댁은 한양의 숭례문 근처, 세브란스병원 바로 옆에 있었다. 한양이란 곳은 과연 대처란 말과 같이 크기도 하려니와 사람도 많았다. 말을 탄 일본 관헌들이 큰길을 지나다니기도 했다. 태준과 용관이 처음 용관의 누님 댁으로 찾아갔을 때 용관의 누님은 깜짝 놀라며 용관을 맞았다.

"니가 웬 일고? 집안에 무슨 일이 있어 온 거는 아이제?"

"일은 무슨 일예? 잠시 바람이나 쏘일라고 왔습니더. 별고 없었지예?"

"우리는 별일 없다. 집에도 아무 일 없다니 다행이다마는 바람 쏘일라고 한양꺼정 왔다 말가?"

"오래 안 있을 낍니더. 걱정 마이소! 그라고 동생이 내 말고 또 있고 또 있습니꺼? 바람 쏘일라꼬 불원천리 서양에도 가는데 와 그랍니꺼, 누님은?"

"그기 앙이라 곽중(갑자기)에 오이 놀래서 그라지, 니가 싫어서 그라겠나?"

그러더니 태준을 보고 용관에게 눈으로 물었다. 용관이 답했다.

"명관에 사는 내 둘도 없는 동뭅니더. 나이도 같지만 아는 기 엄청시리 많아서 내 선생님이나 같습니더. 그러이 누님도 내 보듯이 봐주이소."

태준이 허리 굽혀 절하며 말했다.

"초면에 결례가 많습니다. 제가 여러 모로 용관이로부터 많이 배우고 도움을 받고 있습니다. 불쑥 찾아와서 죄송합니다."

"앙이라예. 내 집겉이 생각하고 편히 지내시이소."

그러면서 다시 용관에게 말했다.

"니는 요새 올치캉(올케와) 새가 우뚷노? 오순도순 좀 잘 안 지내고 와 그리 짜옥짜옥 싸워 쌓노? 쯧쯧쯧."

"그래 말입니더. 나도 내 마음을 모르겄습니더."

살림집에 붙은 가게로는 연락부절로 손님들이 들락거렸고, 용관의 누나는 손님들에게는 아주 세련된 한양 말씨를 구사하고 있었다. 한 입에서 저렇게 다른 억양의 말씨가 어떻게 그렇게 자연스럽게 나올 수 있는가 싶었다.

용관과 태준은 가게 쪽으로는 발걸음도 하지 않고 한양에서 열흘이나 지내는 동안 여러 곳을 돌아다니며 구경했다. 남산에도 올라가 보고, 여러 고궁들도 돌아봤다. 고궁들을 둘러볼 때는 망해가는 사직(社稷)에 한없는 비애와 열패감을 느끼곤 했다. 삼각산과 도봉산은 먼발치에서 바라보기만 했다. 그러다 용관이 그의 누님 집을 떠날 때 말했다.

"누님, 가게에 손님도 많고 점원도 많네예? 내가 만약 다시 이리로 와서 가게에 일을 한다 쿠몬 받아주시겠지예?"

"밥값만 착실히 하몬사 받아주고 말고. 넘도 점원으로 쓰는데 친동생이 넘카마 몬하겠나?"

"그렇지예? 내가 동무 한 사람 더 데리고 와도 일만 잘 하몬 받아주지예?"

"야가 와 이러 쌓노? 집에 가서 올치캉 잘 지내고 살아라 고마. 아부지 옴마한테 메느리가 올치뺑이 더 있나?"

그들은 한양을 다녀오고 나서도 여전히 자주 만났다. 그러나 이제부터 그들은 어떻게 하면 다시 한양으로 갈 수 있겠느냐 하는 일로 골몰했다.

어느 날 용관이 태준에게 말했다.

"그런데 니는 한양에 가야 할 꿈이 있고 목적이 있는 사람이지만 나는 사실 집을 떠나고 싶어 한양으로 갈라 쿠는 거 앙이가."

"아무 일도 없는데 그냥 집을 떠나고 싶어? 나는 부모님께서 안 계시지만 니는 부모님도 계시고 처자식도 안 있나?"

"처자식? 여자는 정이 한 분 떨어지몬 감당할 수 없이 멀어지는 벱이지."

태준이 조심스럽게 말했다.

"정이 떨어졌다……. 그래도 조강지처 앙이가. 나는 니가 한양 가는 거 영 반대는 안 하겠지마는 부인을 영 떠나는 거는 반대다. 그러이 당분간 집을 떠나 한양에서 지내고 있어봐라. 그러몬 부인이 새로 그리워지고 정이 살아날 끼다."

"글쎄, 공부를 하든지 노름을 하든지 니 말대로 당분간 한양으로 가는 건 틀림없다. 니캉 말이다."

그러고 용관은 주먹을 쥐고 허공에다 대고 한 번 흔들었다. 태준이 짐짓 말했다.

"백줴 내 때문에 억지로 한양에 갈라 쿠는 거는 앙이제?"

"앙이다. 나도 공부를 할 끼다. 영어를 좀 더 배워볼란다."

"영어 공부할 생각은 잘했다. 그거는 그렇고, 니가 다시 한양으로 가는 거 너그 누님은 아나?"

"먼저 번에 갔다가 내려올 때 내가 다시 갈 끼라고 쿠는 소리 몬 들었나? 그러이 고마 니는 내캉 같이 가몬 된다!"

"아무리 누님이지만 싫어하몬 우짤라꼬? 출가외인인데."

"어허 참, 이 사람 벨 걱정을 다 하네? 우리 아부지 서찰 한 장 써 가지고 가서 보이몬 만사여의형통(萬事如意亨通)이지. 누님은 아부지 말씀이라몬 지금도 고마 껌뻑 죽는 사램이다. 그거는 그렇고, 니는 운제 떠날 생각이고?"

"빠를수록 좋기는 한데……."

태준은 말끝을 맺지 않았다. 그러다 다시 이었다.

"말이 그렇제, 한양에 가서 내가 오데 있겠노? 아무리 생각해도 내꺼정 너그 누님한테 얹히기가 영 마음이 안 편해서……."

"허허, 또 그 소리네! 내 말을 그리 몬 믿겠나?"

"니를 몬 믿어서가 앙이라, 사실이 안 그렇나? 피 한 빨(방울) 안 섞인 내가……."

"피만 물카마 진한 기 앙이고, 우정은 천금카마 더 무거운 벱이다."

용관이 힘주어 말하고는 잠시 사이를 두었다가 이었다.

"우리 누님 집에서 내캉 같이 있기로 한 것, 나는 믿고 있다이! 니야말로 혹시 내가 마음에 안 들어서 자꾸 내 피하는 거 앙이가?"

"그럴 리가 있나?"

"그거는 그렇고, 언제 떠날 끼고?"

"기왕 갈라몬 하루라도 빨리 가자."

"그래, 내캉 같이 올라가자!"

이런 약속을 해놓고 태준은 어느 날 저녁 동생 태식과 마주 앉아 의논했다. 아니, 형의 심중을 눈치 챈 태식이 먼저 말을 꺼냈다. 딴에는 오래 생각하고 또 생각한 끝에 존경하는 형에게 하는 말이었다. 형의 출중한 공부도 공부지만 나이로 봐도 반 십 년이나 위이고, 자신은 서당에 좀 다녔다고는 하나 겨우 이름자나 쓰고 읽을 처지인데 형은 사서삼경을 다 떼고 이제 영어나 일어도 잘하는 대학자가 아닌가. 그러니 형이 한정 없이 우러러보였고 지극히 자랑스러운 존재였다.

"형님, 수남이하고 수용이 둘은 지한테 맽겨놓고, 형님은 안심하고 가시고 싶은 대처로 가시이소. 집사람이 아아들은 잘 키울 낍니더."

태준이 무겁게 답했다.

"니 말은 참 고맙지마는, 안 그래도 수남이와 수용이 때문에 제수씨한테 고생을 시키고 있는 마당에 내꺼정 집을 떠나몬……."

태준은 말끝을 맺지 못했다. 태식이 다시 말했다.

"형님, 사실은 집사람캉 이 문제에 대해서 벌써 의논도 했습니더. 그러이 집 걱정캉 아아들 걱정은 마시고 형님이 품고 계시는 큰 뜻을 이루기 위해서라도 이 골짝을 떠나 대처로 가시이소 고마."

"그래, 대처라 쿠몬 오데로 말하는 기고?"

"아무래도 한양 앙이겠습니꺼? 한양으로 가셔야 지난번에 시도하시다가 왜놈 헌병한테 식겁한 일도 다시 의논해보실 수 안 있겠습니꺼?"

태식은 형이 실패했던 의병 문제를 들먹거렸다. 태준은 한양으로 가서 당장 무엇을 하겠다는 결정도 하지 못했다. 개구리 언덕에 떨어지듯 일단 함안을 떠나놓고 볼 생각이었다.

1907년 5월 초, 태준의 나이 24세였다. 날씨는 아침나절인데도 벌써 더운 기운이 느껴졌다.

태준은 동생 태식 부부와 어린 두 딸의 배웅을 받으면서 아침에 집을 떠났다. 이제 겨우 네 살인 큰딸 수남이 숙모가 시키는 대로 말했다.

"아부지 잘 댕겨오시이소이!"

작은딸 수용이는 고사리 같은 손만 흔들었다. 태준은 순간 눈앞이 흐려지는 걸 참으면서 딸들에게 말했다.

"숙모님 말씀 잘 들어야 한다이!"

그리고 태식 부부에게 다가서서 말했다.

"제수씨, 미안합니더. 고생 좀 하이소. 태식이 니한테도 미안하구나."

"아이구 형님, 당찮은 말씀 마시이소. 아아들 걱정은 쪼매이도 하지 마시고 우짜든지 형님 몸만 건강하시이소."

"고맙다."

그들은 지난번처럼 정암에서 배를 타고 삼랑진으로 갔다. 삼랑진에서 기차를 갈아탔다. 기차에 몸을 싣자 태준은 지난 일이 주마등처럼 스쳐갔다.

시조로부터 22세손이면서 태준에게는 10대조가 되는 인원군 이휴복이 자꾸 생각났다. 인원군 할아버지도 임진왜란 때 왜놈들에게 맞서 의병을 일으켜 싸우시지 않았던가. 최근에는 민종식이나 최익현도 의병을 일으키지 않았던가. 그래서 자신이 거사를 시도했다 실패한 것이 생각할수록 허무하고 안타까웠다. 그러나 이 시골에서는 이런 분통 터지는 일에 대해서 머리를 맞대고 의논할 상대도 없었다. 게다가 헌병 보조가 한, 호적을 옮겨버리라는 말도 자꾸 생각났다. 어느 날 태식이 말했다.

"형님, 요새 뭐 걱정되는 일이라도 있습니꺼? 집안일은 아무것도 걱정 마시고 형님 하시고 싶은 일 잘 하이소. 운제꺼정 이 촌구석에 계실랍니꺼?"

태준이 말했다.

"동생 봐라. 이참에 고마 우리 호적을 옮겨삐리자."

"그기 무슨 말씀입니꺼, 형님?"

"내가 지난번에 시도하다 실패한 의병 일 때문에 니가 고생을 좀 할 것 겉애서 하는 소리다. 왜놈 헌병 보조가 벌써 두 번이나 우리 집에 와서 괴롭혔지만 앞으로도 얼매나 더 올지 모르겄다. 나도 없는 집에 그자가 오면 니 고생이 보통이겄나."

"우리가 호적을 옮기몬 그자가 안 온다고 형님은 우찌 장담하십니꺼?"

"그자가 지 입으로 해준 말이다. 지도 여기꺼정 오기가 얼매나 귀찮겄노?"

"정 그렇다몬 그리 하입시더. 그런데 오데로 옮겨사 되겄습니꺼,

형님?"

"그래, 그기 문젠데, 내가 생각해보이 내 동서가 사는 경북 상주가 우뚤꼬 싶다."

"경북 상주예? 상주도 양반이 많이 사는 고을이니 그리 하입시더, 형님."

이래서 태준은 경북 상주군 모서면 도안리 506번지, 그의 동서 주소를 본적지로 삼아 호적을 옮겼다. 그리고 모든 뒷일을 동생 태식에게 맡기고 고향을 떠나기로 했다. 한양으로 가서 무엇을 하겠다는 결정도 하지 않았다. 다만 얼른 이 평광을 떠나고 싶은 마음뿐이었는데 마침 용관의 도움으로 한양으로 가게 된 것이다.

태준과 용관이 두 번째로 용관의 누님 댁으로 갔을 때 용관의 누님은 말했다.

"니가 정말로 왔네? 아부지캉 의논은 한 기가?"

"누님도 참, 내가 그라모 부모님 모르게 도망이라도 온 줄 압니꺼? 자, 아부지 편지 보이소."

용관이 두루마기 안에서 편지 봉투를 꺼내 누나에게 내밀었다. 용관의 누님은 편지를 받아 쥐고 그때야 생각난 듯 태준에게 말했다.

"또 오셨네예? 용관이캉 같이 계실 끼라예?"

"갑자기 이런 폐를 끼치게 되어 죄송합니다."

"언지예(아니요)! 내 집걸이 편안하기 생각하고 계시이소."

"고맙습니다."

용관이 말했다.

"누님, 알고 계시겠지마는 이 사람은 내하고 둘도 없는 동문데 함안 평광 사람입니더. 먼저도 말했지만 동생 본 듯이 좀 봐주이소. 일도 잘 할낍니더."

용관의 누님은 한지로 접어 만든 봉투를 열어 역시 한지에 한글과 한문이 섞인 굵직굵직한 글씨로 쓰여 있는 편지를 읽었다. 그걸 읽는 용관 누님은 미소를 짓다가 이내 눈살을 찌푸리기도 했다. 그러고는 말했다.

"여어(여기) 와서 있는 거는 좋은데 올치캉 그리 정이 없으몬 우짜노? 니, 올치한테 와 그라노?"

"와 그라는지 나도 모르겄습니더."

"마 됐다. 전화위복(轉禍爲福)이란 말이 있듯이 이리 떨어져보는 기 나중에 잘 될란지 알 수 있나. 제발 그래야지. 이왕 왔으니 열심히 일이나 하다가 아부지 말씀대로 한양 길이 눈에 익거든 공부를 하든지 마음대로 해라. 그래도 있는 동안꺼정 공밥은 없다이!"

편지에는 이렇게 쓰여 있었다.

> 용관을 너의 집으로 보내니 좀 데리고 있다가 용관이 한양 지리에 익으면 공부를 하도록 놓아주어라. 학비는 걱정 말고 숙식이나 해결해주면 된다. 그리고 용관이 부부의 금실이 안 좋아 걱정인데, 어찌 하든지 너희 부부가 잘 돌봐서 용관이가 제 처와 이별하는 일은 없도록 너희들이 각별히 타일러주면 좋겠다.

용관의 누님이 남편을 바라봤다. 그제야 용관의 자형 되는 사람이 처음으로 말문을 열었다. 지난번에 왔을 때 용관의 자형은 집에 없었다. 황해도 쪽으로 물건을 하러 갔다고 했던 것이다.

"처남, 잘 왔다. 점포 일이 늘 바빠서 안 그래도 점원을 두엇 더 쓸 참이었는데 반가운 사람들이 제 발로 찾아왔네."

용관이 진정으로 고마운 표정을 지으며 그의 자형에게 깊이 고개를 숙이며 말했다.

"자형, 고맙습니더."

그러고는 태준을 가리키며 말했다.

"이 사람은 일어도 잘하고 영어도 잘해예."

태준이 당황하며 말했다.

"독학으로 한 공분데 우째 잘하겠습니까? 잘은 몬하고 지금 공부하는 중입니다."

용관의 자형이 말했다.

"나는 진양 신산에서 올라온 구병섭니다. 잘 오셨습니다."

태준도 정중히 말했다.

"함안 명관에서 온 이태준입니다. 정말 죄송시럽고도 고맙습니다."

"일어도 하시고 영어도 하신다고요?"

"아닙니다. 지금도 배우는 중입니다. 그런데 말씀 낮추십시오."

"차차로 그래도 되는데."

"아닙니다. 지금 바로 편하게 하십시오."

"그라까? 그래, 나보다 나이도 열 살이나 아래고, 우리 처남의 둘도 없는 동무라니 고마 말 놓으께."

"그라고말고예. 일 얼른 배워 열심히 하겠습니다."

"아이구 좋지예. 오늘 우리 동생이 좋은 분을 모시고 왔네예? 먼저 번에 왔을 때도 생각했지만 여동생 하나 더 있으몬 제부 삼았으몬 좋겠거마는. 우찌 이리 잘 생겼노?"

"누님, 이 사람 혼인했습니더. 부인이 없어 그렇지."

"아이구 오마! 그 말을 와 먼젓분에 와서는 안 했노?"

"누가 묻지도 않는데 우찌 합니꺼?"

"그거는 그렇다. 그런데 혼인을 했는데 와 부인이 없으꼬?"

"차차 아시게 될 낌니더."

그들은 늦은 저녁을 먹었다. 지난번에는 식사를 용관과 둘만 겸상을 차려주었지만 이번에는 한 식구가 되었다고 둥근 상에 함께 먹었다. 여전히 반찬이 좋았다. 평소에 늘 이렇게 먹는 것 같았다. 하얀 쌀밥, 쇠고깃국, 굴비구이, 양념이 고루 든 배추김치, 멸치와 두부와 애호박이 든 된장찌개, 구운 김, 멸치볶음, 맵고도 달싹한 고추장, 시금치나물과 콩나물……. 임금의 수라상이 이럴까 싶었다. 태준은 어제까지 고향에서 먹던 음식이 떠올랐다. 밥은 추수를 해도 쌀보다 보리쌀이 더 많았고, 국은 시락국이거나 아예 없었다. 김치도 배추김치가 아닌, 고추 잎사귀에 무가 든 김치였다. 그리고 된장찌개는 밥솥에 얹어 찐 것이었다. 요즘은 춘궁기라 더군다나 음식의 험하기가 말할 수 없었다. 태준은 고향의 딸들과 동생 부부를 생각하니 목이 메어 밥이 잘 넘어가지 않았다.

그러나 태준이 더 놀란 것은 가족들이 모두 밥상머리에서 숟가락을 들기 전에 약속이나 한 듯 눈을 감은 채 고개를 숙이고 잠시 입속말을 하는 모습이었다. 모두가 기독교를 믿나 보았다. 태준도 사촌교회에 몇 번 나가면서 기독교에 대해서 조금 알게 되었으나 아직 식사 전 기도는 몸에 익지 않았던 것이다. 그래서 혼자 숟가락을 먼저 든 것이 미안하고 멋쩍었다.

저녁을 먹은 후 태준과 용관은 점원들의 안내를 받으면서 처음으로 가게 안을 둘러봤다. 앞으로 그들이 점원으로 일할 일터가 아닌가. 우선 가게의 크기에 놀랐다. 논 반 마지기(100평)는 되어 보였는데, 여기저기 칸을 질러 경계를 해두었고, 칸마다 각기 다른 물건들이 진열되어 있었다. 군북 장의 모든 물건들이 이 가게에 총집합된 것 같았다. 없는 물건이 없었다.

수건표란 상표의 삽과 호미, 낫, 괭이 같은 농기구는 물론, 붓과 벼루와 먹과 한지, 연필과 공책 등 문방구류, 쌀, 보리쌀, 팥, 녹두, 콩, 참깨 같은 곡류, 샤봉이란 상표의 세숫비누와 회색 가루치약, 칫솔, 남녀 내의류와 옷감들, 가죽신과 비단신, 미투리와 베신 등의 신발류, 홍삼과 백삼, 수삼 등 인삼만 진열된 칸도 있었다. 그래서 가게의 이름도 삼천리만물상회였다. 요즘의 백화점의 전신이라고나 할까. 알고 보니 점원들은 제각기 몇 종류씩을 맡아 그것들만 파는 담당 부서가 있었다.

용관과 태준은 가게에 딸린 방 중의 하나를 숙소로 배당받았다. 앉은뱅이책상과 침구가 있었고, 벽에는 줄을 친 횃대보도 있어 옷가지는 거기에 걸쳤다.

이튿날부터 그들은 우선 이 점포의 견습 점원으로 물건 값을 익히면서, 가끔씩 선배 점원과 함께 도매상에 가서 물건을 받아 오는 일도 했고, 주문받은 물건을 배달하는 일 등도 했다.

그런데 사람들은 삽을 사러 와서는 삽의 상표인 수건표를 달라고 했고, 빨래비누를 사러 와서도 비누의 상표인 샤봉을 달라고 했다. 샤봉이란 말의 발음이 시원찮아 사분으로 들렸다. 그래도 점원은 알아들었는데, 어느새 수건표는 수군포라는 말로, 샤봉은 사분이란 발음으로 모든 종류의 삽이나 비누를 통칭하는 말들이 되어 있음을 알았다.

어느 날 용관의 누님이 태준에게 말했다.

"오해는 하시지 말고 들으이소. 우리 집에서 밥 자시는 식구맹쿠로 되싰는데 고마 우리캉 같이 교회에 댕기시몬 울매나 좋을꼬 싶어서예……. 용관이 자형도 곧 교회에 나갈 낍니더."

"형님은 아직 신도가 앙입니까? 밥 자실 때 기도도 같이 하시던데예?"

"기도는 해도 안죽 성도가 앙이라예, 그러이 용관이 자형캉 같이 나가도록 하이소."

용관이 말했다.

"누님, 이 사람도 반은 성도라예. 함안의 사촌교회에서 손안로 선교사님을 여러 번 만나 하느님에 대해서 좀 공부를 했어예."

"아이구, 반갑고 고마버라. 그라몬 우리캉 같이 교회에 나가입시더."

"누님이 안 그래도 그랄 낍니더."

용관이 말하면서 태준을 바라보고 웃었다. 태준은 어마지두로 답하고 말았다. 밥을 얻어먹고 잠을 자려면 답을 하지 않을 수도 없었다.

"알았습니다, 누님."

5
세브란스 의학교

태준은 한양에서 많은 사람들을 만나 친해졌다. 용관의 누님과 자형, 그리고 동료 점원들도 오래 기억에 남을 사람들이지만 그중에서도 김필순이란 사람은 특히 정이 갔다. 그냥 이웃 사람이라기보다는 혈연의 가족같이 느껴졌다. 보통 체구에 용모도 수수했지만 언제나 온화한 미소를 머금은 얼굴이 볼수록 정이 갔다. 언동 하나하나가 침착하고 무게 있어 가까이 하면 할수록 끌렸다. 그래서 그에게 호감이 갔고, 그의 일거수일투족을 눈여겨보고 있었다.

김필순도 처음부터 태준을 잘 대했다. 태준이 삼천리만물상회로 온 지 얼마 되지 않았을 때 공책을 사러 온 그가 낯선 태준에게 말했다.

"어? 안 보던 분이네요? 여기 새로 오셨어요?"

"예, 온 지가 얼매 안 되어 모든 일이 서툽니다마는 잘 부탁합니다."

"아이구, 한양은 피차 객지니 저도 잘 부탁합니다. 그런데, 영남에서 오셨어요? 말씨가 영남 말씨네요?"

"예, 경남 함안이 고향인 이태준입니다."

"아, 그러세요? 반갑습니다. 김필순이라 합니다."

알고 보니 그는 세브란스 의학교 학생이었고, 고향은 서북쪽이었다. 이날 김필순이란 사람은 공책과 잉크와 펜대를 사 갔다. 그가 가게를 나가자 옆에 있던 구병서가 말했다.

"저 양반은 세브란스 의학교 학생이지. 앞으로 자네가 여러 모로 본받아야 할 분이니 친절하게 대하게."

"예, 잘 알겠습니다. 인품이 고상해 보이네요."

"그래, 자네 영어를 공부하고 있다고 했는데, 저분은 영어도 아주 잘하는 분이라네."

"아, 예에."

이튿날 김필순이 다시 가게로 오자 구병서가 기다렸다는 듯이 말했다.

"김 선생님, 이 사람은 사서삼경을 뗀 사람인데, 지금 영어를 독학하고 있어요. 시간 나시면 한 번씩 봐주시지요. 그리고 참 아호는 대암입니다. 큰 대 바위 암."

김필순이 태준을 보고 말했다.

"대암, 대암이라. 앞으로 호를 불러야겠군요. 그런데 영어 공부를 하고 있어요?"

태준이 말없이 얼굴을 붉히자 구병서가 다시 말했다.

"일본어도 공부하고 있는데 기본 대화는 되더군요."

김필순이 놀라는 얼굴로 말했다.

"사서삼경도 다 떼셨다고요? 놀랍군요. 그래, 영어공부는 어디서

하셨어요?"

"혼자 공부하고 있다가 함안 사촌교회에서 손안로라는 호주의 선교사님을 만나 뵙고 조금 배웠습니다만 아직 영어는 영 못합니다. 부끄럽습니다."

"부끄럽긴요. 도울 일이 있으면 도와 드릴 테니 열심히 하세요. 영어 공부도 중요하지만 교회가 더 중요한데 세례는 받으셨어요?"

"세례는 아직 못 받았습니다."

"그럼 세례부터 받도록 하시지요."

"감사합니다. 생각해보겠습니다."

"생각해보는 건 좋지만 만사를 생각만 하다가는 기회를 놓치는 수가 있지요. 제가 나가는 남대문 교회에서 세례를 받도록 하십시다."

"……."

태준은 역시 생각해본다는 뜻으로 침묵을 지켰다. 그때 구병서가 태준을 보고 말했다.

"이분은 세브란스 의학교에 다니시는 분이니 자네가 이분의 말씀은 특히 귀담아 듣고 잘 모시게."

태준이 말했다.

"의학교에요? 의학교에 다니신다고요?"

김필순이 만면에 미소를 머금고 말했다.

"의학교가 별건가요?"

"아이구, 의학교가 얼마나 가고 싶은 학굔데요? 저는 시골에서 가족을 셋이나 거의 같은 시기에 사별했어도 그 병명을 모르는 형편이니 의사 선생님이라면 하늘만큼 우러러보이지요."

"그래요?"

그러면서 김필순은 그러는 태준을 유심히 바라보았다. 김필순이 혼자 생각했다. 총명하게 생긴 청년이군…….

마침 의학교 학생들은 저마다 믿을 만한 후배 하나씩을 두고 있었는데 필순은 아직 그런 후배를 찾지 못하고 있었다. 태준을 그런 후배로 삼아볼까. 그러나 의학교 입학이 선행돼야 하지 않는가. 그러나 자신의 그런 즉흥적인 생각을 밖으로 나타내지는 않고 좀 더 두고 보기로 했다. 그야말로 좀 더 생각해보기로 했다. 그러고는 공책을 사가지고 가게를 나가면서 말했다.

"또 봐요. 세례는 얼른 받도록 하시고요."

김필순이 나가자 구병서가 말했다.

"저 학생, 학교에서 인정받고 있는 사람이지. 자네 저런 양반 만난 건 행운이야. 영어도 배워보게. 그리고 세례도 받게. 나도 곧 받을 거네. 자넨 어차피 우리 집에 오래 있을 사람이 아닌 것 같아 하는 소리네."

"형님 설마 저를 쫓아낼 심산은 아니지예?"

"이 사람, 농담도 잘하네. 제발 우리 삼천리만물상회에 좀 오래 있어주었으면 싶네."

"제가 오데 갈 데가 있습니까? 형님만 좋으시면 운제꺼정이라도 있을 낍니다."

그러던 어느 날 오후 늦게 가게에 온 김필순이 말했다.

"대암, 오늘 일 마치면 내 숙소에 같이 가보겠어요?"

"숙소에는 무슨 일로요?"

"대암의 장래에 대해서 이야기도 해보고……."

태준은 눈이 번쩍 뜨였다. 안 그래도 뭔가 장래 문제를 생각해봐야 하는데, 한양으로 온 지 벌써 보름이 지났는데도 가게 일에만 매달려 있지 않았는가.

"알겠습니다. 김 선생님 숙소가 어딥니까?"

"나중에 내가 한 번 더 오지요. 그때 같이 갑시다."

그날 저녁 태준은 김필순의 안내를 받아 의학교 안에 있는 그의 숙소로 갔다. 방은 자그마했지만 깔끔하게 정돈되어 있었다. 한쪽 벽은 책으로 거의 채워져 있었는데 영어 원서가 아주 많았다. 그러나 책 제목은 무슨 뜻인지 하나도 알 수 없었다. 의자가 딸린 책상도 있었고 책상 위에도 많은 책들이 포개져 있었다.

필순은 우선 태준에게 차를 한 잔 내놓았다. 처음 마셔보는 찬데 색깔은 진자주색이었고, 맛은 달면서도 썼다. 김필순이 말했다.

"이제 한양 생활에 좀 익숙해졌어요? 객지에 처음 나오면 모든 게 낯설고 불편하지요."

"저야 오데 그런 거 생각하고 불편을 느낄 형편이나 됩니까? 한양에 올라온 것만도 감지덕지지요."

태준이 너무 솔직한 말을 해버렸다.

"그래도 남의 점포에서 일한다는 게 쉽지 않을 텐데요?"

"예, 고맙습니다……. 그런데 선생님, 연세도 저카마 많이 높으신 것 같은데 말씀을 낮추시면……."

"대암, 금년에 몇이십니까?"

"저는 계미(癸未, 1883년)생입니다."

"아, 그래요? 나는 무인(戊寅, 1878년)생이니 나보다 다섯 살 아래군요. 그런데 말을 낮춰도 될까요?"

"그래 주이소. 그기 저에게 편합니다."

"그럼 그렇게 하지 뭐."

"감사합니다."

"대암, 내가 자네를 여기 오게 한 것은 긴히 의논할 말이 있어서였네."

"말씀하시이소. 또 세례 받자는 말씀 아닙니까 혹시?"

이태준은 이때까지만 해도 서부 경남 사투리를 그대로 쓰고 있었다.

"대암, 자네 언제까지나 삼천리만물상회에서 장사하는 기술이나 익힐 생각은 아니겠지?"

태준은 답을 보류하고 그러는 김필순을 가만히 바라봤다.

"내 눈에는 대암이 무엇인가 큰 뜻을 품고 한양으로 온 사람같이 보여서 하는 소리네만."

태준이 천천히 말했다.

"젊은이에게 꿈이 없을 수사 없지만 그 꿈을 우찌 쉽게 이룰 수 있겠습니까?"

"지금 당장 이루라는 말은 아니고, 그 포부를 이루기 위해서 지금부터 무슨 준비를 하면 좋겠다는 말이네."

"우선 입치리하기가 급급한 처지라서……."

"그렇겠지. 입치레만큼 큰 일이 있겠는가? 하지만 사람이 입치레에만 매달리면 그것이 평생의 숙명처럼 굳어버리기 쉽다네."

"그러면 제가 우찌해야 되겠습니까?"

"삼천리만물상회에 있으면서 지금부터 뭔가 미래를 위한 준비를 하라는 뜻이네."

"좀 더 구체적으로 말씀해주시이소. 우선 세례부터 받고 나서……. 제가 장차 무슨 일을 해야 하며 어떤 준비를 해야 할지……."

"허허허, 이제 자네가 세례 받는 문제에 대해서 선수를 치고 나오네 그려? 그런데 오늘 내가 자네를 보자고 한 것은……."

김필순이 잠시 숨을 고르고 나서 천천히 말했다.

"지금 내가 다니는 의학교에서 신입생을 몇 사람 모집하는데, 대암 자네 혹시 거기에 응모해볼 생각 없는가 해서네."

"예? 제가 의학교에예?"

"사람의 병을 고치고 목숨을 구하는 의사를 양성하는 의학교가 얼마나 좋은가?"

"좋은 기사 물으나마나 아닙니까? 그런데 제가 돈이 있습니까? 실력이 됩니까?"

"글쎄, 그런 건 나중에 걱정하기로 하고, 자네가 정말 의학교를 좋다고 생각하면 입학하겠다는 결심만 해두게."

"제가 결심만 하면 입학이 절로 되기라도 합니까? 결심은 이미 했는데예?"

태준은 부푼 감정을 억누르며 말했다.

"그래? 그거 확실한 결심이지? 그럼 됐네. 그런데 이제부터 자네에게는 여러 가지 예기치 못할 새로운 난관과 시련이 따를 터이니, 그런 걸 극복해내겠다는 굳은 각오와 결심도 필요하네. 그런 각오가 의학교에 입학하겠다는 결심보다 더 중요하다네."

"의학교에 입학만 되면 어떤 어려움도 참아내고 이겨내겠습니다."

"그래, 초지일관(初志一貫)이란 말이 있지만 지금의 결심이 변하지 않아야 하네. 내가 자네에게 이런 말을 할 수 있는 건 자네 심지가 곧아 보이고, 특히 영어 공부를 한다고 해서네."

이렇게 말한 김필순은 태준에게 세브란스 의학교의 유래와 에비슨(O. R. Avison)이란 서양 사람에 대하여 설명했다.

조선 최초의 서양식 국립의료기관은 제중원(濟衆院)이었다. 제중원은 고종 황제의 윤허(允許)로 미국 선교사 알렌(H. N. Allen)이란 사람이 세운 병원인데, 제중원이란 이름도 고종이 직접 지어 내린 것이다. 제중원은 환자의 나이나 신분 등을 가리지 않고 모든 사람을 치료했다. 가난한 사람들에게는 무료로 치료를 해주기도 했다. 그러다 보니 병원 재정이 어려워졌다.

선교사 언더우드(H. G. Underwood)의 권유로 1893년에 조선에 온 의사요 교수인 에비슨 박사는 1894년 기울어져가는 제중원을 인수하여 조선 정부로부터 병원 운영권을 이관 받아 제중원의 4대 원장이 되어 조선인 의사를 길러내려고 의학교육을 실시하였다. 그러면서 그는 한때 고종 황제의 어의가 되기도 했다.

1900년 안식년을 맞아 본국으로 돌아간 에비슨 박사는 어려운 병원을 살리려고 동분서주한 끝에 미국의 부호 세브란스(L. H. Severance)로부터 큰 기부금을 받게 되었다. 이래서 1904년 숭례문 밖에다 우리나라 최초의 현대식 종합병원을 건립하여 병원 이름을 세브란스병원으로 고쳤다. 따라서 제중원의 의학교도 세브란스 의학교가 되었다.

올리버 R. 에비슨 박사, 그는 1860년 영국에서 태어났다. 그러나 그는 캐나다로 가서 토론토 의대를 졸업하고 의사 겸 교수가 된 사람이다. 그러던 중 우리나라에서 활동하던 언더우드 선교사의 권유로 1893년 의료 선교사로 조선에 와서 제중원의 4대 원장이 되었고, 지금은 세브란스 의학교 교수로 있다…….

김필순은 이렇게 차근차근 설명하고 나서 말했다.

"대암, 자네도 에비슨 박사에게 미리 인사를 해두는 게 좋겠네. 의학교 입학 문제는 그분의 소관이고, 신입생 모집도 그분이 결정하시니까 말이네."

"언제든지 저를 그분께 인도만 해주시면……."

"그리 함세."

태준은 상회로 돌아와 혼자 곰곰이 생각했다. 에비슨 박사라. 의사 선교사라. 선교사까지는 충분히 이해하겠는데, 남의 나라 백성들에게 의술을 베풀면서 의학 교육까지 시키는 분이라……. 그는 고개를 갸우뚱했다. 자신도 앞으로 그렇게 남을 위해 자신을 희생하고 봉사하면서 살았으면 좋겠다는 생각이 들었다. 그리고 세브란스병원의 세브란스란 말이 사람의 이름인 줄은 처음 알았다. 조선은 땅도 좁고 인구도 이제 겨우 2천만이 될까 말까 하지만 미국이란 나라는 땅이나 인구가 조선과는 비교도 안 될 만큼 넓고 크고 많다. 그러다 보니 훌륭한 사람, 돈 많은 부자도 많은가 보다……. 세브란스란 사람은 참 장한 사람이란 생각이 들었다. 자기 돈 안 아까운 사람이 세상에 어디에 있으랴. 그런데 그 아까운 돈을 남의 나라 병원에게 쓰라고 내놓다니.

그러다 조선도 앞으로는 시골에까지 더 많은 병원을 지어야 한다고 생각했다. 지난날 어머니와 아버지가 별세하실 때, 아내가 눈을 감을 때, 매번 병원 문 앞에도 못 가보고 만 것을 생각하면 지금도 가슴이 미어지지 않는가. 그러나 저러나 나라가 이 지경으로 망가져버렸으니 나라부터 건지고 살려야 하는데, 내가 의사가 되어도 괜찮을까. 의사는 환자나 살리는 사람이지 나라를 살리는 사람은 아닌데…….

그때 용관이 나타났다.

"오데 갔더노? 아까 누님이 찾았는데……."

"어, 김필순 씨랑 이 앞에 좀……. 와 무슨 일이 있었나?"

"응, 누님이 인삼 배달 좀 하라고 찾았다."

"그래? 지금 다녀오지. 배달할 데가 오데고?"

"니 찾다가 없어서 내가 갔다 왔다. 그런데 김필순 씨가 뭐한다고 대암한테?"

"다음에 말하지."

"혹시 김필순 씨 누이동생 문제로 대암을 찾았던가?"

"누이동생? 누이동생 문제가 뭔데?"

"나도 다음에 말하꾸마."

김필순의 누이동생 순애도 오빠 김필순을 따라 한양에 와서 교편을 잡고 있는데, 교장과 다투어 학교를 가기 싫어한다는 것을 용관은 알고 있었다. 그런 용관은 김필순이 자기 여동생을 태준에게 인사시켜주는 일로 만난 줄 생각했던 것이다. 사실 용관은 김필순의 누이동생 순애에게 관심이 있었다. 아내와 사이가 안 좋은 상태여서 더욱 그랬다.

며칠 뒤 김필순이 태준에게로 와서 에비슨 박사한테로 가자고 했다. 그는 옷을 단정히 하고 따라나섰다. 양복이 없으니 함안에서 입고 온 한복에 두루마기를 입고 대님까지 점잖게 쳤다.

세브란스병원 의학교 안에 있는 에비슨 박사의 집무실 문을 밀고 들어갔다. 온통 유리로 된 출입문을 밀고 들어가자, 여태 맡아보지 못한 냄새가 방안에서 확 끼쳤다. 약 냄새 같기도 하고 오래된 책 냄새 같기도 했다. 에비슨이란 분은 태준이 생각했던 서양 사람과는 사뭇 달랐다. 그는 그때 서양 사람을 두 번째로 봤다. 함안의 사촌교회에서 손안로 목사를 본 것이 처음이라 그러기도 했지만, 모든 서양 사람은 머리가 노랗고 얼굴이 하얀 위에 눈이 푹 들어가고 코가 아주 높은 줄로만 알고 있었다. 그런데 에비슨은 그렇지 않았다. 머리카락은 곱슬곱슬했지만 회색이었고, 얼굴은 붉은빛이 많았다. 코도 그리 높지 않았고 눈도 많이 들어가지 않았다.

김필순이 에비슨 박사에게 태준이 알아듣지 못할 빠른 영어로 무엇인가 잠시 설명했다.

그러자 에비슨 박사가 자리에서 일어서며 두 팔을 벌려 어눌한 한국어로 말했다.

"오, 미스터 리, 어서 와요."

태준은 에비슨 박사의 한국어가 반가웠고 그도 안심하고 한국어로 인사했다.

"처음 뵙겠습니다. 이태준이라고 합니다."

"그래요. 나 미스터 리에 대해서 많이 들었어요. 우리 의학교에 관심이 있다고요?"

"관심은 많습니다만……."

태준이 말을 얼버무리자 에비슨 박사가 물었다.

"무슨 문제 있습니까?"

"시험에 자신도 없고 학비도 없어서요."

"학비는 안 듭니다. 밥도 학교에서 먹고 잠도 학교에서 자요. 시험에 자신 없다는 말 무슨 뜻인가요?"

옆에 있던 김필순이 영어로 무엇인가 설명했다. 그러자 에비슨이 김필순을 향하여 두 손을 엇갈리게 흔들며 영어로 말했다. 김필순이 웃으면서 알았다는 표정을 짓고 이번에는 태준을 바라보고 설명했다.

"정식으로 시험을 치는 게 아니고, 오늘 이 자리에서 면접을 보고. 그 면접만으로 결정한다고 하시네. 자네가 처음이라는군."

에비슨이 이어서 말했다.

"이번에는 특별한 방법으로 학생 뽑습니다. 미스터 리는 내 말에 대답만 하면 됩니다."

김필순이 다시 태준에게 말했다.

"필기시험으로 뽑은 학생들이 공부를 하다가 중도에 너무 많이 포기하고 나가는 바람에 이번에는 지원자들의 신념과 의지를 더 많이 보겠다고 하시네. 의학교에 지원할 사람들의 실력은 거기서 거기지만, 그 지원자의 의지, 사상, 신념은 너무 차이가 큰 것을 그동안 경험한 바여서, 이번에는 지원자들의 지원 동기, 의학 공부의 목적, 장래의 이상 등에 대하여 알아본다고 하시네. 지금 바로 박사님께서 자네에게 여러 가지를 물으실 거네. 자네의 평소의 생각이나 신념 같은 걸 솔직하게 답하게. 그럼 행운을 비네."

김필순이 나가자 태준은 끈이 떨어진 연처럼, 급류에 휩쓸리는 지푸라기처럼 자신이 허공에서 혹은 냇물에 너울거리고 떠내려가는 불안감에 휩싸였다. 그는 눈을 감고 아랫배에 힘을 주었다. 그러면서 다짐했다. 최선을 다해보자.

그때 그는 자신도 모르게 이런 말을 하고 있는 걸 발견했다.

"하느님 아부지, 도와 주시이소."

이것은 조용관이나 그의 누님이 더러 하던 말이었다. 무슨 급한 일이 생기거나 어려운 일이 생겼을 때 그들은 이런 말을 입버릇처럼 했다. 좋은 일, 기쁜 일이 생겼을 때는 하느님 아부지, 고맙습니더이, 라고도 했다.

이윽고 에비슨 박사가 의자를 끌어당겨 자세를 바로 하며 물었다.

"미스터 리, 가족들은 누구누구 있어요?"

"고향에 딸 둘과 동생 부부가 있습니다."

"딸 둘? 혼인했어요?"

"예, 혼인했습니다."

"그럼 아내는?"

"사별했습니다."

"사, 사별? 무슨 말입니까?"

"죽어서 헤어졌다는 뜻입니다."

"오, 조선 말 어려워요. 아내가 사별했다면 딸들은 누가 보호하고 있습니까?"

순간 태준은 에비슨 박사의 말에 웃음이 나오려는 걸 참고 답했다. 말의 뜻만 알면 되었지, 이 판에 어법을 설명하고 가르칠 것인가.

"동생 부부가 키우고 있습니다."

"그런데 미스터 리 왜 한양에 왔어요?"

"고향에 살아봐야 저의 꿈을 이룰 수 없어서 왔습니다."

"미스터 리의 꿈이 무엇입니까?"

"우선 제가 더 배워서 조선을 바로 세우고 일본으로부터 조선을 지켜내는 겁니다."

"고향에서 중국 학문 공부 많이 했다고 들었는데 무엇을 더 배우고 싶어요? 의학교는 의사 기술 가르치고 조선 나라 지키는 군인 안 길러요. 군인 만드는 학교 따로 있을 건데……. ”

태준은 아차 했다. 역시 말귀를 잘 알아듣지 못해서 생긴 결과였다. 나라 지킨다는 말을 국방이란 좁은 의미로 알아들은 것이다. 그러나 허둥거리면서 자기 말을 뒤집을 생각은 없었다. 그래서 다시 침착하게 말했다.

“제가 고향 서당에서 배운 학문은 나라 지키는 데 별 소용이 없고, 의사 기술인 의학은 불쌍한 조선 백성의 건강을 지켜줍니다. 모든 백성이 건강하게 사는 것은 바로 나라 지키는 일의 근본이라 생각합니다. 나라의 근본이 백성이기 때문입니다.”

그는 말하면서 의사는커녕 약 한 첩 못 써보고 눈을 감은 부모님과 아내가 생각나서 눈시울이 붉어졌다. 에비슨이 다시 물었다.

“지금 조선 사람들 제일 먼저 생각해야 하는 것 무엇이라 생각합니까?”

그는 잠시 생각해봤다. 조선 사람들에게 시급한 것이 얼마나 많은가. 밥, 옷, 교육, 바른 정신……. 그러다 그는 에비슨이 무슨 답을 바라고 묻는 말인지도 모른 채 답했다.

“바른 정신이라고 생각합니다.”

“바른 정신? 무슨 말인가요?”

“우리 조선 사람들에게 필요한 것은 참으로 많습니다. 밥과 옷과 교육 등 모든 것이 대단히 급합니다. 그러나 가장 중요한 것은 조선 사람다운 생각을 키우고 이를 지켜가는 일이라 생각합니다. 조선 사람다운 정신이 없이 배만 부르고 옷만 잘 입고 교육만 받으면 모두 도둑이 되거나 도깨비가 될 것입니다.”

"도깨비? 무슨 말인가요?"

"재주 잘 부리는 허수아비입니다. 조선에 허수아비가 아주 많습니다. 몸보다 정신이 건강해야 허수아비가 되지 않고 또 자기보다 큰 허수아비를 이길 수 있습니다."

이러한 말을 들으면서 에비슨은 심각한 표정을 지으며 고개를 아래위로 주억거렸다. 에비슨 박사는, 태준이 의사가 되면 어쩌면 환자들에게 육체적 건강도 도모하면서 정신 건강에도 최선을 다할 참 인술의 선구자가 되리라는 생각이 들었다. 그는 세브란스 의학교의 학생들이 모두 앞에 앉은 젊은이와 같은 생각을 가지고 있다면 얼마나 좋을까 싶었다. 그리고 1회 졸업생들 가운데 의학교에 남아 교수가 되어 후배를 지도하라고 해도 이 간곡한 권유를 뿌리치고 나가 개업을 하더니, 세브란스병원의 고정 환자까지 유혹해 가 돈벌이에 몰두하고 있는 어느 졸업생이 떠올랐다. 그래서 말했다.

"우리 세브란스 의학교 졸업한 사람들, 아주 똑똑한 사람들인데 인술의 발휘보다 병원 차려 돈벌이에 바쁜 사람 벌써 있어요. 돈 버는 것 나쁘지 않아요. 이 시대는 돈이 있어야 하니까. 그러나 사람은 본래의 할 일, 그 책임 잊어버리면 안 돼요. 특히 의사는 의사의 할 일과 책임을 잊으면 안 돼요. 내 말 어떻게 생각해요?"

"박사님 말씀이 옳습니다. 본래의 할 일과 책임을 다른 말로 사명과 본분이라 할 수 있습니다. 의사는 환자 돌보는 치료가 목적이고 본분입니다. 또 병든 사람을 치료하면 돈도 벌어지겠지만 돈벌이 때문에 환자를 돈으로 보게 되면 그 의사는 진정한 인술을 놓친 사람이라 생각합니다. 세브란스병원의 전신인 제중원도 가난한 사람들은 무료로 치료해주었다고 들었습니다. 그게 인술의 참 모습, 병원의 사명이라 생각합니다."

에비슨이 눈을 빛내면서 말했다. 감탄이 섞인 소리였다.

"오! 미스터 리, 그런 것도 알아요?"

"저도 세브란스 의학교를 졸업하고 의사가 되면 사람의 생명을 하늘같이 생각하면서 인술을 천직으로 생각하고 어려운 사람들에게 봉사할 생각입니다."

"사람의 생명을 하늘같이 생각한다? 그리고 천, 천직이 뭡니까?"

"하느님께서 사람에게 내려주신 일과 책임이 천직입니다."

"오, 미스터 리, 지금 그 생각 변하면 안 돼요. 그리고 미스터 리 교회에 나가요?"

"곧 나갈 겁니다."

"더 좋아요. 교회에 꼭 나가야 해요!"

더 좋다니, 에비슨은 마치 태준이 의학교에 합격한 것처럼 말했다. 그러면서 다시 말했다.

"우리 의학교 공부 아주 어려워요. 앞으로 4년 동안 공부만 열심히 해야 해요. 그리고 어떤 어려운 일 만나도 학교 그만두면 안 돼요. 나 공부하다가 그만두는 사람들 보고 슬펐어요. 우리 학교 학비와 숙박료와 식비 안 받지만, 미스터 리 학교 그만두면 그 돈 다 받아내고 학교 나가게 할 겁니다."

에비슨 박사는 웃지 않고 엄숙한 얼굴로 다짐하듯 말했다.

"예, 박사님. 그런 일은 없을 겁니다."

"그럼 됐어요. 미스터 리, 당신은 훌륭한 일을 할 겁니다. 오늘 이 결심 잘 기억해야 돼요."

"감사합니다."

"오는 10월 1일, 이 옆의 교실에서 첫 수업을 할 겁니다. 그때 오세요. 또 봅시다."

면접을 마치고 나왔다. 정신이 얼얼하면서도 몸이 하늘에 뜬 것처럼 가벼웠다. 한양에 온 목적을 비로소 이룬 것 같았기 때문이다. 그는 잠시 에비슨의 방문 앞에 서서 얼얼한 정신을 가다듬었다. 10월 1일이면 내일 모레다. 당장 삼천리만물상회로 가서 용관과 그 누님과 구병서에게 이 사실을 알리고 상회 점원 일을 그만두어야 한다. 그런데 가만 있자, 상회를 그만두면 어디에서 숙식을 해결해야 하나. 그는 조금 전에 에비슨 박사가 숙식과 학비를 걱정 말라고 한 말을 잊고 있었다. 흥분 때문이었다. 그는 학교 안에 있는 김필순의 숙소를 찾아갔다. 에비슨과 나눈 말도 전하고, 숙식은 어디에서 해야 하느냐를 묻기 위해서였다.

김필순은 태준을 기다리고 있었다.

"어, 이제야 마쳤어? 어떻게 되었는가?"

"10월 1일부터 수업을 할 거라고 교실로 오라고 하셨습니다."

"그래, 축하하네. 내 에비슨 박사님께서 자네를 받아줄 거라고 짐작은 했지만 그래도 걱정하고 있었지. 정말 축하하네. 뭘 물으시던가?"

"앞으로 제가 어떤 결심으로 공부해 나갈지, 주로 그런 걸 물으셨습니다."

"그래, 그랬을 거네. 박사님께서는 중도 탈락자가 나올 때마다 몹시 가슴 아파하셨으니까 말이네. 박사님은 초기 제중원의 봉사 정신을 지금도 아주 높이 평가하고 계신다네. 어려운 사람들에게 무상 치료도 해주고, 어쨌든 싼 치료비로 봉사하는 일 말이네. 그러나 박사님 밑에서 실제로 병원 경영을 책임진 사람들의 반대로 박사님도 지금은 마음대로 못하는 걸 항상 안타까워하신다네."

"그런 것 같습니다. 제가 보기에도……."

"그래, 세상은 하루가 다르게 변하고 있네. 지난 5월 박제순 내각이 경질된 것도 세상의 변화에 따른 어쩔 수 없는 결과였네. 우리 군대가 지난 8월에 해산된 것은 세상의 변화에 미처 따라가지 못한 결과였지. 그러니 대암 자네는 세상의 변화를 잘 감지하고 눈치껏 여기에 대응해야 할 것이네."

"잘 알겠습니다. 그런데 나라가 풍전등화의 위기에 처해도 일신의 안일과 영달을 위해 세상 변화에 대응해도 되는 건 아니겠지요? 그럼 이번에 총리대신이 된 이완용과 다를 게 없지 않겠습니까?"

"물론이네. 개인의 영달을 위하여 세상 변화에 대응하는 것은 세인의 지탄의 대상이 되지. 나라를 경영하는 사람들은 더 넓고 먼 시야로 세상을 내다보고 그 변화에 대응해야 한다는 말이네. 나는 대암의 신념과 사상을 믿고 있네. 자네는 힘이 부족해 쓰러져가는 조선에 원기를 북돋울 인재네. 조국을 위해 뭔가 한 몫을 할 사람이라 확신하네. 반드시 그래야 하네."

"과분한 말씀이십니다. 그런데 제가 먹고 잘 곳은 어딥니까?"

태준은 비로소 김필순 선생을 찾아온 목적에 대해서 물었다.

"아 참, 내가 그걸 말 안 했군. 기숙사가 제공될 거고, 끼니 해결은 학교 식당에서 무상으로 할 거네. 그러니 오늘 만물상회로 가서 짐을 싸 나오게. 내가 지금 자네 방으로 안내해 주겠네. 따라오게."

그는 앞장서 걸어 김필순의 방에서 얼마 떨어지지 않은 곳의 여러 방 앞에 멈춰 서더니 말했다.

“한 방에 두 사람씩 들어가게 돼 있네. 이 네 개의 방 중에서 골라 들게. 먼저 온 사람에게 선택권이 있다네.”

그는 제일 안쪽 방을 택해 문을 열고 안을 들여다봤다.

도배를 새로 한 듯 상큼한 벽지 냄새가 확 풍겼다.

“이 방에 들겠습니다.”

“그러게. 이제 상회로 가서 하직 인사를 하고 짐을 싸서 이리로 오게.”

이렇게 해서 태준은 1907년 10월 1일 세브란스 의학교에 입학했다. 우리 나이로 24세였고, 함안에서 올라온 지 불과 한 달만의 일이었다.

교실은 에비슨 박사의 집무실 옆, 연구실 같은 작은 공간이었고, 학생은 태준을 포함, 모두 8명이었다.

미리 예상은 했지만 태준은 공부가 대단히 힘들었다. 특히 1학년 때가 그랬는데, 이유는 생전 듣도 보도 못한 물리나 화학 같은 과목 때문이었다. 배재학당 등 한양에 설립된 신식학교에 다닌 동무들은 좀 덜했지만 함안 평광의 서당에서 한문이나 공부한 태준은 이런 과목들 때문에 엄청난 고통을 겪어야 했다. 의학교에 들어온 걸 후회할 지경이었지만 에비슨 박사와의 약속, 김필순의 다짐이 생각나 참고 또 참았다. 수학도 힘들었지만 물리나 화학보다는 나았다. 하기는 다른 학생들도 빡빡한 공부에 어려움을 느끼기는 마찬가지였고, 결국 충북 보은 출신의 이대호란 학생은 동기 중의 첫 탈락자가 되었다. 그는 원래부터 몸이 약한 데다 공부를 시작하고부터는 심한 불면증이 생겨 밤에는 물론, 낮의 쉬는 시간에도 낮잠 한 숨 못 붙이는 고생을 더는 견디지 못하고 학교를 그만두고 말았다.

영어도 힘들고 어려웠지만 독학을 해둔 것, 사촌교회에서 손안로 선교사로부터 좀 배운 게 그나마 도움이 되어 무슨 말인지 전혀 알아듣지 못할 정도는 아니었다. 태준은 이를 악물고 공부에 매달렸다. 아마 평생을 두고 이때만큼 열심히 공부한 때도 없었을 것이다.

2학년 이상이 되면서부터는 좀 나았다. 해부학의 이론이나 실습 시간은 오히려 재미도 있었다. 이러한 지식과 기술이 사람의 생명과 직결된다고 생각하니, 그리고 바로 자신이 그렇게 우러러보던 의사가 되는 공부를 하고 있다고 생각하니 더욱 그랬다. 그런데도 3학년 때는 또 한 사람의 학우가 학업을 포기하고 고향으로 돌아갔다. 평북 정주 출신의 김강수였다. 그는 다른 학생들이 어려워했던 1학년 때의 교양 과목은 잘 해내더니 2학년 말의 전공 필수과목을 거의 절반이나 과락인 60점 미만을 받았다. 3학년 때는 전 과목 과락 점수를 받아 낙제가 되어, 결국 타의로 학교를 쫓겨난 것이다.

1910년 9월 초, 용관이 학교로 태준을 찾아왔다. 그는 눈이 충혈되어 있었다. 바로 며칠 전 8월 29일에 조선은 일본과 강제 합방이 되고 말았는데, 그 울분을 태준과 함께 토로하기 위해서였다.

태준도 동기생들과 모여 앉아 얼마나 슬퍼하며 가슴 아파했던가. 모처럼 만난 두 사람은 태준의 방에서 밤이 이슥하도록 이야기를 나누었다. 지난 3월에 안중근이 여순 감옥에서 처형된 이야기를 용관이 했다. 이 소식도 태준은 알고 있었지만 아무하고도 대화를 나누지 못했다. 안중근을 모두들 하나의 살인자로만 보려고 하기 때문이었다.

용관은 그동안 누님 댁에 있으면서도 가게 일에서 손을 떼고 재작년에 개학한 한성외국어학교에 다니고 있었다. 태준은 용관의 정

서와 사상이 놀라울 정도로 성장한 걸 보면서 용관에게 깊은 동류 의식을 느꼈다. 한없이 믿음직스러웠고 고마웠다. 용관이 말했다.

"안중근이란 분 대암은 우찌 보노?"

"우찌 보기는? 만고의 애국자이시지."

"그 안중근 씨는 천주교 신자다."

"아, 그분이 천주교 신자였다고?"

태준은 처음 듣는 말이었다. 용관은 최근 안중근에 대한 기독교 교회 내의 분위기를 태준에게 전해주었다. 교회 안에서도 안중근의 거사에 대하여, 조국을 잃은 망국민의 한 사람으로서 마땅히 할 수 있는 일을 한 의로운 분으로 보는 성도가 있는가 하면, 아무리 그래도 천주교 신자가 살인을 한다는 것은 안 될 말이라고 하는 성도도 있다는 것이었다. 용관은 자기 생각을 덧붙이기 전에 태준에게 먼저 물었다.

"대암, 정당방위라는 말 아나?"

"정당방위라? 뜻은 대강 알겠네만 처음 듣는 말인데?"

"자기가 살기 위해서, 즉 정당한 일에 대해서는 마땅히 자기를 방위할 권리가 있다는 거지. 다시 말하면 상대방을 칠 수도 있다는 뜻이네. 이등(伊藤)이란 자는 우리 민족과 나라에 대하여 씻을 수 없는 죄를 지은 원수네. 우리 민족과 나라를 살리기 위해서 그 원흉을 처단한 분이 안중근 씨라네. 그러니 이런 일은 정당방위이고 정의를 실천한 일이라고 볼 수 있지. 그러니 보통의 살인 행위와는 구별돼야 하지 않겠나. 안중근 씨의 천주교나 우리 기독교는 그런 의미에서 모두 하느님의 정의를 중히 여기는 종교네."

태준은 용관의 신념에 찬 말을 가만히 듣고 있었다. 용관이 어제의 용관이 아닌 것 같았다. 그런 용관이 다시 말했다.

"기독교 신자라도 명분과 이유만 타당하면 살인을 할 수 있다는 말이네. 십계명에 살인하지 말라는 대목이 있지만 국가와 민족을 위한 대의 앞에서 하는 살인은 십계명이 말하는 살인에 해당되지 않는다고 보네."

태준은 십계명이란 말도 처음 듣는 말이었다. 용관이 다시 말했다.

"안중근 씨는 하느님의 이름으로 민족의 원수를 징벌한 것이네. 구약성경을 보면 수많은 전쟁이 있고, 전쟁마다 많은 살상이 있었지만 대의와 명분이 뚜렷한 살상을 하느님께서는 한 번도 나무라신 적이 없었다네. 그런데도 지금 기독교나 천주교의 일부 신자들은 왜놈들의 눈치만 보면서 안중근 의사를 혐오하고 있어. 일부 목회자들과 성도들, 특히 외방 선교사들은 안중근 씨를 단순한 살인자로 보는 것 같아 안타깝고 분하네. 이런 엉터리 신도들이 교회 안에서 더 큰소리치고 잘난 척하고 있는 게 우리 교회의 실상이라네. 권력자에게 빌붙어 꼬리나 치는 무소신의 신도들! 나는 이들 기성 신도들에게 질렸네. 넌덜머리가 난다는 말이네. 그러나 우리 기독교 안에서도 정말 믿고 따를 만한 목회자와 평신도들이 많이 계시네. 성직자로는 조선 최초의 목사이신 길선주(吉善宙) 목사님이나 이기풍(李基豊) 목사님 같은 분들이네."

태준은 용관의 말을 들으면서 자신의 무지가 부끄럽기만 했다. 용관의 말을 다 알아들을 수가 없었다. 우선 성경을 구해서 읽어야겠다고 생각했다. 용관이 결론처럼 맺었다.

"대암, 대암도 은자(이제) 교회에 나가 세례를 받을 때가 됐다고 보네. 우리 누님한테 교회에 나가겠다고 약속한 기 운젠데 이때꺼정 이라고 있노?"

태준은 용관의 이런 말을 들으면서 많은 생각을 하고 있었다. 그래서 속으로는 이제 아무리 바빠도 세례를 받고 교회에 나가야겠다고 생각했다. 그러나 우선은 발을 뺐다.

"의학교 공부가 너무 바쁘고 힘들어서……."

"그래, 그거는 안다. 그래도 그렇지, 우리 누님 집에서 밥 묵을 때는 급했고, 누님 집에서 나오고 나니 안 급하다 그 말 앙이가? 아니지, 김필순 선생이 세례를 더 독촉 안하니 그런가."

"허허허, 사람이란 기 본시 그런 거 앙이가. 그라고 나의 의학교 공부가 힘든 줄을 김필순 선생께서 더 잘 아시니 세례 독촉을 안 하시는 기지, 그분의 신심이 변한 거는 앙이다. 그래도 내 의학교 졸업 전에는 세례를 받을 끼다. 그러니 오곡이 쪼매만 더 기다리게."

"앙이다. 여기서 내가 나가는 남대문교회는 아주 가깝다. 그러니 오늘 내캉 남대문교회에 나가보자."

"오늘은 안 되니 이해해라. 내가 알아서 하꾸마. 내 약속한다!"

이래서 태준은 빠른 시일 안에 교회로 가서 교리교육을 받고 세례를 받을 마음을 먹었다.

1910년 겨울, 태준은 드디어 남대문교회로 갔다. 날씨가 아주 추웠다. 김필순과 조용관이 동행했다. 두 사람은 모두 남대문교회에 나가고 있어 서로 친숙했다. 교회에서 태준을 만난 사람은 최용호(崔龍浩) 조사(助事)였다. 최 조사는 김필순과 조용관으로부터 태준에 대하여 설명을 들었다. 먼저 김필순이, 태준은 곧 의사가 될 의학교 학생이란 점을 최 조사에게 말했다. 다음 조용관이, 태준은 고향이 함안인데 함안 사촌교회에서 이미 아담슨이란 선교사로부터 기독교에 대하여 많이 들어 기독교를 잘 알고 있다고 했다. 태준은, 자신이 기독교에 대하여 잘 알고 있다는 용관의 말이 마음에 걸렸다. 아담슨 선교사로부터 기독교에 대하여 많이 듣지도 못했거니와 기독교를 잘 알지도 못했기 때문이다. 최 조사가 말했다.

"아담슨 선교사는 어느 나라에서 오신 선교사님입니까?"

조용관이 답했다.

"호주에서 1894년에 입국하셨습니다."

"그렇군요. 김필순 선생님께서 추천하시고, 함안의 아담슨 선교사님으로부터 기독교에 대하여 배우셨다면 특별히 교리 교육을 더 할 필요는 없겠습니다만 오늘 오신 김에 몇 가지만 묻겠습니다."

태준은 가슴이 철렁했다. 그러나 질문은 아주 쉬웠다.

"예수님께서 세상 모든 죄인들을 대신해서 십자가 위에서 돌아가셨다는 걸 믿습니까?"

"믿습니다."

"그런 예수님께서 사흘 만에 부활하신 것을 믿습니까?"

"믿습니다."

"예수님께서 우리를 대신하여 돌아가신 일을 뭐라고 합니까?"

태준은 얼른 생각나지 않아 머뭇거렸다. 그러자 최 조사가 말했다.

"대속(代贖)이라고 합니다. 이 말이 중요한 게 아니고, 우리 죄를 대신해서 돌아가신 예수님을 위해 우리가 어떻게 살아야 하는지가 중요합니다. 뭣을 먹거나 생각하거나 말하거나 행동할 때마다 반드시 예수님을 먼저 떠올리면서 예수님께서 좋아하실지 안 좋아하실지를 생각한 연후에 먹고, 생각하고, 말하고, 행동하라는 것입니다. 즉 이제까지의 나 중심의 생활에서 벗어나 앞으로는 매사를 예수님

중심으로 하라는 것입니다. 그렇게 하시겠습니까?"

"그렇게 하겠습니다."

"됐습니다. 다가오는 성탄절 전야에 세례식이 있습니다. 세례식은 새문안교회의 언더우드(H. G. Underwood) 선교사님께서 당회장 자격으로 오시어 집전하실 겁니다."

1910년 12월 24일 태준은 남대문교회에서 언더우드 선교사로부터 세례를 받았다. 언더우드 선교사는 최용호 조사가 물었던 내용과 비슷한 말씀을 세례받는 사람들에게 마지막으로 다짐했다. 그리고는 백자기 주전자의 물을 오른손으로 머리에 조금 붓고 왼손의 수건으로 그 물을 닦아주었다. 그것으로 세례는 끝났다. 세례식 후 언더우드 선교사가 말했다. 그는 우리 조선말이 아주 유창했다.

"오늘 세례받은 여러분, 하느님의 자녀로 다시 태어나신 것을 진심으로 축하합니다. 여러분은 이제부터의 삶이 중요합니다. 어제까지의 낡은 옷을 벗어던지고 오늘부터 새 삶의 옷으로 갈아입어야 합니다. 새 삶의 옷은 화려하거나 호사스러운 것이 아니고 무거운 책임감과 항상 깨어있는 의식의 옷입니다. 여러분은 진실로 책임이 크고 할 일이 많습니다. 그 책임 잘 깨닫고 할 일 다 하려면 하느님 말씀 깊이 가슴에 심고 머리에 새겨야 합니다. 여러분은 복음으로 구원을 받은 사람들의 값을 해야 합니다. 세속적인 생각과 말씨와 행동을 모두 영적인 생각과 말씨와 행동으로 바꾸어야 합니다. 이 사람이 제일 싫어하고 미워하는 것이 있다면 이름만 신앙인이고 생각이나 말씨나 행동이 전혀 신앙인답지 않은 성도들입니다. 그러니 부디 남에게 보이려는 신앙인이 아니고 진실된 신앙인이 되시기를 간곡하게 바랍니다. 무엇보다도 열심히 기도할 줄 아는 신앙인이 되고, 자기만 생각하는 이기주의적 신앙인이 되지 말고 다른 사람도 생각하는 이타적 신앙인으로 살아가시기 바랍니다. 지금 위선적 신앙인이 참으로 많지만 절대로 위선적 신앙인은 되지 마십시오. 그리고 무엇보다도 정의를 사랑하고 정의를 지킬 줄 아는 신앙인이 되십시오. 하느님은 정의의 하느님이시지 아무 앞에서나 고분고분한 뼈 없는 하느님이 아니십니다. 세상에는 여러 가지 유혹이 많습니다. 그 모든 유혹을 조심하십시오. 유혹만 이겨내면 성공한 신앙인이 될 겁니다.

이제 하느님께서 우리와 한 편이 되셨으니 누가 감히 우리와 맞서겠습니까? 그러나 이러한 성경 말씀을 기억하십시오. '네가 장차 당할 고통을 조금도 두려워하지 말아라. 이제 악마가 너희를 시험하기 위하여 너희 중 몇 사람을 감옥에 가두려 하고 있다. 너희는 열흘 동안 환난을 당하게 될 것이다. 그러나 너는 죽기까지 충성을 다하여라. 그러면 내가 생명의 월계관을 너에게 씌워주겠다.'라고 하신 요한 묵시록 2장 10절의 말씀을 기억하십시오. 또, '여호와께서 눈의 아들 여호수아에게 명령하시기를, 너는 이스라엘 자손들을 인도하여 내가 그들에게 맹세한 땅으로 들어가게 하리니 강하고 담대하라. 내가 너와 함께 하리라.'고 하신 말씀을 잊지 마십시오. 나도 하느님과 함께 조선의 장래를 지켜볼 것입니다."

이렇게 말한 선교사는 목이 약간 메인 것 같았다.

이날, 의학교로 돌아와 저녁을 먹고 두 사람이 쓰는 침실에 누워 태준은 세례식 때의 선교사 말씀을 가만히 생각하면서 깊은 생각에 잠겼다. 선교사의 말씀은 모두 우리 조선 민족, 우리 조선의 장래를 염두에 두고 하신 말씀 같았다. 복음으로 구원을 받게 될 우리 민족, 다만 우리가 하느님을 진심으로 신뢰하고 사랑해야만 구원을 받게 된다……. 전지전능하신 하느님께서는 세계 모든 민족들의 고통과 슬픔을 알고 계신다. 그런 하느님께서 우리 편이 되셨다. 무엇이 두려우랴. 그러나 악마 같은 왜제가 우리 독립운동하는 동지들을 감옥에 가두려고 하는 것이 우리 현실이다. 그래도 용기를 잃지 말고 견뎌라. 하느님께서는 정녕 우리 곁을 떠나지 않으신다. 조선을 반드시 영광과 행복이 가득한 나라로 인도해주실 것이다…….

생각할수록, 언더우드 선교사님께서 성경 구절을 인용해 우리 민족과 나라의 현실에 맞도록 말씀하시면서 우리에게 희망과 용기를 잃지 않도록 하신 것이 바로 지금인 양 귀에 쟁쟁히 울리고 있었다.

태준은 1911년 6월 21일에 세브란스 의학교의 제2회 졸업생이 되었다. 우리 나이로 28세 때였다. 졸업식 때에 다른 동무들은 식장에 가족들이 참석해서 축하의 꽃다발을 전하기도 하고 함께 웃고 떠들며 기뻐했지만 태준에게는 가족들이 아무도 올 수 없었다. 그러나 이를 슬퍼하고 서운해할 처지가 못 되었다. 동생 태식 부부는 입에 풀칠하기도 힘든 생활인데 경성까지 어떻게 올 것인가. 그러니 숙부모 밑에서 자라는 두 딸도 당연히 아버지의 졸업식에 올 수가 없었다. 그는 딸들에게 마음속으로 말했다. 조금만 기다리고 참아라. 경성 구경도 시켜주고 좋은 옷에다 쌀밥도 먹여주마.

2회 동기들은 경기도 경성 출신인 강문집(姜文集), 충북 청풍 출신인 박건호(朴建鎬), 황해 장연 출신인 서광호(徐光昊), 평북 의주 출신인 박영식(朴永湜), 황해 안악 출신인 송영서(宋永瑞) 등이었다. 이태준은 4학년 성적 평균이 70점이었는데, 70점 이상을 받아야 졸업이 가능했다. 그러니 태준은 의학교를 겨우 졸업한 셈이라고 하겠으나 졸업생 모두가 고만고만한 점수임을 감안하면 당시 세브란스 의학교의 학점이 얼마나 엄격하고 짠지 짐작할 수 있다.

그는 졸업과 동시에 두 사람이 함께 기거한 방에서 나와 병원 안 의사 숙소의 단독 방으로 짐을 옮겼다.

6
새 출발

태준은 졸업과 동시에 세브란스병원의 의사로 근무하게 되었다. 그는 첫 월급으로 난생 처음 양복을 맞추고 구두도 맞췄다. 그리고 생각해보았다. 내 인생의 새 출발. 의사가 되었고, 좀 전에 세례까지 받아 하느님의 자녀로 다시 태어났으니 새 출발이 아니고 뭔가.

태준은 세례를 받느라고 언더우드 선교사가 머리에 물을 부을 때, 그 찬물의 감각에 몸을 움칠했다. 그러나 그 짧은 순간의 경련은 찬물의 감각이 일으킨 것만이 아니었다. 알 수 없는 힘, 어떤 영험(靈驗)이 그를 움칠하도록 했음을 알았다. 왜냐하면 학교의 숙소에서 자주 등물을 치고, 그 뒤 서양식 물뿌리개 같은 등물기가 들어와 온 몸에 찬물을 뒤집어쓴 적도 있었지만 세례 때의 그 움칠한 느낌은 한 번도 받아보지 못했기 때문이다.

세례를 받고 나서 태준은 그렇게 바쁘면서도 주일이면 한 번도 안 빠지고 그 남대문교회로 나가 예배에 참례했다. 주일 새벽에는 더 일찍 일어나, 십자가 밑에 꿇어 앉아 기도를 했다. 그러다 시간이 되면 아끼고 좋아하는 새 양복에 넥타이를 맨 정장을 하고, 구두도 빛이 나게 닦아 신고 교회로 갔다. 교회에서 만나는 모든 사람들이 반갑고 정다웠다. 목회자의 설교도 귀에 쏙쏙 들어오면서 그 느낌이 온몸으로 퍼져가는 것 같았다. 그러니 예배 시간 전체가 감동과 감격과 환희 그 자체였다. 그야말로 한 주일(週日)을 주일(主日)을 위해, 주일을 기다리며 사는 것 같았다.

병원에서도 그랬다. 이미 졸업 전에 의료실습생으로 환자를 많이 접하면서 진료를 했기 때문에 특별히 일이 어렵다거나 낯선 동료들을 만나는 긴장감 같은 건 없었다. 하지만 그래도 그는 새로운 각오와 결심으로 병원 생활에 임했다. 의사 봉급을 받으면 고향에서 자신의 두 딸을 맡아 고생하고 있는 태식 부부에게 우송할 생각이었지만 첫 월급은 양복과 구두를 맞추느라고 써버렸다. 그러나 반드시 고향의 동생 앞으로 송금할 생각을 하고 있었다. 딸애들 공부도 그렇고, 찢어지게 가난한 동생 부부의 살림을 도와야 했기 때문이다. 하기는 딸자식들을 학교에 보내는 사람들은 아무도 없었지만.

그해 1911년 10월 중국 무창에서 혁명이 일어났는데, 이를 계기로 중국은 청조(淸朝)를 몰아내고 중국 역사상 처음으로 공화국을 세웠다고 했다. 이른바 신해혁명이었다. 조선의 많은 애국지사들은 모두 이 신해혁명에 고무되었고, 조선에서도 왜국의 세력을 몰아내야 한다는 분위기가 꿈틀거렸으나 뾰족한 방법이 없었다. 왜제의 감시와 폭압이 워낙 악랄하고 거세었기 때문이다. 그래서 많은 애국지사들은 다투어 중국으로 건너갔다. 특히 남경은 중국의 혁명정부가 있는 곳이었다. 태준도 언젠가는 김필순 선생과 함께 중국으로 가야 한다는 걸 염두에 두고 있었고, 간다면 남경으로 가야 하리라는 생각을 했다.

이 무렵 태준은 밤만 되면 숙소에서 고향의 두고 온 가족 아니면 나라의 장래가 어떻게 될지에 대하여 생각하곤 했다. 의사가 되어 환자만 다루는 자신의 길이 과연 잘된 길인지, 나라가 이 지경이 되었는데도 남아 대장부가 청진기나 주무르고 있는 게 일종의 현실도피 같다는 생각에서 헤어날 수가 없었던 것이다.

다리에 종기가 생긴 환자를 수술한 날 오후였다. 환자는 장딴지에 부스럼이 생겨 환부가 벌겋게 성을 내고 있었다. 겉보기에도 심해 보였지만 거즈로 환부를 단단히 닦아내고 칼로 살짝 건드렸는데도 검붉은 고름이 엄청나게 쏟아져 나왔다. 곪은 부위가 아주 깊었다. 환자는 이를 악물고 고통을 참고 있었고, 태준은 그런 환부를 치료하면서 환자를 나무라고 있었다.

"모기에 물렸어도 진작 손을 썼으면 이런 고생은 안 할 거 아닙니까? 우리 조선 사람들은 미련을 떨어서는 안 될 일에 미련을 떨면서도 좀 느긋해야 할 일에는 지독하게 조급하게 굴어요. 특히 돈이나 재산 같은 문제에는 얼마나 성미 급하게 구는지……. 제 건강 잃고 나면 돈이 무슨 필요가 있어요? 안 그래요?"

나라도 개인 몸과 같아요. 큰 탈이 나기 전에 온 국민이 정신을 차려야 하고, 그렇게 되기 위해서 지도자들이 먼저 정신을 차리고 솔선수범을 보여야 해요. 이런 말이 입에서 맴돌고 있었다. 환자가 찡그린 상태에서 다분히 항의성이 강한 답을 했다.

"미련을 떨어서가 아니라, 농번기인 데다 집에서 병원이 하도 머니 오는 게 그리 쉽습니까, 어디?"

"그건 그래요. 그래도 아프면 참지 말고 즉시 치료받을 생각을 하셔야 합니다. 이래 가지고 또 추수하고 타작하고 보리논에 거름 내고 논 갈고 하면 안 돼요! 대개는 조심이 없고 위생관념이 약해서 병이 나는 겁니다! 그래도 이만하기 다행입니다. 이제 절대로 움직이지 말고 집에서 며칠 동안은 가만히 쉬셔야 합니다. 그래야만 수술 부위가 가라앉습니다. 움직이면 수술한 데가 덧나니까요. 알았어요?"

"알았습니다. 감사합니다."

그는 절룩거리며 나가는 환자의 뒷모습을 바라보다가 고향의 동생 태식이를 생각했다. 나이도 태식이와 비슷해 보였다. 태식인들 저 환자와 뭣이 다를까 싶었다. 멍하니 잠시 앉아 있는데 민효례가 저만치서 다가왔다. 태준이 먼저 말을 붙였다.

"한 며칠 안 보이시던데요?"

말하고 생각하니 자신은 민효례의 행방만 쫓아다니는 사람처럼 보여 머쓱했다. 그러나 다행히 효례는 아무렇지도 않게 받았다.

"예, 집에 잠시 다녀왔어요."

"오늘은 이 시간에 어떻게?"

"방금 입원 환자 한 분 산보 시킨 후 병실에 모셔 드리고 오는 길이어요."

"조금 여유 있어 보이는 표정입니다만……."

"그랬으면 좋겠는데 또 무슨 일이 생길지……."

병원에서는 의사고 간호부고 한시도 쉴 틈이 없을 만큼 바빴고, 언제 어떤 환자가 들이닥칠지 몰랐다. 그만큼 잠깐이라도 긴장을 풀 수가 없었다. 그런 터에 지금처럼 두 사람이 근무 시간인데도 이렇게 만나는 일 자체가 썩 드물었다.

민효례가 미소를 짓고 있었다. 무슨 일인지 할 말이 있는 모양이었다. 요즘 와서 부쩍 태준을 대하는 그녀의 표정이 밝고 싹싹했다. 그녀는 평소에 태준을 대하는 태도나 표정이 밝았다 어두웠다 했다. 며칠 전까지만 해도 어두운 그늘이 짙게 깔려 있었던 것이다. 그런 그녀가 말했다.

"이 선생님, 나중에 일과 종료 후 제 방에 잠시 오시겠어요?"

"무슨 일인데 사람을 방으로 다 부르세요?"

"제가 어제 집에 갔다가……."

"조금 전에 그러셨잖아요. 며칠 안 보일 때 집에 다녀오신 거라고. 모처럼 집에 갔다가 혼처라도 정해놓았다는 말씀 듣고 왔나 보네요?"

"아이 선생님도, 그랬으면 제가 얼마나 행복하겠어요."

"그럼 무슨 불행한 일이라도 생겼다는 건가요? 어쨌든 저녁 먹고 잠시 들르지요."

"아 참, 제가 그 말씀을 잊었네요. 저녁 진지 드시지 말고 오세요."

"허 참, 목구멍에 때 벗길 일이라도 있는가 보네요?"

태준은 저녁 식사 시간에 식당으로 가는 대신 효례의 숙소로 갔다. 효례가 기다리고 있다가 일어서며 활짝 웃었다.

그녀는 정갈한 음식을 준비해놓고 있었다. 돼지고기 수육, 여러 종류의 부침개, 인절미, 시루떡, 절편 같은 떡에다 푸나물, 그리고 상 위에는 푸른색이 도는 자그마한 자기 병 하나도 있었다. 술병일 터.

"어서 오세요, 선생님."

"이게 웬 음식들인가요? 잔치 음식 같은데?"

"맞아요. 제 남동생이 이번에 혼인을 했어요. 그래서 집에 다녀온 걸요."

왜 나만 불러요? 다른 선생님들도 있고, 간호부도 많은데. 그러나 이 말은 하지 않고 잠시 음식을 바라보다가 엉뚱한 말을 했다.

"모두 나에게만 주려고 가져 왔어요?"

효례가 상기된 얼굴로 잔에다 병술을 따르며 말했다.

"선생님 약주 좋아하시죠? 이 술 어머니께서 직접 담근 술인데 드셔보세요."

하얀 밥알이 동동 뜨는 술, 동동주였다. 태준이 잔을 들고 효례를 바라봤다. 감사와 감격이 어린 눈길이었다. 효례가 다시 말했다.

"천천히 많이 드세요. 저녁 진지도 준비해두었어요."

태준이 술잔을 든 채 효례를 보고 말했다.

"아이구, 무슨 말씀을 하실지 겁이 납니다. 어쨌든 고마워요. 그런데 남동생이 왜 누나를 두고 먼저 혼인을 해요?"

"형편대로 하는 거지 꼭 순서가 있나요? 저 같은 노처녀를 누가 데려가려고 합니까? 그래서 제가 밀렸죠."

효례는 기묘생, 스물다섯 살이었다. 스물다섯 살이면 노처녀임에 틀림없다. 보통 16, 17세에 혼인을 하고 늦어도 20세 안에는 시집을 갔으니까. 태준은 술을 마시면서 이 노처녀가 왜 혼기를 놓쳤을까 생각하면서 천천히 고기도 먹고 떡도 먹었다. 그러다 조심스럽게 물었다.

"효례 씨, 왜 혼기를 놓쳤어요?"

"그런 걸 숙녀에게 묻는 건 실례예요."

"미안합니다."

"미안할 거까지는 없어요. 선생님은 다른 일로 저에게 많이 미안해하셔야 하니까요."

"다른 일? 그게 뭔지 모르겠는데요?"

"저도 모르겠어요!"

하고 그녀는 고개를 숙였다. 그러는 그녀의 귓불이 발갛게 상기되어 있었다. 몰래 눈물을 닦았다. 거 이상한 일이로군, 울기는 왜 우나.

태준이 삼천리만물상회로 처음 왔을 때 효례는 가위와 자를 사려고 가게에 들렀다가 낯선 남자 한 사람을 보고는 그만 마음을 뺏기고 말았다. 그가 태준이었고, 태준이 이내 세브란스 의학교에 입학해 왔을 때부터 효례는 몰래 가슴을 앓아온 터였다. 그래서 좋은 혼처가 있어도 혼인을 안 하고 있었다. 그런데도 오늘까지 그런 자신을 몰라주다니, 효례는 정말 서럽고 안타깝고 야속하고 허망해서 눈물이 나왔던 것이다.

그런 줄은 전혀 모르고 술을 마시면서, 여러 가지 진귀한 음식을 먹어보는 태준은 나름대로 감격해 있었다. 이 모두 얼마 만에 먹어보는 음식들인가. 그는 가슴이 먹먹해졌다. 태준은 효례가 자신이 기혼자인 것도, 아이가 둘이나 있는 것도 모르고 있다고 생각했다. 그래서 오늘 저녁에는 그런 걸 밝혀야겠다고 마음을 다졌다. 왜냐하면 혹시라도 자신을 미혼으로 착각하고 이런 호의를 베풀지 모른다고 여겼기 때문이다. 태준은 과연 눈치라고는 없는 무딘 남자였다. 그런 그가 천천히 입을 열었다.

"효례 씨, 내가 드릴 말씀이 있는데 해도 될까요?"

"그럼요, 말씀하세요."

효례는 손수건으로 눈언저리를 훔치면서 말했다. 어떤 기대와 의혹이 반반으로 섞인 눈길로 태준을 바라보면서. 기대란 혹시 사랑을 고백하려는 게 아닐까 하는 것이고, 의혹이란 태준이 자신보다 김필순의 누이동생 순애(淳愛)를 사랑하고 있으니 자신더러 포기해 달라고 하는 게 아닐까 하는 것이다.

태준이 입을 뗐다.

"저어, 사실은 나 총각이 아닙니다. 그리고 오래전에 혼인하여 고향에는 딸도 둘이나 있습니다. 그러니……."

그러니 잊어 달라고? 효례는 그러나 조금도 당황하거나 놀라지 않았다. 오히려 얼마나 마음이 놓이던지! 그래서 태준을 잔잔한 미소로 바라보면서 말했다.

"중요한 것 한 가지를 안 밝히시군요. 부인께서 돌아가신 것을 왜 말씀 안 하세요?"

"……?"

태준이 잠시 놀란 눈으로 효례를 바라보다 말했다.

"아니, 그런 걸 다 알고 있었어요?"

"오래전에 알았는 걸요."

"어떻게? 누가 그러던가요?"

"그건 비밀입니다."

효례는 이번에는 생글생글 웃기까지 하면서 태준을 바로 바라봤다. 그러다 말했다.

"여자란 관심 있는 사람을 보면 그 사람의 모든 걸 알게 돼 있어요. 누가 안 가르쳐줘도 그렇게 돼요. 그러니 병원 안에서 혹시 누가 선생님에 대하여 저에게 이야기한 사람이 있을 거라는 억측은 하지 마세요."

태준은 아무 말도 할 수가 없었다. 나, 이태준이 민효례 당신에게 전혀 관심이 없다는 말은 거짓말이고, 그렇다고 좀 기다리란 말도 할 수 없었다. 왜냐하면 그에게는 진작부터 김필순 선생의 누이 순애도 꽤 매력 있는 여성이었고 가슴 깊숙한 곳에 자리 잡고 있었기 때문이다. 그러나 순애는 한 번도 태준을 효례와 같은 눈으로 바라봐주지도 않았고, 이런 자리를 마련한 적은 더군다나 없었다. 순애는 독실한 기독교 신자여서 여간해서는 남자들에게 눈길을 보내는 그런 형이 아니긴 했다. 그런데도 태준 혼자 저런 여성이라면, 하는 간절한 생각을 몰래 품고 있었다. 아니, 순애를 볼 때마다 마음이 달았을 뿐이다.

존경하면서 따르는 선배요, 스승의 누이동생, 그런 순애와 맺어지면 김필순 선생은 처남이 되면서, 절대로 떨어질 수 없는 인연으로 맺어지는 게 아닌가. 그렇게만 되면 얼마나 좋을까 싶었던 게 태준의 솔직한 생각이었다. 그런데 필순도 태준의 사정, 그가 일찍 아내와 사별했고, 어린 딸 둘이 시골에 있다는 것을 알고 있었으므로, 어쩌면 누이 순애에게 그런 걸 이야기했을지도 모른다. 그래서 그런 태준의 악조건을 알고 순애는 태준에게 평소에 냉정한 눈길로 사람을 무시하는 태도를 취했는지 모르겠다. 그러고 보니 틀림없이 그럴 것 같았다. 그렇다고 해서 태준이 먼저 내가 이러한 상황에 놓인 사람이지만 순애 씨를 좋아하고 있습니다, 하고 나설 수도 없었다. 그야말로 어려운 상황이었다. 태준은 이렇게 오랜 기간, 순애와 효례, 두 여인을 두고 이러지도 못하고 저러지도 못하고 있었던 셈이다.

그런데 이날 저녁, 효례가 그를 초대해서 음식 대접을 하면서 거의 노골적이다 싶은 접근을 해오지 않는가. 그래서 태준은 자신의 사정을 솔직하게 밝혔는데, 놀랍게도 그녀는 태준의 악조건을 환히 꿰뚫고 있는 게 아닌가. 이런 놀라운 일이! 그렇다면? 태준은 당연히 효례에게 감사한 마음이 들면서 갑자기 효례에게로 밀물처럼 쏠리는 감정을 주체할 수 없었다. 이런 분외의 상황이 돼버리다니!

새삼 태준은 자신과 효례를 비교해봤다. 효례는 모든 조건이 태준과는 비교도 안 되게 훌륭했다. 안동의 명문인 여흥 민 씨에다, 명성황후 민비가 촌수 가까운 언니뻘이 된다고 했다. 부모도 일찍 경성으로 올라와 지금 떵떵거리며 사는 집안, 그런 집안의 둘째 딸. 그러니 더 솔직하게 말하면, 효례를 당장 아내로 맞아들여 자신의 외로움을 위로받고 자신이 품은 포부 같은 것을 털어놓고 자문을 구하고 싶기도 했다. 하지만 그런 감정을 억누르고 있었다. 아, 그러나 저러나 두 여인 중 한 사람은 내 사람으로 거의 확정된 것이나 다름없으니 이런 행운이 있는가. 그는 술기운도 있었지만 기분이 한없이 좋았다.

그는 그날 밤 효례의 방에서 그 청자기 병의 술을 다 마시고 자기 방으로 돌아왔다.

그러고는 고향의 아우 태식에게 편지를 썼다.

동생 태식 보아라

그동안 동생 내외 무고하고 편안한지 궁금하구나. 수남이 수용이도 병치레하지 않고 잘 크고 있는지. 이 무정한 형은 몸 편히 잘 있으니 아무 걱정 말기 바란다. 내가 늘 동생 부부의 고생을 생각하면서 그 보답을 못하고 있으니 미안하구나. 반드시 동생에게 불원간 무슨 조치를 취할 생각이니 기다려주기 바란다. 앞으로는 동생이 선조님 봉제사에 지금 같은 고생은 없을 것이다. 수남이와 수용이도 공부를 시키고 싶다. 동생이 힘이 들겠지만 아이들 교육 문제도 관심을 가져주기 바란다. 학비는 이 형이 부담할 것이다. 언젠가는 아이들을 내가 데려다 키울 것이다. 내가 혼자 지내는 것은 불가하다. 이제 면환(免鰥)을 해야 하겠으나 자세한 것은 다음에 의논하고 오늘은 이만 줄인다.

단기 4244년 신해(辛亥) 11월 16일

가형(家兄) 부(付)

추수가 끝나고 나면 환자들이 부쩍 불어난다. 많은 환자들을 만나, 일일이 뭣 때문에 이런 병이 생겼으며 어떤 조심을 해야 한다고 이야기하는 생활은 피곤하고 힘들다. 그러나 한편 보람 있고 즐거웠다. 에비슨 박사도 가끔 태준이 진료하는 데로 찾아와 그가 환자를 대하고 진료하는 모습을 유심히 바라보곤 했다. 만면에 미소를 머금고 있는 에비슨 박사의 모습을 대할 때마다 느끼는 감정은 그가 아버지 같다는 것이었다. 존경스럽고 사랑의 감정이 샘솟는 아버지. 실제로 태준의 부친은 평생을 두고 한 번도 태준에게 화를 내거나 꾸지람을 한 적이 없었다. 어릴 때부터 태준에게는 너그럽고 온화했다. 나중에 동생 태식이 태준의 나이쯤 됐을 때 아버지는 달랐다. 태식이 크게 잘못한 일이 없는 데도 지나치게 엄하게 대했고,

매사에 간섭도 심했던 것이다. 그런데 에비슨 박사도 그랬다. 병원 내의 다른 식구들, 의사나 간호부, 직원들, 심지어 청소부들에게도 여러 가지 참견과 간섭을 했고, 어떤 때는 언성을 높이기까지 했으나 태준에게만은 예외였다. 심지어 에비슨 박사는 태준에게 늘 관심을 가져주고 격려의 말도 아끼지 않았다. 태준에게는 에비슨 박사의 관심이 객지 생활의 활력소가 되어준다고 해도 지나치지 않았다. 이날도 마침 진료실에 환자가 없는 걸 알고 에비슨 박사가 들렀다. 태준이 얼른 일어서며 자기 의자를 권하자,

"남의 의자 안 앉아요. 의사 진료용 의자는 더욱 안 돼요."

하면서 선 채로 말했다.

"닥터 리, 환자 진료 중요하지만 건강도 잘 돌봐요. 의사가 건강을 잃으면 환자가 누구에게 가겠어요? 요새 닥터 리 얼굴색 안 좋아요."

"박사님, 감사합니다. 얼굴색 아무 일 없습니다."

"너무 희고 기운 없어 보여요."

"그건 햇빛을 못 봐서 그럴 겁니다."

"거기 앉아 답하세요."

"예, 그럼."

태준이 의자에 궁둥이를 걸치고 앉았다. 에비슨이 말했다.

"적당한 운동 하는 거 잊지 마세요."

"알겠습니다."

이쯤에서 딴 데로 이동하리라 믿었는데 뒷짐을 진 채 그냥 서서 또 말했다.

"요즘 고향 소식 듣고 있어요?"

고향 소식 못 들은 지가 꽤 됐다. 그러나 태준은 말했다.

"예, 가끔 듣습니다."

"공주들은 잘 있어요?"

공주라니, 태준은 정색을 하고 에비슨을 바라봤다.

"서양에서는 귀한 딸을 공주라고 해요."

태준은 속으로 말했다. 아무리 귀해도 그렇지, 평민의 여식을 공주라니 과장도 유분수지. 마침 이때 당번 간호부가 새로운 환자를 데리고 들어왔다.

"닥터 리, 수고!"

하면서 에비슨 박사가 나가자 태준은 살았다 싶었다.

태준에게 관심을 가지고 여러 가지 병원 내의 일이나, 의사의 근무 자세에 대해서 일러주는 또 한 사람의 스승은 김필순이었다. 김필순이 의학교 졸업과 동시에 교수가 되어 태준의 동급생에게 강의를 하면서부터 자연스럽게 태준은 김필순을 선생님으로 호칭했다.

"대암, 자네는 환자를 대하는 자세가 아주 훌륭해. 에비슨 박사님께서도 가끔 자네의 자질과 인품을 호평하신다네. 자네를 추천한 나로서는 참으로 흐뭇하고 보람 있는 일이지. 고맙네."

"선생님, 과찬의 말씀이십니다."

잠시 쉬었다 김필순이 이었다.

"대암도 이미 잘 알겠지만 의사는 환자를 겁주면 안 되네. 그리고 진료를 목적으로 하는 일이지만 쓸데없는 검사를 하는 것도 삼가야 하네. 이건 자칫하면 환자에게 경제적으로 과중한 부담을 지우는 일이 되거든."

"잘 알겠습니다, 선생님."

"내가 오늘 대암에게 쓸데없는 소리를 좀 많이 하네만 절대로 자네를 두고 하는 말이 아니란 걸 먼저 밝히네."

"예 선생님, 제가 다 알아듣습니다."

"흔히 많은 의사들이 명의 소리를 들으려고 가벼운 병인데도 환자에게 병이 위중한 것처럼 말하고는 쉽게 완치시켜서 자기 의술이 좋은 것처럼 행세하기 쉬운데, 서양의 선진 병원에서는 그런 일이 없다네. 아직 조선이 의술 후진국이어서 이런 웃지 못할 일이 있다는 것이네. 그러나 조선도 장차는 의업이 기업처럼 될 거네."

"기업요? 흔히 이윤 추구를 목적으로 한다는 그 기업 말씀입니까?"

"그렇다네. 지금 벌써 의사들이 월급 많이 주는 병원으로 옮겨가고 있잖은가. 이것은 의업인 병원이 기업처럼 되지 않을 수 없는 원인이 되네."

태준은 좀 전 세브란스병원 의학교 1회 졸업생 의사 한 사람이 새로 생긴 다른 병원으로 옮겨간 것을 생각했다. 소문에 월급을 배나 받기로 하고 옮겨갔다는 말이 들렸던 것이다. 김필순이 다시 이었다.

"나중에는 병원들이 환자 유치, 아니 환자 쟁탈전까지 벌일 때가 올 거네. 의업이 기업처럼 되면 피할 수 없는 일이지."

"의사의 기술, 인술이 윤리를 상실하리라는 말씀이십니까?"

"조선 사회에 윤리와 도덕이 실종되고 있는 분야가 어찌 인술뿐이겠는가. 윤리와 도덕을 그래도 중시하려는 사람들이 민족주의자들인데 이들을 몽땅 잡아들이지 않았나. 사내(寺內 · 데라우치) 총독 암살 미수란 함정을 파놓고 그 올가미를 서북의 민족주의자 전체에게 뒤집어씌웠으니, 조선의 미래가 점점 불안해진다 그 말이네. 조선의 윤리와 도덕이 사라질 수밖에 더 있겠나. 누구나 제 목숨 하나 건지기 위해 무슨 짓이라도 하고 보자는 사람들로 이 강산이 오염되어가고 있네. 점점 더 심해질 거네."

이런 말을 하는 김필순은 바로 이 사건 때문에 자신이 곧 경성을 떠나게 되리라는 사실은 꿈에도 모르고 있었다. 태준도 마찬가지였다. 그런 태준이 말했다.

"그래도 아직 세브란스병원은 돈벌이하고는 거리가 멀지 않습니까? 그게 참 다행이란 생각이 듭니다."

"그건 자네 말이 맞네. 모두가 서양 선교사들의 양심 덕택인데, 글쎄 그게 얼마나 오래 가겠는가. 지금 벌써 에비슨 박사의 말발이 병원 운영을 빌미로 많이 퇴색되고 있지 않은가."

태준은 입을 닫고 듣기만 했다. 다시 김필순이 말했다.

"환자 건강 지키는 것, 목숨 살리자는 것이 병원의 목적이지만 어차피 병원이란 조직도 경영이란 틀 위에 존재하네. 그러니 대암도 인술의 윤리를 잃지 않은 범위에서 병원 경영에도 신경을 쓸 줄 아는 의사가 되게. 그래야 장차 병원장이라도 하게 될 거네."

"병원장 같은 건 저는 생각지도 바라지도 않을 겁니다."

"그런데 그게 아니네. 대암, 어차피 병원에는 최고경영자가 있어야 하는데, 이를 아무나 해서는 안 되네. 양심이 있고, 인술인의 윤리와 도덕, 책임을 중시하는 인물이 병원장이 돼야 그 병원이 옳은 병원으로 설 수 있네. 아무리 의술이 뛰어난 의사라도 의사로서의 윤리와 도덕보다는 돈만 알고 병원만 키우려는 자가 병원장이 되면 병원은 점점 커질지 몰라도 참 병원 노릇은 못 하고 마는 것이니 어찌 병원장을 함부로 보겠는가."

"선생님 말씀은 알아들겠습니다. 그러나 저는 훌륭한 의사로 만족하겠습니다. 저의 그릇이 병원장 같은 건 감당하기가 힘들 것 같습니다."

태준은 얼마 전 에비슨 박사가 진료실에 들러 한 말이 떠올랐다.

"닥터 리, 내 말 잘 들어요. 닥터 리는 앞으로 우리 병원에서 큰일을 할 사람입니다. 항상 지금같이만 행동하세요. 침착하고, 책임감 있고, 예의 바르고, 정직한 닥터 리는 우리 병원에서 큰일 할 사람이란 것을 기억하세요."

"박사님, 감사합니다."

그는 그때 에비슨 박사가 말한 '큰일'이란 게 지금 김필순 선생이 말하는 병원장 같은 것인 줄은 몰랐지만 지금 생각하니 어쩌면 그런 뜻인지 모른다는 생각이 들었다.

특히 태준은 세례를 받고부터는 언제나 모든 일에 감사하는 마음으로 사람들을 대했다. 그는 스스로 이렇게 생각했다. 내 인생의 새 출발. 의학교를 졸업하고 의사가 되었겠다, 세례를 받고 하느님의 아들로 새로 태어났겠다, 모든 게 새 출발인 셈이었다. 다만 재혼만 하면 되겠는데……. 그러나 이것만은 뜻대로 되지 않았다. 나이는 아직 서른도 안 됐지만 그에게는 혹이 둘이나 딸려 있지 않은가. 자신은 귀한 딸 둘을 혹이라고 생각해본 적이 한 번도 없었지만 그의 재혼을 주선하겠다고 스스로 나선 사람들은, 그에게 딸이 둘이나 있다는 것을 알면 십중팔구 혀를 차며 아하, 혹이 둘이나 딸렸구나, 라고 했다. 참 불쾌했지만 아무 말도 하지 않은 태준이었다.

태준은 이 무렵이 개인적으로는 어쩌면 가장 행복한 시기인지 몰랐다. 비록 나라는 안팎이 어렵고 시련의 연속이었지만 말이다. 그런 것만 잊어버리면 개인적으로는 편하고 행복했던 시기였다.

게다가 민효례가 그의 마음에 촛불을 켜주기도 했고, 그는 아직 효례에게 밝히지는 않았지만 그녀를 정인(情人)으로 생각하고 있지 않은가. 물론 혼인까지 생각하면서. 그 전초 작전으로 고향의 동생에게는 이제 면환, 즉 홀아비를 면해야겠다는 내용의 편지까지 보내지 않았는가. 그러니 어찌 행복하지 않으랴.

그해 연말이었다. 날씨는 오달지게 추웠고, 징그러운 소리를 내면서 바람까지 요란하게 불고 있었다. 태준은 저녁을 먹고 자기 방에서 효례에게 청혼할 날짜를 생각하고 있었다. 효례도 태준에게 딸 둘이 있다는 걸 알고 있다고 했지만, 그래도 불쑥 나와 혼인할 수 있겠어요? 하고 묻기는 너무 체면 없는 짓 같았다. 이를 어떻게 표현해야 할까? 딸 둘이 있지만 그래도 나와 혼인해줄 수 있느냐, 하고 그냥 말해본다? 아니면 딸 이야기는 아예 꺼내지도 말고 혼인하자고 할까. 이런 행복에 겨운 상념에 잠겨 있다가 밤을 새우고 아침을 맞았다. 막 병원으로 나가려는 시간인데 누가 밖에서 방문을 두드렸다. 노크 소리가 좀 다급했다.

"누구십니까?"

하면서 일어서는데 김필순 선생이 얼굴색이 새파랗게 변해서 들어왔다.

"아니 선생님, 무슨 일이십니까?"

태준은 예사로 또 환자 하나가 위급하게 숨이라도 모으고 있는 줄로 알았다. 그러나 그게 아니었다.

"대암, 올 것이 왔네. 나에게 검거령이 내렸어. 나 지금 순애와 함께 얼른 피해야겠네. 병원 일은, 자네가 나중에 에비슨 박사에게 알려서 처리하시도록 해주게나. 오늘 오전 기차로 평양에 갔다가 신의주까지 갈지, 아니면 중국으로 갈지 모르지만 지금 경성을 떠나야겠네."

"아니, 무슨 일이신데 그러십니까?"

"지난 연초의 그 데라우치 총독 암살 미수 사건으로 결국 나에게도 검거령이 떨어진 모양이네. 왜경들이 혈안이 되어 그 연루자를 모조리 잡아들이고 있어. 서북 지방 출신들을 모두 검거하고 있다네."

"그럼 얼른 피하셔야죠."

"그래야겠네. 자네도 위험할지 몰라. 도산 선생을 치료했으니. 나는 사실, 언젠가는 자네와 함께 중국의 상해나 남경으로 건너가서 우리 독립운동에 뛰어들 생각이었다네. 내 생각이 틀렸는지는 몰라도 대암 자네도 그럴 사람이지, 이 병원에서 환자만 돌볼 의사로 평생을 살 사람으로는 안 봤거든."

김필순은 잠시 말을 마치고 태준을 바라봤다. 태준이 말했다.

"선생님, 감사합니다. 저의 포부도 그랬습니다. 그걸 알아주시니 고맙습니다. 그런데 얼른 떠나시지요."

"그래, 얼른 가야겠네. 내 먼저 중국에 가 있을 테니 자네 나중에 중국에서 만나세. 아마 남경으로 갈 거네. 그런데 대암 나랑 함께 남대문역으로 좀 나가줄 수 있겠는가?"

"아이구, 나가고말고요."

이래서 태준은 김필순 선생과 김순애와 함께 남대문역으로 갔다.

태준은 역으로 가면서 순애에게 직접 물었다.

"순애 씨는 왜 선생님과 함께 떠나시는데요?"

"저도 어차피 직장생활 청산하고 그동안 놀고 있었잖아요. 그래서 오빠와 함께 이 기회에……."

태준은 더 이상 말하지 않았다. 다만 역에 도착하자 급히 차표를 끊는 김필순 옆에 있다가 출발 시간이 되자 가방을 들고 출찰구까지 따라 나가 김필순의 손을 잡고 말했다.

"선생님, 부디 몸조심하십시오. 하느님의 가호가 함께 하시기를 기도하겠습니다. 그리고 자리 잡히는 대로 서신 주시기 바랍니다. 저도 가능하면 쉬 중국으로 가겠습니다."

"고맙네. 그리 함세."

"순애 씨, 순애 씨도 잘 가십시오. 조심하십시오."

이렇게 손까지 흔들고 병원 숙소로 돌아왔을 때, 온 병원 식구들이 자기도 김필순과 함께 중국으로 떠난 줄 오인하고 있는 걸 효례의 귀띔으로 알게 되었던 것이다.

김필순이 부랴부랴 누이 순애와 함께 경성을 떠나고, 태준은 역으로 배웅을 하고 돌아와서 자신도 위기에 몰려 있는 것을 알게 되어 필순보다 몇 시간 늦은 1911년 12월 31일 정오에 경성을 떠났다.

7

남경 고초

1912년 정초, 중국 남경도 겨울은 추웠다. 위도상으로 보면 조선의 제주도보다 더 남쪽에 위치해 있지만 의복도 변변치 못한 태준에게는 견디기 힘든 추위였다. 우선 말 한마디 통하지 않는 데다, 주머니에 돈이 달랑달랑 떨어져가니 설령 의복을 따뜻이 입었다 해도 그 불안과 외로움이 오죽하겠는가. 추위와 불안과 외로움은 한 꼬챙이에 꿰인 산적 같은 것이 아니던가.

태준은 지난해 12월 31일 급히 경성을 떠나 남경으로 망명해 오다 보니 돈은 물론이고 따뜻한 겨울옷을 변변히 챙겨 오지도 못했다. 사실 늘 실내에서만 생활하는 의사로서는 겨울이 돼도 옷을 그렇게 두껍게 입지 않아도 되었다. 게다가 왜경을 피해 민효례의 방에 숨어서, 시간에 쫓기는 효례에게 옷을 챙겨 달라고 했으니 벽에 걸린 옷들만 주섬주섬 가방에 넣어 왔다. 돈은 며칠 전에 용돈으로 챙겨 넣은 소액이 호주머니에 있을 뿐이었다. 그래서 옷이 얇았고 더욱 추웠다. 게다가 아무리 찾아도 남경에서는 심필순을 만날 수 없으니 더욱 딱하고 애가 탔다. 도대체 이 양반은 어디에 가 숨어 있단 말인가.

그러나 그뿐인가. 남경 바닥에 아는 사람이라고는 아무도 없었다. 조선에서 남경으로 망명해 온 사람들의 이름도 누구누구란 건 대강 알고 있었지만 조선에서도 이들을 만난 적이 없었다. 그 대표적인 인물이 신규식(申圭植)이었고, 이 외에도 유동열(柳東說), 신형호(申衡浩), 조성환(曺成煥), 서왈보(徐曰甫) 등이 이미 남경에 와 있었지만 이들의 거처도 연락처도 몰랐다.

그러니 남경에서는 태준을 찾는 사람도 없었고, 태준도 갈 데라고는 없었다. 남경에 도착한 첫날, 그래도 역을 벗어나 남경 시내로 나가봤지만 모든 게 낯설기만 했다. 길거리의 간판 글씨 같은 것도 경성과 같은 한문 글씨인데 왜 그리 생소해 보이고 낯설기만 할까. 글씨체가 경성과 달라서 그럴까. 간판의 글씨조차 초서에 가까운 글씨가 많아 공부를 좀 한 편인 태준도 무슨 글인지 모를 게 많았다. 그는 한나절 동안 눈을 이리저리 굴려가며 이곳저곳을 어슬렁거리고 돌아다녔다.

그러다 일대 장관을 목도했다. 그것은 수백 명의 군대가 4열 종대로 줄을 지어 행진하는 광경이었다. 군인들은 구령을 붙이며 정확하게 발을 맞춰 거리를 행진하고 있었다. 조선 경성에서는 한 번도 못 본 군대행렬이었다. 혁명군인 모양이었다. 걸음이 어쩌면 그렇게 정확한지, 단 한사람의 발도 틀리지 않았다. 군인들이 한 발 한 발 걸음을 옮겨놓을 때마다 땅을 딛는 신발에서 울려오는 소리가 마치 장단이 잘 맞는 음악 소리 같았다. 지휘관의 구령에 맞추어 번호를 붙여 걷다가 또 지휘관의 명령에 따라 군가를 우렁차게 부르며 걷기도 했다. 총을 어깨에 메고 한 손을 흔드는 동작도 마치 기계같이 절도 있고 정확해서 태준은 한동안 넋을 잃고 한참을 줄레줄레 따라 걸어가기까지 했다. 그는 가슴이 한없이 쓰려지는 걸 어쩔 수가 없었다. 아, 우리 조선에 언제 저런 당당한 군대가 대로를 활보할까. 한숨이 절로 나왔다.

지난 1907년, 태준이 세브란스 의학교에 입학하기 직전의 8월에 대한제국의 군대가 해산되었던 것이다. 그에 앞서 7월에 정미 7조약이 체결되었는데 바로 그 다음 달에 군대를 해산시켜버린 왜놈들이었다. 치가 떨리고 이가 갈리던 그날, 경성 거리 요소요소에서 벌어진 대한제국 군인들의 항일투쟁과, 뜻있는 사람들의 분통을 어떻게 다 표현할까. 시골에서 한양으로 갓 올라온 태준도 조용관과 함께 얼마나 한숨을 쉬고 비분강개했던가. 그때의 기억이 떠올라, 태준은 저렇게 보무당당하게 행진해 가는 중국 혁명군대가 부럽다 못해 사람의 넋을 빼기에 충분하다고 느꼈다. 옆에 누구라도 동행자가 있었다면 아무리 주머니 사정이 어려워도 길가의 술집에 들어가 술 한 잔 하지 않고서는 배길 수 없는 심정이었다.

이날, 태준은 밥도 먹지 못한 채 오후 내내 추운 거리를 돌아다니다 해가 지자 도로 역으로 돌아왔다. 조선에서 중국으로 와 남경역에서 내리자마자 역의 사무실에 들어가 사정을 해서 가방을 맡겨두었던 것이다. 마침 태준이 가방을 맡기느라 손짓 발짓으로 사정하는 걸 지켜보는 젊은 사람 하나가 있었고, 그의 호의로 가방은 쉽게 맡길 수 있었다.

바람은 또 왜 그렇게 심했을까. 추워서 도무지 걸어 다닐 수가 없었는데도 군대의 행진에 홀려 따라 다녔던 것이다. 해가 거의 져서야 길거리에서 구워 파는 만두 비슷한 것을 몇 개 사 먹고 허기를 달랬다. 물은 역으로 돌아와 역사 안의 수도전에서 찬물을 두 손으로 받아 마셨다. 단 며칠 새에 망명객이 아닌, 집을 쫓겨난 거지꼴이 돼 버렸다.

태준은 남경역 구내에서 이틀을 노숙해야만 했다. 바닥에는 신문지와 헌 종이 상자 같은 걸 주워 와서 깔고 잤다. 마침 밤이 돼도 쫓아내는 사람은 없었다. 그러다 사흘째 되는 날 낮에 만난 사람이 조선인 유학생 이상섭이었는데, 그는 태준이 역에다 가방을 맡길 때 호의를 베푼 사람이었다. 나중에 알았지만 이상섭은 남경역 역무실에서 사환 노릇, 청소부 노릇, 사무보조원 노릇 등을 하면서 학비를 벌어 야간에 학교를 다니고 있는 20대 초의 고학생이었다. 그러나 그는 아직 대학생이 아닌 고등학생 신분이었다. 그런 이상섭이 이틀을 역 구내에서 노숙하고 있는 이태준을 유심히 보고 있다가 아무래도 조선 사람 같아서 다가와 말을 걸었다. 우선은 중국어였다.

"니싀 초우션런 마?(당신 조선 사람입니까)"

그러나 중국어를 한 마디도 모르는 태준은 손을 흔들며 모른다는 시늉을 했다. 그러자 이상섭은 조선어로 물었다.

"혹시 조선 사람입니까?"

태준이 반색을 하며 답했다.

"예, 조선 사람입니다!"

"보니까 이틀째 여기서 주무시던데 남경에는 무슨 일로 오셨습니까?"

순간, 태준은 이 자가 혹시 왜경들 끄나풀이 아닌가 하는 의심이 들었다. 그의 말 속에는 억센 서북 억양이 배어 있었지만 어휘는 정확한 표준어였다. 태준은 거짓말로 둘러댔다.

"사람을 찾으러 왔습니다."

"사람을 찾으러 오셨다고요? 누구를 찾으시는데요?"

"가족을 찾고 있습니다만 그런데 그쪽은 누구시지요?"

"아, 저는 중국에 공부하러 온 조선 유학생입니다. 조선에서는 경성에서도 오래 살았습니다."

"공부하러 온 유학생이 역에서……?"

"아, 낮에는 역에서 일을 하고 저녁에는 학교에 다니지요."

"그래요? 이국에서 고생하십니다 그려. 고향은 조선 어디세요?"

"평남 강섭니다."

"강서라면 도산 선생의 고향 아닙니까?"

"맞습니다. 정확하게 말하면 평남 강서군 초리면 7리 봉상도 도롱섬이 제 고향입니다."

그러나 태준은 이 청년이 밝힌 곳이 도산 안창호의 태생지인 것은 모른 채 말했다.

"그래요? 나는 경남 함안이 고향인 이태준이란 사람입니다."

"경남 함안? 그런데 여기까지 어떻게 오셨어요? 아 참, 가족을 찾으러 오셨다고 하셨지요?"

태준은 그때서야 어느 정도 안심을 하면서도 그래도 다시 한 번 떠보았다.

"작년 10월에 일어난 신해혁명을 어떻게 보시는지?"

"시대적 요구지요. 당연지사란 뜻입니다. 무능하고 썩은 청조(清朝)는 중국민들의 적일 뿐입니다. 일본이 조선의 적인 것처럼 말입니다."

태준은 마음을 놓으려다 마지막으로 한 번만 더 시험해 봤다. 여기까지 와서 악랄하고 간교한 왜놈의 마수에 걸려들어서야 되겠는가.

"조선은 시방 일본의 속박에서 신음하고 있는데 앞으로 어떻게 되리라 봅니까?"

그러자 이상섭은 새삼스레 태준의 아래위를 훑어보면서 시큰둥하게 말했다.

"그걸 난들 어떻게 알아요? 당신 혹시 왜놈의 앞잡이 아니오? 영 수상쩍어 하는 소리오."

"아, 실례가 되었다면 용서하시오. 나도 실은 경성에서 왜경을 피해 여기까지 왔어요."

"그럼 가족을 찾으신다는 말씀은?"

"가족이라기보다 조선 독립운동을 하고 있는 동지들을 찾아 왔지요."

"아, 그렇군요. 대단히 반갑습니다."

이상섭이 새삼 고개를 숙여 예를 표하면서 태준의 손을 굳게 잡았다. 태준도 상섭의 손등을 감싸 잡았다. 그의 손등은 마치 두꺼운 장갑을 낀 것같이 컸고, 피부는 아주 거칠었다. 태준이 말했다.

"나도 진작부터 일본의 폭압에 불만을 품고 있었는데, 도산 안창호 선생님의 말씀을 듣고 이런 일에 나서기로 결심하게 됐지요."

"아, 도산 성생님을 만나 뵈었습니까?"

"만나 뵌 정도가 아니고, 그분 옆에서 보름이나 치료를 해 드렸지요."

"치료를?"

"예, 경성에서 세브란스병원 의사로 있었어요."

"세브란스병원 의사요? 그런 분이 역에서 노숙을 하시다니요?"

"도리가 없지 않아요? 말 한 마디 안 통하지요, 급히 병원을 빠져 나오느라 돈을 못 가지고 와, 여관에 들 돈 없지요, 그러니……."

이상섭이 처음으로 태준을 선생님이라 불렀다.

"선생님, 이럴 게 아니고 우선 저기 역무실로 좀 들어가십시다. 난롯가에서 차라도 하시면서 말씀 나누십시다."

그들은 안으로 들어갔다. 사무실 중간에 석탄을 때는 난로가 열을 내고 있었다. 난로 위의 커다란 주전자 주둥이에서는 허연 김이 풀풀 솟아나고 있었다. 상섭은 컵에다 뜨거운 차를 가득 부어주었다. 태준은 지체없이 찻잔을 들어 후후 불어가며 마시기 시작했다. 얼마 만에 마셔보는 차인가. 상큼한 차향이 마치 오랜만에 만나는 연인의 체온처럼 온몸에 배었다. 상섭은, 태준이 사무실 바닥에 놓아둔 가방을 책상 위에 얹고는 의자 두 개를 끌어다 난로 옆에 놓았다. 그런 그가 말했다.

"제가 바로 도산 선생님과 같은 마을에서 태어났지요. 대동강 지류에 떠 있는 도롱섬이 우리 마을 이름이지요. 도산 선생님은 저보다 열다섯 살 위이신 동네 선배님이시자 제가 둘도 없는 선생님으로 모시는 분이시지요. 그런데 이 선생님께서 그런 도산 선생님을 치료하신 분이라니 정말 반갑고 놀랍지 뭡니까? 저보다 열 살은 위로 보이시는데, 저에게 말씀 편하게 하십시오. 그리고 잘 지도해주십시오, 선생님."

"그래요? 말이야 차츰 낮춰도 되고, 나도 이런 데서 이 군을 만나니 정말 반가워요."

"에이, 선생님 말씀 낮추시라니까요. 제가 불편하다니까요."

"그래? 그럼 그러지."

상섭이 묻지도 않았는데 말했다.

"최근에 남경에 유학 온 조선 학생들은 총 6명인데, 이 중 유학 온 지 3, 4년 된 3명의 조선 학생들이 혁명군에 입대하여 북벌에 참여했습니다."

"오, 그래? 거 장한 일이지!"

"중국 혁명에 왜 이들이 참가합니까? 물론, 그 심중에는 그렇게 함으로써 혁명운동에 지지의사를 표시하고자 한 것이지만, 그 궁극적 목적은 그런 체험을 통해 조선에서 왜놈들을 몰아내는 데 필요한 방법을 배우고 힘을 기르기 위해서가 아니겠습니까?"

태준은 상섭의 그런 당찬 말이 정말 마음에 들었고 한없는 신뢰심이 샘솟았다. 생각하고 말하는 솜씨가 스물 안팎의 젊은 나이치고는 참으로 대견스럽고 장해 보였다.

"이군 자네 말이 옳네. 그런데 그 조선 유학생들을 만나봤으면 좋겠는데……. 아니, 그보다도 이미 남경에 와 있는 조선 사람으로 독립 운동을 하고 있는 분들을 만났으면 좋겠는데……."

"그런 분이 계시다면 당연히 만나보셔야지요. 그분들 함자가 어떻게 됩니까? 제가 수소문해서 그분들을 찾아보겠습니다."

"그래 주겠는가? 고맙지 고마워. 김필순, 신규식, 유동열 같은 분들인데, 자네 이분들 존함은 들어봤는가?"

"들어본 것 같기도 하고 처음 듣는 것 같기도 합니다. 그러나 제가 수소문해서 찾아보겠습니다. 그리고 조선인 유학생들은 제가 알고 있습니다. 이들의 이름은 김규극(金奎極), 권탁(權鐸), 홍윤명(洪允

明)입니다. 일설에 이들이 육군학당(陸軍學堂)에 입학해서 군사기술을 공부하고 있다는 말도 들렸지만 어쨌든 찾아서 데리고 오도록 하지요."

"그래 주면 더욱 고맙고 반갑겠네."

"그러나 저러나 우선 숙식을 해결하셔야 하는데 어떻게 하지요? 많이 누추하지만 오늘은 저의 자취방으로 가시어 저와 함께 계시기로 하지요."

"그런 폐를 끼쳐도 되겠는가?"

"당치 않으신 말씀입니다. 폐는 무슨 폡니까? 선생님, 제가 선생님을 발견한 것, 아니 선생님께서 저를 만나신 건 정말 서로가 다행입니다. 안 그래요, 선생님?"

"그러게 말이네. 그래서 궁즉통(窮則通)이란 말이 있는 거 아니겠는가."

태준은 이날 바로 상섭의 자취방으로 갔다. 처음에는 한 이틀만 신세 지고 나오려고 했다. 하지만 생각만 그랬지 무슨 수가 없으니 계속 붙어 있을 수밖에 없었다. 그래서 입맛을 다시며 진심으로 미안해하는 태준을 보고 상섭이 말했다.

"선생님, 어렵게 생각 마시고 숙소가 해결될 때까지 저한테 계십시오. 그리고 혹시 가능하시다면 제가 역에서 해야 하는 일을 좀 도와주시면 더욱 좋고요. 저는 남경역에서 청소도 하고, 심부름도 하고, 사무 보조원 노릇도 해야 하는데, 사무 보조란 게 매일 남경역 이용 승객 수를 계산하는 겁니다. 남경역을 확장하려고 하는데, 상부에서는 확장할 필요가 없다고 해요. 그래서 저희들이 남경역 이용 승객의 수를 계산해서 상부에다 보고하여 역사 확장의 타당성을 강조하고자 하는 겁니다. 즉 승객 수가 이렇게 많으니 현재의 역사가 비좁아 확장하지 않을 수 없다고 주장할 계획이거든요. 제가 저녁에 퇴근해 학교로 갔다가 공부 끝내고 이리로 돌아올 때, 기차가 역을 떠나고, 역에 들어올 때마다의 승객 수 적어둔 전표를 가져올 테니까 선생님은 그걸 합산해주시면 됩니다. 제가 그 합산까지 다 하고 학교에 가려면 너무 늦어 지각하기 십상이거든요."

"그거 문제없네. 얼마든지 가져오게. 그런데 오늘은 왜 학교에 안 가나?"

"오늘은 개교기념일이어서 쉽니다. 하루쯤 쉬는 게 어찌 이리 편하고 좋은지……. 게다가 선생님을 뵈었으니 그런 다행이 없지 않습니까?"

그러는 상섭의 얼굴에는 피곤이 진하게 묻어 있어 태준은 가슴이 아팠다. 태준은 망설이다 말고 입을 뗐다.

"그런데 나 자네에게 긴히 부탁 하나 해도 될까? 지난번에도 이분의 함자를 자네한테 알려주었네만 소식이 없어서……."

"어느 분입니까? 말씀해 보십시오."

"김필순이라고 이분도 의산데……."

"먼젓번에 말씀하신 분들도 제가 찾고 있는 중입니다."

"그렇겠지. 남경처럼 넓은 곳에서 사람 찾기가 그리 쉽겠는가? 특히 김필순 선생은 내가 경성 세브란스병원에 있을 때 함께 있었던 의사분인데, 나보다 몇 시간 먼저 조선을 떠나 중국으로 오셨다네. 이분도 분명히 남경에 와 계실 텐데 아직 행방을 모르네. 이분 소식을 특별히 좀 알아봐 주게나. 자네가 워낙 남경에 있는 조선 동포들의 근황이나 사정을 환히 알고 있어 하는 소리네."

순간 상섭의 눈이 야릇하게 빛났다.

"성함이 김필순이라고요? 여자분이십니까?"

"아니네, 남자분이네. 나보다 다섯 살 연상인 분이네."

"남경에 오신 게 확실하다면 제가 찾을 수 있지요. 며칠만 기다려 주십시오. 제가 알아보겠습니다."

"고맙네."

태준은 상섭의 시원한 대답만 들어도 김필순 선생을 다 찾은 듯한 느낌이 들었다. 그리고 그의, 여자냐? 하는 물음에 필순의 누이 순애가 떠올랐지만 순애를 오래 생각할 계제는 못 되었다. 그러나 며칠이 아니라 한 달이 지나고 두 달이 지나도 상섭은 김필순 선생의 소식을 알아 오지 못했다. 유동렬의 소식도, 그 누구도 알아내지 못했다.

상섭이 역에서 받는 보수는 현금이 아닌 쌀과 밀이었다. 이걸 가지고 끼니도 해결하고, 남는 곡식은 시장에 내다 팔아 학비를 마련해야 했다. 그러니 혼자 살기에도 빠듯한 형편이었다. 태준은 이렇게 어려운 상섭의 자취방에서 두 달 이상을 묵었는데, 그 사이에 상섭의 사람됨을 여러모로 자세히 알게 되었다. 우선 그는 나이에 비해 많은 사람들을 두루 알고 있었다. 특히 남경에 와 있는 조선 사람들은 거의 꿰고 있었다. 그들이 언제 남경으로 왔는지, 조선에서는 뭣을 했는지, 남경에 와서는 어떤 일을 하고 있는지에 대해서도 알고 있었다. 또 남경에서 활동하고 있는 중국 정당 인사들의 근황도 잘 알고 있었다. 물론 그런 사람들이 상섭을 아는 건 아니고, 상섭이 그런 정당 인사들을 환히 알고 있는 것이었다. 아마 상섭 자신이 그 방면의 일에 관심이 커서 그러리라. 상섭은 또 젊은 나이임에도 사람을 사귀는 재주가 뛰어났고, 한 번 사귄 사람에게는 스스로를 아끼지 않는 희생정신과 투철한 봉사정신으로 끝까지 돌보고 밀어주는 장기를 가지고 있었다. 참으로 기특하고 대견스러운 젊은이였다. 남경의 조선 사람들에게는 가히 보배 같은 존재였다.

태준은 상섭의 직장 일을 도와주고 낮 시간에는 중국어 공부를 하면서 시간을 보냈다. 그리고 가끔씩 저녁에는 상섭에게 사서삼경을 가르치기도 했는데, 상섭이 그런 책을 가지고 있었던 것이다. 상섭은 아주 잘 따라 했다. 태준은 고향 평광에서 서당의 훈장 대신 학생들을 더러 가르쳐봤지만 상섭만큼 말귀를 잘 알아듣고 빨리 이해하는 학생은 없었다. 그러니 상섭에게 한문을 가르치는 건 재미가 있어도 보통 있는 게 아니었다. 겉보기보다는 두뇌가 대단히 명석한 청년이었다.

김필순 선생의 소식은 여전히 막막하기만 했다. 그러니 태준에게는 모든 것이 답답하고 안타깝기만 했다. 아니 항상 초조하고 불안했다. 김필순 선생에게 혹시 안 좋은 일이 생긴 건 아닐까. 어느 다른 도시로 갔을까. 찾는 사람을 못 찾으면서 언제까지 이렇게 무위도식하고 어려운 고학생의 자취방에 얹혀 지내야 하는가.

물론 방 청소나 아침저녁 끼니도 태준은 도맡다시피 해 주었다. 그렇게라도 해서 상섭의 노고를 덜어주고 싶었다. 그러나 아무리 그런 애를 써도 돈 한 푼 보태주지 못하면서 양식을 축내고 붙어 있기가 여간 마음 아프지 않았다. 특히 고향 생각이 나면 거의 잠이 오지 않았다. 엄마 없이 자라는 두 딸을 생각하면 더욱 그랬다. 또 민효례도 자주 뇌리에 명멸하곤 했다. 이렇게 고달프고 외로울 때 효례 같은 여성이 옆에 있으면 얼마나 좋을까.

태준의 이런 답답함을 눈치 챈 상섭이 어느 날 중국인 한 사람을 데리고 왔다. 손문(孫文)과 같은 정치 노선인 중화혁명당 당원이라고 했다. 그는 종이봉투에 중국 술 한 병과 만두 몇 개를 넣어 가지고 왔다. 키가 작달막하고 얼굴이 하얀데 눈이 유난히 큰 사람이었다.

그가 중국어로 말하고 상섭이 통역을 했다.

"조선의 의사 선생을 만나 뵈어서 반갑습니다. 저는 무창 출신의 빵꽝허(彭光河)라는 사람입니다."

태준은 얼른 생각했다. 무창이라면 신해혁명의 발상지가 아닌가.

"반갑습니다. 이태준이라고 합니다."

팽광하가 봉투에서 술과 만두를 꺼내며 말했다.

"이상섭 군이, 이국에서 망향에 젖어 외롭게 지내는 분이 계신다기에 염치 불구하고 찾아왔습니다."

"감사합니다. 그런데 이런 귀한 술과 만두까지 가져오셨으니 더욱 반갑습니다."

"귀한 것은 아니지요."

"저에게는 귀하지 않을 수 없습니다. 남경에 온 지가 몇 달이나 됐지만 술 한 모금 먹어보지 못했습니다."

"그건 이상섭 군이 이 선생님을 잘못 모신 것 같군요."

상섭은 통역을 하다가 자기 말이 나오자 얼굴을 붉히며 웃었다. 태준이 급히 말했다.

"아닙니다. 이 좁은 데서 잠자게 하고, 밥 먹여준 은혜가 얼마나 큰데요?"

태준은 진심 어린 소리로 말하면서 상섭을 바라봤다. 상섭이 통역이 아닌 자기 목소리를 냈다.

"이 선생님, 그러시면 제가 오히려 죄송하지요. 요즘 저에게 한문 공부를 하도록 지도해주시지 않습니까? 제가 인사를 차려도 착실히 차려야 하지 않습니까?"

팽광하가 웃으면서 말했다. 통역이 필요 없는 말이었다. 팽광하의 표정과 손짓이 무슨 뜻인지 알아들을 수 있었기 때문이다. 팽광하는 이렇게 말하는 것 같았다.

'됐어요, 됐어. 두 분의 말씀이 아주 듣기 좋습니다. 하하하.'

팽광하가 술을 따라 태준에게 권했다.

"칭!"

"감사합니다."

태준이 말하고 얼른 고개를 숙여 기도했다. 팽광하가 그런 태준을 유심히 보고 있었다. 그러고는 자신도 고개를 약간 숙여 기도를 하고 술을 마셨다. 태준은 팽광하가 기독교 신자임을 알았고, 같은 신앙인을 만난 게 반가웠다. 팽광하도 열렬한 교인이었다. 그는 이상섭에게도 한 잔 권하며 다시 통역을 부탁한다는 말을 했다. 팽광하가 말했다.

"우리 중산(中山, 손문) 선생도 본래 의사였는데 혁명 지도자가 되셨지요. 마찬가지로 이 선생께서도 조선의 혁명지도자가 되어 반드시 조선에서 일본을 몰아내시기 바랍니다."

그러면서 자신의 두 손을 힘껏 마주 잡고 두어 번 흔들었다. 그렇게 격려도 하고 마음을 보탠다는 뜻이었다.

"과분한 말씀이십니다. 저는 혁명 지도자는 될 수가 없겠지만 조선 독립운동의 대열에서는 빠지지 않을 생각입니다. 그래서 조선에서 반드시 왜놈들을 몰아낼 것입니다. 저의 조상님 가운데서도 과거에 조선을 침범한 왜적들을 무찌른 분이 계십니다."

태준은 9대조 인원군 이휴복을 떠올렸던 것이다.

"아, 그런 자랑스런 조상님이 계셨군요? 그 피가 어디로 갑니까? 자, 그런 의미에서 건배!"

그 사이 팽광하가 채워놓은 술잔을 세 사람이 다시 함께 입으로 가져갔다. 태준이 말했다.

"팽 선생, 중국에 중산 같은 애국지사, 혁명 지도자가 계시면 조선에는 도산 같은 분이 계십니다. 도산을 아시는지요?"

팽광하가 난처한 표정으로 말했다

"부끄럽습니다. 누구신지요?"

"지금 미국에 가 계시는 안창호 선생의 아호가 도산입니다."

"아, 안창호 씨? 알지요. 중국에서도 안창호 씨의 소문은 많이 나 있어요. 연설을 잘하신다죠?"

"연설이 문제가 아니라 그분의 사상이 중요하지요. 출생연도를 따지면 중산 선생이 도산 선생보다 한 여나믄 살 위일 겁니다. 그리고 중산 선생이 흥중회(興中會)나 흥한회(興漢會)를 설립하셨다면 도산 선생은 미국에서 조선 사람을 위해 공립협회와 신민회를 설립하셨지요. 중산 선생이 구라파에 유학하셨다면 도산 선생은 미국 유학을 하셨고요."

"아, 이 선생, 참 많이 알고 계시군요."

"천만의 말씀입니다. 두 분이 모두 훌륭한 인격자시니 절로 알게 된 거지요."

팽광하가 말했다.

"중국은 혁명을 했다고는 하나 난제가 태산 같습니다."

"난관과 시련이 없는 혁명이 있습니까? 팽 선생 같은 분들이 계시니 그래도 다행이지요."

이날 팽광하는 태준에게 많은 이야기를 더 했다. 중국 혁명에 필요한 자금을 조선 망명객들이나 유학생들이 많이 기부해주어 고맙다는 말, 최근 원세개(袁世凱)에 의한 송교인(宋教仁)의 암살과, 일부 혁명파 도독(都督)에 대한 해임을 계기로 생겨난 혁명파 내의 갈등과 불화 등등……. 장광설이 끝이 없었다. 나중에는 이상섭이 통역을 하다 하다 하품을 하면서 졸기까지 하자, 그때야 팽광하는 일어섰다. 팽광하는 방을 나가면서 말했다.

"보니, 이 선생께서도 기독교인이신데 제가 직장을 한 군데 알아보겠습니다."

그러나 태준은 그의 말을 별로 기대하지 않았다. 초면인데 말이 좀 많은 것이 마음에 걸렸던 것이다.

그러던 어느 날이었다. 상섭이 이번에는 조선 사람 하나를 데리고 왔다. 오른쪽 눈에 안대를 하고 있었는데 임시로 한 안대가 아닌 것 같았다. 상섭이 그 낯선 사람에게 태준을 먼저 소개했다.

"선생님, 제가 말씀드린 이태준 선생님이십니다."

이어서 태준에게도 그를 소개했다.

"선생님, 선생님께서 찾으시던 신규식(申圭植) 선생님이십니다."

그렇게 만나고 싶어 하던 신규식이었다. 태준은 얼른 자리에서 일어나 깊이 허리를 숙이며 말했다. 그런데 신규식이 애꾸눈이었단 말인가.

"이태준이라고 합니다."

"신규식입니다. 경성에서는 세브란스병원에 계셨던 의사 선생이시라고요?"

신규식이 손을 내밀어 악수를 청하며 말했다.

"의사 초년병이었지요."

"도산을 치료하셨다고요?"

"예."

"도산은 무인(戊寅, 1878년)생이고, 저는 경진(庚辰, 1880년)생이니 도산이 두 살 위였는데도 서로 허교(許交)를 하자고 해서 한가를 하고 지냈지요. 이 선생님과 저도 한가를 하면 어떻겠습니까?"

"아니올시다. 저는 계미(癸未, 1883년)생이니 선생님보다 세 살이나 아랩니다. 선생님께서 저에게 말씀을 낮추시지요."

"타관 벗이 세 살 아래면 벗을 하고 한가를 했으면 했지, 한쪽이 말을 낮추면서 한쪽이 높이면 안 되지요. 그건 무렙니다. 어쨌든 좋은 동지를 만나 뵈어서 대단히 반갑습니다."

"제가 드릴 말씀입니다. 잘 지도해주십시오."

"지도라니, 당찮습니다. 그러나 저러나 큰일을 하시려면 숙식이 안정돼야 하는데 그게 선결 문제로군요. 아 참, 이 선생은 아호를 뭐라고 하십니까?"

"부끄럽게도 대암이라고 합니다. 큰 대 바위 암잡니다."

"아 대암, 대암이라……. 큰 바위처럼 사람들에게 신뢰와 안정감을 주고……. 장차 큰일을 하시겠습니다. 좋은 아호로군요."

"아닙니다. 부끄러울 따름입니다."

"왜 부끄러워요?"

"호는 거창한데 사람은 호를 따라가지 못하니까요."

그때 상섭이 차를 내오자 신규식이 물었다.

"우사(尤史)를 아십니까?"

"우사라면 김규식(金奎植) 선생 말씀이신지요?"

"그렇습니다. 저와 이름이 같지만 저는 양토 규(圭)를 쓰고 우사는 별 규(奎) 자를 쓰지요."

"우사 선생은 제가 조선에 있을 때 몇 번 뵌 적이 있습니다. 병원으로 저에게 치료를 받으러 온 적도 있지요."

"좀 전에 조선에서 남경으로 왔어요. 아마 불원간에 이리로 올 것 같기도 합니다만."

"그렇습니까? 다시 만나면 얼마나 반갑겠습니까?"

"반갑다마다요? 타국에서 동포를, 그것도 같은 목적과 포부를 가진 동지를 만나는 것만큼 반가운 일이 있을라고요? 그래서 저도 오늘 대암 동지를 찾아온 거 아닙니까?"

"예관(睨觀) 선생님, 고맙습니다."

"저의 호를 어떻게 알고 계신지요?"

"진작, 조선에서부터 알고 있었지요."

"보시다시피 애꾸눈이니 바로 봐도 남들은 흘겨본다고 해서 호를 예관이라 했지요. 눈목 변에 아이 아자 쓴 게 흘겨볼 예자 아닙니까? 허허허."

"아호에 그런 뜻이 있었네요?"

말하고 보니 애꾸눈이란 말을 긍정하는 것 같아 아차, 했으나 이미 늦었다. 그러나 예관은 대범했다. 그런 그가 말했다.

"우사도 예수를 믿습니다. 참 우사는 신사(辛巳, 1981년)생이니 대암보다 두 살 위군요."

이렇게 이날은 통성명 정도만 하고 헤어졌다. 그가 돌아간 뒤 태준은 상섭을 통해서 신규식에 대하여 더 많은 것을 알게 되었다. 태준이 알고 있던 신규식은 아호는 예관, 본관은 고령, 충북 청주 출신, 관립한어학교(官立漢語學校)를 졸업해서 중국어에 능통하다는 것, 육군무관학교를 졸업하고 대한제국의 육군 부위로 복무한 것 정도였다. 그런데 상섭은, 신규식이 1905년 을사늑약 후 그 통분을 이기지 못해 음독자살을 기도했으나 실패하고, 그 후유증으로 오른쪽 눈을 실명했다는 것까지 알고 있었다. 그리고 그의 종교가 대종교(大倧教)라는 것과, 1911년에 중국에 건너온 후 손문과 함께 신해혁명에 가담함으로써 청조의 대단한 감시를 받고 있었지만 이제 청이 완전히 몰락함으로써 부자유스러움이 풀렸다는 것까지 알려주었다.

태준이 상섭의 자취방에서 나와 기독회의원(基督會醫院)에 취직한 지도 한 열흘은 됐을 무렵 김규식이 기독회의원으로 태준을 찾아왔다. 마침 환자는 아무도 없었다.

"어서 오십시오. 반갑습니다, 우사 동지!"

"허 참, 세상 좁다 좁아, 여기서 대암을 만나다니. 그래 신수가 훤하시네요?"

"망명지에서 신수가 좋다는 말씀은 욕인데, 어쨌든 듣기는 좋습니다. 그래, 진작 오셨다는 말씀은 들었는데 이제야 찾아오시네요?"

"식소사번(食少事煩)이라고, 나는 하는 일도 없이 바쁘기만 해서……. 하기는 큰일을 하려면 돈이 있어야겠기에 돈 버는 일을 시작했어요. 그래서 좀 바빴나 봅니다."

"거 듣던 중 반가운 소립니나. 무슨 일을 시작하셨어요?"

“조선에서 인삼을 수입해다가 중국에서 한 번 팔아보려고요.”

“방금 큰일을 하시기 위해 돈이 필요하다고 하셨는데 큰일이란 무엇입니까? 제가 알아도 괜찮다면…….”

“그 일을 대암과 의논하기 위해서 왔는데, 알아도 괜찮다면이 아니라 당연히 아셔야지요.”

그러나 김규식은 그 이야기는 밀쳐둔 채 다른 이야기를 한참 동안이나 했다. 최근 러시아의 정황을 이야기하면서 그것이 몽골에 미치는 영향까지 거론했다. 러시아도 지금 속으로 부글부글 끓고 있어 언제 중국의 신해혁명 같은 혁명이 일어날지 모른다는 것이었다. 그러면서 러시아마저 혁명에 성공하는 날은 조선도 왜놈들의 올가미에서 벗어나기가 한결 쉽지 않겠느냐고 했다.

이런 말을 하고 있는 김규식을 태준은 오늘따라 유심히 바라보고 있었다. 알맞게 벗겨진 넓은 이마. 짙은 눈썹, 그 밑의 안경, 안경알 안에서 빛나고 있는 부리부리한 눈. 한마디로 잘생긴 호남형이었다. 태준 스스로도 못생긴 얼굴은 아니라고 생각하고 있었지만 김규식에 비하면 얼굴 윤곽의 선이 가는 게 흠인데 비해, 김규식은 선이 굵고 실팍했다. 김규식이 결론 삼아 말했다.

“러시아나 몽골 같은 지역은 왜놈들의 발길이 아직 미치지 못해 우리 같은 사람들이 독립운동을 하기에는 딱 좋은 곳이에요. 대암, 우리 몽골로 갑시다.”

“예? 몽골로요?”

“예, 거기에 가서 군관학교를 세웁시다. 몽골은 땅도 워낙 넓어 군관학교를 세워 학생들의 군사훈련을 시키는 데는 그저 그만입니다. 조선은 말할 것도 없고, 이 남경만 해도 왜놈들 등쌀에 우리가 할 수 있는 일이 너무 한정되어 있어요. 그러니 우리 몽골 같은 자유 천지에 가서 마음대로 젊은 기개를 한번 떨쳐봅시다."

"군관학교를 세운다……. 자금은 어디에서 나옵니까?"

"내가 지금 인삼 장사를 하려는 것도 그 자금을 모으자는 것인데, 인삼 장사하는 상인으로서 조선을 들락거리며 조선 지하조직의 동지들을 접촉해 군관학교 설립에 필요한 자금을 조달할 생각이지요. 그리고 몽골에서도 저는 사업을 할 겁니다. 몽골에는 낙타, 말, 소, 양, 염소 등의 가축이 몽골 인구수보다 몇 배나 많아서 그 가죽들이 지천입니다. 특히 낙타 가죽은 아주 비싼 값으로 서양에 팔 수 있는데 몽골에서는 거저 줍다시피 할 수 있어요. 광산 용어 중에 노다지란 말 들어보셨지요? 몽골에 가면 가축 가죽이 노다지다 그 말입니다."

태준은 침착하게 말했다.

"우사 동지 말씀이니 생각해 보겠습니다."

"대암만 결정하면 동행할 동지가 몇 더 있습니다."

"누군데요?

"대암도 이름은 들어봤을 겁니다. 유동열과 서왈보."

"아, 이들도 제가 찾고 있던 분들이지요. 이분들이 몽골로 가려고 했어요?"

"그럼요. 몽골로 가서 군관학교를 설립해서 우리 조선 독립군 청년들에게 일본에 대항할 수 있는 군사교육을 시킬 겁니다."

태준은 김규식이 돌아간 며칠 후, 남경역 앞을 지나다 우연히 이상섭을 다시 만났다. 아주 반가워하며 근황을 물으면서 자신도 대학에 진학했다며 자랑스럽게 웃었다.

"그래, 이 군 축하하네. 꼭 금의환향해서 조국 광복에 크게 이바지하기 바라네. 내 자네 만난 김에 하나 물어보세. 지난번에는 신규식 선생에 대하여 자네가 그 신상을 소상하게 알려주었는데, 이번에는 김규식 씨에 대하여 좀 알려주게나."

이상섭이 알려준 김규식은 이러했다. 조선에서 서양식 교육과 기독교 교육을 받고 미국으로 가 대학원까지 졸업하고 귀국했다고 했다.

"조선에 돌아와서는 연희전문학교 교수를 했지요, 아마? 남경에는 작년에 왔어요."

"그건 나도 아네."

태준은 이상섭과 헤어져 병원 숙소로 돌아왔다. 이 기독회의원에 처음 나오던 날의 기억이 떠올랐다. 그날 그는 복장을 단정히 하고 병원으로 갔다. 50대 중반으로 보이는 중국인 의사 원장이 태준을 맞이했다. 그도 정장에 넥타이까지 매고 있었다. 태준은 허리를 깊이 숙여 예를 표했다. 그러나 첫마디 인사를 하고는 말이 안 통했다. 겨우 표정과 손짓으로 의사(意思) 교환을 하다가 필담까지 동원했다. 중국인 원장은 태준의 세련된 필체에 적잖이 감동하는 것 같았다. 겨우 대화를 끝내고 바로 진료에 들어가기로 했는데, 그 전에 원장은 태준을 데리고 병원에 딸린 작은 독립 건물로 갔다. 고용되는 의사가 거처하는 숙소였다. 주방도 있었고, 방에는 엉성했지만 침대도 있었다. 혼자 해 먹고 자고 생활하기는 괜찮아 보였다.

원장이 지나가는 말로 물었다. 중국어였다.

"이 선생, 빵꽝허 씨는 언제부터 알았어요?"

그러나 그는 말귀를 알아들을 수 없었다. 원장이 웃으면서 한문을 써서 보여주었다.

何時知彭光河? (하시지 팽광하?)

태준이 웃으면서 글로 답했다.

大略一個月前 (대략 일개월전)

원장이 고개를 끄덕이며 다시 글을 써서 보여주었다.

諸基督教人博愛主義者 (제기독교인박애주의자)

모든 기독교인은 박애주의자다, 이게 무슨 뜻으로 한 말인가? 잠시 생각하자 얼른 떠오르는 게 있었다. 기독교인인 팽광하가 자신을 이 일자리, 기독회의원에 취직 시킨 것 같았다. 아하, 이 기독회의원에 의사로 일하게 한 사람이 팽광하 씨였구나. 태준은 자신이 어떻게 이 기독회의원에서 일하게 됐는지도 모르고 있었던 것이다. 태준은 크게 고개를 끄덕이며 원장에게 다시 글을 써서 보여주었다.

感謝院長 感謝彭光河氏 (감사원장 감사팽광하씨)

원장이 웃었다. 그러고는 작은 소리의 중국어로 혼잣말을 했다.

"은인을 알았으면 되었지."

그런데 아직 말이 서툴러 환자를 진료하는 데는 애로가 많았다. 그래서 환자와 의사소통이 안 될 때는 역시 필담을 하곤 했는데, 중국인 환자들 중에는 의외로 글자를 모르는 사람이 많아서 더욱 애로가 많았다. 또 한 가지 문제는 치아나 잇몸을 앓는 사람까지 그 병원으로 찾아왔는데, 원장은 그런 환자에게도 할 수만 있다면 치료를 해주라고 부탁했다. 아무리 치과의사가 아니라도 환자보다는 의사가 낫지 않겠느냐고 했다.

그러나 일단 숙식 문제가 해결되고 명색 월급까지 받는 형편이 됐는데도 마음 한구석의 걱정거리는 가시지 않았다. 그것은 고향의 가족들에 대한 것이었다. 끼니는 굶지 않고 죽이라도 먹고 있는지,

딸 수남과 수용은 잘 자라고 있는지, 이 모든 것이 그의 뇌리에 가득 차 짙은 안개를 피워 올리고 있었다.

태준은 고향집으로 편지를 쓰기로 했다. 물론 동생 태식 앞으로.

애제(愛弟) 태식이 보아라

세월이 여류하여 벌써 단기 4245년(壬子, 1912년) 하절(夏節)이 되었다. 그동안 집안 별고 없고 가족들이 모두 평안한지 궁금하다. 제수씨도 어려운 가산에 살림을 꾸려 나가시느라 얼마나 고생이 심하신지 위로 드린다고 하여라. 조카 상근이 남매와 우리 수남이, 수용이도 무탈 충실한지 알고 싶다.

이 무정한 형은 거년(去年) 12월 말일 경성을 떠나 중국 남경으로 급히 왔다. 그간의 자세한 사정은 차후에 이야기할 기회가 있으면 말하기로 하고, 지금은 직장도 잡았고 건강도 괜찮으니 이 모든 것이 주님의 은총이라 생각한다. 주님이란 하느님이시다. 너의 가족들도 언젠가는 세례를 받아 하느님의 자녀로 새롭게 태어나야 할 것이나 이 역시 차후에 이야기하자.

만리 이국 객지에서 생각나는 것은 고향이요, 가족들이라 오늘 모처럼 틈을 내어 이 편지를 쓰고 있다. 내가 너에게 돈을 한 번밖에 송금하지 못했던바, 얼마 되지 않은 그 돈으로 뭣을 했는지도 알고 싶다. 비록 소액이었지만 그것으로 전답을 매입하였으면 좋았으련만 그리 하지도 못했을 것 같다. 가용이 워낙 다급하였을 터이니 어찌 전답을 생각하였겠는가. 오호 애재로다.

의논하고 싶은 바는 수남이와 수용이 교육 문제인데, 평광에 야학교라도 세워서 이 아이들을 거기에라도 보냈으면 하는 마음에 이런 말을 한다. 할 말은 여태산이나 금일은 이만 줄인다. 이 형은 우리 가족 모두가 건강하고, 우리 고향 평광 모든 일가들이 또한 건강하시기를 우리 주님께 항상 기도하고 있다. 이만 총총(悤悤).

단기 4245년 6월 초 7일

형 태준 부(付)

편지를 부치기는 했지만 태준은 그가 남경을 떠날 때까지도 답장을 받지 못했다. 비록 답장은 못 받았어도 자기가 할 일은 했으니 더 이상 신경을 쓰지 말자고 스스로를 다독거렸다. 그러나 그래도 마음 한구석은 미흡했는데, 그것은 김필순 선생의 소식을 몰라서였다. 도대체 어디에 가 있기에 이렇게 사람 속을 태울까. 설마 그때 남대문역에서 기차를 타자마자 왜경에게 붙들려 다음 역에서 강제 하차라도 당한 것은 아닐까. 자신이 남대문역을 떠날 때에도 정체불명의 수상한 사내 한 사람이 기차 안에서 자신을 감시하고 있는 듯해 몹시 불쾌했는데, 일부러 눈을 감고 있는 사이에 어느 역에선가 사라지지 않았던가.

그래서 어느 날 태준은 미국에 있는 도산 안창호 선생에게 혹시 김필순의 소식을 알면 좀 알려달라는 내용의 편지를 썼다. 그러한 내용이 아니라도 도산 선생은 한 번 만나고 싶은 분이기도 했다. 그때 세브란스병원에서 치료를 해드리고 헤어진 후로는 한 번도 만나지 못했고, 편지조차 안 드렸으니 사람의 도리가 아니라는 생각에서였다. 그동안 그에게 있었던 사연, 도산 선생에게 알려드리고 싶은 일이 얼마나 많은가.

안창호 선생 친람(親覽)

선생님의 존안을 뵈옵지 못하온 지 벌써 3년이 되었습니다.

선생님이 옥중에서 흉악한 적에게 참혹한 고통을 당하시다가 옥에서 나오시어 병원에 계실 때에 특별히 저를 좋은 말씀으로 인도하시고, 또 청년학우회에 입회하라고 열심히 권면하시며 회비 일 원을 주시면서 최남선(崔南善) 씨에게 저의 입회를 지시하시던 일을 생각하오면 어제의 일과 같아 이목(耳目)에 현연(現然)히 감각되옵니다.

선생님, 금일을 당하여 오래 소식 드리지 못했던 회포를 이와 같이 종이와 붓에 의해 서신으로 올리게 되었사오니 기쁘고 즐거운 마음을 한 자루 붓으로는 도무지 쓰기가 어렵사오며 또 제가 이곳에 건너와서 중원대륙 혁명군의 굉장한 거동을 보면서 우리의 정형(情形)을 생각하오니 슬프고도 처량한 마음 금할 길 없습니다. 우리는 언제 국권과 자유를 어떻게 회복할지 생각이 막막합니다.

동포를 이별하고 조국을 떠나서 이와 같이 원통한 회포를 어찌 감당하겠사옵니까. 그러나 적극적인 사고로 희락의 희망을 스스로 떠올려 우리가 이와 같이 상통하며 국사(國事)를 도모하여 조국을 광복하고 자유권을 회복한 후 영년(永年) 행복을 생각하오면 쾌상(快爽)한 정신이 의기(意氣)를 얻은 듯합니다. 이렇게 감동되는 여러 정회를 기록하려면 말은 많아지고 필설로는 쓰기가 힘듭니다.

저는 작년 6월에 의학공부를 끝내고 세브란스병원에서 업무를 맡아보기로 하였다가 저 흉악하고 교활한 폭적(暴敵)의, 우리 동포와 강토에 행한 악행과 구박이 너무 심해 마음이 편치 못하던 차에 작년 가을 이웃 중국의 혁명의 소문이 천하에 진동하는지라 이에 감격하여 사우(師友) 김필순 씨와 밀의(密議)하고 피차 떠나기로 결정했는데 김필순 씨는 먼저 떠나고 저는 이 상황을 살펴본 후 몸을 움직이는 것이 옳은 줄 서로 약속하고 작년 12월 31일 김은 즉시 경의선 기차로 출발한 후 저는 병원으로 돌아오니 저와 김 씨가 중국으로 갔다는 말이 온 병원에 낭자(狼藉)하여 이 일을 어찌하면 되겠는가, 하기에 그러면 저도 떠나면 되지요, 하고 이날 정오에 평양으로 떠나 이곳에 와서 있습니다만 김필순 씨의 소식은 지금도 몰라 심히 답답합니다. 행여 선생께 서신이나 무슨 소식이 있는지 궁금합니다.

저는 이곳에 와서 여비가 떨어지고 말이 통하지 않아 적막한 정형을 많이 겪다가 겨우 중국 교인의 소개로 기독회의원에 들어와 의원의 직임을 얻었사오나 지난 5, 6개월 동안은 아주 재미없이 지내다가 요즘에 이르러서는 이곳 정당의 인물과 연락되어 만나고 있습니다. 할 말 여태산이오나 오늘은 이만 줄이옵니다. 내내 강녕하시기 비옵니다.

단군기원 4245년 7월 16일

이태준 재배

태준은 남경에서 이 기독회의원을 떠날 때까지 2년을 근무했다. 고향이 그립고 가족들이 보고 싶었지만 너무 바빠 차일피일하면서 조선에는 한 번도 못 갔다. 그동안에도 팽광하를 비롯한 많은 중화혁명당 사람들을 만났고, 조선에서 망명해 온 애국지사들과도 교류를 하고 있었다. 특히 유동열(柳東說), 서왈보(徐曰甫) 같은 이들은 동지로서의 우애를 깊게 도모하고 있었다. 뒤에 역시 이상섭을 통해서 알았지만 이 두 사람은 전력도 무시 못할 인물들이었다. 유동열은 일본육사를 졸업하고 구한국군 참령으로 있다가 1907년 군대가 해산된 후 안창호를 중심으로 신민회 조직에 참여한 인물로, 배일구국운동과 계몽활동을 전개하다가 안중근이 이등을 응징하자 그 배후 인물로 지목되어 체포되기까지 한 사람이었다. 그러다 1911년 105인 사건에 관련되어 10년 징역형을 받았으나 출옥하자 남경으로 건너온 사람이었다.

서왈보 또한 전형적인 무인으로 평양 대성학교에서 공부하고 1909년 북경으로 와 육영학교에서 공부하다가 남경으로 내려온 사람이었다.

태준은 김규식과는 그 뒤에도 자주 만났다. 만나면 김규식은 말하곤 했다.

"대암, 지금 우리가 여기에 유람 온 것도 아닌데, 거의 매일 무위도식이나 다를 바 없이 허송세월을 하고 있으니 딱하지 않습니까?"

"……."

태준은 가만히 듣고만 있었다. 지난번에 실컷 들은 말이었기 때문이다. 그리고 자신은 비록 중국인을 상대하기는 하지만 의사로서 살고 있으니 무위도식이라 하기는 좀 억울했다. 김규식은 요즈음 인삼 장사를 계속 하고 있다고 했다. 돈이 잘 벌리는지 어떤지는 물어볼 수 없었다.

"지금 우리가 하고 있는 밥벌이를 위해서 여기까지 온 건 아니지요. 우리는 조국의 광복운동을 하기 위해 망명을 해 온 사람들입니다."

태준이 무겁게 입을 뗐다.

"전에 그 말씀 하시지 않았습니까?"

"그런데 대암이 전혀 반응을 안 보여주시니 답답해서 하는 소리지요."

"몽골에서는 확실히 독립운동이 자유롭습니까?"

"아, 우리 독립을 왜놈 외에 누가 반대하고 방해합니까? 그러니 왜놈들이 아직 발을 못 붙인 곳으로 가서 우리가 한 살이라도 더 젊을 때에 독립운동을 해도 하자는 겁니다."

"조국 광복 전선에 투입할 군대를 양성하는 일은 저 이태준도 대찬성입니다. 그런데 우사 동지 말씀대로 몽골에서 군관학교를 설립하는 일이 마음만 가지고 됩니까? 얼마나 많은 자금이 필요하겠어요? 그래서 제가 미적거리는 겁니다."

"대암, 일이란 시작이 반이라고, 된다는 확신이 서면 시작해 놓고 봐야지 만반의 준비를 다해놓고 하려면 오히려 잘 안 돼요. 내가 여태 국내외에서 숱한 일을 해봤지만 준비를 빈틈없이 해놓고 시작한 일보다는 일단 시작해놓고 본 일의 성공률이 더 높았어요. 미국에서 고학으로 공부를 마친 일도 그렇고, 귀국해서 경성청년회를 만들고 그 첫 총무를 맡을 때에도 그랬어요. 그러나 경신학교 교감까지 하고, 교장이 되려고 할 때는 사전에 온갖 준비를 다하고 계획을 세웠건만 안 되고 말았어요. 그래서 연희전문학교 교수로 갔던 거 아닙니까. 그건 오히려 전화위복이었지만……."

그러나 태준은 아무래도 선뜻 몽골로 함께 가자는 말이 안 나왔다. 우선 조선에서 더 멀어지는 게 달갑잖았다. 두 딸 소식을 들은 지가 언젠가. 그는 딸들만 생각하면 가슴이 먹먹해졌다. 김규식이 다시 말했다.

"동아시아 일대를 온통 왜놈들이 다 장악하다시피 하고 있으니 우리가 어디에서 조국 광복 운동을 마음 놓고 하겠습니까? 진실로 난감하다는 겁니다. 내가 알아본 바 아직 몽골에는 왜놈의 발길이 미치지 못했어요. 그러니 우리가 진정으로 조국 광복을 위해 일할 사람들이라면 몽골로 가서 자유롭게 군관학교를 세워 그 너른 광야에서 우리 젊은이들을 모아 마음 놓고 군사훈련을 시켜보자는 겁니다. 지금 조선에서는 그런 학교만 서면 지원할 사람들이 줄을 서서 기다리고 있어요. 그리고 대암은 그저 학교 설립의 정신적 기둥 역할만 해주시면 됩니다. 자금은 내가 다 책임질 테니까요. 나는 내가 믿는, 자비로우시고 정의로우신 하느님의 역사(役事)만 믿어요. 대암도 나와 같은 신자이니 우리는 하느님의 자녀로 형제 아닙니까?"

8
중국을 떠나다

태준은 김규식의 채근이 아니더라도 남경을 떠날 생각을 하고 있었다. 김규식의 말대로 이런 무위도식을 하려고 이곳까지 온 것은 아니었다. 생각하면 남경에서의 생활은 참으로 허무했다. 이것이 남경생활의 결산서요, 하고 내세울 게 아무것도 없었다. 김필순을 끝내 만나지 못한 게 이런 결과를 초래한 것 같기도 했다. 남경으로 온 것도 김필순을 따라 온 셈인데 일이 이렇게 되고 말았다. 물론 김필순이 경성을 떠날 때는 너무 다급해서 김필순의 행선지를 물어보지도 못했다. 실수라면 그게 가장 마음에 걸리는 실수였다. 김필순이 예사 남경으로 올 줄 알았던 것이 행선지를 확인하지 않은 큰 이유였다. 태준은 일단 남경에서 김필순을 만나 향후 움직임을 의논할 생각이었다. 그러나 김필순을 만날 수 없으니 남경에서 더 이상 지체하면서 허송세월할 수는 없었다. 그래서 김규식을 비롯한 몽골로 함께 갈 동지들과 힘을 합쳐 몽골에서 군관학교를 세워 독립운동을 간접적으로라도 도울 계획이었다. 그 자금은 김규식이 대겠다고 하지 않는가.

태준은 김규식과 유동열, 서왈보를 만나 몽골행에 따른 구체적인 계획을 세웠다. 그러나 말이 구체적이지, 구체적일 수 없었다. 모든 게 불투명해서 어느 한 가지라도 확실한 게 없었기 때문이다. 확실한 게 있다면 중국을 떠나 몽골로 간다는 것뿐이었다.

출발은 늦여름인 8월 하순으로 한다. 몽골로 가는 데 소요되는 시일을 생각하면 이때 출발해도 몽골 도착은 어쩌면 겨울일 것이다. 남경에서 북경까지는 철도를 이용한다. 북경에서부터가 문제였다. 북경에서 몽골까지는 정해진 교통편도 없는 데다 거리는 엄청나게 멀었다. 남경에서 북경까지의 철도여행도 며칠이 걸릴지 몰랐다. 열차의 도착과 출발을 알리는 시각표가 있었지만 믿을 수가 없었다. 공신력이라고는 없는 곳이 이때의 중국이었다.

네 사람은 여기까지는 쉽게 의견일치를 보았다. 그러나 여기까지의 계획이란 게 어디가 얼마나 구체적인가. 나머지 일은 그때그때 당해서 임기응변으로 해결하는 수밖에 없었다. 그래서 이제 각자가 알아서 짐을 챙기고 여행 준비를 하기로 하고 헤어졌다.

태준은 조선에서 가지고 온 가방에다 짐을 싸고도 남아, 책은 다른 가방을 구해 따로 챙겼다. 성경과 여러 의서들이었다. 다른 사람들도 모두 태준과 비슷한 행장을 하고 있었다. 그러나 김규식은 짐이 좀 많았다. 인삼보퉁이가 두 개나 되었기 때문이다.

1914년 늦여름인 8월 25일, 날씨는 맑았다. 각자가 최소한 사흘 분의 음식을 준비하기로 한 이들은 기차 출발 시각에 맞추어 남경역으로 나갔다. 북경까지의 차표는 이상섭이 끊어놓고 있었다. 그런 상섭에게 태준이 차표 값을 건넸다. 그러나 상섭은 한사코 받지 않겠다고 손사래를 쳤다. 그런다고 고학생인 상섭에게 거액에 해당하는 차비를 안 줄 수는 없었다. 태준은 억지다시피 상섭의 호주머니에 돈을 찔러 넣어주었다.

"자네 인정과 성의는 고맙네만 이러면 안 되네. 자네에게 무슨 돈이 있다고 명색 어른들인 우리가 자네한테서 거액의 차비 도움을 받겠는가. 부디 몸조심하고 자중자애하게. 자네의 성공을 주님께 간구하겠네."

'벼룩의 간을 빼먹지'란 말은 안 했다. 안 하기가 다행이었다. 상섭의 형편을 생각한다기보다 상섭을 인격적으로 모욕하는 말 같았기 때문이다. 이들은 모두 이상섭과 마지막 악수를 하면서 이별 인사를 했다. 태준이 다시 말했다.

"이 군, 그동안 신세 많이 졌네. 특히 내가 처음으로 이곳 남경에 왔을 때의 자네 도움은 잊지 않겠네."

김규식도 말했다.

"좋은 세월 오면 조선에서 다시 만나야 하네. 성공을 비네."

열차에 오른 그들은 일단 남경을 떠난다는 감정에 홀가분함과 함께 서운함을 느꼈다. 마침 시발역이어서 좌석은 아직 빈자리가 많았다. 일행 넷은 한 좌석에 두 사람씩 마주 보고 앉았다. 짐들도 모두 선반에 얹거나 좌석과 좌석 사이에 놓고 발을 가방 위에 얹어야 했다. 차 안은 손님들로 붐비기 시작했고, 손님들의 행색도 태준 일행 못지않게 모두들 후줄근했다. 중국 사람들은 본시 외모 꾸미기에는 관심이 없는 사람들처럼 보였다. 이 점이 조선 사람들과는 많이 달라 보였다.

기차가 출발할 무렵에는 빈자리라고는 없이 차 안이 복잡했다.

어디에서나 마찬가지지만 차 안은 왁자하니 시끄러웠다. 귀가 먹먹해질 지경이었다. 조선말로 서로 알아듣게 이야기를 하려면 고함을 쳐야 할 형편이었다. 그들은 약속이나 한 듯 입을 굳게 닫고 시선을 차창 밖으로 보내고 있었다. 푸른 들판에는 여기저기 키 큰 나무들이 작은 숲을 이루고 있었고, 그 숲 너머에는 야트막한 산들이 겹겹으로 그림처럼 펼쳐져 있었다. 숲과 산들이 빙글빙글 돌면서 차츰 멀어져 갔다.

난징, 남경에서 베이징, 북경까지는 엄청난 거리였고 시간도 얼마나 걸릴지 요량이 되지 않았다. 기차는 속도를 낼 때는 미친 듯이 달리다가도 느리게 달릴 때는 아주 느릿느릿했고 역에 한 번 서기만 하면 몇 시간씩 멈춰 서서 사람 애를 태웠지만 중국인 승객들은 누구 하나 불평하지 않고 태평스럽게 먹고 자고 떠들었다.

어느 역에선지 세찬 바람과 함께 비가 내려 깨진 유리창 틈으로 비가 마구 들이쳤다. 그래도 속수무책이었다. 그런데 중국인 승객들은 이런 일을 미리 예측하고 있었고, 비가 스며들자 재빨리 보퉁이에서 차창을 가릴 천막 조각을 꺼내서 차창을 막고 짐을 덮었다.

밤이 되면 기차가 멈춰 서기도 했는데 밖에서 불어오는 밤바람이 벌써 차가웠다. 이럴 때면 김규식이 일행들을 타이르듯, 아니면 자신에게 말하듯 이렇게 말하곤 했다.

"이만한 시련을 생각지도 않고 독립운동을 하겠다고 나서지는 않았을 터……."

단지 그 말뿐이었다. 김규식은 입이 무겁고 말수가 적었다. 태준은 남대문교회의 최용호 조사님이 하신 말씀을 떠올리며 마음속으로 기도했다. 그는 자주 시편 37장 4, 5절의 말씀을 가지고 설교했던 것이다. '네 즐거움을 야훼에게서 찾아라. 네 마음의 소원을 들어주시리라. 그에게 앞날을 맡기고 그를 믿어라. 몸소 당신께서 행해주시리라.' 이 말씀을 몇 번이나 생각하면서 눈을 감고 기도했다. 주님, 저희를 당신 뜻대로 인도해주소서. 저희가 믿고 의지하는 바는 주님뿐이옵니다.

이들이 북경에 닿은 건 남경을 떠난 지 닷새째 되는 날 새벽이었다. 모두들 행색이 말이 아니었다. 수염은 꺼뭇꺼뭇하게 자라서 온 턱과 볼을 덮었고, 제대로 먹지도 자지도 못해 눈은 퀭하니 들어가 있었다. 사실 먹으려야 먹을 것도 없었지만 있다고 해도 마음대로 못 먹을 것이 열차 안의 화장실 때문이었다. 화장실의 시설도 시설이지만 청소가 제대로 안 돼 드나들기가 여간 힘들지 않았다.

북경역에서 내린 그들은 역에서 가까운 곳의 반점(飯店)을 찾아 들어갔다. 조선 음식이 간절히 생각났으나 그것은 분수에 넘는 사치였다.

반점에서 중국 음식을 실컷 먹은 그들은 반점 주인에게 길을 물어보기로 했다. 김규식이 말을 건넸다. 가장 연장자이면서 인솔자와 같은 김규식이었다. 그는 중국어도 잘했다.

"실렙니다만 말씀 좀 묻겠습니다. 우리는 몽골로 가려는 사람들인데, 여기서 몽골로 가는 길을 좀 알려주실 수 있겠습니까?"

반점 주인은 보통 중국 사람과는 어딘지 좀 달라보였다. 지적인 분위기를 풍겼고 학식도 좀 들어 보였다. 그래서 김규식은 반점 주인에게 최대한의 공손한 어투로 물었던 것이다. 반점 주인은 점잖은 어투의 김규식을 가만히 바라봤다. 그러다 호기심 어린 눈빛으로 말했다.

"실례가 안 된다면…… 무엇을 하시는 분들입니까?"

김규식은 이 자가 혹시 왜경의 끄나풀이 아닌지 불현듯 의심이 들었다. 김규식이 말했다.

"장사를 하는 사람들입니다."

"네 분 다요?"

일행 중의 한 사람이 유창한 중국어로 답했다.

"그렇습니다. 우리는 모두 상인들입니다. 몽골로 가서 짐승 가죽을 좀 가져다가 팔아보려고요. 몽골에는 오축이 있지요. 소, 말, 낙타, 양, 염소가 다섯 가축인데, 이들 오축의 가죽도 좋은 상품이 되겠지만 우리가 찾는 가죽은 늑대나 여우 같은 야생 짐승의 가죽입니다."

일행들은 약속이나 한 듯이 이렇게 말한 사람을 물끄러미 바라봤다. 뜻밖에도 그는 서왈보였다. 그가 이런 유창한 중국어를 구사하다니, 놀랍기만 했다. 그는 남경에 있을 때 한 번도 자신이 중국어를 할 줄 안다는 말을 한 적이 없었고, 중국어를 쓰는 일도 없었기 때문이다. 그가 쓴 중국어는 김규식의 것보다 더 유창하고 억양이 정확했다. 반점 주인이 서왈보에게 말했다.

"말씀의 뜻은 충분히 알겠지만 몽골까지의 길이 워낙 멀고 험난해서 어떻게 알려드려야 할지 난감합니다."

서왈보가 다시 말했다.

"그런 문제는 저희들이 충분히 알고 있습니다. 고생할 각오도 돼 있고요. 우선 몽골로 가려면 여기서 중국 어느 곳으로 가야만 하는지부터 좀 가르쳐주십시오."

"장자커우(張家口)까지 먼저 가셔서 거기서부터는 다시 길을 찾아야 할 것 같은데요."

"장자커우란 곳은 여기서 거리가 얼마나 됩니까?"

"텐진(天津)보다 더 멀어요."

텐진은 그들이 기차를 타고 지나온 곳이었다. 천진에서 북경까지도 엄청난 거리였는데 장자커우는 천진보다 더 먼 거리에 있단 말인가. 서왈보가 다시 말했다.

"장자커우까지는 어떻게 가면 됩니까?"

철도도 없는 길이어서 물은 것이다. 그 반점(飯店)은 규모가 큰 곳이어서 많은 객실 말고 식당도 컸는데, 식당에는 손님들이 붐볐다. 반점 주인은 중국 국경까지 마차를 운행하고 다니는 사람을 알고 있다고 했다. 그러나 그는 쉽사리 그 마차를 이들에게 소개할 아무런 이유도 없었다. 장사꾼은 무언가 이득이 있어야 거래를 한다. 그래서 그는 이들을 자기 반점에 며칠 더 묵게 할 생각으로 말했다.

"마차를 이용해야 합니다."

"마차를? 장자커우까지 다니는 마차가 있습니까?"

"마차가 있는데, 손님이 많지 않아서 4일에 한 번 꼴로 있습니다. 조금 전에 떠났으니까 여기서 4일 동안을 기다려야 합니다만."

서왈보가 김규식과 일행들에게 방금 들은 것을 대강 설명하고 어떻게 할지를 물었다. 모두들 좀 쉬면서 기다리는 게 좋겠다고 했다. 서왈보가 식당 주인에게 말했다.

"기다릴 테니까 방을 안내해주십시오."

주인이 말했다.

"지금 객실이 손님으로 다 차서 그러는데, 오늘 하루만 좀 큰 객실을 네 분이 함께 쓰십시오. 내일이면 두 분씩 쓰는 객실을 드리겠습니다."

일행은 네 사람이 한 방에 들었다. 기차 칸에 비하면 이것도 대궐이었다. 그들은 우선 잠부터 잤다. 침대가 두 개뿐이어서 태준은 왈보와 함께 방바닥에 누웠다. 그는 서왈보가 중국어를 어찌 그리 잘할까 궁금증이 일었다. 그래서 작은 소리로 그의 지난날에 대해 물어봤다. 서왈보는 순수하고 정직해서 사실대로 말했다. 요지는 이랬다.

그는 평안도 출신으로 원산에서 일본인 보통학교를 졸업했다. 일찍이 1909년 북경으로 건너와서 북경육영학교에 만 2년간 다녔다. 거기에서 공부하는 동안 중국어를 익혔다. 나이는 태준보다 세 살 아래인 병술(1886년)생이었다. 평양 대성학교에서도 공부를 했다고 한다. 그런 그가 말했다.

"저는 장래 비행사가 되는 거이 꿈이외다."

"비행사! 듣기만 해도 가슴이 탁 틥니다. 부디 꿈을 이루시기 바랍니다."

그들은 그 반점에서 쉬는 동안 많은 이야기를 주고받았다. 남경에서 북경까지 오는 기차 안에서는 대화다운 대화를 나누지 못했는데 이 반점에서 여러 가지 앞으로의 계획에 대해서도 의견을 교환할 수 있었다. 대화는 처음 몽골로 갈 것을 제안한 김규식에 의해 진행되었다. 그는 자신의 이야기도 숨김없이 밝혔다. 일찍이 부모를 여의고 고아로 미국인 언더우드 집에서 서양식 교육과 기독교 교육을 받고 자라다 1897년 미국으로 가 1903년 로어노크(Roanoke)대학 문학과를 졸업했다는 것. 1904년 프린스턴대학원에서 석사학위를 받고 이듬해 귀국하여 경성청년회 총무, 경신학교 교감을, 그리고 연희전문학교 교수를 역임했다는 것. 그러다 1913년 중국 남경으로 망명, 조선을 오가며 인삼장사를 하다 이번에 함께 몽골로 가게 된 것. 인삼장사를 하는 목적도 몽골에서 군관학교를 설립할 자금을 모으기 위해서라고. 일행들이 대강 알고 있는 이야기를 그는 되풀이했다.

“동지들, 몽골은 땅이 넓습니다. 거기에 비하면 인구는 많지 않습니다. 내가 거기에다 우리 젊은 군관들을 양성할 학교를 세우려는 건 무엇보다 왜놈들의 눈을 피하기 위해섭니다. 지금 중국만 해도 구석구석 왜놈의 마수가 안 뻗힌 곳이 없지 않습니까? 그러니 장래 우리 독립군과의 관계를 생각하면 중국에 군관학교를 세우는 게 훨씬 유리하지만 왜놈들 등쌀에 아무 일도 못하고 말 것을 생각해서 이 고생을 하고 있는 겁니다. 우리 모두 용기백배해서 투지를 펼쳐 나갑시다.”

그 식당 겸 여관에서 네 밤을 자고 드디어 몽골로 출발하게 되었다. 1914년 9월 5일이었다. 아침저녁으로는 벌써 조선 경성의 늦가을 날씨처럼 쌀쌀했다. 기온이 하루가 다르게 떨어지고 있었다. 지난밤에 비가 잠시 오더니 이날은 더욱 쌀쌀했다. 그들을 태우고 갈 마차는 두 마리의 말이 끄는, 장막이 덮인 포장마차였고, 다른 두 마리의 말이 건성으로 따라왔다. 교대할 말이라고 했다. 다행히 마차에는 이들 일행 외는 아무도 없었다. 일단은 북경에서 장자커우까지 가는 것으로 하고 떠났지만 거기까지 가는 동안 마부를 설득하여 어찌하든지 같은 마차로 몽골의 후르(울란바토르)까지 갈 생각이었다. 네 사람은 은밀히 그런 약속을 해두고 있었다.

마부는 40대 중반의 사내로 마차 바깥에서 말을 몰게 되어 있었다. 마부 옆자리에 조수 한 사람을 더 태우고 있었는데, 조수는 20대 초의 청년으로 마부의 친조카라고 했다. 조수는 가끔씩 마차 안에도 들어와 좌석에 앉아 가기도 했다. 그 청년은 얼굴이 밝고 성격이 명랑했다. 그런 조수가 말했다.

"여기 온 지가 며칠 되셨나 본데 왜 오늘에야 길을 떠납니까? 진작 떠나지 않으시고."

"반점 주인이 말하기를, 마차의 일정이 꽉 짜여 있어 오늘이 돼야 마차를 탈 수 있다고 했어."

서왈보의 말을 들은 조수가 눈을 까뒤집고 서왈보를 바라봤다.

"무슨 소립니까? 우리는 오늘까지 마차를 세워놓고 기다리고 있었는데요."

일행들은 반점 주인의 교활한 상술에 속은 것을 그때야 깨달았다. 김규식이 탄식했다.

"먹물이 들어 보여 사람을 믿었더니 이런 사기를 치다니!"

"헛돈 쓴 숙식비보다 허송한 시간이 아깝지 않습니까?"

좀처럼 말을 하지 않던 유동열이 이맛살을 찌푸리며 말했다. 서왈보가 이었다.

"하여간…… 오나가나 중국 사람들은 돈밖에 모른다니까."

김규식이 말했다.

"미국에서 공부할 때 학비는 조선의 언더우드 양부께서 보내주셨지만 잡비는 내가 벌어 써야 했어요. 그래서 미국 화교의 아들을 가르치는 가정교사를 했는데, 5일에 일을 시작했으면 다음 달 5일에 월급을 줘야 하지 않아요? 그런데 5일 늦게 준단 말입니다. 그러면 그다음 달 월급이라도 5일에 줘야 하는데 또 5일을 늦추어 10일에 준단 말이에요. 이렇게 되면 나는 여섯 달을 일하고도 다섯 달 치 월급밖에 못 받아요. 이래서 중국 사람들은 어디에서나 멸시를 당했지. 서왈보 동지 말대로 중국인은 돈에 지독한 사람들이지요."

마차는 그리 빨리 달리지 않았다. 군데군데서 쉬면서 밥을 먹고 말에게도 여물을 주었다. 그야말로 만만디였다. 북경에서 장가구(장자커우)까지 가는 데 이틀이 걸렸다. 선화(宣化 쉬안화)까지는 그래도 우중충한 단풍으로 물들고 있는 나무들도 보이고 벌판에 푸른빛이 돌았으나 선화를 지나자 온통 사막 같은 땅이었다. 길은 울퉁불퉁 험하고 바람마저 불어 모래가 마차의 포장 속으로 마구 휘젓고 들어왔다.

장가구에 가까이 다가간 어느 지점에서 휴식을 취하면서 서왈보가 마부에게 넌지시 말했다.

"마차를 아주 안전하게 몰아서 참 마음에 듭니다. 여행이란 뭐니 뭐니해도 안전이 제일 중요한 거거든요."

"그럼요. 저는 20년 이상을 마차를 몰면서 살아왔지만 아직 한 번도 사고를 당해보지 않았어요."

"그렇군요. 그럴 겁니다. 우리가 참으로 다행스럽게도 대단한 마차를 탔군요. 그건 그렇고, 장자커우에 도착하면 국경까지 가는 교통편은 있을까요?"

"장자커우에서 국경까지도 굉장히 먼 길입니다. 베이징에서 장자커우까지의 두 배가 넘는 길이 장자커우에서 국경까지의 거립니다. 교통편은 찾아보면 있을 겁니다만 그 먼 거리를 누가 가려고 하겠어요? 돌아오는 길도 생각해야 하거든요. 더군다나 추위가 곧 다가오니까 더욱 어려울 겁니다."

서왈보가 잘라 말했다.

"운임이 문제겠지요. 운임만 많이 지불한다면 교통편은 구할 수 있지 않겠어요?"

"그야 그렇지요. 운임만 많이 준다면야……."

서왈보는 회심의 미소를 머금었다. 그러나 밖으로 드러내지는 않고 말했다.

"마차를 모는 분이 몽골어를 어느 정도 할 줄 알아야 하는데……."

"그건 왜요?"

"국경만 넘으면 물어물어 후르(울란바토르)까지 찾아 가야 하니까 몽골어를 모르고서야 어찌 길을 묻겠어요?"

"그것도 돈이 문제지요. 사람의 얼굴 표정과 눈, 입은 모두 의사 전달의 좋은 수단이 돼요. 더구나 손이 있지 않습니까?"

마부는 보기보다 말하는 품새가 무게도 있고 지혜로워 보였다. 서왈보는 잠깐, 하고 김규식과 이태준, 유동열에게로 와서 조선말로 했다.

"돈만 많이 주면 저 마부가 몽골까지 갈 의향이 있습니다."

"얼마나 주어야 할까?"

"글쎄요. 차츰 흥정을 해봐야죠."

서왈보는 길을 떠나자 아예 마차 밖의 마부 옆자리에 앉았다.

"마차를 점잖게 몰아서 우리 일행들이 모두 호감을 가지고 있군요."

마부가 만면에 흡족한 미소를 띠면서 말했다.

"감사합니다. 그런데 대인들께서는 어느 나라 분들인지요? 설마 일본인들은 아니겠지요?"

"일본인 아닙니다. 우리는 동방예의지국이라 불리는 조선 사람들입니다."

"아, 조선! 어쩐지! 상인들치고는 모두 품위가 넘쳐 보여 궁금했지요."

"그런데 우리는 국경을 넘어 몽골의 수도 후르까지 가는 사람들입니다. 장자커우에서 다시 몽골로 가는 새로운 교통편을 구하기가 성가십니다. 그래서 이 마차로 그냥 몽골까지 가고 싶은데 혹시 편리를 좀 봐주실 수 있겠습니까?"

마부는 한동안 입을 다물고 말이 달리는 전방만 주시하고 있었다. 전방에는 언제 나타났는지 푸른 강줄기가 보였다. 길은 이내 강줄기를 따라 가는 형국으로 변해 있었다. 이윽고 마부가 무겁게 입을 열었다.

"손님들을 몽골까지 태워드리고 운임을 받는 것은 더없이 탐나는 일인데……."

"그러면 뜻대로 하시면 될 거 아닙니까? 말도 두 마리가 더 있겠다, 장성한 조카까지 동행하고 있으니 돌아갈 길도 걱정스럽지 않겠는데 뭘 망설입니까?"

"내자의 해산일이 다가오기 때문이죠. 몽골까지 갔다가 오려면 적어도 두 달은 잡아야 합니다. 그래서……."

"댁에 부인의 해산을 도울 다른 사람은 없습니까?"

"저의 노모가 계시지요. 그러나 마음이 안 놓여서요."

서왈보도 다른 말을 더 할 수 없었다. 그래서 둘은 한동안 침묵을 지키며 말이 달리는 전방만 주시하고 있었다. 어느새 강이 사라지고 없었다. 그러는 중에 마차는 장가구(장자커우)에 도착했다. 장가구란 도시는 사막 한가운데에 있는 것처럼 온 시내가 메마르고 을씨년스러웠다. 그러나 그것은 남경이나 북경 같은 대도시만 봐온 사람들의 눈에 비친 모습이고, 실제 장가구는 인구도 많은 큰 도시로 교통의 중심지이기도 했다.

서왈보는 얼른 마차 안으로 들어가 일행들에게 조선말로 상황을 설명했다. 김규식이 설명을 듣고 말했다.

"운임을 더 주겠다고 해봐요. 부인의 해산이 걱정이기는 하지만 운임만 마음에 들면 갈 거요, 틀림없이."

김규식의 말이 옳았다. 마부는 장자커우에서 잠시 숨을 돌리면서 말을 바꾸어 달리게 해서 그대로 가던 길을 재촉했다. 마부는 기왕 가기로 한 길을 한 시라도 빨리 달려야 했기 때문이다.

장자커우에서 몽골 국경까지의 길은 이제 거의 허허벌판이었다. 저 멀리 보이는 높은 모래 언덕 너머에는 소나 말의 잔등처럼 완만한 봉우리도 있었고, 더 멀리로는 날카로운 톱날처럼 쭈뼛쭈뼛한 봉우리도 아스라이 보였다. 마차가 눈앞의 모래 언덕 위로 오르면 탁 트인 시야의 오른쪽으로 마치 묘종을 부은 듯이 짙푸른 숲이 군데군데 보였고, 봉우리 밑의 응달진 산골짜기에는 하얀 눈도 보였다. 언제 내린 눈일까. 그러나 마차가 달리는 길은, 숲과 눈이 있는 곳을 멀리 옆으로 둔 채 곧장 서북쪽으로 서북쪽으로만 달렸다. 상도(商都, 상두)란 소도시를 지나고 화덕(化德, 화대)이란 소도시를 또 지나 끝도 없이 달렸다. 어떤 때는 모래바람을 만났는데, 바람이 얼마나 센지 마차가 움직일 수 없어 바람이 멎기를 기다리느라고 한나절을 그 자리에 선 채 헛시간을 보내기도 했다.

중국과 몽골의 국경에는 아무런 표시도 없었다. 벌판의 군데군데에서 풀을 뜯고 있는 양떼들이 보였으나 그 양이 중국 양인지 몽골 양인지 알 수 없었다. 한참을 더 달리니 낙타 떼가 보였고, 멀리 몽골족의 주거시설인 움막 같은 게르가 보였다. 그래서 비로소 국경을 지나 몽골로 들어선 것을 알았다.

그러고도 3일을 더 달려, 그러니까 북경을 떠난 지 11일째 되는 날에야 울란바토르에 도착했다.

9
몽골, 그 광활한 평원

태준이 몽골에서 일행들과 헤어진 것은 몽골에 도착해서 약 한 달쯤 된 뒤였다. 그동안 김규식, 유동열, 서왈보 등과 함께 태준은 부지런히 여기저기를 찾아다니며 군관학교가 들어설 부지부터 찾아 헤맸다. 가능하면 언덕을 등지고 남으로 광활한 평야를 안고 있어야 한다. 생도들에게 군사훈련을 시키려면 연병장이 넓어야 하기 때문이다. 그리고 물도 가까이 있어야 하고 사통팔달 길도 트이어 있어야 한다. 그런 조건을 갖춘 곳을 찾기란 쉽지 않았다.

이들은 말을 타고 울란바토르에서 동쪽으로 약 70킬로미터 거리에 있는 테를지란 곳까지 가서 군관학교의 장소로 아주 적합한 곳을 발견할 수 있었다. 군관학교 부지를 찾아 돌아다니는 데는 모두들 말을 타고 다녔다. 몽골 말은 온순하여 낯선 사람의 말도 잘 들었고 등에 올라탄 사람을 시험하려는 교활성도 없었다. 태준은 이때에 말타기를 익혔다. 몽골에서는 말을 빌려주는 곳이 많았다.

강의 이름을 뒤에 알았지만 톨강이란 자그만한 강을 건너 조금 더 가니 몇 그루 큰 나무가 우거진 작은 숲과 기암괴석이 한데 어우러진 깊지 않은 계곡이 나오는데 이 일대를 테를지라고 했다. 풍광이 좋고 여러 가지 조건을 두루 갖춘 것이 휴양지로 적합해 보였다. 흔히 메마르고 황폐한 벌판만 몽골이라 생각하던 사람들은 이 테를지에서 여태까지 봐온 몽골과는 전혀 다른, 또 하나 새로운 인상의 몽골을 발견할 수 있었다. 들으니 이곳은 계절마다 온갖 야생화가 저절로 피고 지는 명승지로 이미 소문난 곳이기도 했다. 말발굽에 지천으로 핀 야생화가 마구 짓밟히고 있었다.

테를지의 계곡을 따라 조금 더 올라가는데 말이 멈칫하면서 놀랐다. 보니 바로 이들 일행 앞에 예닐곱 마리의 큰 늑대들이 서 있었다. 회색의 늑대, 혹은 검은색과 누른색이 섞인 늑대, 완전히 검은색의 늑대들이었다. 탐스럽고 푸짐한 꼬리를 내려뜨린 채 미동도 않고 이쪽을 노려보고 있었다. 늑대들은 모두 눈에 독기가 오른 것처럼 보였다. 그러고 보니 며칠은 굶은 듯 배가 홀쭉한 것 같았다. 몽골에 온 이후 늑대는 자주 목격됐다. 조선에도 늑대는 많았지만 조선에서 본 늑대들은 큰 개 정도였고 한두 마리였다. 이곳의 늑대들은 개보다 월등히 컸고 눈이 치째진 게 아주 사나워 보였으며 무리 지어 있었다. 더군다나 이처럼 가까운 거리에서 무리를 지어 나타난 늑대를 대하기는 처음이었다. 일행이 넷이 아니고 혼자였다면 틀림없이 사람에게 대들 것 같은 섬뜩한 눈길로 가만히 바라보고 있었다. 물론 사람을 먹이로 생각하기보다 말을 잡아먹기 위한 것일 터. 구한국군 참령 출신인 유동열이 허리춤에서 권총을 빼내 겨누었으나 가만히 노려보면서 꼼짝을 하지 않았다. 하기는 이 늑대들은 권총이란 걸 모를 터이다. 그러니 겁낼 까닭이 없지 않은

가. 유동열이 늑대들의 동태를 보고 안 되겠다는 듯 실탄을 장전하고 한 발 발사했다. 해거름의 텅 빈 계곡에 화약 냄새를 짙게 풍기는 폭발음이 울려 퍼지자 그때야 늑대들은 잽싸게 몸을 돌려 도망쳤다. 유동열은 항상 호신용 권총을 휴대하고 다녔다. 굶주린 짐승들임에 틀림없었고, 여차하면 달려들어 사람을 말에서 내리게 하고 말 한 마리를 결딴낼 생각이었으리라.

조금 더 올라가니 북쪽의 웅장한 기암 언덕에는 상록수 몇 그루가 그림처럼 보였다. 그 밑으로 맑은 물이 흐르는 계곡이 있었고, 계곡 아래로 모래 벌이 운동장처럼 펼쳐져 있었다. 가위 명당으로 보였다. 작은 숲이 있는 바위 언덕을 등지고 앞으로 탁 트인 광활한 시야는 장차 생도들에게 상실된 국권 회복의 야망과 조국 재건의 기백을 불어넣기에 안성맞춤이었다.

네 사람은 모두들 탄성을 지르며 됐다고 좋아했다. 군관학교 부지를 선정해놓고 이제 울란바토르 관청의 허가를 받아 공사만 시작하면 되었다. 이들은 이날 밤 늦게야 울란바토르로 돌아왔다. 마침 테를지로 들어가는 어귀에 몽골 사람들이 살다 잠시 비운 것 같은 게르가 또 보였다. 아까 테를지로 들어갈 때도 본 것이지만 어쩐지 연기 하나 나지 않는 굴뚝에서 빈집 같은 인상을 받았다. 그 일대는 드넓은 초원으로 양이나 소를 풀어 먹이며 살아가는 유목민의 근거지 같았다. 태준은 어쩐지 몽골 사람들 고유 주택인 게르 안을 한 번 보고 싶었다. 그래서 그는 일행들에게 잠시만 기다리게 하고 빈집인 듯한 게르 안으로 들어가 보았다. 그런데 뜻밖에 사람이 있었다. 남자였는데 환자였다. 게르의 출입문인 판자와 두꺼운 천이 섞인 문을 열어둔 채였다. 가까이 다가가 보니 고약한 냄새가 환자의 몸에서 나고 있었다. 머리털이 거의 빠진 상태였는데, 대머리 탓이 아닌 것 같았다. 얼굴은 코가 거의 주저앉은 상태였다. 팔에는 구릿빛 반점이 여기저기 나타나 있었다. 몸을 거의 움직일 수 없는 상태였다. 악취는 몸 어느 부분이 화농으로 부패하고 있는 냄새였다. 태준은 손짓과 표정으로 어디가 아프냐고 물었다. 환자는 잠시 머뭇거리다 사타구니를 가리켰다. 한 번 벗어보라고 해도 말을 듣지 않았다. 자세히는 모르겠지만 얼른 봐도 성병의 일종인 매독 증세 같았다. 그러고 있는데 일행들이 들어왔다. 태준이 환자가 있다고 하자, 김규식이 말했다.

"의사란 할 수 없군. 그래도 지금 대암에게 의료 장비도, 약품도 없는데 어쩌겠소? 시간이 없으니 지금 얼른 길을 재촉해야 하오."

게르를 나오면서 유심히 살펴보니 환자의 발치에는 밥그릇 같은 것이 있었지만 오래전에 먹을 게 떨어졌거나 있어도 못 먹은 지 한참 된 것 같았다. 가족들이 환자를 버리고 달아난 것 같았다. 태준은 김규식의 말대로 그 환자 앞을 떠나왔다. 가슴이 몹시 아팠지만 무슨 방법이 없었다.

이들은 밤이 돼서야 울란바토르로 돌아왔다. 군관학교 설립이 당면 목표여서 다른 일에는 신경 쓸 여유가 없었다. 태준도 테를지의 그 환자를 잊어버리고 있었는데 울란바토르 시내의 거리를 지나다 골목길에 버려지다시피 누워 있는 또 한 사람을 발견했다. 그러나 다가가도 말이 통하지 않았다. 문제는 언어의 장벽이었다. 테를지의 그 버려진 환자를 보기 전에는 울란바토르 길거리에 누워 있는 환자가 안 보였는데, 테를지를 다녀온 후 부쩍 길거리에 누워있는 환자를 자주 보게 되었다. 태준은 군관학교 허가 문제로 들른 몽골

관청의 관리에게 서툰 중국어로 물었다.

"골목이나 길에 아무렇게나 버려진 것처럼 누워 있는 사람들은 뭡니까?"

관리는 다행히 태준의 말을 알아들었다. 그러나 난처한 표정을 지으며 얼른 말하지 않았다. 태준이 다시 말했다.

"나는 의사입니다. 그들이 환자라면 내가 치료할 수 있어요."

"말씀과 호의는 고마우나 환자가 너무 많아서……."

공무원이 중국어로 얼버무렸다. 태준이 다시 물었다.

"그러면 길에 버려진 사람들이 모두 환자란 말입니까?"

"그렇습니다."

"대관절 무슨 병인데요?"

"부끄럽습니다만 성병입니다."

"뭐, 성병요? 성병에도 종류가 많은데 무슨 성병입니까?"

"저도 더 자세한 것은 모릅니다."

"왜 그런 성병 환자가 그렇게나 많습니까?"

"그런 것도 모르겠습니다. 다만 몽골 국민들이 나쁜 짓을 해서 얻은 병이 아니란 것만 말씀드립니다."

태준은 이해할 수 없었다. 성병이란 대개 남녀의 난잡한 성관계에서 옮는 병인데 그런 성병 환자에게 아무런 잘못도 없다니. 태준은 이 문제에 대하여 깊이 골몰했다. 알고 보니 길거리에 버려진 환자는 빙산의 일각이고, 전 국민의 상당수가 이런 고약한 성병을 앓고 있다는 것을 알았다. 이유가 뭘까. 그러다 알아낸 것이 몽골의 국교이다시피 돼 있는 라마교에 그 원인이 있다는 것이었다. 라마교의 일부 신자들은 기도를 할 때, 부처님께 자신의 모든 것을 숨김없이 바친다는 의미에서 남녀가 모두 거의 나체로 기도하는 경향이 있고, 그 분위기가 성의 개방을 촉발시킨다고 했다. 그래서 일부 국민들 사이에서는 문란한 성관계가 공공연하게 이뤄지기도 한다는 것이다. 게다가 이들은 위생관념이 전무해서 손발과 몸을 잘 씻지 않는다. 물이 워낙 귀하기도 하지만 세수를 한 움큼의 물로 끝내고, 양치질을 할 때도 물을 거의 쓰지 않는 실정이었다. 골목이나 길에 버려진 환자들의 증상은 모두 테를지의 그 독거노인 환자와 같았다. 태준은 그래서 이 성병이 매독임을 확신했다. 전염성이 강한 매독이 빠른 속도로 퍼져나간 것 같았다.

태준은 조선에서 가져온 의서들을 펼쳐 매독의 치료에 대해 공부했다. 지난 1909년에 개발된 살바르산이란 특효약이 있다고 의서는 설명하고 있었다. 이 약의 주성분은 비소란 독약이어서 잘못 쓰면 사람이 다친다는 말도 쓰여 있었다. 잘못 쓰면 생명을 잃지만 잘 쓰면 생명을 건지는 약이란 뜻을 지닌 말이 살바르산이라고 했다. 울란바토르 시내의 제법 큰 약국에 가서 살바르산이란 약을 찾았으나 이 독약을 어디에 쓸 거냐고 의아해했다. 그러나 긴요하게 쓸 일이 있어 그러니 조금만 팔라고 해서 사가지고 와 의서에 나와 있는 처방에 따라 주사액으로 조제했다. 그리고 이튿날 태준은 혼자 말을 달려 테를지의 그 게르에 버려진 환자를 찾아갔다. 사람이 죽어가는 걸 보고도 차마 그냥 있을 수 없었기 때문이다. 그런데 환자는 없었다. 게르를 나와 주변을 살펴봤다. 환자가 입었던 넝마 같은 옷 조각이 여기 저기 흩어져 있었다. 그리고 좀 더 떨어진 곳에서 팔다리의 빼인 듯한 인골이 흩어져 있었다. 늑대들의 소행이 틀림없었다. 태준은 머리끝이 하늘로 치솟는 듯한 공포감을 느끼며 말에다 채찍을 가했다.

군관학교 설립은 전혀 진전이 없었다. 계절은 벌써 초겨울로 접어드는데 군관학교를 지을 땅만 선정해놓았지 자금이 한 푼도 없는 것이다. 중국에서부터 입고 온 여름옷이 턱도 없이 춥고 낡아 모두들 몰골이 말이 아니었다. 거짓말을 조금만 보태면 걸인들 같았다.

김규식이 인삼 장사로 벌어둔 돈도, 이태준이 가지고 온 돈도 모두 바닥났다. 그동안의 숙식비며, 남경에서 북경으로 올 때의 여비며, 북경에서 울란바토르로 오는 마차 삯에다, 중국에서 입고 온 여름옷으로는 추위를 견딜 수 없어 모두 겨울옷을 장만한 비용도 있다. 그러니 이들에게 돈이 남아 있을 리 없었다.

이런 상태에서는 군관학교를 설립하겠다고 울란바토르에서 더 버티는 게 아무래도 무리란 생각이 들었다. 게다가 이들이 군관학교 설립을 단념하게 되는 결정적인 이유가 있었다. 관청에다 내놓은 군관학교 건축 허가 계획서가 반려되어 온 것이다. 이유는 군관학교 부지로 결정한 그 테를지는 장차 몽골 국립공원이 될 땅으로 계획되어 있기 때문이었다. 국립공원이 아니더라도 이미 국민휴양지로 활용되고 있기 때문에 곤란하다고 했다. 군관학교 설립 자금만 마련되어 있다면 학교 부지는 다른 데서 얼마든지 찾아볼 수 있을 터였다. 그러나 자금이 전혀 마련되어 있지 않은 상황이니 군관학교 설립 자체를 없던 일로 하는 수밖에 없었다. 다시 중국으로 돌아가 각자 독립운동에 매진하자는 게 김규식의 생각이었다. 그러나 이런 중요한 일을 김규식 개인의 생각만으로 결정한다는 건 이치에 맞지 않았다.

양고기가 든 만두로 저녁을 먹고, 네 사람은 몽골인이 경영하는 숙소에서 회의를 시작했다. 이런 상황을 맞아 각자가 어떻게 처신해야 할지 의견을 밝히고 결론을 내자는 회의였다. 김규식이 먼저 입을 열었다.

"우리가 지난여름 남경을 떠날 때 이미 벌어진 일이지만 지금 세계대전이 발발해 구라파에서는 그 전투가 맹렬합니다. 오스트리아와 헝가리가 전쟁을 일으켰는데, 지난 8월에는 일본이 대독(對獨) 선전포고를 하지 않았습니까? 세계정세가 이러하니 우리가 어찌 조선에 돌아가 태평스럽게 엎드려 있겠어요. 나는 다시 북경으로 가서 군관학교 설립을 위한 자금을 모으면서 항일 독립운동을 계속할 생각입니다. 여러 동지들의 생각들은 어떠신지 말씀들 해보시지요."

유동열이 말했다.

"저도 우사 동지와 함께 움직이겠습니다. 인삼장사를 하시겠다면 인삼장사를 하고 군자금을 모으신다면 그것도 같이하겠습니다."

서왈보가 말했다.

"나이 더 들기 전에 뭔가 옳은 일 한 가지 해보려니 이리 어렵네요. 저도 조선에는 돌아가지 않을 생각입니다. 그렇다면 갈 데는 중국밖에 더 있습니까? 저는 비행사가 되는 게 평소 소망인데 그렇다고 왜놈 비행사 학교에는 가기 싫습니다. 중국에 비행기 조종사 양성학교가 어디에 있는지, 그런 게 없으면 일단 중국군에 입대할 생각입니다. 독립군에도 공군은 필요할 것입니다. 저는 독립군 공군 창건에 이바지할 생각입니다."

"대암 동지는 어떻게 하시려오?"

김규식의 물음에 태준이 답했다.

"저는 의사입니다. 의사로서 이곳 몽골 사람들의 어려운 처지를 그냥 두고 이곳을 떠날 수는 없을 것 같습니다. 조국의 독립운동도 시급하지만 이곳 생령(生靈)들의 그 처참한 몰골을 방관하는 것은 의사로서 취할 태도가 아니라고 생각합니다. 더군다나 저는 하느님을 믿는 기독교인이니 몽골의 이런 참상을 외면할 수 없다는 생각이 들어서……. 그래서 저는 이곳에 당분간 남아서 환자들을 치료하면서 독립운동도 계속하겠습니다. 우선 당장 아픈 사람들을 치료할 집을 하나 마련해야겠습니다. 동지 여러분께서 여기를 떠나시기 전까지는 저에게 도움을 주시기를 간절히 바랍니다."

그러다 김규식을 바라보고 말했다.

"우사 동지께서는 다른 동지들보다 먼저 이곳을 떠나시어 북경에서 살바르산이란 약을 좀 구해서 보내주십시오. 이 약은 울란바토르에는 많지 않아 구하기가 어렵습니다. 그러나 북경에서는 구할 수 있을 것입니다. 만약 이 살바르산이 없으면 비소(砒素)라도 구해서 보내주십시오."

"비소? 그거 독약 아니오?"

"맞습니다. 그 비소를 가지고 잘하면 살바르산을 만들 수 있습니다. 그 조제법을 제가 가진 의서에서 찾아냈습니다. 살바르산이 몽골 국민들이 앓고 있는 화류병인 매독의 특효약입니다."

"대암 동지의 뜻이 그러시다면 이곳에 남으시오. 찬성합니다. 내가 북경에 가는 대로 그 약을 구해 급송해드리리다. 그리고 다른 동지들은 여기 좀 남아서 대암 동지의 청을 들어주시구려."

이튿날 김규식은 혼자 몽골을 떠나 중국으로 돌아갔다.

10
동의의국 개업

태준은 좀 전 약국에서 사 온 살바르산을 가지고 눈에 쉽게 띄는 길거리 환자 한 사람에게 주사를 했다. 테를지의 그 독거 환자에게 쓰려고 가지고 갔다가 그 환자가 늑대들에게 당한 것을 발견하고 도로 가지고 온 약을 쓴 것이었다. 그 환자는 비몽사몽 간의 눈동자로 주사를 맞으면서도 아무 말도 못했다. 이날 유동열이 태준과 함께 갔다. 이태준과 유동열은 길거리에 누워 있는 환자에게 그 자리에서 약을 주사하고 돌아왔다. 태준은 효과를 확신할 수 없었다. 처음 써보는 약이었으므로. 그리고 이튿날은 유동열, 서왈보와 함께 그 환자를 찾아갔다. 얼굴의 붉은 반점과 팔의 반점이 훨씬 희미해져 있었고, 어제는 말도 못하던 환자의 얼굴에 화색이 돌았다. 환자가 태준을 알아보고 중국어로 물었다.

"대인은 누구십니까?"

"조선에서 온 의삽니다. 어제보다 상태가 많이 나아진 것 같은데 어떠신지요?"

"이제 살 것 같습니다. 고맙습니다, 대인."

"오늘 한 번 더 치료를 받아보십시오."

"예, 예, 그러고 말고요. 가족들로부터도 버림받은 사람을 이렇게 구해주시다니!"

태준은 그 환자에게 다시 주사를 했다. 그리고 그를 길가에 그냥 두지 않고 자기들 숙소로 데리고 가서 안정을 시켰다.

그 환자의 이름은 버르테였고 나이는 35세였다. 공부도 할 만큼 한 지식인이었고 병이 나기 전에는 공무원이었다. 버르테의 집은 울란바토르 중심가에 있었었고, 그의 가족들은 그가 치유 불가능의 상태에 이르자 환자가 스스로 집을 나가는 것을 묵인했다고 한다. 그러면서 버르테는 그가 집을 나가도록 버려둔 아내와 자식들을 전혀 원망하지 않았다. 모두 다 그렇게 한다고 했다. 환자를 혼자 두고 가족들이 집을 나가거나 아니면 환자가 집을 나가거나 둘 중의 하나였다. 왜냐면 전염성이 너무 강해 언제 이 병이 다른 가족들에게로 옮을지 모르기 때문이었다.

버르테는 태준의 숙소로 온 지 사흘째 되는 날 피부의 모든 반점이 사라졌으며 얼굴이 정상인의 혈색으로 돌아왔다. 참으로 하늘이 낸 약이란 생각이 들었다. 음경 귀두의 헌 데도, 그 주변의 고름도 꼬들꼬들 말라 있었다. 버르테는 생명의 은인인 태준 옆에서 평생 봉사하겠노라고 약속하면서 제발 곁에 있게 해달라고 했다.

태준은 버르테가 치유되는 걸 보면서 자신이 생겼다. 그러나 김규식에게 부탁한 약은 언제 올지 모른다. 그래서 처음 약을 산 약국으로 버르테를 데리고 가서 통역을 시키면서 약을 있는 대로 다 달라고 했다.

약국 주인이 깜짝 놀라며 물었다.

"아니, 그 독약을 어디에 쓰려고 이러시며, 당신은 도대체 누구요?"

태준은 버르테를 시켜 자신의 신분을 밝히고, 몽골의 많은 성병 환자를 치료하기 위한 것이라고 설명했다. 버르테가 태준의 부탁대로 그의 말을 몽골어로 통역했다. 그러고 나서 버르테가 끝맺음 삼아 말했다.

"내가 바로 그 증인입니다. 이 의사 선생님의 도움으로 나는 이렇게 병이 나아가고 있습니다. 이 울란바토르에만도 헤아릴 수 없이 많은 환자가 있잖아요? 몽골 국민들의 7할이 이 병을 앓고 있지 않아요? 이들을 모두 이 의사 선생님께서 치료하시려고 약을 사려는 것이니 의심하지 말고 파십시오."

그래도 약국 주인은 의심스런 눈으로 태준과 버르테를 번갈아 바라보다가 태준에게 물었다.

"혹시 일본인이오?"

버르테가 재빨리 대신 답했다.

"아닙니다. 이 선생님은 조선인입니다. 조선에서 오신 의사이니 당신이 약을 빨리 주시면 우리 동족이 빨리 목숨을 건질 수 있지만 안 그러면 아까운 목숨이 길거리에서 더 많이 죽어가게 됩니다."

이렇게 하여 태준은 그 약국에서 살바르산을 있는 대로 다 살 수 있었다. 그래 봤자 약은 환자 100명도 치료할까 말까 한 분량이었다. 그러나 이게 어딘가. 그는 숙소로 돌아오자마자 버르테와 함께 길거리를 돌아다니며 환자에게 치료를 했다. 물론 무료 봉사였다. 버르테는 환자들에게 자기가 이 의사 선생님 치료를 받고 지금 나아가고 있다고 설명했고, 환자들은 모두 고분고분 치료에 응했다.

사흘이 지나자 울란바토르에 소문이 쫙 퍼졌다.

"조선인 의사가 치료하면 이 더러운 병도 백발백중 낫는다."

이런 소리도 들렸다.

"하늘에서 내려온 활불이라고 한다!"

"하늘에서 내려온 활불이 아니고 조선에서 온 신의(神醫)다."

며칠 뒤부터는 태준이 버르테와 함께 거리를 다니며 환자를 찾을 필요도 없었다. 환자들이 이태준, 유동열, 서왈보가 묵고 있는 숙소로 찾아오기 시작했다. 그래서 이들은 의논 끝에 얼른 병원을 짓자고 했다. 그리고 언제까지나 무료 봉사만 할 게 아니고 최소한의 치료비를 받기로 했다. 살바르산이란 약을 사는 데 든 돈도 수월찮았거니와 병원을 짓자면 돈이 들기 때문이었다.

그러나 이태준은 병원 짓는 데는 근처에도 못 가보고 종일 숙소에서 환자를 받고 치료하는 데만 매달렸다. 알고 보니 환자들은 가족들의 버림을 받고 길거리에 나앉은 사람들만 있는 게 아니었다. 집안에 숨어 있는 환자가 훨씬 더 많았다. 그런 환자들은 길거리에 버려진 환자들보다 형편도 괜찮아서 맨손으로 치료를 받으러 오지 않았다. 뭔가를 가지고 왔다. 몽골에서는 아주 귀한 곡식에서부터 흔한 양고기, 우유, 치즈 등 온갖 물건들이 들어왔다. 날이 밝으면 아침밥도 먹기 전에 환자가 찾아왔고 이들의 행렬은 밤이 늦도록 이어졌다. 버르테가 옆에서 잔심부름을 해주고 도와주지 않으면 도무지 불가능한 일이었다.

이태준은 속으로 몇 번이고 감탄하면서 하느님께 감사했다. 참으로 하느님의 섭리는 오묘하시구나. 이 어찌 감탄하지 않으랴. 맨 처음에 치료한 환자가 이렇게 헌신적으로 도와주는 일이 누가 시켜서 될 일인가. '오, 하느님, 자비로우신 당신은 제가 기댈 최후의 언덕, 저의 피란처이옵니다.' 그는 환자를 돌보면서도 입으로 연신 중얼 중얼하면서 하루에도 여러 번 감사의 기도를 올렸다. 이 역시 누가 시킨 것도 아니고 절로 우러나오는 감사의 발로였다.

병원 건물은 누가 살던 집을 인수해서 개조하는 형식으로 지어졌다. 처음부터 새 건물을 지으려면 비용도 많이 들고 시일도 오래 걸리기 때문이었다. 병원은 그래서 시작한 지 두 달이 조금 더 걸려 완성되었다. 이사를 하는 날은 눈이 오고 바람이 불었다. 이들이 몽골로 와서 처음으로 맞는 겨울이었다.

병원의 구조는 침실이 한 칸, 진료실이 한 칸, 준비실이 한 칸, 환자 대기실이 한 칸이었다. 태준은 새 병원으로 모든 의료 장비와 약품, 의서들을 옮겨와 하나하나 제자리에 정리했다. 기분이 아주 좋았다. 그는 남경에서 산 십자가를 처음으로 벽에다 걸었다. 진료실 벽 하나를 완전히 비우고 그 벽 한가운데 위쪽에 십자가를 걸었다. 그리고 자주 십자가 앞에서 선 채로 기도했다. 그 모습을 유동열과 서왈보가 지켜보곤 했다.

"전능하신 하느님, 당신의 나약한 종 이태준 오늘 이곳에 새로운 병원을 열어 많은 환자들과 함께 살려 하오니 당신의 따뜻한 보살핌 있으시기를 간절히 기도하옵니다. 그리고 제가 사랑하는 조국 우리 조선이 하루 속히 악의 손길, 어둠의 세력에서 벗어날 수 있도록 특별한 은총을 내리소서. 하옵고 안중근 같은 의로운 분들이 제대로 평가되는 세상이 하루 속히 오도록 역사하시옵고, 이런 순국선열들께서 당신의 품 안에서 영원한 안식을 얻게 하소서. 그리고 이 나약하고 불쌍한 종 이태준이 끝내 당신을 믿어 증언하며 비록 피는 흘리지 못할지라도 주님의 은총을 입어 주님 안에서 소천하게 하소서. 이 모든 것을 예수님의 이름을 받들어 간절히 간절히 비나이다. 아멘."

기도를 끝내고 그는 병원 진료실 벽에 세워두었던 간판을 가지고 나가 병원 입구 출입문 위에 걸었다. 동의의국(同義醫局). 조선의 독립과 조선 민족의 영광과 행복을 위해 뜻을 같이하는 사람들의 병원이란 의미였다.

그는 감개무량했다. 그래서 유동열, 서왈보 동지와 함께 병원 안으로 들어가 몽골 고유주인 마유주를 나누어 마셨다. 밤은 깊었고 어느새 눈보라도 멎어 있었다. 살을 에는 듯한 찬바람만 만정 떨어지는 소리를 내며 불고 있었다. 변소에 가려고 밖으로 나온 태준은 무심코 밤하늘을 우러러보다가 깜짝 놀라고 말았다. 세상에 무슨 별이 그렇게도 크고 밝은지, 별이 아니라 큰 등불을 보는 듯했다. 순간 소년 시절 고향 함안 평광에서 보던 밤하늘이 생각나 또 가슴이 울컥했다. 불현듯 고향 산천과 고향 사람들, 가족들이 울고 싶도록 그리웠다.

날이 갈수록 많은 환자들이 동의의국으로 몰려오기 시작했다. 입원실을 염두에 두지 않았던 태준은 입원을 시켜 치료해야 할 환자들이 의외로 많음을 깨닫고 아쉬운 대로 준비실과 환자대기실을 입원실 겸용으로 쓰면서 열심히 환자를 치료했다. 태준의 명성과 칭송은 온 울란바토르는 물론 몽골 방방곡곡에 날로 퍼져 전국에서 환자가 찾아왔다.

그리고 유동열과 서왈보가 함께 있다 보니 중국에서나 조선에서도 독립운동을 하는 지사들이 연락부절로 찾아와 병원이 조선 독립운동의 근거지, 혹은 거점 역할까지 하게 되었고, 태준은 이들에게 돈을 쓰면서도 아까운 줄을 몰랐다. 태준은 자신이 의사로서의 본분에 충실하느라 독립운동에 더 열정을 바치지 못하는 아쉬움을 동지 지사들을 돕는 것으로써 해소하고 크나큰 보람을 느끼기도 했다.

병원으로는 여자 환자도 심심찮게 찾아왔다. 어느 날 찾아온 젊은 부인은 남편이 환자라고 했는데 자신은 혈색이 좋고 건강했다. 태준은 평소에 버르테와 늘 몽골어로 일상의 대화를 하면서 몽골어를 부지런히 익힌 덕분으로 이제 웬만한 의사소통은 가능했다. 그러나 환자를 진료할 때는 의사와 환자 간에 생길 불필요한 오해와 그로 인한 오진을 막기 위해 반드시 버르테를 옆에 있게 했다. 그의 통역은 정확했다.

그러나 이날 찾아온 여인은 그 남편이 환자라고 해서 태준이 직접 여인을 대했다. 먼저 여인의 이름을 물었다. 여인의 이름이 네르구이라고 했다. 이 말을 들은 버르테가 미소를 지었고, 네르구이란 이름의 여성은 얼굴이 빨개졌다. 태준이 중국어로 왜 그러냐고 작은 소리로 물었다. 버르테가 중국어로 역시 작은 소리로 말했다.

"네르구이란 말은 이름이 없다는 뜻입니다."

이름이 없다는 뜻의 이름이라. 조선의 무명씨와 같은 셈이리라. 태준이 다시 물었다.

"부군께서 어떻게 아픈데 직접 오시지 않고 부인이 오셨어요?"

"걸을 수가 없어요. 물론 말도 탈 수 없고요."

"증상이 어떻습니까?"

"머리가 다 빠지고 온몸에 검붉은 반점이 돋아나 있습니다. 그리고 온몸의 관절이란 관절은 다 아파 팔다리를 못 움직입니다."

태준이 잠시 망설이다 물었다.

"국부(局部)는 어떻습니까?"

여인은 말귀를 못 알아들었다. 베르테가 몽골어로 쉽게 묻자 네르구이는 또 얼굴을 붉히며 말했다.

"처음에는 끝부분에 딱딱한 돌기 같은 게 생기더니 점점 곪아서 고름이 흐르고 했는데 지금은 온통 부스럼으로 덮이고 말았어요."

"댁이 어딥니까?"

"여기서 말을 타고 한 시간쯤 가면 되는 곳입니다."

버르테가 물었다.

"그러니까 사시는 곳의 지명이 뭡니까?"

"준모드입니다."

버르테가 말했다.

"먼 데서 왔네요? 준마를 타고 달려도 한 시간으로는 안 돼요!"

"활불같이 자비하신 신의가 계시다기에 왔으니까 제발 좀 함께 가주십시오."

태준이 버르테를 바라봤다. 버르테가 말했다.

"다녀오려면 밤이 깊어서야 병원에 도착할 겁니다."

"길은 좋아요?"

"몽골에는 좋은 길도 나쁜 길도 없지요. 사나운 짐승을 만나느냐, 안 만나느냐가 문제지요."

"사나운 짐승이라면?"

"늑대 떼지요. 요즘 몽골의 늑대는 사람에게도 대들고 말을 예사로 잡아먹습니다. 여러 사람이 함께 가면 몰라도……."

태준은 버르테와 네르구이에게 잠시만 기다리라 하고 유동열과 서왈보에게로 가서 사정을 말하면서 혹시 동행할 수 있느냐고 물었다.

"설마 아이락(마유주) 한 잔과 뱌슬락(염소젖 치즈) 한 조각은 대접하겠지요?"

유동열의 말에 서왈보가 받는다.

"아이구 형님, 이 추운 날씨에 거기까지 가서 겨우 그런 대접 받고 오려고요? 술은 아이락보다 더 독한 걸로, 안주는 최소한 우흐린마흐(쇠고기)나 티메니마흐(낙타고기)를 먹어야지요. 혼니마흐(양고기)는 이제 진절머리가 납니다."

태준이 말했다.

"동지들, 오늘 술과 안주, 저녁식사는 염려 마십시오. 제가 책임집니다. 그럼 오늘은 저 여자와 함께 준모드로 가는 겁니다?"

말 네 필은 버르테가 구해 왔다. 이래서 태준과 유동열과 서왈보, 버르테는 네르구이와 함께 말을 타고 병원을 출발했다.

울란바토르를 벗어나자 바로 허허벌판이 시작되었다. 양과 염소 무리를 몰고 어디론가 천천히 걷고 있는 유목민이 보였고, 좀 먼 저쪽에서는 낙타 떼가 보이기도 했다. 몽골 사람들이 가장 많이 키우는 가축이 소, 말, 양, 염소, 낙타였다. 그래서 이들 다섯 가축을 오축(五畜)이라고 한다던가.

모래 언덕을 오르자 거기에 한국의 서낭당 같은 돌무더기가 보였다. 돌무더기에는 죽은 나뭇가지가 꽂혀 있었고, 거기에는 여러 가지 색깔의 헝겊이 주렁주렁 매달려 있었다. 버르테가 설명했다.

"오보라는 겁니다. 천신이 내려와 쉰다는 곳입니다. 이 길을 지나는 나그네가 오보 주변을 오른쪽으로 세 바퀴 돌면서 안전을 빌기도 하지요."

서왈보가 말했다.

"조선에도 저 비슷한 돌무더기가 고갯마루에 있고, 사람들은 거기에 돌 하나를 주워 던지는데 그걸 서낭당이라 하지요. 아주 흡사하네요."

앞서 달리는 네르구이는 말 타는 품새가 여자 같지 않았다. 어찌나 능숙하고 활달한지 함께 가고 있는 버르테가 감탄하고 있었다. 그가 중국어로 말했다.

"몽골 여자들은 모두 말을 잘 타지만 저 여인은 특히 말 타는 솜씨가 탁월한 것 같습니다."

다섯 마리의 말이 달리는 요란한 발굽 소리에 버르테의 말소리는 잘 들리지 않았다. 하늘에는 겨울 구름이 여기저기에 머흘머흘 뭉쳐져 있고, 그 구름 사이로 언뜻언뜻 햇살이 보였다. 광야를 지나는 사나운 바람 소리가 마상(馬上)의 이들을 매섭게 할퀴고 지나갔다. 앞서거니 뒤서거니 말들은 힘껏 달렸고, 내내 네르구이가 앞장을 섰다. 그렇게 달리기를 한 시간 반쯤 됐을까, 말의 목덜미에 땀이 번들번들 배어나오기 시작했다. 사람들의 등덜미에도 땀이 배었다. 그때 네르구이가 속도를 늦추며 팔을 들어 멀리를 가리켰다. 거기에는 게르 아닌 가옥 몇 채가 옹기종기 모여 있었다. 몽골은 어디로 가든 게르만이 보이는 곳이었다. 특히 울란바토르를 벗어나면 게르 아닌 가옥은 보기 힘들었다. 그런데 저기 게르 아닌 집들이 보였다. 아마 상당한 부자가 사는 것 같았다. 유목을 생활의 방편으로 삼지 않는 사람들의 집 같았다. 유목민은 집을 짓고 헐기 쉬운 게르에서만 산다.

네르구이가 처음으로 입을 열었다. 그녀는 두 손을 모아 합장하며 하늘을 우러르며 뭔가 말했다. 베르테가 바로 통역했는데 자기 생각을 섞은 말이었다.

"몽골 사람들은 땅과 공간과 하늘에도 영혼이 있다고 생각합니다. 하늘의 별들은 그 영혼의 눈이지요. 네르구이는 방금 무사히 도착한 일에 대하여 자연의 영혼에게 감사한 겁니다."

태준은 기이하다는 생각보다 숙연한 느낌에 사로잡혔다. 얼마나 아름다운 심성인가. 이윽고 앞서 가던 네르구이가 가장 크고 번듯해 보이는 집안으로 들어가면서 돌아보고 '여기'라고 했다. 큰 개 두 마리가 꼬리를 흔들며 네르구이에게 다가왔다. 넓은 마당가에는 말고삐를 매는 말뚝도 여러 개 있었다. 버르테는 태준을 안내하여 환자가 기다리는 방으로 들어가고, 유동열과 서왈보는 다른 방으로 안내되어 들어갔다. 네르구이가 환자를 향해 말했다.

"당신이 말한 활불을 모시고 왔어요."

그러나 환자는 아내의 말에 답할 처지가 못 되었다. 매독에 걸린 여느 환자처럼 이 환자도 머리가 빠지고 온 몸이 헐어 진물이 흐르고 있었다. 냄새도 났다. 그런 몰골로 누운 채 겨우겨우 두 손을 모아 태준에게 합장으로 예를 표했다. 태준은 버르테가 챙겨주는 대로 주사기에 주사액을 넣고 환자의 몸에 주사를 놨다. 버르테는 마치 간호부처럼 잘 움직였다. 네르구이가 그런 태준의 일거수일투족을 보고 있다가 조심스럽게 말했다. 태준이 전혀 알아들을 수 없는 말이었다. 버르테가 통역했다.

"주사 한 대로 되겠느냐고 합니다."

태준이 말했다.

"그렇다고 한꺼번에 두 대를 놓으면 큰일 납니다. 그리고 이 먼 길을 내일 또 오기는 힘들지 않겠어요? 환자를 오라고 하기에도 그렇고……."

태준이 참 딱하다는 표정을 지으며 말하자 버르테가 받았다.

"말은 못 타도 마차에 실려 오면 되지 않겠습니까?"

태준이 버르테에게 말했다.

"그래요. 마차가 없는지 물어보세요. 부자라서 있을 것 같은데……."

버르테가 마차가 없는지 묻자, 네르구이가 무슨 뜻인지를 알아차리고 말했고, 그 말을 버르테가 통역했다.

"누추하만 그만 이 집에서 주무시고 내일 한 번 더 환자를 봐주고 가시면 안 될까요? 출장 치료비는 알아서 드리겠답니다."

이런 중환자를 주사 한 대 놓고 가버리는 것은 의사의 도리가 아니었다. 태준이 답했다.

"함께 온 군식구가 많은데도요?"

버르테가 태준의 말을 통역해주자 네르구이가 두 손을 흔들며 그런 건 염려 말라고 했다. 그러던 버르테가 잊고 있었던 듯 급히 뭐라고 하며 방을 나갔다. 버르테가 말했다.

"새끼 낳은 낙타에게 간다는군요."

태준은 버르테와 다른 방의 일행들을 불러 함께 밖으로 나왔다. 막 석양이 서녘 하늘을 붉게 물들이고 있었는데, 낙타는 집에서 한 삼십 미터가량 떨어진 곳에 매여 있었고, 새끼 낙타 한 마리가 어미와 좀 떨어진 곳에서 애처롭게 울고 있었다. 자세히 보니 어미 낙타의 허리에는 마두금(馬頭琴)이 달려 있었다. 마두금이란 몽골 사람들이 즐겨 켜는 몽골 고유 민속 현악기로, 현(絃)은 두 줄이다. 말대가리 모양을 악기 몸통의 꼭대기에 조각해두고 있어 마두금이라 한다. 그런 마두금이 왜 낙타의 허리에 달려 있을까. 네르구이가 버르테를 보고 뭣인가 말했고, 그 말을 바로 통역해주었다.

"이 낙타는 난산 끝에 저 새끼를 낳았다는군요. 그래서 어미 낙타는 새끼가 미워 돌보지 않는답니다."

네르구이가 다시 말했고 버르테가 또 통역했다. 통역이라기보다는 버르테가 알고 있는 사실을 설명한다는 편이 옳았다.

"낙타가 난산을 하면 너무 고통스러운 기억 때문에 흔히 새끼를 돌보지 않는 수가 있지요. 마두금을 낙타에게 매달아놓으면 바람결에 마두금이 절로 소리를 내고, 그 소리에 낙타의 마음이 움직여 새끼를 불러 젖을 주는데, 이 낙타는 불행히도 종일 새끼에게 젖을 물리지 않았군요."

태준과 그 일행은 별 희한한 소리를 다 듣는다고 생각했다. 네르구이가 다시 버르테에게 무엇인가 부탁하는 눈치였다. 버르테가 말했다.

"오늘 잘하면 여러 선생님들은 낙타의 눈물을 보시게 될 겁니다."

모두들 그렇게 말하는 버르테를 바라봤다. 버르테가 이었다.

"마두금을 직접 연주하면서 노래를 부르면 대개는 낙타가 감동해서 눈물을 흘리며 새끼에게 젖을 주는데, 네르구이가 저에게 노래를 부르면서 마두금을 연주하라고 하지만 저의 마두금 연주 실력과 노래 솜씨가 안 좋아서……."

말하면서 버르테가 낙타 가까이로 다가가서 낙타의 목덜미를 얼싸안아 쓰다듬더니 낙타의 쌍봉에 걸린 마두금을 풀어 내렸다. 그리고 바로 낙타 앞에서 마두금을 연주하면서 노래도 동시에 불렀는데, 마두금에서 나는 소리와 사람이 부르는 노래 소리가 하나같이 사람의 심금을 울리는 처량한 가락이었다. 몽골에 와서 흔히 들은 바 있는 마두금 곡조였다. 버르테의 노래는 몽골 사람 특유의 노래, 노랫소리에 휘파람이 섞여 나오는 '후미'는 아니었지만 마두금 소리와 어울려 묘한 감동과 울림으로 다가왔다. 한 10여 분 버르테가 노래하면서 마두금을 연주했을까. 낙타의 커다란 눈에서 눈물이 주르륵 흘러내리는 것이었다. 거짓말 같았다. 낙타가 음악을 듣고 눈물을 흘리다니! 그러나 버르테는 조금 더 노래하고 연주했다. 그리고 낙타새끼를 데리고 와서 어미낙타 배 밑으로 몰아넣었다. 낙타새끼는 주둥이로 연방 어미 젖두덩이를 쥐어박으며 허겁지겁 젖을 빨았고, 어미는 눈을 껌벅이며 가만히 서 있었다. 네르구이가 버르테에게 웃으면서 다가와 고맙다는 인사를 했다. 조선 사람들은 참으로 귀한 구경을 한 셈이었다.

방으로 돌아온 그들은 한데 모여 방금 본 광경을 서로 이야기하고 있었다. 낙타가 짐승 같지 않고 영물처럼 보였다는 말을 서왈보가 하자 유동열이 받았다.

"모든 가축은 한 집에서 오래 키우면 다 영물이 되는 거요. 개는 물론, 소나 말도 사람처럼 감정이 생기고 사람과의 소통이 되는 법이오."

우리말을 알아듣지 못하는 버르테가 다시 흥미진진한 이야기를 중국어로 했다. 버르테의 이야기에 제목을 붙이자면 '자살하는 야생양'이 될 듯. 그의 이야기는 이러했다.

몽골에도 깊은 산이 있고, 이 산악 지대에는 야생양이 있다. 이 야생양의 수놈은 뿔이 탐스럽다. 그러나 굵고 큰 뿔은 적당할 때가 탐스럽고, 뿔이 탐스러울 때가 그 양의 전성기다. 왜냐면 이때 이 숫양은 경쟁상대의 수컷 양과 싸워 이김으로써 모든 암놈을 차지할 수 있기 때문이다. 그러다 이 뿔은 점점 더 자라 싸움에 쓸모가 없어지는 건 말할 것도 없고, 드디어 양이 몸을 움직이기 힘들 지경에까지 이른다. 뿔이 무한대로 자라기 때문이다. 이렇게 되면 이 양은 운신이 가능할 때 죽을힘을 다해 높은 벼랑 위로 올라간다. 거기에서 밑으로 몸을 던져 자살한다. 이렇게 죽은 숫양을 사람은 아무도 먹지 않는다. 늑대나 여우 같은 산짐승이 와서 먹는다.

"그게 사실입니까? 혹시 지어낸 말 아닙니까?"

태준이 버르테에게 물었다. 도무지 믿기지 않는 말이었기 때문이다. 짐승이 자살로 생을 마감한다! 도대체 있을 수 있는 얘긴가. 다른 사람들은 놀란 눈으로 버르테를 바라보기만 했다. 버르테가 이었다.

"저도 어릴 때는 목동이었지요. 어른들이 유목민이었으니까요. 목동인 저는, 자살을 한 건지는 몰라도 뿔이 엄청나게 자란 숫양이 벼랑 아래로 떨어져 죽은 걸 더러 봤습니다. 그런데 저보다 나이 많은 목동들이 말하기를 실수로 추락한 게 아니고, 일부러 떨어져 자살한 양이라고 했습니다."

버르테가 말을 끝내고 잠시 숨을 돌리더니 말했다.

"아직 저녁 식사는 더 있어야 할 모양인데, 몽골 아니면 들을 수 없는 이야기 하나만 더 할까요?"

태준이 말했다.

"무슨 이야긴지 한번 해보세요."

"말 이야깁니다. 모든 말은 반드시 순치가 됩니다. 그런데 끝내 순치가 안 되는 말이 있다면 그건 모양만 말이지, 진정한 말이 아닐 겁니다. 몽골에 그런 말이 있지요. 물론 야생마의 일종입니다. 아니 야생마처럼 보이는 짐승이지요. 몽골말로 이를 타키라고 합니다. 보통 말에 비해 모가지는 좀 짧으면서 몸집에 비해 힘이 아주 세고, 대가리는 보통 말보다 큽니다. 가슴이 넓고 다리가 짧은 게 특징입니다. 빛깔은 대개 누르지만 갈기와 다리는 검습니다. 이놈들은 몽골의 어떤 조련사도 길들이지 못합니다. 아니 한 번도 길들여지지 않았다고 합니다. 그야말로 영원한 야생마, 말과 비슷하나 결코 말이 아닌 짐승 타키. 얼마나 멋진 짐승입니까? 이 타키는 보통의 야생마 속에 섞여 살지요. 강대국이 자기 나라를 점령하면 사람들은 처음에는 저항하다가 얼마 못 가서 고분고분 길들여지고, 나중에는 점령국의 개가 됩니다. 저는 늘 말을 타고 다니지만, 이 말도 처음에는 길길이 뛰면서 사람을 거부하다가 이내 길들여져 잔등에 사람을 태우고 다닌다는 생각을 하면 말이란 짐승이 참 딱하다는 생각을 하곤 합니다. 이 말을 타키와 비교하면 참으로 형편없는 짐승이란 생각이 들곤 해서지요."

모두들 잠잠히 듣고만 있었고, 듣고 나서도 아무 말을 할 수가 없었다. 태준은 갑자기, 다 죽어가는 매독환자를 살려놓았더니 이 자가 보통 남자가 아니구나 싶었다. 몽골이 어느 나라에 그리 당했기에, 혹은 버르테가 변절한 자기네 동포 누구를 봤기에 이런 말을 하는가 싶었다. 불현듯 조선의 벼슬아치들이 생각났다. 그런 벼슬아치들이 지금도 큰소리치며 살고 있는 조국 조선이 한없이 그리워졌다. 그리운 조선이 불쌍하다는 생각이 들면서 괜히 독한 술이 생각났다. 술에 취해 펑펑 울고 싶다는 얄궂은 생각에 사로잡혔다. 버르테가 한마디 더 했다.

"어느 나라나 그 나라가 외국의 침략을 받으면 국민들은 세 부류로 나누어지지요. 침략국에 저항하는 부류, 침략국에 협조하는 부류, 그리고 이도 저도 아닌 대다수 부류들이지요."

이윽고 저녁 음식이 들어오기 시작했다. 주방이 방 한쪽에 있어 모든 요리는 손님들 보는 앞에서 만들어졌고, 다 된 요리는 연방 방 가운데에 놓인 커다랗고 둥근 상에 차려졌다. 태준과 그 일행은 요리가 만들어지는 광경을 흥미를 가지고 지켜보고 있었다. 네르구이가 말했고 버르테가 바로 통역했다.

"시장하실 테니까 음식이 만들어지는 족족 드시라고 하는군요."

태준이 답했다.

"좋지요. 우선 술 있으면 한 잔……."

"숭늉 같은 마유주 말고 곡식으로 빚은 곡주가 있으면……."

서왈보의 말을 듣고 버르테가 네르구이에게 말했다.

네르구이가, 있고 말고요, 하는 표정을 지으며 방을 나가더니 이내 작은 나무상자 하나를 들고 왔다. 나무 상자의 뚜껑을 열고 시퍼런 놋쇠병을 꺼냈다. 술잔 다섯 개를 놓더니 잔마다 술을 따랐다. 술 빛깔이 노르스름한 게 술잔과의 거리가 제법 먼 데도 독특한 향기가 끼쳐왔다. 그 술은 독한 곡주였으나 이름을 묻지 않았는데 아쉽게도 양이 너무 적었다. 남경에서 먹어본 배갈 같았다. 귀한 술이어서 더는 없다고 했다. 단번에 곡주를 다 비워버리자 이번에는 차차르강이라는 색깔이 불그스레한 과일주를 내왔다. 딸기류의 야생

열매로 만든다고 했다. 몽골에는 이런 열매도 아주 귀해서 이 술 역시 귀한 술이라 했다. 이 술은 아무리 마셔도 위에 부담이 없고 취기도 많이 오르지 않는다고 했는데 과연 그랬다. 그게 태준에게는 불만이었다. 좀 취하고 싶은 밤이었기 때문이다.

네르구이가 하는 말을 버르테가 바로 통역해 들려주었다.

"술만 마시지 말고 음식도 드십시오. 이 고기들은 모두 별미입니다. 귀한 손님이 오셨다고 양을 잡은 것은 물론, 아주 귀한 타르박 고기까지 있네요."

"타르박? 무슨 고긴데요?"

태준이 묻자

"들판에서 살아가는 들다람쥐라고나 할까, 다람쥐보다 크고 살찐 짐승인데 마못이라고도 합니다. 고기 맛이 기차지요. 특히 이건 요리가 대단히 까다로워요. 이런 귀한 음식은 먹기가 아주 힘들지요. 이게 타르박입니다."

버르테는 타르박 고기를 가리켰다. 요구르트의 일종인 타락이며, 우유와 빵도 있었다. 몽골에서는 채소가 아예 없었고, 곡식으로 만드는 빵도 좀처럼 구경할 수 없었다. 아는 게 양고기였다. 양고기와 각종 가축의 젖이 주식이었다. 혼니마흐라고 불리는 양고기는 냄새만 맡아도 이제 도망을 치고 싶었다. 이 양고기 냄새에 익숙해져야 몽골에 정을 붙이고 살아갈 수 있을 텐데 언제 그렇게 될까.

곡주가 부족했다. 양껏 마시고 취하고 싶었으나 취할 수 없는 객창이었다. 식사 자리가 파할 무렵 네르구이가 다가와 태준 앞에 꿇어앉더니 조심스럽게 말했고, 버르테가 바로 중국어로 통역했다.

"우리 저 양반의 병만 나으면 제가 선생님 병원으로 가서 평생 봉사하겠습니다. 저의 진심을 받아주시기 바랍니다."

태준이 말했다.

"환자의 병이 나으면 생각해보겠습니다."

태준은 네르구이가 마련해준 잠자리에 누워서도 쉽게 잠이 오지 않았다. 다른 사람들은 잠든 지 오랜데도 그는 잠이 오지 않았다. 네르구이의 자원봉사도 고맙지만 무엇보다도 고향의 두 딸과 동생 태식의 생각이 그를 잠들지 못하게 했다. 그리고 둘도 없는 동무이면서 자신을 교회로 인도하고 경성의 누님 댁에 있게 한 조용관의 생각도 났다. 세브란스병원의 안동 출신 간호부 민효례의 생각도 났다. 하마 혼인하여 남의 아내가 되었으리라. 그렇거나 저렇거나 조선에 한 번 다녀오고 싶은 마음이 간절했다. 남경에서 기회를 놓친 게 안타까웠다. 무엇보다도 두고 온 딸들이 보고 싶었다. 그런 생각을 하자 향수가 맹렬하게 가슴 깊은 곳에서 꿈틀거렸다.

그러다 그는 가슴이 울컥 막혀왔다. 아까 버르테가 예사롭게 한 말, 강대국에 나라가 점령당해 처음에는 저항을 하다가도 이내 순치되어 적국의 개가 되어 살아가는 사람들……. 아, 나는 그런 개처럼은 살지 않으리라. 영원히 순치되지 않는 그 야생마 같은 짐승 타키처럼 살아가리라……. 태준은 얼른 눈을 감은 채 속으로 기도했다. 주님, 우리 조선을 불쌍히 여기시고 조선을 건지소서……. 솟구치려는 눈물을 겨우 참았다.

이튿날 날이 밝자 태준은 맨 먼저 환자의 방문을 열어 봤다. 기대한 대로 환자는 얼굴에 화색이 돌아 보였다. 어제 거의 다 뭉개져 있던 눈동자도 바로 돌아와 있었다. 살바르산이란 약은 참으로 선약(仙藥)이었다. 이런 약을 쓰는 태준을 보고 몽골 사람들은 신의라느니 하늘에서 내려온 활불이라느니 했다. 그는 환자에게 말을 건넸다.

"기운이 좀 나십니까?"

환자가 무슨 말인가 했지만 전혀 알아들을 수 없었다. 그는 옆방의 버르테를 불렀다 .

버르테가 오자 다시 말했다. 그 말을 버르테가 통역했다.

"팔다리가 조금씩 움직여진답니다."

환자가 다시 뭐라고 말했다.

"눈도 좀 보인답니다."

태준이 말했다.

"이제 살았습니다. 앞으로는 손발을 자주 씻고 몸을 깨끗이 하셔야 합니다."

버르테의 통역을 환자가 듣고 누운 채 손을 합장하며 고개를 크게 주억거렸다. 태준은 아침을 먹고 네르구이의 집을 떠나기 전에 환자에게 주사 한 대를 더 놓은 뒤 말했다.

"조금 더 나아지면 직접 병원으로 한 번 오시어 치료를 한두 번 더 받으십시오."

일행 네 사람은 가볍고 만족스런 마음으로 울란바토르로 돌아왔다.

돌아오니 병원에는 환자들이 엄청나게 모여 의사가 돌아오기를 눈이 빠지게 기다리고 있었다. 환자가 어느 정도 기다리고 있으리라고는 여겼지만 이렇게 많이 모여 있으리라고는 생각하지 못했다.

태준은 잠시 쉴 틈도 없이 흰 진료복으로 갈아입고 환자를 맞았다. 그래도 제 발로 걸어오는 환자들은 상태가 많이 양호한 편이어서 대개 1기나 심해야 2기 정도의 환자였다. 이런 환자들은 치료 기간도 훨씬 짧았고 여러 가지 부작용도 나타나지 않았다. 살바르산이란 약이 본시 부작용을 아주 조심해서 쓰라고 했지만 병세가 똑같은 환자인데도 어떤 이는 심한 부작용이 나타났고, 또 어떤 이는 아무렇지도 않았다. 아무렇지도 않은 사람을 기준으로 약을 썼다가는 큰일을 당할 수 있어, 처음 오는 환자에게는 여간 조심하지 않으면 안 되었다. 그는 개인 진료 차트를 만들고 환자의 모든 것을 차트에 철저히 기록했다. 환자의 병세, 치유되어가는 과정, 주사한 약의 정확한 분량까지 세밀하게 기록했다. 이래서 태준은 한 번 다녀간 환자는 거의 기억했고, 그 환자의 체질상 특징 등 모든 것을 파악하고 있었다.

병원은 날로 번창했고 돈도 많이 벌었으나 수중에 남아 있는 돈은 거의 없었다. 왜냐하면 많은 돈을 뭉텅뭉텅 조선의 독립운동을 돕는 일에 썼기 때문이다. 국내에서 비밀리에 활동하고 있는 동지, 중국에서 활동하고 있는 동지 등 많은 조선 사람들이 아쉬우면 이태준에게 사람을 보내든지 편지를 보내 도움을 요청해왔다. 몽골에서 북경으로 돌아간 김규식이 보내온 많은 양의 살바르산 약값으로 송금한 금액도 아마 약값의 다섯 배는 될 것이다.

태준은 약을 받을 때도 약값을 송금할 때도 모두 확실한 인편에 의지했다. 몽골 국내 정세가 어수선한 때여서 정치나 행정, 치안, 교통 등 모든 것이 무질서해 정부 우편을 믿을 수 없었기 때문이다.

1915년 봄, 무서운 추위의 겨울이 가고 대지에는 초목의 새 움이 돋아나고 있었다. 봄바람은 그 냄새부터가 달랐다. 코끝에 스치는 바람결엔 칼날이 달린 게 아니라, 생명의 향훈이 배어 있었다. 이제 날씨가 더 풀리면 겨울 내내 일을 해준 고마운 두 동지가 몽골을 떠나게 될 것이다. 태준은 이들에게 충분한 여비를 쥐어줄 것이다. 여비라기보다는 차라리 일삯을 지불하는 셈이었다.

이들이 몽골로 와서 처음 맞는 1914년의 겨울은 참 무섭게도 추웠다. 보통이 영하 30도였고, 좀 춥다 싶으면 영하 50도까지 되었다. 사람들은 모두 낙타나 양의 털이 그대로 달린 털가죽 옷을 입고 다녔다. 털가죽 옷 속에도 여러 겹의 옷을 껴입고 다녔다. 그래서 몽골 사람들은 겨울만 되면 남녀노소가 모두 오뚜기처럼 몸의 아래위가 구별 안 될 정도로 비대해진다.

실내에는 석탄으로 난로를 피웠다. 난로의 굴뚝을 높게 빼내 석탄이 잘 타도록 했다. 이런 일들은 모두 유동열과 서왈보가 머슴처럼 맡아 했다. 태준은 한 번도 이 일을 해라, 저 일을 해다오, 하고 시키지 않았다. 간호부가 거의 다 된 몽골인 버르테도 태준과 함께 환자를 돌보기에 바빠 다른 일은 아무것도 할 수 없었다.

버르테는 건강을 완전히 회복해서 집으로도 내왕하고 있었지만 자기를 쫓아낸 가족들에 대해서는 조금도 서운한 마음을 갖지 않았다. 그건 병이 깊어지면 누구나 그렇게 하는, 어쩔 수 없는 일이었기 때문이다. 버르테는 집이 병원과 너무 먼 거리에 있어 병원에서 숙식을 해결하면서 간호부 역할을 충분히 하고 있었다. 버르테는 간호부보다도 통역의 역할이 더 크다고 할 만큼 태준은 아직도 몽골말이 서툴렀고 그래서 버르테는 꼭 있어야 할 사람이었다. 버르테도 태준이 쓰는 간단한 조선말은 알아들었다.

버르테는 병원에서 주는 일정액의 월급을 다달이 집으로 가져다 주어 살기가 훨씬 좋아진 상태였다. 그래서 한 번은 버르테의 부인이 감사 인사차 병원으로 와서 태준에게 이마가 땅에 닿도록 절을 하면서 이 은혜는 부처님만 아실 거라고 했다. 대개의 몽골 여성이 그렇지만 이 부인도 아주 덕성스러워 보이는 얼굴이었다. 태준은 뿌듯한 보람 같은 걸 느낄 수 있었다.

그런데 더욱 다행인 일은 버르테가 자기 부인에게 병원 안의 여러 가지 살림을 맡아 하도록 무료 봉사를 시킬 테니 함께 일하게 해달라고 한 것이다. 사실 입원실을 증축하면 병원 일이 더 많아지면서 어차피 직원을 더 채용해야 할 형편이었다. 버르테가 자기 아내의 무료봉사를 자청하고 나섰지만 태준은 정당한 임금을 지불할 생각이었다. 버르테 부인 이름은 토락이었다. 토락이란 말은 본래 게르의 벽을 감싸는 천을 뜻하는데, 토락의 부모가 딸에게 장차 집안을 잘 돌보는 사람이 되라고 붙인 이름이라 했다. 준모드의 환자 집으로 갔을 때, 그의 아내 네르구이가 스스로 자원봉사를 하겠다고 했지만 소식이 없었다. 그녀의 남편이 완치됐는데도 그랬다. 하지만 연락해서 왜 오지 않으냐고 할 수는 없었다.

겨울이라고 해도 매일 무서운 추위만 몰아치는 건 아니어서 날씨가 조금 풀리는 날에 유동열과 서왈보는 병원 집을 개조하는 일을 했다. 그것은 건물을 좀 더 달아내어 입원실을 증축하는 일이었다. 땅은 얼마든지 있었다. 환자가 무서운 추위 속을 걸어서 통원치료를 받는 것보다는 하루나 이틀 정도 입원을 해서 치료를 받으면 병세가 훨씬 더 빨리 호전된다는 사실을 알고 유동열과 서왈보는 스스로 이 일을 해낸 것이다. 환자들의 집에는 더러 쓰지 않고 보관해 둔 건축 자재가 있었고, 많은 환자들이 스스로 그런 유휴 자재를 병원으로 운반해주었다.

11
독립운동의 거점 동의의국

몽골의 겨울은 길기도 했다. 그러나 그런 겨울도 언젠가는 떠나고 봄이 온다. 새봄의 화창한 어느 날, 유동열과 서왈보는 드디어 몽골을 떠났다. 입원실 증축도 끝난 상태여서 두 사람은 홀가분한 마음으로 몽골을 떠날 수 있었다. 태준은 이들을 위해 말 두 마리가 끄는 마차 한 대를 마련해서 몽골 국경 너머 중국 땅 장자커우(장가구)까지 타고 가도록 조처했다. 장자커우부터는 둘이 알아서 북경까지 가라면서 여비도 넉넉히 쥐어주었다. 태준은 그러고도 바쁜 가운데서 말을 타고 울란바토르를 벗어나는 에르겔까지 두 동지를 배웅하고 돌아왔다. 헤어지면서 태준이 말했다.

"유 동지, 부디 건강하십시오. 그리고 품은 뜻을 꼭 이루시기를 바랍니다. 서 동지도 잘 가시오. 비행사의 꿈을 이루시기 바랍니다."

유동열이 말했다. 음성이 약간 떨렸다.

"대암, 부디 의술로 성공하시오. 그러나 지금도 그렇지만 우리는 조국의 독립을 한시도 잊지 맙시다……. 그리고 웬만하면 조선에도 한 번 다녀가시오. 이제 여기도 틀이 좀 잡혔으니 하는 소리오."

유동열의 말에 이어 서왈보도 말했다. 그의 눈에는 벌써 이슬이 맺힌 듯했다.

"대암 동지, 그동안 너무 고마웠습니다. 우리는 죽을 때 죽더라도 오늘까지의 우정을 잊지 맙시다. 그리고 방금 유 동지 말씀대로 심신을 좀 쉬실 겸 조선에 한 번 다녀가시기 바랍니다."

이들은 벌판 한가운데서 서로 굳게 손을 맞잡고 흔들었다. 자칫하면 눈물이 나올 것 같아 태준은 얼른 돌아서 말에 올라 말 볼기짝에 힘껏 채찍을 가했다. 그리고 힘껏 말의 배에다 박차를 가하면서 소리쳤다.

"추, 추(이랴, 이랴)!"

이역만리 몽골 땅에서 이들은 정말 친형제처럼 서로 의지하며 살아왔다. 그런데 이제 이들이 태준의 곁을 떠났다. 서운하고 허전했지만 어쩔 수 없는 일이었다. 태준은 허전하고 서운할수록 내 곁에는 하느님께서 계신다고 마음을 다져 먹었다.

태준이 힘껏 말을 달려 병원으로 돌아왔을 때 엉뚱한 손님들이 기다리고 있었다. 수인사부터 나누고 보니, 이들은 장가구(장자커우)에서 온 조선인들이었다. 이름은 한형권(韓馨權), 박진순(朴鎭淳)이었다. 모두들 30대의 청년들로 기골이 장대한 위에 눈이 형형히 빛나는 품이 보통 사람들로는 보이지 않았다. 이들은 태준의 손을 두 손으로 잡고 말했다.

"인술과 독립운동을 병행하시느라 고생하고 계신 대암 동지의 명성은 익히 듣고 있었습니다. 저희들도 북경에서 활동하다 모종의 사명을 띠고 장가구까지 왔다가, 온 김에 대암 동지의 존안이라도 뵙고 가려고 왔습니다."

또 한 사람이 말했다.

"왜로구축(倭虜驅逐)으로 조국광복에 진력하고 계신 대암 동지를 존경합니다. 지금 장가구에는 저희들 말고 두 사람의 동지가 더 있습니다. 그들은 원동으로 갈 사람들인데 저희들이 돌아가면 곧 떠날 겁니다."

태준은 물어 봤다.

"북경에서 활동하셨다면 우사 동지도 만나 보셨겠네요?"

"그럼요, 우사 김규식 동지께서 대암 동지 말씀을 해서 저희들이 대암 동지를 알고 있었지요."

"우사 동지도 잘 계신가요?"

"독립운동 자금 모으려고 정신이 없으시지요. 저희들의 정신적 지주 아닙니까."

태준이 말했다.

"충분히 그러실 분이지요. 그런데 지금 장가구에 계신 두 동지는 원동 어디로 갈 계획입니까?"

"해삼위(블라디보스토크)로 갈 겁니다."

"그곳에도 우리 동지들이 많이 가 계시지요. 오신 김에 며칠 쉬십시오."

"말씀은 고맙습니다만 저희들이 얼른 돌아가야 해삼위로 떠날 동지들이 출발하게 돼 있어서……."

태준은 무슨 말인지 알아들었다. 요컨대 활동 자금을 얻으러 온 것이었다. 그래도 그는 내색하지 않고 말했다.

"오늘 하룻밤은 주무시고 가셔야지요."

"그런 폐를 끼쳐서 될까요?"

"폐는 무슨……."

이날 밤 태준은 한형권과 박진순으로부터 새로운 소식을 많이 들었다. 국내 소식은 이미 알고 있는, 경원선 완전 개통에 대한 이야기가 있었고, 새로 듣는 소식으로 한글학자 주시경 선생이 별세했다는 것 외는 별게 없었다. 그러나 나라 밖의 소식이 흥미로웠다. 구라파의 포르투갈에 민중혁명이 일어났다고 했는데, 이런 소식은 왜제의 속박하에 있는 뜻있는 조선 사람들에게는 언제나 가슴을 설레게 하는 것이었다. 이런 소식을 들을 때마다 태준은 조선도 언제 온 백성이 궐기해서 독립을 쟁취할까, 하는 생각을 했다. 또 이태리가 오지리와 터키에 선전포고를 했고, 작년에는 북미와 남미의 중간에 태평양과 대서양을 잇는 파나마 운하가 개통되었다는 소식도 들었다.

태준은 한형권과 박진순이 장가구로 돌아갈 때 넉넉한 자금을 제공했다. 그런 것을 바라고 온 사람들이면서도 이들은 뜻밖의 호의인 듯 어쩔 줄을 모르는 자세를 취하며 고마워했다.

"얼마 안 되지만 이 돈에서 해삼위로 가는 분들의 여비도 떼어 드리도록 하십시오."

"아무렴요, 이렇게 고마울 데가……. 이 동지, 부디 강건, 승승장구하시기를 축수하겠습니다."

이들을 배웅하고 돌아오니 정말 반가운 사람 하나가 기다리고 있었다. 네르구이가 와 있었던 것이다. 남편도 그동안 다 나아 딸 하나를 혼인시키느라 좀 늦었다고 했다. 온 병원 안이 확 달라질 만큼 새로운 분위기가 되었다.

태준이 몽골에서 환자를 돌본 지가 벌써 1년이 가까운 어느 날이었다. 어느 여자 환자가 남편이라면서 두 명의 남자 환자를 데리고 왔다. 태준은 너무 놀라워 버르테를 바라봤다. 버르테가 얼굴을 붉히며 말했다.

"몽골에는 여자가 귀한 편이어서 한 여자가 두 남편 혹은 세 남편을 차례로 맞이하는 일부다부(一婦多夫)제가 있었습니다. 지금은 많이 시정되었지만 과거에는 더러 있었습니다."

버르테는 식자층이어서 자국민의 그런 일을 부끄러워했던 것이다.

동의의국은 병원으로서의 역할에 충실하면서도 어느새 독립운동의 거점으로 국내외에 암암리에 소문이 나 있었고, 많은 지사들이 들락거리며 서로 만나고 있었다. 또 그들은 올 때마다 숙식 문제 등 편의를 제공받고, 돌아갈 때는 활동 자금을 얻어 갔다. 그러나 태준은 이를 당연한 것으로 생각하며 이들을 반갑게 맞이했다. 태준의 이런 자세는 한결같았고, 진심이 어려 있었다.

그러니 큰돈이 모일 수 없었다. 사실 큰돈을 모을 필요도 없었다. 조선이 가깝고 가기 쉽다고 고향의 동생 부부를 위해서 논밭을 사줄 것인가. 그는 몽골에서 의료 활동으로 버는 모든 돈을 오직 조국의 주권 회복을 위해 쓸 결심을 오래전에 하고 있었다. 그런 돈을 쓸 수 있게 역사하시는 하느님께 감사, 또 감사할 따름이었다. 그렇게 돈을 써도 수중에는 항상 돈이 있었다. 몽골 전역에서 환자가 워낙 많이 찾아오니 그게 가능했다. 일부러 알아본 것도 아니지만 환자들이 스스로 하고 있는 말을 들으면, 몽골 전 인구의 7, 8할이 화류병 환자라고들 했다. 환자들이 이런 말을 하는 내심에는, 이만큼 환자가 많으니 자신이 환자란 사실이 크게 창피스럽지 않다는 것을 강조하려는 묘한 심리가 숨어 있었다.

어쨌든 까우리(고려) 의사 이다인(대암의 몽골식 발음), 하면 모르는 사람이 없었고, 몽골의 모든 국민들은 이다인을 국왕 이상으로 존경했다. 그래서 이태준을 극락세계에서 강림한 여래불, 혹은 신의(神醫), 신인(神人)으로 추앙하고 있었다. 그도 그럴 것이 어려운 환자들에게는 치료비를 안 받거나 받아도 아주 적게 받고 치료를 해주면서도 전혀 거만하지 않고 누구에게나 겸손하니 그런 태준을 존경하지 않고 좋아하지 않을 사람이 없었다.

그러던 어느 날이었다. 버르테가 긴장된 표정으로 진료실의 태준에게 다가와 말했다.

"선생님, 왕실에서 선생님을 뵙자고 찾아왔습니다."

"뭐, 왕실에서 나를 찾아요?"

"그렇습니다. 왕실 손님을 이리로 모실까요?"

"내가 나가 보지요."

태준은 이제 통역자 없이 몽골말로 대화가 거의 가능했다. 태준은 무슨 일인지는 몰라도 가만히 앉아서 왕실에서 온 손님을 맞이할 수는 없었다. 밖으로 나가니 신축 입원실 앞에 한 남자가 서 있었다. 태준은 우선 허리를 굽혀 예를 표한 뒤 안으로 들어가자며 그를 안내해 진료실로 들어갔다. 마침 환자는 몇 사람 없었다. 왕실 손님이 공손하게 말했다.

"우리 국왕께서 이다인 선생님을 좀 뵙자고 하십니다."

"무슨 일인지 여쭈어 봐도 되겠습니까?"

"낭연하지요. 의사 선생님을 뵙자고 하는 건 질병 치료 때문이 아니겠습니까?"

"지금 당장 가야 합니까?"

"빠를수록 좋지만 선생님께서 결정하십시오. 밖에 자동차가 기다리고 있습니다."

"진료실 안의 환자만 보고 가겠습니다."

태준은 태어나서 처음으로 자동차를 타봤다. 왕궁으로 갔을 때, 화려한 문양의 양탄자가 덮인 커다란 의자에 앉았던 왕이 두 팔을 벌리며 벌떡 일어섰다. 말로만 듣던 보그드 칸(Bogd Khan)이었다. 왕은 보통 몸집과 키에 얼굴이 창백했다. 그런 왕이 만면에 웃음을 띠고 말했다.

"반갑고 고마운 은인 어서 오십시오."

"이다인이라 합니다."

태준은 허리를 깊이 굽혀 절했다.

왕이 두 손으로 태준의 손을 잡아 접견용 의자에 앉히며 말했다.

"우리나라에 오시어 우리 백성들의 난치병을 고쳐주시는 은혜에 대해서는 익히 듣고 있습니다. 그래서 우리 백성들은 모두 선생을 활불, 혹은 신의라 부르지요."

"과찬이십니다. 그런데 어떻게 편찮으신지……."

"몸이 늘 개운하지 못합니다. 하기는 자주 독주를 마시고 담배를 즐겨 피우는 데다 음식이 육류뿐이니 그렇겠지요."

태준은 진료가방에서 청진기를 꺼냈다. 그리고 혈압 측정기도 꺼냈다.

대강의 진찰로도 왕은 고혈압에 심장 기능이 좋지 않았다. 틀림없이 고지혈증도 있을 것이었다. 태준이 왕에게 조심스럽게 말했다.

"절주를 하시고 금연을 하십시오. 심장 기능도 정상이 아니고 혈압이 매우 높습니다."

그는 자동차를 타고 병원으로 돌아와서 처방한 약을 돌아가는 자동차 편에 보냈다.

그런 후 태준은 병원으로 밀려드는 환자 치료에 여념이 없었다. 며칠 후 다시 왕으로부터 전에 왔던 사람이 왔다. 왕의 병세가 좋아져 지금은 밥맛도 돌아오고 잠도 잘 잔다고 했다. 술과 담배는 끊었느냐니까 전보다 훨씬 조심하고 있고, 특히 북경으로부터 채소를 수입해서 채소 음식을 많이 먹는다고 했다. 그러면서 그 사자(使者)가 말했다.

"국왕께서 왕실 전담 의사가 되어주십사 하는 부탁을 전달하라 하셨습니다."

"왕실 전담 의사라니요?"

"예, 국왕께서 선생님을 왕실로 초치, 이 명함 겸 임명장을 수여하셔야 하나 선생님께서 워낙 바쁘시니 이렇게 임명장을 가지고 왔음을 양해하시기 바랍니다."

하면서 명함을 한 장 내밀었다. 거기에는 금박으로 찍힌 몽골 왕실 문장(紋章) 아래 몽골문자로 몽골국왕 보그드 칸의 전담 의사라 쓰여 있고, 그 밑에 동의의국 원장 대암 이태준이라고 찍혀 있었다. 어의가 된 것이다. 왕의 사자가 같은 말을 되풀이했다.

"다시 말씀드립니다만 이 명함이 국왕의 임명장을 대신합니다. 그리고 선생님을 왕궁으로 오시게 해서 임명장을 수여하지 않는 이유는 한시라도 환자를 더 많이 보시라는 국왕의 충정에 의한 배려십니다."

"감사합니다. 왕께서는 건강이 어떠하십니까?"

"많이 좋아지셨습니다. 그래서 이렇게 전담 의사로 임명하시는 겁니다."

"제가 필요하시면 언제든지 불러주십시오."

"그래야겠지요. 그러나 자주 부르시지는 않는 게 좋겠지요."

"이를 말씀이십니까?"

사자가 명함 통을 주고 돌아간 다음 태준은 가죽으로 된 명함 상자의 명함을 한참이나 들여다봤다. 이 명함을 어디에다 써먹을 것인가. 쓸 일이 없었다. 그러다 전광석화 같은 생각이 떠올랐다. 자신의 이런 신분 상승이 무엇보다도 조선의 독립운동에 크게 도움이 되리라고. 벌써 몽골까지도 왜놈 밀정들의 발걸음이 중국인 기관원 속에 섞여 암약하고 있는 실정이었다. 그래서 더욱 조심하자고들, 우리 독립운동 동지들과 다짐하고 있는 판이었다. 그리고 다른 생각 하나는 이 기회에 국왕의 힘을 빌려 조선에 한 번 다녀와야겠다는 것이었다. 두 딸은 어떻게 됐을까. 동생 태식과 그의 가족들은 잘 살고 있을까. 경성의 민효례는 하마 남의 아내가 됐으리라. 모든 게 궁금하고 그립고 보고 싶었다.

병원 일은 하루도 여유를 주지 않을 만큼 바빴다. 태준은 매일 수십 명의 환자를 치료해야 했고, 버르테는 간호부 일에, 환자 차트 정리에, 병원 안팎의 청소며 온갖 허드렛일이 모두 자기 몫이었다. 네르구이는 부엌일을 모두 도맡아 했다. 게다가 버르테와 함께 입원 환자들의 끼니를 위한 시장도 봐 날라야 했다. 물론 마차를 이용했지만 그 일도 보통 일이 아니었고, 환자복 빨래도 매일 손으로 해야만 했다. 이래서 병원의 식구 세 사람은 날이면 날마다 일 속에 파묻혀 하루가 어떻게 지나가는지 몰랐다. 물론 버르테와 네르구이는 보통의 몽골 사람들이 생각도 못하는 높은 급료를 받고 있기는 했다. 태준은 그래도 직원을 몇 사람 더 채용해야 하지 않을까, 하는 생각을 하고 있었다. 인건비를 줄이면 그만큼 돈이 남고, 남는 돈은 그대로 국내외에서 뛰고 있는 독립투사들의 활동 자금으로 돌아간다.

그 무렵 이태준과 동의의국은 독립운동에 투신한 사람들은 다 알 만큼, 수많은 지사들의 자금줄의 원천이 돼 있었다. 그렇다고 태준이 환자들의 복지, 환자들이 마땅히 누려야 할 권리에 인색한 건 아니었다. 그는 언제나 하느님을 생각하면서 하느님의 의향, 하느님의 정의를 염두에 두고 있었다. 특히 성경의 말씀, 그중에서도 잠언 11장 19절에서 20절의 말씀이 늘 가슴에 남아 있었다. '정의를 굳게 지키면 생명에 이르지만 악한 일을 좇으면 죽음을 불러들인다. 마음이 비뚤어진 사람은 야훼께 미움을 사지만 정직하게 사는 사람은 그를 기쁘게 해 드린다.' 그는 여태까지 얼렁뚱땅 적당히 사는 사람을 가장 싫어했다. 아무리 유능한 사람이라도 그런 식으로 사는 사람을 그는 경멸했고 경멸하다 못해 증오했다.

다시 스산한 바람이 사람의 마음을 긁는 가을이 왔다. 몽골에서는 가을이 왔나 싶으면 어느덧 겨울이 되어 있었다. 몽골로 와서 처음 맞은 작년 겨울도 그랬다. 가을인가 싶어 단풍이라도 구경해 보고 싶었는데 눈이 왔던 것이다. 태준은 그 사이 남녀 직원 두 사람을 더 채용했다. 여성은 버르테의 아내 토락이었는데 무료봉사를 자청했지만 이번에야 정식으로 채용했다. 토락에게는 네르구이를 돕는 일을 맡겼다. 남성은 병이 완치된 네르구이의 남편이었는데, 이름은 오니착탁이었다. 그에게는 버르테를 돕는 일을 맡겼다. 부부 두 쌍이 함께 일하게 되어 능률도 올랐고, 병원 안에 훨씬 화기가 돌았다. 왜 진작 이러지 않았을까 하는 생각이 들었다. 환자는 여전히 많았고 온갖 병을 가진 환자가 다 찾아왔다. 신경통 환자, 위장병 환자, 팔이나 다리가 부러진 환자, 몸에 부스럼이 난 환자, 일하다 다친 환자. 심지어 간질을 앓는 어린이, 소아마비에 걸린 어린이도 데리고 왔다. 그래도 그는 모든 환자를 일단 웃음으로 맞이하여 친절하게 대했다. 그리고 무슨 약이든 쥐어 보냈다. 주로 영양제였다.

여태 기껏해야 주술적인 기도나 무당의 푸닥거리 등으로 병을 치료하던 몽골 사람들은 태준의 현대 의술에 모두 매료되었다. 새로운 의술이지만 그렇다고 치료비가 비싼 것도 아니었다. 그리고 어떤 병을 앓는 환자든 대부분 완치가 되거나 큰 효과를 보았으니 넓고 큰 몽골 땅의 방방곡곡에서 온갖 환자가 다 모여들었다.

환자만 모여드는 게 아니고 보통 하루에 몇 사람씩의 조선 사람들도 찾아왔는데, 모두가 비밀리에 독립운동을 하고 있는 동지들이었다. 이런 사람들 중에는 열악한 환경에서 잘 먹지도 못하고 자지도 못하면서 활동하느라 병을 얻은 사람들도 있어, 태준은 이들을 정성껏 치료하고 돌봤다. 그리고 떠날 때는 절대 빈손으로 보내지 않았다.

중국의 북경과 몽골의 울란바토르 간에는 많은 독립운동 지사들이 오며 가며 서로 만나고 연락을 취해야 하는데, 문제는 그 거리가 너무 멀어 여간 불편하고 고통스럽지 않은 것이었다. 그러던 어느 날 조선 사람 하나가 병원으로 찾아왔다. 김현국(金鉉國)이란 사람이었는데 그는 태준의 세브란스 의학교 후배였다. 지금은 북경에 있지만 북경에서 이태준의 명성을 듣고 자기도 몽골에서 병원을 개업해 의사 노릇을 하면서 독립운동을 하고 싶다며 울란바토르의 사정이 어떠한지 물었다. 태준이 말했다.

"지금 이곳에 조선 사람의 병원이 하나 더 있어도 괜찮지만, 김현국 동지가 진정으로 독립운동을 하고 싶다면 여기 말고 장가구에서 개업하시는 게 좋을 듯 싶습니다. 장가구는 김 동지가 지나온 곳인데 중국식으로는 장자커우라고 합니다. 장가구는 북경에서 울란바토르로 들어오는 길목입니다. 내가 왜 김 동지에게 울란바토르보다 장가구에서 개업하시라고 하느냐 하면, 북경과 울란바토르의 거리가 너무 멀어서 우리 독립운동 동지들은 북경과 울란바토르를 오가는 데 여러 가지 애로가 많기 때문이에요. 그러니 장가구쯤에 비밀 연락소 같은 게 있으면 아주 편리하고 유용할 것 같아서 하는 소립니다."

김현국은 태준의 말을 듣고 한참 침묵을 지키다 말했다.

"장가구에서 개업을 해도 환자가 있을까요?"

"지금 중국도 몽골처럼 현대의학을 공부한 의사가 드뭅니다. 환자는 아마 병원에 넘칠 겁니다. 그리고 김 동지가 여기에서 개업하면 또 몇 년간은 언어 문제로 고생을 해야 합니다. 몽골어를 새로 배워야 할 테니까요. 그러나 장가구에서 개업하시면 중국어를 그대로 쓰실 수 있지 않습니까? 그리고 몽골에는 독립운동을 돕는 의사가 나 하나로 족하지만 장가구에는 나와 같은 사람이 꼭 한 사람 있어야 합니다. 독립운동을 하는 동지들을 도울 일이 아주 많습니다. 그러니 김 동지께서 진정으로 독립운동을 하시겠다면 장가구에서 개업하십시오."

"선배님 말씀을 듣고 보니 그래야겠습니다. 제가 왜 언어 소통 문제를 간과하고 있었을까요? 가장 중요한 문제를 생각하지 못한 저의 불찰이 부끄럽습니다."

이래서 김현국은 장가구에서 십전의원(十全醫院)이란 간판을 달고 개원했다. 이후 그는 태준과 수시로 연락을 취하면서 스스로 비밀활동에 가담하게 된 것은 물론, 태준의 독립운동에 크게 기여했다.

몽골을 지배하고 있던 중국은 군대도 몽골에 주둔시키고 있었다. 중국군은 사령관이 셋이나 파견되어 있었는데, 그중 하나가 가오시린이란 인물이었다. 이 사람이 태준의 저명한 인술의 소문을 듣고 자신의 지병을 치료받고자 사람을 보내왔다. 태준이 그의 청을 거절할 이유는 없었다. 그래서 태준은 몽골 국왕의 어의에 이어 중국군 사령관 가오시린의 주치의까지 겸하게 되었다. 그만큼 울란바토르에서 태준의 권위는 높아졌고, 그 위세는 그가 독립운동지사들을 비밀리에 지원하는 데 큰 도움을 주었다. 그때쯤 왜경들의 첩자가 이미 몽골에 와 있었지만 이들의 의심을 피하는 데 몽골 국왕의 어의, 중국군 사령관의 주치의라는 직함이 좋은 방패가 되었다.

12
김은식(金恩植)과의 재혼

1916년, 김규식이 장가구로 왔다. 그는 지난 1914년 이태준, 유동열, 서왈보와 함께 울란바토르로 왔다가 비밀 군관학교 설립이 뜻대로 되지 않자 혼자 울란바토르를 먼저 떠났던 사람이다. 그는 울란바토르에서 북경으로 가서 거기에서 태준이 부탁한 매독 치료약 살바르산을 사서 태준에게 인편으로 보내주고는 다시 중국 천진으로 가 머물면서 피혁을 사고파는 사업을 하고 있었는데, 이번에 장가구로 온 것이다. 장가구에는 앤더슨 마이어(Anderson and Meyer Company)란 미국 무역회사가 있었고, 이 회사는 주로 몽골에서 피혁을 수입해서 외국에 되파는 일을 하고 있었다. 그런데 이 회사에서 영어를 할 줄 아는 경력사원을 찾는다는 소식을 듣고 장가구로 달려온 것이다.

앤더슨 마이어사의 장가구 지점장은 김규식의 이력서를 보고는 일단 김규식을 회사로 불렀다. 지점장이 먼저 영어로 물었다.

"우리 회사에서 경력사원을 구한다는 것을 어떻게 아셨습니까?"

김규식이 만면에 미소를 머금고 답했다.

"그런 건 그렇게 중요하지 않은 질문인 것 같습니다. 더 중요한 질문을 해주시기 바랍니다. 굳이 앞의 질문의 답을 원하신다면 할 수는 있습니다만."

김규식이 구사하는 영어는 아주 유창한 미국식 영어였고 발음이 정확했다.

"좋습니다. 영어는 어디에서 배웠습니까?"

"미국에서 공부했습니다."

"미국에서 사셨습니까?"

"예, 미국에서 대학을 다녔습니다."

"오, 그랬군요. 혹시 모피를 구입해보신 경험이 있습니까?"

"이제야 제대로 된 질문을 해주시는군요. 저도 사실은 모피 수입을 전문으로 한 무역상이었습니다. 그러니 모피를 구입해본 경험은 수없이 많지요."

"그러시군요. 모피를 사려면 몽골로 가야 하는데 몽골에 가보신 적이 있으신지요?"

"언제나 몽골에서 생산되는 모피를 샀으니까 몽골에서 좀 살기도 했었지요."

"몽골어도 하십니까?"

"피혁을 고르고 사는 데 필요한 말은 가능하지요."

"지금 어디에서 사십니까? 주택 문제를 묻는 겁니다."

"지금은 중국인 반점(여관)에서 지내고 있습니다."

"회사에서 사택을 마련해드릴 때까지 거기에 좀 계십시오. 미안합니다."

채용이 확정된 어투였다. 김규식은 지점장과 남은 이야기를 몇 가지 더 하고 숙소로 돌아왔다. 그런데 이날 저녁 그는 반점 식당에서 또 한 명의 조선 사람을 만났다. 김현국이었다. 김현국은 북경에서 이태준의 명성을 듣고, 또 그의 동의의국이 환자를 잘 보는 병원이란 소문을 접하여 그에게로 찾아가 울란바토르에서 병원을 개업하기 위해 이태준을 찾아가는 길이었다. 두 사람이 우연히 이웃 식탁에서 식사를 하게 되었다. 그런데 모두 맵고 짠 음식, 조선 음식과 맛이 비슷한 것들을 주문하는 걸 보고 서로 유심히 상대방을 보고 있었다. 그러다 김규식이 먼저 중국어로 물었다.

"니싀 초우션런 마?"

조선 사람이 아니냐는 말이었다. 김현국이 조선말로 답했다. 김현국은 아직 중국어가 서투르기도 하지만 김규식이 조선 사람임을 확신했기 때문이다.

"예, 그렇습니다. 선생님께서도?"

"반갑소. 나도 조선 사람이오. 댁은 어디로 가시는 길이시오?"

김규식은 김현국에게 손을 내밀어 악수를 청하며 물었다. 김현국이 손을 맞잡으며 답했다.

"예, 저는 몽골 후르로 가는 길입니다."

"거기에는 무슨 일로?"

"거기에 있는 조선 사람 한 분을 찾아 가는 길입니다."

"후르에 사는 조선 사람? 그분이 누군데요?"

"이태준이라고, 호는 대암인데 의사 선생이십니다."

"대암 동지를 찾아 가신다고? 무슨 일로? 혹시……"

그러다 그는 얼른 고개를 들어 수변을 한번 둘러 본 뒤 다시 소리를 낮춰 속삭이듯 말했다.

"댁도 독립운동을 하십니까?"

김현국이 크게 머리를 가로저으며 되물었다.

"아닙니다. 그런데 선생님께서는 혹시 대암 선생을 아십니까?"

"알다마다, 아주 가까운 사이지요. 그런데 무슨 일로 대암 동지를 찾아가시오?"

그러자 파고드는 김규식이 수상쩍어 보였든지 김현국은 둘러대었다.

"몸이 좀 아파 치료를 받으려고요."

"치료를?"

김규식은 김현국을 유심히 바라봤다. 그는 성급하게 이 사람이 매독 환자라고 단정지었던 것이다. '젊은 사람이 어쩌다 그런 몹쓸 화류병에 걸렸담?' 하고 생각하면서 이제 할 말 다했다는 듯 음식을 먹기 시작했다. 그러고 다시는 거들떠보지도 않았다.

며칠 뒤 김현국은 울란바토르에서 이태준을 만났고, 이번에는 장가구에서 병원을 개업하려고 장가구로 돌아와 정착하게 됐다.

한편 김규식은 앤더슨 마이어 회사에 잘 다니고 있었고, 김규식에 대한 장가구 지사장의 신임은 아주 두터웠다. 무엇보다도 김규식의 유창한 미국식 영어 구사에 미국인 지사장은 대만족이었고, 미국의 본사에서도 김규식의 언어 능력과 사업 수완을 알고는 크게 인정하고 있었다. 규식은 실제로 업무 처리 능력도 뛰어나 회사에서 없어서는 안 될 존재로 부각돼 있었다.

김현국은 장가구에서 서둘러 병원 개업에 힘쓰고 있었다. 그러나 김현국과 김규식은 각기의 일에 몰두하고 있어 서로를 까맣게 모르고 있었다. 김현국은 장가구에서 예정보다 빠른 시일에 십전의원(十全醫院)을 개원했다. 그러던 어느 날 김규식은 몸살감기 기운이 심해 새로 문을 연 십전의원에 들렀다가 김현국을 만났다.

김규식은 새로 개업한 병원의 진료실에서 의사를 바라보다가 이 의사란 작자가 좀 전에 화류병 환자라고 생각했던 사람임을 알고는 놀라 물끄러미 바라봤다. 김현국은 진료실로 들어온 환자를 의자에 앉히고 먼저 입을 아, 하면서 벌려보라고 했다. 그러다 뒤늦게야 환자가 안면 있는 사람임을 알고는 유심히 바라봤다. 김규식이 먼저 조선말로 물었다.

"아니, 후르로 간다던 양반이 여기에서 개업을? 그리고 병에 걸려 후르까지 대암 이태준 선생에게 치료받으러 간다고 한 사람 아니오? 그런 댁이 의사 선생이란 말씀이오?"

"미안합니다. 그때는 그렇게밖에 말씀드릴 수가 없어서……."

"그래, 후르에 가시어 대암은 만나 보셨던가요?"

"그럼요, 대암 선생님의 조언으로 여기에서 개업하게 된 걸요."

김규식은 진료 의자에 앉은 채 인사를 당겼다.

"나 김규식이란 사람이외다."

김현국도 진료의 자세를 허물고 바로 앉으면서 말했다.

"아니, 선생님께서 우사 선생님이시라고요? 정말 반갑습니다. 저는 김현국이란 사람인데 대암 선생의 세브란스의학교 후배입니다."

"그렇군요. 그런데 지난번 반점의 식당에서는 왜 그런 거짓말을 하셨어요?"

"지금 이곳은 왜놈 첩자들이 바글바글하잖아요? 만약을 위해서였지요. 혹시 선생님도 왜놈들의 끄나풀이 아닌가 해서……. 초면인 저에게 너무 꼬치꼬치 캐묻는 게 수상쩍어 보이시더군요."

"딴은 그랬겠군요. 어쨌든 반갑소이다. 자 치료나 해주세요. 아아."

김현국은 김규식의 목구멍을 들여다보고, 또 청진기로 진찰을 했다. 혈압을 재고 체온도 재었다. 김현국은 우사가 감기로 목구멍이 붓고 열이 있음을 알고, 주의할 점을 일렀다. 그리고 약을 조제하면서 말했다.

"제가 병이 걸려 대암 선생을 찾아간다니까 선생님께서는 두 번 다시 저를 보지 않으시더군요."

"허허허, 그야 그럴 수밖에. 멀쩡한 사람이 화류병에 걸렸다는데 그럼 바로 보겠어요?"

김현국도 웃으면서 말했다.

"제가 언제 화류병에 걸렸다고 했습니까?"

"후르에서 대암을 찾는 환자는 백에 아흔아홉은 화류병 환자거든요."

"참, 우사 선생님은 후르에 언제 다녀오셨어요? 아니, 그보다도 대암 선생을 언제 만나보셨어요?"

"보자아, 그게 한 4, 5 년 됐나? 또 쉽게 만나볼 것 같아요."

"또 후르에 가실 일이 있습니까?"

그러나 김규식은 확실한 말은 하지 않았다. 미국의 본사에서 울란바토르에 지점을 개설하고 김규식을 지점장으로 보낼 움직임이 있다고 들었지만, 자고로 인사는 확정되기 전에는 발설하는 게 아니란 걸 그는 알고 있었다. 그래서 이렇게 얼버무렸다.

"후르는 여름철 나기가 중국보다 한결 쉬워요. 그래서 여름에 한 번 가볼까 싶어서. 후르에 가면 대암 동지의 동의의국에서 지내야 할 테니까 해본 소리지."

김현국은 김규식에게 감기약을 조제해주었고, 김규식은 또 보자면서 병원을 나섰다.

1918년 6월, 김규식은 다시 울란바토르에서 대암 이태준을 만났다. 이번에는 김규식이 앤더슨 마이어 회사의 후르 지점장으로 부임해 온 것이다. 부부 동반으로 왔고, 또 한 사람을 더 데리고 왔는데, 사촌누이 동생 김은식이었다. 그래서 집을 얻어 살림을 하게 되었다. 그 살림집의 집들이에 태준이 초대되어 규식의 집을 방문했다. 그런데 규식의 아내는 놀랍게도 김순애였다. 태준이 그렇게나 행방을 몰라 애태우던 김필순의 누이였다. 김규식이 늦게야 결혼하면서 만난 아내가 순애였고, 김필순은 김규식과 처남남매간이 된 것이었다. 한때 자신의 마음 한구석을 차지하고 있던 여인이 남의 아내가 되어 있는 현실, 그 여인을 다시 만난 것이 참으로 짓궂은 운명의 장난처럼 생각되었다. 그러나 태준은 이런 감상적인 상념일랑 완전히 잠재워놓고 담담하게 물었다.

"그때, 경성역에서 평양행 기차를 타고 어디로 가셨기에 남경에는 끝내 오시지 않은 겁니까?"

조금 변한 것 같기도 하고 전혀 변하지 않은 것 같기도 한 순애도 담담하게 답했다.

"오빠와 저는 이 선생님께서 우리 뒤를 이어 곧 경성을 떠나신 것도, 더군다나 남경으로 가신 것은 꿈에도 몰랐지요. 그래서 우리는 신의주에서 압록강을 건너 안동으로 가서 한숨 돌렸지요. 거기에는 그 지긋지긋한 왜놈들의 그림자가 없더군요. 안동에서 이틀을 쉰 후 만주 서간도 동화현(通化縣)으로 갔지요. 거기서 오빠는 병원을 개업했지요. 저는 오빠의 시중을 들고요."

"그랬었네요. 저는 남경에서 끈 떨어진 헌 갓 신세가 되어 김필순 선생님을 얼마나 기다리고 찾았는지 모릅니다."

"그러게요. 오빠도 자주 이 선생님 말씀을 하시곤 했어요."

"저의 꿈은 안 꾸셨던가요?"

"꿈도 꾸셨겠지요. 통화현에는 이동녕(李東寧) · 이회영(李會榮) 선생님들이 먼저 도착하여 활동하고 계셨지요. 그래서 오빠께서는 그리로 가신 겁니다. 그러다 우리는 다시 통화현을 떠나 북만주 흑룡강성의 치치하르로 옮겨 갔지요. 거기서도 병원을 개업하셨고, 그곳에 주둔해 있던 중국군 군의관으로도 복무하셨어요. 그런 오빠는 통화현에서도, 치치하르에서도 항상 이상촌 건설을 꿈꾸면서 독립군 양성 계획에 몰두하셨지요."

그런 대화를 하면서 태준은 아까부터 방 한쪽에 얌전히 앉아있는 젊은 여성을 얼른 한번 바라보았다. 그 여성은 목례를 가볍게 한 후로는 말 한 마디가 없었다. 태준은 순애에게 물었다.

"실례지만 우사 동지와는 언제 혼인하셨습니까?"

"그건 이이가 답하도록 저는 입 다물겠습니다."

김규식이 본래 입이 좀 뜬 성격이었지만 말문을 열었다.

"지금은 처남이 됐지만 김필순 동지가 속한 중국군 부대가 중국과 러시아의 국경지역인 흑하(黑河, 헤이허)란 소도시로 이동하게 되었어요. 그곳은 소흥안령산맥의 기슭으로 온통 산악지대였지요. 그래서 부대의 전 장병은 부대 내의 숙사에서만 잠자게 돼 있었어요. 그러니 이 사람 순애 씨는 이제 갈 곳이 없는 거예요. 그래서 내가 난민 구제 차원에서 데리고 살게 된 겁니다."

김규식이 웃지도 않고 능청스럽게 말하자 순애는 얼굴이 빨개져서 말했다.

"아이구, 오빠한테 사흘이 멀다고 찾아와 보채던 양반이 무슨 소리를 하고 있어요? 늑대 가죽을 수집하는 피혁 수집상이 아니라 바로 늑대더라구요. 행색은 거지 중에 상거지였구요."

"허허허, 여자란……. 알았어요! 그래, 상거지에 늑대 같은 사내를 데리고 사는 김순애 씨 고마워요."

김규식이 받아넘겼다. 이날 저녁, 술과 안주, 그리고 쌀밥을 먹으면서 김규식과 이태준은 많은 대화를 나누었다. 주로 국내외 정세에 관한 내용이었다. 작년에는 이광수란 소설가가 장편 「무정(無情)」을 매일신보(每日申報)에 연재하였고, 러시아에서 일어난 볼셰비키 혁명은 성공단계로 접어들었다 했다.

방의 구석에 앉은 여성은 내내 조용했다. 딱 한 번, 그 여성이 순애를 보고 언니, 어쩌고 하는 말을 아주 작은 소리로 한 것 외에는 말이 없었고, 아무도 그녀에게 말을 걸지 않았다. 그래서 태준은 그 여성이 규식의 처제인 줄로 생각했다. 모임을 파하고 나올 때까지 그 젊은 여성에 대해서는 아무도 언급하지 않았다. 참으로 이상한 일이었다.

며칠 뒤 김규식은 동의의국으로 대암을 찾아갔다. 좀 기다려서야 김규식은 태준을 만날 수 있었다. 진료실로 들어오라는 통지를 듣고 들어간 규식은 태준을 보자 악수부터 했다. 그러고는 이런저런 잡담을 했다. 김규식이 말했다.

"대암 동지도 들어서 알겠지만, 미국 대통령 윌슨이 세계 평화를 위한 14개 조항을 발표했소. 그 중에는 모든 민족은 각기 자결권이 있으니 각 민족은 스스로를 다스리게 해야 한다는 주장도 있지요."
태준이 규식의 말에 답했다.
"윌슨 대통령의 주장이 약소민족들에게 얼마나 큰 영향을 미칠지, 저는 별로 기대하지 않습니다. 우리 조선만 해도 왜놈들의 속박이 얼마나 심합니까? 작년 9월인가, 박용만(朴容晩) 씨가 미국 뉴욕에서 열린 세계약소민족 대표회의에 조선의 대표로 참석하고 왔지만 무슨 보람이 있었습니까? 왜놈들의 마수가 안 뻗힌 데가 없고, 이놈들의 방해 공작이 얼마나 악랄한지 몰라요. 후르에도 왜놈들의 암약이 하루가 무섭게 달라지고 있습니다."
박용만은 태준보다 두 살 위의 인물로, 태준이 만나보지는 못했지만 일찍이 미국으로 건너가 헤스팅스대학을 졸업하고 네브래스카에서 한인 소년병학교를 설립한 인재란 걸 그는 알고 있었다. 김규식이 말했다.
"그 사람은 나와 동갑인데 앞으로 조선 독립을 위해서 큰일을 할 사람이지."
이들은 모처럼 만나 많은 이야기를 더 하고 싶었지만 태준이 환자 치료로 워낙 바빠 헤어져야 했다. 헤어지면서 김규식이 말했다.
"대암 동지, 나 빠른 시일 안에 내 누이동생을 데리고 한 번 더 올 겁니다."
태준은 규식이 말한 누이동생이 예사 환자인 줄만 알았다.

김규식은 과년한 나이에 아직도 결혼을 하지 않고, 고지식하고 완고한 위에 호랑이같이 무섭기만 한 아버지 밑에서 살고 있는 사촌 누이가 딱해 그녀를 조선에서 중국으로 불러내었다. 김규식의 아내 순애가 몸이 약해 고생을 하면서, 바쁘디바쁜 남편 김규식의 내조는커녕 아침저녁 밥 차려주고 빨래하는 일조차 힘겨워하니 누이라도 와서 조금이라도 거들면 좀 나을까 하는 생각도 작용했다.

누이 은식이 여태 결혼을 못한 이유를 굳이 찾는다면, 누이는 어떤 남자에게서도 매력을 느끼지 못하는 성미였다. 남자에 대한 지나친 결벽증이라고 설명하면 될까. 어쨌든 집에서도 중매 말만 나오면 먼저 아프기부터 시작하여 밥을 먹지 못했다. 그러다 중매란 말이 사라져야 겨우 뭘 먹을 수 있는 고약한 성미였다. 또 계절만 바뀌면 몸에 두드러기 같은 게 생겼고, 언제나 기침을 달고 사는 체질이었다. 김규식은 이런 은식에게 바깥바람을 한 번 쐬게 하면 이런 병 같지 않은 병이 낫지 않을까 하는 생각이 들었다. 그래서 은식을 몽골까지 데려오게 되었고, 오늘 저녁에야 혼자 살고 있는 대암이 생각났던 것이다.

김규식은 아내에게 은식을 대암에게 소개시켜보고 싶은데 당신 생각은 어떠냐고 먼저 떠보았다. 순애가 말했다.

"내 생각에도 좋은데 아가씨 마음에 달렸죠. 조선에서는 선을 보여도 너무 우락부락하게 생긴 총각들만 보였으니, 아가씨 같은 미녀가 어디 마음에 들었겠어요? 양반만 좋고 집안만 좋으면 전부인 줄 아시는 어른들 생각을 이해할 수 없어요. 대암 선생님은 생기기도 잘생긴 미남형이니 아가씨 마음에 들지 몰라요."

"설령 은식이 마음에 든다 해도 대암이 마음에 없으면 헛일이니 참 어려운 일이오."

"그래도 밑져야 본전이란 말도 있잖아요. 한번 추진해 보세요. 만약 양쪽에서 다 마음에 들어 하면 그보다 더 좋은 적선도 없을 것 같은데요."

"그렇지, 당신도 그렇게 생각하니 한번 해봅시다. 그렇다면 지난 번 대암이 우리 집에 왔을 때 은식을 대암에게 정식으로 소개하고 은식도 몇 마디 말을 하게 하는 건데 우리가 실수했어."

그날 저녁밥을 먹으면서 김규식의 부인 김순애가 먼저 입을 열었다.

"아가씨, 혹시 좋은 남자 있으면 선 한번 보실래요?"

"이런 곳에서 좋은 남자라니, 설마 몽골 사람을 두고 하시는 말씀은 아니겠죠?"

김규식이 점잖게 말했다.

"선을 본다고 해서 반드시 결혼을 전제로 할 건 아니라고 본다……."

"아니 오빠, 결혼을 염두에 두지 않은 선보기도 있어요? 그런 선보기 있으면 저도 한번 보고 싶은데요?"

"너 그거 정말이냐? 이 오래비가 정말 너에게 소개하고 싶은 남자가 있어 그러는데, 보고 나서 결혼을 하든지, 그냥 사귀어보든지 하렴."

미국에서 오래 생활하고 공부한 규식은 많이 틔어 있었다. 은식이 그러는 규식을 한참 바라보다가 말했다.

"결혼도 하지 않으면서 그냥 사귀어봐도 된다고요? 조선의 부모님이 들으시면 기절초풍하고도 남을 말씀을 하시네요, 오빠는?"

"글쎄, 기절초풍을 하시든 단오절 소풍을 가시든 그것은 어른들이 알아서 하실 일이고 너나 마음을 정해라."

김순애가 남편을 보고 딱하다는 듯이 말했다.

"어떤 남잔지 설명도 하지 않고 아가씨더러 마음을 정하라니, 당신도 차암! 어떤 남자인지 인적 사항을 말씀하세요."

"그렇군. 은식이가 만나러 가겠다고 하는 게 더 중요하다는 생각이 들어서 깜빡했군. 동의의국이란 병원에 대해서는 들어봤지?"

"예, 들어봤어요. 거기 원장 선생님인 까우리(고려) 의사를 여기 후르 사람들은 신인(神人)이라고도 하고 혹은 극락세계에서 강림하신 여래불이라고 한다면서요?"

김순애가 말했다.

"그래. 며칠 전에 우리 집에서 저녁 먹고 간 이태준 그 양반, 의학교 시절부터 착실하기가 온 학교에서 으뜸이었지만 지금 이렇게 성공을 할 줄은 몰랐다니까."

김규식의 말에 순애가 거들었다.

"그래요, 신망과 존경이 대단한 분이에요. 그런 대암 이태준 원장을 만나보라는 거예요."

"어마, 그분 유부남 아니신가요? 아무리 오빠가 미국에서 공부하셨기로서니 저더러 유부남을 만나라고요?"

"그럴 리가 있나? 그 양반 지금 혼자 몸이야. 부인과 사별한 지가 10년도 넘었을 걸?"

김규식의 아내가 거들었다.

"아가씨, 일단 정식으로 한번 만나보세요. 혼인을 한 번 한 게 흠이라면 흠이지만, 그래도 어쩌면 아가씨 마음에 들지도 몰라요. 두 분이 만나면, 아가씨도 예쁘니까 정말 잘 어울리는 한 쌍이 될 거예요. 내가 아는 이태준 씨는 참으로 좋은 분이어요."

은식은 얼굴이 홍당무처럼 되어 고개를 숙이고 있었다. 귓불까지 빨개져 있었다.

며칠 뒤 김규식은 누이동생을 데리고 동의의국으로 갔다. 집을 나올 때 규식의 아내 순애가 말했다.

"당신 조심하세요. 당신은 나라 일이나 장사하는 일이나 미더울까, 이런 일은 너무 손방이어서 도무지 믿을 수가 없어……."

병원에 도착하자 입구에서부터 환자들이 북새통을 이루고 있었다. 규식은 태준에게 사전에 누이동생을 데리고 한번 갈 거라고 예고는 했지만 태준은 규식의 누이동생이 누구인 줄도 모른 채 환자로 오는 줄만 알고 있었다. 그래서 규식을 보자 물었다.

"매씨도 같이 오셨어요? 어디가 편찮아서 우사 동지께서 직접 환자를 다 데리고 오시는지 원. 조금만 기다려 주십시오."

규식은 아차, 했다. 은식을 데리고 온 것은 환자라서가 아니고, 태준에게 소개를 시켜주기 위해선데 그 말을 안했다니! 그는 언제나 이런 기초적인 문제에 등한한 자신을 다시 한 번 자책했다. 머저리 같으니라고! 은식은 어찌할 바를 모르고 안절부절 못했다. 규식이 은식에게 안심을 시켰다.

"아무 일 없을 거야, 절대로."

이윽고 태준이 규식과 은식을 진료실로 불러들였다. 진료실로 들어간 남매는 한동안 난감했다. 그러나 결자해지(結者解之), 맺은 사람이 풀어야 하는 법. 규식이 동의의국까지 찾아온 목적을 실토했다.

"나, 대암 동지에게 못 할 말을 하는지는 모르겠지만 내 누이동생이 여기 온 것은 아파서 온 게 아니고……, 대암 동지에게 소개시켜 드리고 싶어서……. 어때요? 대암만 좋으시다면……. 지난번에 소개를 시켜드렸어야 하는 건데……."

이것도 실수였다. 마치 은식이 이태준을 좋다고 한 것처럼 말하고 있는 게 아닌가. 은식은 올케언니가 아까 집을 나올 때 오빠에게 한 주의를 그때야 알았다. 우리 오빠란 분 도대체 왜 이럴까. 태준은 규식의 이 느닷없는 말을 들으면서 몹시 당황하고 있었다. 진료실에서 이게 무슨 뚱딴지 같은 소린가. 그런 생각을 하면서도 태준은 은식을 다시 한 번 바라봤다. 지난번에는 얼핏 보기는 했지만 자세히 볼 수가 없었다. 몽골에서는 좀처럼 찾아보기 힘든 하얀 피부의 가냘픈 여성, 눈은 크고 그 동자는 맑고 투명해서 사람의 영혼이 온통 그 눈동자에 동동 떠 있는 것처럼 보였다. 아, 세상에 이렇게 생긴 여성도 있구나. 그런 아가씨가 고개를 숙이고 숨도 못 쉬고 있는 것 같았다. 그래서 태준은 사람이 없는 빈 방으로 이들 남매를 인도해 가서 소파를 가리키며 여기에 좀 앉아 기다리라고 하고 진료실로 돌아갔다. 규식은 은식으로부터 원망을 듣고 있었다.

"제가 오빠를 따라 온 이유를 오빠는 저분께 어떻게 말씀하셨어요?"

"그냥 내 누이를 데리고 오겠다고 예고했지."

"저를 무슨 일로 데리고 오겠다는 건 말씀 안 하셨잖아요? 그래 놓고 불쑥 당신만 좋으면 저를 마음대로 하라는 투의 말씀을 하셨잖아요?"

"글쎄다. 나도 무슨 말을 했는지 잘 모르겠네?"

"저분은 오빠 말씀을 듣는 순간 몹시 당황하더라니까요. 저분이 그렇게 난처한 표정을 지으신 걸 지금 생각해도 저는 모골이 다 송연해요."

"얘, 괜찮다. 너만 좋으면 된다, 얘. 어떠니? 귀골로 생겼지? 나이도 얼마 안 먹었어."

"아이, 아까는 대암 선생님만 좋으시다면 된다고 하셨잖아요? 몰라요!"

"알았다. 이런 때의 몰라요는 좋아요로 해석하면 되는 법이니까. 이제 정말 대암만 마음에 들어하면 오늘 한 건 야무지게 하는 거군."

며칠 뒤 태준은 은식과 둘이 만나고 있었다. 병원이 아니라 바깥에 있는 몽골인 경영의 식당에서였다. 태준의 요청에 의한 첫 만남이었다. 이 자리에서도 은식은 온통 붉어진 얼굴로 고개만 숙이고 있었다. 올케언니와 오빠가 내쫓다시피 해서 나온 자리였지만 솔직하게 말하면 싫지는 않았다.

태준으로서는 아내와 사별하고 12년 만에 만나는 여성이었고, 그것도 미모를 갖춘 여성이어서 마음이 들떠 있었다. 태준은 앞에 놓인 음식을 권했다. 몽골에서는 가위(可謂) 금값과 같은 푸른 채소가 접시에 담겨 있었다. 은식은 아까부터 그 채소에 눈을 주고 있었다. 태준이 말했다.

"좀 들어보십시오. 저도 처음 여기로 와서는 양고기에 질려서 혼이 났지요."

"몽골에서 푸성귀는 아예 안 나나 봐요?"

"그래요. 멀리 북경에서 수입해 오지요. 이 만두는 양고기를 넣지 않은 겁니다. 이것도 한 번 들어보십시오."

"예, 먹고 있습니다."

"오빠께서 말씀하셨는지 모르지만 저에게는 두 딸이 있습니다."

"알고 있습니다. 조선의 고향에 있다고요?"

그녀는 처음 태준을 만난 날 규식이 들려준 말을 기억하고 있었다.

"네가 만약 대암과 혼인을 하게 된다면 대암의 전실 딸 둘을 거두어야 할 거야. 그런 결심도 미리 해두면 좋을 거다……. 그러나 대암이 이곳으로 딸들을 데리고 오지는 않을 거야. 왜냐하면 조선에서 교육을 시켜야 할 테니까. 다만 그런 사실을 미리 알아는 두라는 거지."

잠시 침묵을 지키던 태준이 말했다.

"너무 성급하고 염치없는 소리지만 혹시 저와 여기서 함께 사실 의향이 있으신지요?"

은식은 잠시 사이를 두었다가 솔직하게 말했다. 그러나 기어드는 소리였다.

"선생님께서 좋으시다면……."

은식은 결심한 듯 말하고는 고개를 숙였다.

"은식 씨, 고맙습니다. 정말 고맙습니다."

태준이 말하면서 두 손을 뻗어 은식의 희고 작고 보드라운 손을 잡았다.

그럴 즈음 규식은 다시 울란바토르를 떠나 중국 장가구로 가게 되었다. 울란바토르 지점의 경영을 궤도에 올려놓고 장가구 지점장으로 영전하게 된 것이다. 그러니 당연히 은식은 울란바토르에 남겨두고 떠나게 되어, 김규식은 이태준을 만나 은식을 부탁했다.

"대암, 이제 우리는 처남남매 간이오. 그러니 우리 서로 말을 편하게 합시다."

"우사 동지, 아니, 형님은 저에게 그렇게 하십시오. 저는 나이가 밑이니 종전대로 하겠습니다."

"조선에서는 처가 촌수를 개촌수라고들 하지 않던가. 나이 차이가 몇 살 안 되니 그만 편하게 하게나."

"어쨌든 고맙습니다."

"뭐가 고맙다는 말씀인가?"

"은식 씨 같은 새 아가씨를 이 헌 사내에게 주시어서……."

태준은 진심에서 우러나는 인사였다.

"됐네, 이 서방! 내가 자네들 혼인예식까지 올려주고 여기를 떠나야 마음이 편할 텐데 일이 급하게 되어 얼른 장가구로 가야 하네. 장가구의 지점장은 미국인인데 벌써 본사로 떠났다고 하네."

"알았습니다, 형님. 여기 일은 조금도 걱정 마시고, 얼른 회사의 발령대로 움직이십시오. 은식 씨는 제가 잘 보호하면서 함께 있겠습니다."

"이 동지, 아니, 이 서방, 정말 고맙고 든든하이."

아, 이 서방이란 말을 들어본 지가 언제였던가. 태준과 규식은 서로 굳게 두 손을 마주 잡고 눈과 눈을 응시했다. 거기에는 한없는 신뢰와 우정이 배여 있었다.

은식은 규식 일가가 울란바토르를 떠나는 날까지 오빠와 올케언니와 함께 있었다. 그 사이에 태준은 동의의국에서 멀지 않은 곳에 새로 집을 구했다. 은식과 함께 살 집이었다. 이 무렵 조선독립운동가들이 하루에 보통 수십 명씩은 찾아왔기 때문에 좀 큰 집을 구했다. 집이 있을 지역부터 신경이 쓰였다. 몽골의 일반 국민들이 사는 평범한 동네보다는 왜경들이 함부로 드나들 수 없는 특수한 지역에다 집을 구하고 싶었다. 이태준의 집으로 찾아올 조선독립운동가들을 보호하기 위해서도 그랬다. 이런 사정을 감안하여 택한 동네가 몽골에 사는 유럽 사람들의 거주지, 유럽가(街)였다. 유럽가는 울란바토르의 특수지역으로 집이 모두 고급이었다. 태준이 구한 집도 고급 주택이었다. 내부 시설도 훌륭하고 통나무로 지어진 집이었다. 집에서 일할 몽골 여성 도우미도 셋을 고용했다. 하루에도 수십 명씩 찾아오는 독립운동가들의 식사며, 의복 세탁 등의 일도 많았지만 큰 집의 안팎을 청소하고 관리하는 일도 많았기 때문이다.

태준은 동의의국 개업 후 줄곧 병원에서 네르구이와 토락 두 사람 부부의 도움과 시중을 받으면서 밥을 먹고 잠을 자면서 진료활동을 하고, 찾아오는 독립운동가들을 만나 늦도록 밀담을 나누기도 하였는데, 이제 거처를 옮길 때가 온 것이다. 김은식이란 아름다운 아가씨를 맞아 새살림을 차리게 된 게 아닌가. 태준은 은식을 만난 이후 마냥 들떠 있었다고 해도 과언이 아니었다.

태준은 새로 구한 집으로 이사를 하면서 병원에 걸었던 십자가를 거실 벽면의 중앙에 높다랗게 걸었다. 조선을 떠난 후 제대로 된 신앙생활을 못하고 있는 현실이 안타깝지만 그렇다고 그의 마음속에서 하느님의 존재가 지워진 것은 절대로 아니었다. 그래서 틈만 나면 성경을 읽기도 했다.

새 살림집이라고는 하나 태준이 새로 장만한 건 별로 없었다. 다만 2인용 침대 하나와 책상, 책상에 딸린 의자를 사들였다. 그리고 큰 밥솥과 많은 숟가락, 밥그릇들을 장만했다. 찾아오는 손님용이었다. 다른 것은 살아가면서 필요한 것을 은식이 직접 사게 할 생각이었다. 그 밖의 자질구레한 태준의 일용품은 그대로 병원에 두었다.

태준은 불쑥불쑥 민효례가 떠올랐다. 태준에게 호감을 가지고 꽤 적극적으로 나오던 여성. 태준도 효례의 모든 면이 마음에 들었었다. 명랑하고 적극적인 성격도 다소 내성적인 자신의 성격을 많이 보완해줄 것 같았다. 게다가 외모도 지성미가 넘쳤다. 교양도 있었고 예절도 발랐다. 만약 태준이 급히 경성을 떠나 남경으로 도망치다시피 오지 않았다면 십중팔구 효례와 더 가까워져 무슨 일이라도 났을 것 같았던 여성. 사실 그는 남경으로 와서도 내내 효례를 생각하고 있었다. 전혀 실현 가능성이 없는 상상도 했다. 일종의 망상이었다. 효례가 가방 하나 달랑 들고 태준을 찾아 남경에 나타날 것만 같은 생각. 이런 상상이 망상이 아니고 뭘까. 그러면서도 자신은 효례에게 편지 한 통 보내지 않았다. 내성적이고 소극적인 태준의 성격 탓이었다.

김규식 부부가 울란바토르를 떠나자 은식은 태준이 구해 둔 집으로 왔다. 그렇게 하라고 태준이 사전에 은식에게 일러두기도 했다. 낮에 왔으니 빈집이었다. 빈집이지만 은식은 혼자 있어야 했다. 집은 침실과 거실, 몇 개의 방이 더 있는 좀 복잡한 구조였다. 커다란 빈집의 거실 벽면 중앙에 십자가가 걸려 있었지만 은식은 처음 보는 물건이었다. 은식은 잠시 두리번거리다 책상 앞의 의자에 앉아 우두커니 벽면을 바라보았다. 몽골인 여성 도우미가 은식 앞에 나타났지만 서로 웃는 것으로 인사를 대신했다. 말이 통하지 않아서였다.

태준이 병원에서 퇴근하고 올 때까지 은식은 그렇게 어색하게 도우미와 함께 말없이 시간을 죽이고 있어야 했다. 저녁 시간이었지만 저녁 준비도 할 수 없었다.

태준은 거실로 들어서면서 만면에 밝은 미소를 띠고 몽골인 여성 도우미에게 몽골말로 오늘은 가도 좋다고 했다. 도우미가 나가자 태준은 은식의 뒤로 가서 의자 등받이에 붙어 섰다. 그러고는 의자에서 일어서려는 은식의 어깨를 눌러 도로 앉게 했다. 방안의 밝은 색 비단 커튼이 때마침 막 지평선으로 떨어지고 있는 햇빛을 받아 마치 일부러 조명을 켠 듯 은은히 분위기를 돋우고 있었다. 태준은 은식이 의자에 도로 앉자 몸을 굽혀 은식의 볼 가까이에서 속삭이듯 말했다. 두 팔로 가볍게 은식의 가슴께를 감싼 부드럽고 은은한 어조였다.

"우리 오늘 혼인식을 올려요. 우리 전통 혼례에서처럼 홀기(笏記)를 부르며 예식을 진행하는 사람도, 서양식 혼인에서처럼 예식을 집전하는 주례도 없지만 그래도 혼인식을 올리는 겁니다."

은식은 그러는 태준의 말을 가만히 듣고만 있었다. 몸을 돌려 뒤를 돌아본다거나 손을 들어 태준의 손등을 감싸지도 못한 채 그냥 미동도 않고 가만히 앉아 있었다. 그러나 온 얼굴이 뜨겁게 달아올랐고, 가슴이 심하게 뛰고 있음을 알았다. 그러면서 생각했다. 혼인식을? 신랑신부 두 사람이 혼인식을 올린다? 어떻게 하는 걸까.

태준은 은식의 뒤에서 떨어져나가더니, 밖으로 나가 먼저 세수를 하고, 다시 들어와 흰 와이셔츠를 입고 하나뿐인 넥타이도 맸다. 그 위에 양복을 덧어 입었다. 그리고 준비해둔 초 두 자루를 가지고 와 책상 위에 적당한 간격으로 세웠다. 그다음 성경책을 가져와 책상 위에 놓았다. 태준이 말했다.

"자, 은식 씨, 저의 옆으로 오십시오. 나란히 서십시다."

은식이 시키는 대로 했다. 그러자 태준이 초에다 불을 붙였다. 그러고는 성경 책 위에 왼손을 얹고, 그 위에 은식의 왼손을 얹게 했다. 또 그 위에 자신의 오른손을 얹고 그 위에 또 은식의 오른손을 얹게 하고는 또렷한 발음으로 천천히 말했다.

"자비로우신 하느님, 오늘 이태준과 김은식 저희 둘이 당신 앞에서 혼인식을 올리오니 이를 지켜봐 주시옵고 저희의 혼인을 축복해주소서. 아멘. 은식 씨, 방금 제가 한 말을 그대로 한 번 더 하십시오."

은식이 더듬거리며 잘 못하자 태준이 선창으로 똑같은 말을 한 번 더 복창했다. 그러고는 성경을 펼쳐 연필로 미리 표해둔 곳을 은식에게 함께 읽자고 했다. 다음과 같은 구절이었다.

"남자는 각각 자기 아내를 가지고 여자는 각각 자기 남편을 가지도록 하십시오. 남편은 아내에게 남편으로서 할 일을 다 하고 아내도 그와 같이 남편에게 아내로서 할 일을 다 하십시오. 아내는 자기 몸을 자기 마음대로 할 수 없고 오직 남편에게 맡겨야 하며 남편 또한 자기 몸을 자기 마음대로 할 수 없고 오직 아내에게 맡겨야 합니다. 서로 상대방의 요구를 거절하지 마십시오."

고린토 1서 7장의 말씀이었다. 은식은 정신이 얼떨떨한 가운데 성경을 태준과 함께 읽었지만 어떻게 읽었는지조차 몰랐다. 내용을 이해할 수 없어 나중에 다시 한 번 읽어봐야겠다고 생각하고 있었다. 그런 은식에게 태준이 말했다.

"은식 씨, 이제 우리는 당당한 부붑니다. 그러므로 나는 당신에게 여보, 하고 부를 겁니다. 당신도 나에게 그렇게 해요."

말하면서 방에서 다른 초를 두 자루 가지고 나와 불을 당기고,

여태 켜놨던 촛불을 불어 껐다. 그러면서 방금 끈 초를 가리키며 말했다.

"이 초 두 자루는 우리 결혼식의 기념품, 아니, 증인들이니 잘 보관해둡시다."

은식은 저절로 상기되는 얼굴을 주체할 수 없었다. 아무 말도 할 수 없었다. 남편의 말을 듣고만 있었다.

"여보, 우리 저녁 먹으러 갑시다. 오늘은 밖에서 사 먹고 들어옵시다. 내일은 이 집으로 당신을 도와줄 몽골 여성 세 사람이 올 겁니다. 아까 왔던 사람 포함해서 셋이 우리 집에 있을 겁니다."

"세 사람이나요?"

"세 사람도 부족할지 몰라요. 하루에 수십 명의 조선 손님들이 이리로 찾아올 테니까요. 그들에게 잠자리를 제공하고 식사를 책임지고 의복의 세탁까지 해줄 생각이거든요."

"병원의 환자가 아니고 조선 손님이라니요?"

"당신 오빠도 그런 손님 중의 하나였지요."

그러면서 태준은 촛불을 껐다. 그리고 이들 부부는 먼젓번에 한 번 들른 적이 있는 식당으로 가서 저녁을 먹었다. 태준은 술도 한 잔 하면서 은식에게도 권해 조금 마시게 했다.

태준의 신혼 생활은 하루하루가 꿈만 같았다. 이 시절이 태준에게는 평생을 두고도 가장 행복한 때였는지 모른다. 이런 행복한 시간은 꿈처럼 몽롱하기도 했지만 태준은 꿈에만 젖어 있을 수가 없었다. 병원에는 환자들이 말 그대로 인산인해를 이루어 몰려들었고, 비밀 활동을 하고 있는 독립운동 지사들도 하루에 수없이 찾아왔다. 태준은 병원에서 벌어들인 수입을 거의 모두 조선 독립을 위해서 뛰고 있는 독립운동가들이나 비밀단체 동지들에게 썼다.

1919년이 되었다. 이해 3월 초에 조선에서 전국적으로 만세운동이 벌어졌다는 소식을, 동의의국을 들락거리는 조선 사람들로부터 전해 들었다. 태준은 속으로 쾌재를 부르며 부디 이 만세운동이 조선의 주권을 되찾는 데 도움이 되기를 간절히 기도했다.

7월에 이태준은 몽골 국왕 보그드 칸으로부터 국가훈장을 수여받았다. 이 국가훈장을 몽골 말로 '에르데니 인 오치르'라 했는데, 이 말은 '귀중한 금강석'이란 뜻이었다. 이 훈장은 제3등 제1급, 높은 등급의 훈장이었다. 이태준에 대한 몽골 국왕의 훈장 수여는 몽골 정부가 근대의술을 몽골인들에게 널리 베푼 이태준의 박시제중(博施濟衆, 널리 사랑과 은혜를 베풀어 많은 사람을 구함)한 공적과, 또 국왕인 자신에 대해서도 어의로서 성심을 다하여 헌신적인 치료를 해준 은공을 인정했기 때문이었다.

국왕 보그드 칸은 태준에게 훈장과 함께 최신 자동차 한 대도 하사했다. 그러나 태준은 운전을 할 줄 몰랐다. 그래서 왕을 치료하러 왕궁으로 갈 때마다 자동차 운전 기술을 국왕 전용차 운전수로부터 배웠다. 운전수는 태준에게 친절했고, 태준의 청이라면 뭣이든지 들어 주려고 애썼다. 혹시 국왕이 태준에게 자신에 대하여 뭘 물으면 답을 잘해달라는 부탁을 한 적이 있긴 했다. 그러나 국왕은 그런 걸 물어온 적이 전혀 없었다. 그래도 태준은 스스로 국왕 전용자동차 운전수에 대하여 몇 번이나 좋은 말로 왕에게 칭찬해준 적이 있었다.

그해 여름도 다 가고 선들선들 짙은 가을 냄새가 끼쳐지는 9월

초의 어느 날이었다. 김규식이 불쑥 태준에게 나타났다. 상해로부터 자신을 파리강화회의에 파견한다는 연락이 왔다고 했다. 규식은 몇 년 전부터 신한청년당과도 관계하고 있었는데, 그런 연유로 파리로 가게 된 것이라고 했다. 영어에 능통하고 서양 견문에 밝은 김규식이 파리강화회의에 참석할 대표로서는 가장 적격자였을 것이다.

문제는 엄청난 여비였다. 그때쯤 상해 임시정부에서도 이태준의 명망과 인품에 대해서 이미 잘 알고 있었다. 이태준에게로 와 묵으면서 지내다 갈 때 두둑한 활동 자금을 얻어간 지사들이 한둘이 아니었으니 그런 인사들을 통해서도 상해 조선인 사회에서는 갸륵한 이태준을 모르는 사람이 없었다.

임시정부가 김규식을 파리로 파견키로 한 데는 또 다른 이유도 있었다. 임시정부 쪽에서는 파리까지의 막대한 여비를 이태준에게 기댈 수밖에 없었고, 김규식과 이태준의 친밀한 관계를 알고 있었다. 이런 사정을 누구보다 잘 알고 있는 태준이기도 했다. 그는 김규식에게 말했다.

"형님, 오신 김에 좀 쉬시다 가십시오. 그리고 여비 걱정은 마십시오."

"자네 말은 고맙지만 쉴 수 있는 시간이 없네. 지금 바로 장가구로 가서 기다리고 있는 동행과 함께 파리로 가야 하네. 자네한테 번번이 손을 벌려 미안하네."

"당찮은 말씀이십니다. 그래도 여기까지 오셨는데 누이동생을 안 보고 가시겠다고요? 많이 섭섭해 할 텐데요?"

태준은 아내 은식에게 태기가 있어 지금 심한 입덧을 하고 있는 중임을 말할까 말까 하다가 규식이 집으로 가지 않는다고 해서 입을 닫았다. 규식이 집으로 가게 되면 아내의 얼굴이 많이 축난 이유를 밝혀야 하니 자연히 임신 사실을 말해야겠지만, 집으로 안 가고 바로 떠나겠다고 하는데 아내의 임신을 무슨 자랑이라고 떠벌이겠는가. 경상도의 사대부 양반들은 그런 문제에 대하여 병적일 정도로 체통을 지키는 사람들이었고, 태준의 가문은 그런 면에서 더욱 그러했다.

태준이 자동차 운전을 할 수 있게 된 후 어느 날이었다. 어느덧 계절은 겨울로 접어들고 있어 몰아치는 바람 속에 서릿발이 서 있었다. 태준은 어느 일요일 오후를 택해 아내를 차에 태우고 울란바토르 밖 교외로 나갔다. 그의 마음속에는 언젠가 이야기를 들은 적이 있는 야생마 아닌 야생마 타키를 찾아보고 싶은 욕망이 간절했다. 절대로 인간에게 길들여지지 않는 영원한 야생마 타키, 아니 한 번도 그 잔등에 사람을 태워 본 적이 없는 야생마 아닌 야생마 타키. 그런 짐승을 꼭 한 번 만나보고 싶었다. 먼발치에서라도 한 번 보고 싶었다. 아내 은식에게도 광활한 몽골 고원, 세상 모든 것들의 영혼을 품고, 그 영혼들이 살아 숨 쉬는 광야를 보여주고 싶었다.

태준은 아직도 입덧에서 완전히 벗어나지 못한 아내를 운전석 옆자리에 태우고 차를 몰았다. 집에는 일하는 몽골 여성들이 셋이나 있으니 아내가 집을 비운다고 걱정하지 않아도 되었고 저녁 끼니 준비에 신경 쓰지 않아도 되었다.

자동차는 울란바토르를 벗어나 곧장 동북쪽으로 달렸다. 배운 대로 조심스럽게 가속 페달을 밟자 자동차는 미친 듯이 앞으로 나아갔다. 길이야 있는 듯 없는 듯한 허허벌판이어서 돌아올 때를 생각해 방향과 지형지물을 단단히 기억하지 않으면 안 되었다. 그때 마침 차 앞 유리 너머 먼 거리의 시야에 오보인 듯한 것이 보였다. 커다란 돌무더기에 긴 장대가 꽂혀 있었고 장대에는 여러 가지 색깔의 헝겊이 주렁주렁 깃발처럼 달려 있었다. 가까이 가서 보니 과연 오보였다. 은식이 소리쳤다.

"어마아! 여기에도 서낭당이 있네요? 그런데 조선의 서낭당과는 좀 달라요."

"서낭당과 비슷한 구실을 하는 건데 여기 말로 오보라고 해요. 몽골 사람들은 이 오보에 하늘의 신이 내려와 쉰다고 해요. 하늘의 신이라면 바로 하느님이지요. 당신도 하느님에 대해서 알아야 하는데……. 잠시 내려서 쉴까요?"

그들은 차에서 내려 오보 곁으로 걸어갔다. 차를 내리자 거센 바람이 몰아쳤다. 태준은 외투를 벗어 아내의 목과 어깨를 감싸주고 돌무더기를 시계방향으로 세 바퀴 돌았다. 태준이 말했다.

"이렇게 하면 신께서 우리가 가는 길을 잘 보살펴주신대요."

은식도 남편을 따라 바람에 날리는 외투자락을 움켜잡고 오보를 돌았다. 다 돌고는 작은 돌멩이 하나를 주워 와 돌무더기 위에 던지며 침을 세 번 뱉었다. 태준이 물었다.

"침은 왜 뱉어요?"

"저도 몰라요. 옛날 어머니랑 외갓집에 갈 때 산길 고갯마루에 서낭당이 있었는데 어머니는 항상 돌멩이 하나를 던지며 침을 세 번 뱉었어요."

"나중에 우리가 돌아올 때 이 오보가 좋은 길잡이가 될 겁니다.

주변을 잘 봐둡시다. 그렇지, 저어기에 게르도 하나 보이네요."

"게르가 뭔데요?"

"저어쪽 들녘에 천막을 친 것 같은 거 보이지요? 저게 몽골 유목민들의 집이지요. 유목민들은 자주 옮겨 다녀야 하기 때문에 짓기 쉽고, 해체하여 이사하기 쉬운 저런 천막집에서 살지요. 천막을 가지고 이동해야 하니까요."

"여름에 덥고 겨울에 춥겠다."

은식이 혼잣말처럼 중얼거렸다. 태준이 말했다.

"그건 당신이 몰라서 하는 소리고, 그 반대지요. 겨울에 따뜻하고 여름에 시원하대요."

그들은 다시 차에 올랐다. 천천히 달리기 시작했다. 동북쪽으로 가면 산이 더 높아지고 골짜기가 깊어진다. 우선 헨티산맥이 가로놓이고 수풀도 우거진다. 그곳에 닿기 전에 칭기즈칸 산이 있다고 했다. 칭기즈칸 산은 야산 같은 낮은 산인데도 물도 있고 수풀도 있다고 했다. 그 산 주변에는 야생마들이 있다고 했다. 태준은 그런 정보를 병원에서 얻었다. 어찌하든 야생마를 찾아야 했다. 야생마의 무리 속에 목이 좀 짧고, 대가리가 크고, 가슴이 넓고, 갈기와 네 발목이 검은 누런색의 말 아닌 말 타키가 있을 것이다. 타키를 찾아야 한다. 태준은 혼자 타키를 찾아야 한다는 말을 중얼거리며 쾌속으로 달리는 자동차 전면을 주시하고 있었다. 차는 상하로 뛰기도 좌우로 흔들리기도 했다. 그때 처음으로 은식이 입을 뗐다.

"차가 너무 요동치면 안 돼요."

"좋잖아요? 우리는 어릴 때 이런 맛을 호시 탄다고 했어요."

"호시는 좋은데 뱃속의 아기에게 무슨 일이 생길까 봐 그래요."

“아, 그렇네요! 내가 그걸 생각 못했어요. 미안해요 여보. 명색 의사란 사람이 임부를 태우고 차를 함부로 몰다니, 쯧쯧.”

태준은 가속 페달에 놓았던 발을 제동장치 위로 옮겨 차를 천천히 몰았다. 기계란 참으로 사람의 말을 잘 듣고 정직했다. 말 같으면 한참을 씨름해야 속도를 늦추었을 것이다. 천천히 달려도 말보다는 빠른 것 같았다. 그리고 말보다 훨씬 편안했다. 우선 찬바람이 전혀 들어오지 않았다. 말을 타고 달리면 말에서 풍기는 냄새도 맡아야 했다. 자동차는 그런 것도 없었다. 그리고 기수(騎手)는 말이 어디가 불편한지도 늘 신경을 써야 했지만 자동차는 무감정의 기계이므로 그런 신경도 쓸 필요가 없었다.

무엇보다도 늑대가 아무리 많이 나타나 길을 가로막아도 염려 없었다. 혼자 말을 타고 가다가 늑대 떼를 만나면 이놈들이 끝없이 뒤를 따라오기도 한다고 했다. 수십 킬로미터를 추격하여 결국 지친 말을 잡아먹는다고 했다. 달리는 말은 늑대보다 더 쉽게 지친다고 했다. 늑대들은 말이 속도를 늦추기라도 하면 뒤에서 떼로 달려들어 말을 눕히고, 말이 채 숨을 거두지 않았는데 그 자리에서 말을 뜯어 먹는다고 했다. 그것도 내장을 가장 먼저 꺼내 먹는다고. 늑대 무리에 쫓기는 말은 정신을 못 차리고 허둥거리며 달리기 때문에 낭패를 보기가 더욱 쉽다고 했다.

차가 없었으면 은식과 이렇게 교외로 나오지도 못했을 것이다. 은식은 아예 말을 타지도 못했다. 태준은 작은 소리로 콧노래를 흥얼거리며 옆자리의 아내를 자주 바라보았다. 너무 사랑스럽고 소중한 사람이었다.

약 30킬로미터쯤 달리자 시야에 야트막한 산 하나가 나타났다.

산은 높지 않으면서 기다란 언덕처럼 뻗어 있었다. 제대로 찾아온 것 같았다. 칭기즈칸 산 같았다. 태준은 가슴이 뛰었다. 산 위에는 하얀 뭉게구름이 연기처럼 천천히 피어오르고 있었다. 산에는 나무도 듬성듬성 몇 그루가 누렇게 변색된 나뭇잎을 달고 가지를 흔들고 있었다. 차창 밖으로 바람이 불고 있다는 증거였다. 태준은 차를 멈추고 시동을 껐다. 그리고 말했다.

“여기서 잠시 쉽시다. 저 앞 야산 주변을 살펴봐요. 혹시 야생마들이 보이는지,”

“야생마요? 야생마란 게 오늘날 실제로 있어요?”

“있지요. 여기 몽골은 야생마가 있어도 많이 있답니다. 없는데 그런 이름이 있겠어요?”

“야생마는 찾아서 뭐 하게요?”

“내가 찾는 건 야생마 속에 섞여 있는 야생마 아닌 야생마지요.”

“야생마 아닌 야생마, 그런 것도 있어요?”

“있어요. 보통 야생마보다 대가리는 더 크고 목은 짧으면서, 가슴은 더 벌어지고 누른색에, 갈기와 네 발목은 검다고 해요.”

“그런 말을 찾아서 뭐 하냐고요?”

“뭘 하겠다는 게 아니고, 그냥 한 번 보고 싶어서요.”

“무슨 말씀인지 모르겠군요. 그 말을 당신이 타다 도둑맞은 것도 아닌데…….”

“그 말은 탈 수가 없어요. 아무도 못 탄다고요.”

“어마, 그런 말도 있어요? 세상에!”

“그래서 말이 아닌 짐승, 단지 말을 닮은 짐승일 뿐이지요”

“말도 아니면서 말을 닮은 건……. 뭐라고 할까요? 정체성에 문제가 있군요. 그런 말 같지 않은 말을 왜 보시겠다는 건가요?"

"절대로 순치되지 않는 그 고집이 장하게 생각되지 않아요? 사람이 올라타면 처음 한두 번 저항을 하다가 이내 고분고분 길들여져 항상 등에 사람을 태우고 다니는 말보다 얼마나 당당하고 지조 강한 짐승입니까?"

"지조 강한 짐승? 요즘은 사람도 지조를 못 지키는데 짐승이 지조를 지킨다고요?"

"사람이 지조와 절개를 못 지키는 세상이어서 더욱 순치 안 되는 말 아닌 말이 장하게 보이는 거죠. 나는 타키라고 불리는 그 야생마의 정신을 존중해요. 그래서 그런 타키를 보고 싶은 거지요."

그때야 은식은 조용히 입을 닫았다. 태준은 말을 더 하려다 그만두었다. 이런 말이 입에서 뱅뱅 돌았다. 우리 조선의 선비들과 벼슬아치들, 그 지조와 절개를 꺾고 얼마나 많이 왜놈들 밑에 빌붙어 있습니까? 조정에서 황제 폐하를 모시던 작자들, 황제께서 살아 계신데도 왜놈의 졸개가 되어 나라 팔아먹는 일에 앞장선, 짐승이나 벌레만도 못한 정신 나간 것들…….

그때 저쪽 산기슭에서 먼지를 일으키며 돌아 나오는 한 무리의 야생마 떼가 보였다. 거리가 멀어서 요란한 말발굽 소리는 안 들렸지만 태준의 귀에는 힘찬 말발굽 소리가 선연히 들려오는 듯했다. 아내 은식도 야생마 떼를 보고 소리쳤다.

"여보, 저기 봐요! 야생마 무리가 나타났어요!"

"그래요, 당신도 내가 찾는 짐승을 한번 찾아봐요!"

한 50마리는 돼 보였다. 태준은 얼른 차 안에서 자세를 고쳐 앉으며 갈기와 네 발목이 검고 목이 짧고 대가리가 크고 가슴이 벌어진 짐승을 찾았으나 볼 수 없었다. 한 줄로 서서 달리는 것도 아니고 여러 마리가 한데 어울려 앞서거니 뒤서거니 질서 없이 달렸다. 태준은 허리를 굽혀 눈을 크게 뜨고 얼굴을 자동차 앞 유리에 갖다 붙였으나 타키는 보이지 않았다. 있는데 미처 못 본 것인지 몰랐다. 야생마 떼는 이내 시야에서 사라져 칭기즈칸 산 끝자락을 돌아갔다. 어디를 그렇게 바삐 가는 것일까.

"당신은 봤어요?"

태준이 아내에게 물었다.

"아니, 못 봤어요."

태준이 혀를 차며 말했다.

"아, 안타깝네. 빠르긴 어찌 그리 빨라?"

말들은 마치 달리기 경주라도 하듯이 힘차게 뿌연 흙먼지를 날리며 사라졌다. 그러고는 다시 나타나지 않았다. 태준은 끝내 타키를 만나보지 못하고 돌아와야 했다. 돌아가야 할 시간이어서 칭기즈칸 산 가까이로 가볼 수 없었다.

13
운게른의 등장

국제정세는 하루도 편안한 날이 없었다. 1917년 10월에는 러시아의 제정이 무너지면서 혁명의 기운이 분출 직전의 활화산처럼 거세게 꿈틀거렸다. 8월에는 세계대전이 더 치열하게 전개되어 이태리가 독일에 선전포고를 하고, 독일은 루마니아에 선전포고를 했다. 미국도 독일에 선전포고를 해서 전쟁은 더욱 확대되고 있었다. 그리고 이해 10월에는 마침내 러시아에 볼셰비키 혁명이 일어나 11월에 레닌이 수상이 되어 소비에트 연방정부가 수립되었다.

이때 제정 러시아 시대의 하급 군인이면서 짜르(제정) 체제의 열렬한 지지자였던 로만 폰 운게른(Roman von Ungern)이란 사내는 러시아의 제정이 붕괴되자 절망에 빠져 있었다. 그런 그는 볼셰비키 혁명에 반감을 품고 있다가 몽골로 들어왔다. 그가 몽골에 들어오게 되는 경위는 이랬다.

운게른은 1차 세계대전에 참전하여 훈장까지 받았지만 분대장(100인 대장)의 지위밖에 되지 않았다. 그런 그는 요행히 제정 러시아

쪽의 군대인 우수리 부대에 합류하였고, 소비에트 혁명군과의 전투에서 패해 바이칼 호 남부지역으로 도망와 있던 짜르 지지자 세묘노프가 몽골의 부리야트 연대를 창설하기 위해 지휘자를 모집하고 있다는 소식을 들었다. 마침 세묘노프는 운게른과 1차 세계대전에 함께 참전한 사이였다. 운게른은 자신이 살길은 이 세묘노프에 협력하는 길뿐이라고 판단하고 세묘노프를 찾아갔다.

세묘노프는 예전의 전우 운게른을 받아들이고 그를 러시아 변방 하일라르 역(驛)의 사령관으로 파견하고는 곧 이어 내몽골 귀족 푸샨가의 군사고문으로 근무하게 했다. 이리하여 몽골 땅에 발을 붙였지만 운게른은 빈주먹이었다. 어떻게든 저 원수 소비에트 혁명군을 때려잡아야 하는데도 혁명군에 대항할 만한 병력이 없었다. 그 병력을 얻는 길은 몽골뿐이란 생각을 그는 하고 있었다.

운게른이 왜 몽골에서 병력을 보충하려 했던가. 우선 운게른 세력에 대한 몽골 현지민의 저항이 별로 없었다. 적어도 초창기에는 그랬다. 그 당시 몽골의 정치적 상황과 사회 심리는 운게른이 나팔 불며 내세운 명분과 합치했다. 즉 몽골 국민들이 조국을 되찾고 몽골 정부를 수립하는 데에 적극 협력하겠다는 말이었다. 운게른의 이러한 선전은 그를 몽골의 정치적 목적을 실현하는 데에 더할 수 없는 우군으로 보이게 했던 것이다. 때마침 외몽골이 독립을 쟁취한 데 비해 내몽골은 1911년에 수립된 정부가 중국 군대에 의하여 붕괴된 상황이어서 독립에 대한 내몽골 국민들의 열망은 전국적으로 팽배해 있었다. 그러나 자력으로는 독립을 쟁취할 수 없었고 누군가의 도움이 절실했는데 그게 운게른이었던 것이다.

한편 제정(帝政)을 정치의 최고 형태로 보는 운게른의 입장에서,

중국, 러시아 및 유럽에서 무너진 제정을 복원하는 데 몽골은 가장 중요한 버팀목일 뿐 아니라 새로운 세상을 만들어내는 출발점이 되리라 생각했던 것이어서 양쪽은 모두 서로를 필요로 했다.

로만 폰 운게른은 1885년 12월 29일 오스트리아령 그라체(Gratse)에서 태어났다. 그에게는 독일계 가족의 전통에 따라 로베르트 니콜라이 막시밀리안(Robert Nikolai Maximilian)이란 이름이 주어졌지만 나중에 그는 자신의 이름을 로만 폰 운게른으로 고쳐 사용하였다. 운게른은 한때 레발(Reval, 현재의 에스토니아 수도 탈린)의 중학교에서 수학했으며, 1903년 상트페테르부르크(St. Petersburg)의 해군학교에 입학하였다. 러일 전쟁이 발발하자 다니던 학교를 그만두고 자원하여 전쟁에 참가하였다. 그는 뛰어난 전공을 세워 상등병 계급과 군사 동메달급 훈장을 받았다. 전쟁이 끝나자 그는 다시 파블로브스코에(Pavlovskoe) 보병학교에 입학하여 1908년에 졸업하였다.

그는 졸업과 동시에 바이칼 호 남부에 주둔하는 코사크 부대의 아르군(Argun) 연대에 배속되었다. 그는 여기에서 기병장교가 되기 위해 열심히 복무했으나 성질은 고치지 못해 분란을 일으켜 부대에서 추방되고 말았다. 그러나 친척 렌넨캄프(Rennenkamf) 장군의 도움을 받아 다시 군에 복귀하게 되는데, 그러면서 아무르 연대에 배속되었다. 그는 그곳에서 기관총 중대에 있다가 이어 정보부대의 분대장(100인 부대의 부대장)으로 승진하였다. 그러나 전쟁광인 그는 아무르 연대에서 전공을 세울 기회를 찾을 수 없었다. 아무르 연대는 후방에만 주둔하면서 전쟁을 수행하지 않았다. 한시도 가만히 있지 못하는 운게른은 그 어떤 재미도 못 느끼면서 지루한 하루하루를 겨우 견뎌내고 있었다. 그러다 결국 1911년에 반 년의 휴가를 얻어 고향으로 돌아갔다.

1912년, 운게른은 마침 중국에서는 청조(淸朝)가 무너지면서 몽골인들도 독립을 선언(1911년)했고, 제정러시아로부터 교관을 초빙하여 군사학교를 설립한다는 소식을 접하였다. 그는 자신이 속했던 부대를 다시 찾아가서 몽골 파병을 요청했지만 뜻을 이루지 못했다. 그런 그는 부대에서 하는 일 없이 세월을 보내야 했고, 나태하고 기강이 해이된 상태에서 부하들을 괴롭히며 말썽을 피우다 결국 군부대에서 구타사건을 일으켜 사령부에 연행되어 3개월 간 수감되기도 했다. 그러다 1917년 러시아에 혁명이 일어나자 우수리 부대에 합류하였다가 세묘노프를 찾아갔던 것이다.

이리하여 운게른은 1920년 800명으로 구성된 '아시아 기병대'를 이끌고 동부 변경을 통하여 몽골로 들어왔다. 그는 몽골에 들어오자마자 '몽골을 중국 군대의 압제에서 해방시키고 몽골의 자치정부를 복구해 보그드 칸을 다시 국왕에 복위시키겠다.'고 큰소리를 치고, 몽골군에 무기를 주겠다고 약속하는 방식으로 우르가(울란바트로의 러시아식 명칭) 입성을 요청했다. 그리고 절대로 몽골의 내정 문제에는 간섭하지 않겠다는 약속도 했다.

이에 몽골 국왕 보그드 칸은 운게른의 울란바토르 입성을 허용했다. 일부 왕족들은 재산을 출연하고 병사를 징발하는 등 여러 가지로 운게른을 돕기 시작하였다. 이렇게 군사력을 증강한 운게른은 1920년 10월 26일 처음으로 중국 군대가 점령하고 있는 울란바토르를 공격하였다. 그러나 겨울에 감행된 이 전투에서 그는 울란바토르의 중국군을 격퇴하는 데 실패하고 말았다.

1921년 2월 초 운게른은 다시 울란바토르를 침공했는데 그의 휘하에는 대포와 기관총을 소지한 약 3천 명의 군사가 있었고, 그중 1천 명이 몽골인이었다. 이 전투에서 몽골인 병사들은 조국의 독립을 위한 전쟁이라 생각하고 죽기를 각오하고 싸웠다. 몽골인 병사들의 이런 전투력에 힘입어 운게른은 승리했다. 운게른은 울란바토르를 접수하고 다량의 소총, 대포 등의 무기와 중국은행의 금은, 40만 멕시코 달러, 그리고 중국계 회사로부터 3천만 달러 상당의 재물을 노획하였다. 몽골인 병사들은 운게른의 음흉한 복심은 모른 채 오직 조국을 중국에서 해방시키겠다는 일념으로 싸워 운게른 군대의 승리를 이끌어냈던 것이다.

그러나 운게른은 천성이 포악하고 잔인하여 젊은 시절부터 많은 물의를 빚었던 인물이었다. 앞에서 잠시 말했듯이, 부대 내에서 전우를 폭행하여 군에서 감옥살이를 하기도 한 사람이었다. 그런 천성의 소유자인 운게른은 몽골 국왕 보그드 칸과 봉건 귀족들의 협력을 받아 울란바토르를 완전히 점령했다. 그동안 울란바토르를 점령하고 있던 중국 군대는 1921년 2월 3일 울란바토르가 운게른 군대에 함락되면서 전원 퇴각하였다.

그의 부하들은 울란바토르에서 공산주의자들과 유대인들을 처형할 때 대개 가족들이 보는 앞에서 사형 판결을 내리고 처형했다. 운게른은 총탄을 아끼기 위해 사람을 죽일 때는 목을 졸라 죽이거나 교수형에 처했는데 죽임을 당하는 사람들의 가족들은 남편을, 아버지를 살려달라고 애원하였다. 그러면 운게른은 자신이 신고 있는 가죽장화의 목을 지휘봉 겸 회초리로 힘껏 내려치면서 처형을 맡은 부하에게 차갑게 명령했다.

"이자의 가족들도 이자와 함께 모두 처형해!"

이러고는 죽은 사람의 재산을 몰수했다. 그런데 그 재산의 3분의 1은 자신이 가지고, 나머지 3분의 2를 기병대의 재산으로 수납하라는 명령을 내렸다.

운게른 군대의 부하들이 저지르는 강도 행각도 앞에서 언급했지만 말로 다 할 수 없었다. 울란바토르에서 중국군과의 시가전이 벌어졌을 때, 운게른 병사들이 중국회사에 들어가 면포를 몽땅 가지고 나온 일이 있었다. 회사 여직원 두 사람이 그 면포 두 필을 도로 가지고 나오다 붙잡혔다. 그때 마침 운게른이 현장에 있었다. 두 여인을 붙잡은 병사가 운게른을 쳐다봤다. 처분을 묻는 눈이었다. 운게른이 그 병사에게 말했다.

"모든 도둑은 예외 없이 처형한다. 교수형에 처하도록!"

이리하여 이 몽골 여인 두 사람은 끌려가서 교수형에 처해졌다. 자신의 부하들의 노략질은 괜찮고 자기 물건을 도로 가져가는 사람은 도둑이었다.

몹시 추운 겨울 어느 날, 운게른은 러시아인과 유대인을 볼셰비키에 협력했다는 혐의로 그 사람들의 사무실 근처로 가서 간단한 문초를 하고 교수형에 처하라는 명령을 내렸다. 그리고 운게른은 유대인이 쓰던 사무실로 들어갔다. 사무실에는 난로가 달아 있었는데, 그는 난롯가에서 불을 쬐고 있는 어린 몽골 소년 하나를 발견했다. 운게른이 옆의 부하에게 누구냐고 물었다. 부하 병사가 답했다.

"방금 처형당한 사람에게 빵을 가져온 빵집 종업원 소년입니다."

"볼셰비키와 내통한 놈이군. 이 난로 속에 집어넣어 화형해!"

그 소년은 발버둥치면서 난로 속으로 들어갔고, 그대로 타 죽었다!

운게른 군대에 소속된 일본인들은 정식으로 훈련받은 군인이 아니고 대개 일본 전국을 떠돌던 무뢰배여서 대단히 무절제하고 난폭했는데도 운게른은 이들에게 특별대우를 했다. 자신은 중국 가옥에 기거하면서 이들은 구러시아 관사에서 기거하도록 했다. 이들 일본인들은 운게른에게 필요한 여러 가지 정보를 제공했는데, 특히 일본 관헌들이 눈에 불을 켜고 감시하는 조선인들의 신변 문제를 정탐하여 낱낱이 보고했다. 이때부터 러시아군에 배속된 일본 군인들은 이태준을 주시하면서 일거수일투족을 살피고 있었는데, 이런 모든 정보도 운게른에게 보고되었다.

운게른 군대에 밀려 본국으로 패주하던 중국 군대의 사령관 가오시린은 자신의 주치의 이태준에게 함께 울란바토를 떠나 중국으로 갈 것을 명령했다. 하지만 태준은 이를 거역했다. 이태준이 패잔병 장수의 명령을 고분고분 들을 까닭이 없었거니와 사랑하는 아내와 귀여운 딸이 있고, 몽골의 가련한 성병환자들이 있지 않은가. 그러나 무엇보다 더 중요한 일이 그에게 있었다. 소비에트의 레닌 정부가 상해의 우리 임시정부에 보내는 원조금 4만 루블에 해당하는 금괴를 이태준이 보관하고 있었고, 이 금괴를 북경을 거쳐 상해까지 운반하기로 되어 있었던 것이다.

가오 시린은 이태준을 사령관실로 불러 단도직입적으로 말했다.

"대암 선생, 당신은 나와 함께 중국으로 가야겠소."

"그건 곤란합니다."

"곤란하다니?"

"저는 가족이 있고, 무엇보다도 이곳 후르의 많은 환자들을 두고 갈 수 없습니다. 환자들을 하루라도 돌보지 않을 수 없습니다."

"가족은 이 선생과 함께 가면 될 일이고, 여기 환자는 그리 중요하지 않소."

"아닙니다. 의사에게 환자보다 더 중요한 존재는 없습니다. 사령관님의 사병들이 사령관님을 필요로 하는 일 이상으로 여기 환자들은 제가 필요합니다."

"끝내 나의 명령을 거역하겠다는 거욧?"

다혈질이면서 매사에 독선적인 가오 시린은 자존심이 매우 상했다. 면전에서 이렇게 자신의 명령을 거역하는 자는 일찍이 없었기 때문이다. 그는 입술에 경련을 일으키며 손을 부들부들 떨기까지 했다. 그런 그가 말했다. 음성도 사뭇 떨렸다.

"다시 한 번 명령하오. 여기를 떠나 나와 함께 갈 준비를 하시오."

"안 됩니다. 그 명령만은 거두어주십시오."

태준의 말이 끝남과 동시에 가오 시린은 허리에 찼던 칼을 빼 칼등으로 태준의 손목을 내려쳤다. 태준은 눈앞이 캄캄해졌다. 손을 다치면 금괴를 가지고 북경으로 가는 데 지장이 있기 때문이다. 태준은 방금 가오 시린의 칼에 의해 왼손을 심하게 다친 것을 알았다. 다행히 왼손이긴 하지만 왼손만 불편해도 오른손도 힘을 쓸 수 없게 된다. 다친 손에서는 이내 피가 흘렀다. 태준은 의료가방에서 붕대를 찾아내어 왼손을 감았다. 그러나 피는 붕대를 뚫고 나와 핏방울이 바닥에 뚝뚝 떨어졌다.

운게른 군대의 패륜과 난행은 사람들의 입과 입을 통해 몽골 국민들에게 알려지지 않을 수 없었다. 몽골 국민들은 때늦게 운게른에게 속은 것을 깨닫게 되었고, 몽골을 침략자로부터 해방시키겠다는 애초의 약속과 명분이 전혀 사실과 다름은 물론, 운게른은 사람이 아닌 악마, 그것도 미치광이 악마라는 것을 알게 되었다. 여태까지는 운게른을 몽골을 해방시킨 구원자로 보다가 살인마의 우두머리, 강도 집단의 수괴로 보면서 그를 증오하고 저항하는 상황으로 변했다. 이러한 운게른에게 한 가지 특징이 있다면, 싸움터에 나가 있지 않는 한 정장 군복을 즐겨 입고 다닌다는 것이었다. 정장 군복에는 황금색 견장도 달려 있었고, 가슴에는 십자형 훈장도 붙어 있었다. 하지만 그렇게 위엄을 부려도 이제 몽골 사람들은 운게른 군대에 입대하지 않게 되었다.

마침 이와 같은 때에 몽골 북부 지역에서 진행되고 있던 민족 해방 투쟁이 확대되어 그 바람이 남쪽 내몽골 지역으로 내려왔다. 그리하여 드디어 몽골에 임시정부가 수립되고, 외국 침략자들로부터 조국을 해방시킬 분위기가 성숙되어갔다. 운게른은 이제 더 이상 몽골에 발을 붙일 수 없는 형편이 되었다.

1921년 5월 21일, 운게른은 어쩔 수 없이 몽골에서 퇴각하여 소비에트 군대를 치기 위해 북진하였다. 그는 규모가 큰 소비에트 부대는 피하고 병사 수가 적은 부대와 전투를 치르면서 6월 초순 트로이츠코사프스크(Troitskosavsk) 방향으로 진격해 전쟁을 수행했다.

한편 몽골에는 그때까지 운게른 군대의 잔당들이 각지에서 분란을 일으키고 있었다. 몽골 임시정부는 이 문제를 해결하기 위해 소비에트 군대를 몽골로 오게 해서 운게른 군대의 잔당을 소탕했다.

몽골 국민들은 짧은 시일 동안 중국 군대의 지배와 운게른 군대의 지배를 거푸 받으면서 말할 수 없는 고통과 시련을 겪었다. 그러는 동안 자유와 자주의 중요성을 깨달아 민족의식도 함양되었다. 그 결과 국민의 단결을 통해 민족 정권을 복원할 수 있었다.

14

임시정부의 군의관 감무(監務)

1919년 9월, 태준은 몽골에 온 지 5년 만에 처음으로 몽골 국경을 넘어 중국 상해로 갔다. 사실은 상해 임시정부에서 지난 5월에 사람을 보내 태준을 상해로 좀 오라고 했지만 몽골 울란바토르의 일이 워낙 바쁘고 복잡해서 이제야 시간을 낸 것이다. 병원 일도 바빴지만 무엇보다도 아내 은식이 임신을 하고 있어 순산하는 걸 보고서야 잠시라도 울란바토르를 벗어날 수 있었는데 아내가 딸을 낳았고, 또 상해에서 보낸 사람이 마침 의사여서 그에게 병원 일을 좀 맡겨놓고 상해로 간 것이다. 상해에서 몽골로 보낸 사람은 태준의 동향 후배로, 세브란스 의학교 5회 졸업생 이재영(李在榮)이었다. 그는 함안에서 3 · 1 만세운동을 주도하다 왜경에게 체포되기 직전에 요행히 피신하여 상해로 가서 임시정부 요인들의 보호를 받으며 숨어 있었다. 보호를 받는다고는 했으나 임시정부가 그때 막 수립된 직후여서 요직에 임용되지 못한 재영은 그야말로 동가숙(東家宿) 서가식(西家食)의 불안하고 위험한 상황에 처해 있었다. 상해에서의 조선 사람은 확실한 직업이나 직장이 없으면 왜인들의 감시 대상이 되기에 딱 알맞았다. 그리고 상해란 곳은 어디를 가나 왜경과 왜군의 끄나풀이 암약하고 있었기 때문에 언제 어디서나 좌불안석(坐不安席)이었다. 조선에서는 이런 사정도 모르고 망명지는 상해, 라는 안이한 생각에 젖어 상해로 왔지만 재영은 상해에서 불안한 하루하루를 보내고 있었던 것이다. 그러다 재영은 우연히 이태준에 관한 소식을 들었다. 이태준은 마침 같은 함안 출신으로 세브란스 의학교 2회 졸업생인 선배이기도 했다. 이래서 재영은 몽골의 이태준에게로 갈 생각을 굳히고 있었다.

그때 또 이재영의 귀에 들린 소식은 이태준을 임시정부에서는 군의관 감무로 내정했고, 이를 정식으로 몽골의 울란바토르에 있는 이태준에게 통고할 인편을 찾고 있다는 정보였다. 임시정부에서 이태준에게 군의관 감무의 직책을 맡기려는 것은 태준이 동의의국을 거점으로 하여 독립운동과 의료활동을 병행해온 점을 인정하고, 태준에게 공식 직책과 임무를 부여한 것이다. 이재영은 몽골까지의 먼 길을 그냥 찾아가기보다는 임시정부에서 맡긴 임무 한 가지를 띠고 간다면 훨씬 체면도 설 것 같아 임시정부 쪽에다 아는 사람을 넣어 몽골로 파견되는 특사(特使)로 자임하고 나섰다.

이리하여 이재영이 상해에서 울란바토르에 닿은 것은 1919년 5월이었다. 울란바토르는 5월이 돼야 봄이 온다. 이재영이 울란바토르의 동의의국을 찾아간 날은 마침 봄 햇살이 화창한 한낮이었다. 병원 뜰에 목련이 눈부시게 피어 있었다. 손님이 왔다는 말을 듣고 병원 진료실에서 접견실로 옮겨 간 태준은 30대 초반의 낯선 남자를 보고 찾아온 용건을 물었다.

"어디에서 오신 누구신지요?"

"저는 상해 임시정부에서 파견된 특사 이재영입니다. 혹시 이태준 선생님이십니까?"

재영은 임시정부 발행의 신임장을 먼저 내보였다.

"제가 이태준입니다만 무슨 일로 오셨는지……?"

"이태준 선생님이시군요?"

태준은 재영이 내민 신임장을 들여다보다가 말했다.

"우선 안으로 좀 들어가시지요."

접견실로 따라 들어온 재영이 허리를 굽혀 예를 표하며 말했다. 그는 첫눈에 봐도 훤칠한 장부였다.

"선생님의 임시정부 군의관 감무 발령을 축하드립니다."

"임시정부 군의관 감무라니요? 무슨 말씀이신지요?"

재영은 다시 서류 가방에서 임시정부에서 발행한 군의관 감무 발령 확인증을 내보였다. 거기에는 붉은 인주를 듬뿍 묻혀 힘껏 누른 임시정부의 커다란 직인이 찍혀 있었다.

"이 일을 알리려고 그 먼 길을 찾아오셨습니까? 상해에서는 참으로 한가하신가 봅니다. 이런 일로 일부러 여기까지 특사를 파견하는 걸 보면……."

재영은 이태준이 반색을 하며 반가워할 줄 알았는데 시큰둥한 표정을 짓고 있는 걸 보고 적이 탈기하여 태준을 물끄러미 바라봤다. 상해에서 연락부절로 독립운동 관계 동지들이 오갔기 때문에 태준은 이런 소식을 진작 듣고 있었다. 임시정부가 수립되기 전부터 그런 소문이 들렸던 것이다. 군대도 없는 임시정부에 군의관이 왜 필요하며 감무는 또 무엇을 하는 직책이란 말인가. 태준이 알기로 감무란 본시 불가의 용어다. 사찰의 주지 밑에서 절의 제반 업무를 총감하는 승직(僧職)이 감무다. 그러니까 군의관의 책임자란 뜻인 것 같았다.

태준은, 이재영이 내보인 임시정부 발행의 신임장이 필시 이재영이란 사람이 몽골로 오기 위한 목적으로 만든 증표란 생각을 하면서 회심의 미소를 띠고 이재영에게 물었다.

"말씨가 조선 영남 출신 같은데 고향은 어딥니까?"

그러자 이재영은 이 질문을 기다리기나 한 것처럼 답했다.

"예, 선생님과 같은 함안입니다."

"함안? 함안 어느 곳입니까?"

"저는 담안이란 곳입니다."

"그럼 재령 이씬가요?"

"그렇습니다."

"그런데 이 울란바토르까지는 무슨 일로 오시려고 하셨어요? 틀림없이 이재영 씨의 의도가 깔린 신임장 같은데?"

"선생님, 저도 세브란스의학교를 졸업한 의삽니다. 저는 5회 졸업생입니다. 그런데……."

"하시고 싶은 말씀을 계속해보십시오."

"이 동의의국에 환자는 많은데 의사는 선생님 한 분뿐이시니 혹시 제가 선생님 일을 거들면서 여기에서 좀 지냈으면 어떨까 싶어서……. 선생님께서는 워낙 많은 일을 하고 계시니 병원을 비울 때도 있을 것 같고 해서……. 물론 의사로서의 보수 같은 걸 염두에 둔 말은 아닙니다."

"일을 하신다면 임금은 당연히 지급해야지요. 그런데 상해에서 오셨으니 하는 소린데, 상해에서도 의사 노릇은 얼마든지 할 수가 있었을 것이고, 조선에서도 인술에 종사하실 수 있었을 텐데 왜 이런 곳까지 오셨는지 먼저 알고 싶군요."

"예, 선생님께서 너무 정확하게 말씀하시니 사실대로 말씀드리겠습니다. 저도 경남 진주에서 병원을 개업하고 있었습니다. 그 병원에서 만난 환자 한 분의 영향으로 조선 독립에 대하여 관심을 가지게 되었습니다. 그러다 그 환자분의 영향으로 지난해 함안 군북의 3·1 운동에 깊이 관여하여 주동자가 되었지요. 운동에 필요한 자금을 제가 맡기로 했던 것입니다."

"함안 군북의 만세 운동을 주동하셨다? 계속 말씀해보십시오."

"저는 군북 3·1 운동의 주동자로 체포될 위기에서 극적으로 조선을 탈출, 상해로 망명했습니다만, 상해에서도 계속 왜경 나부랭이의 감시를 받는 어려운 처지에 있다가 선생님의 존함을 듣고 이렇게 찾아오게 되었습다."

"이재영 선생에게 조선 독립운동을 하도록 영향을 주었다는 그 환자분이 누구신지 물어봐도 될까요?"

"시골에서 농사를 지으시는 분이라 선생님은 잘 모르실 겁니다. 함안 사촌에 사시는, 함안 조씨 조용관 씨라는 분입니다만."

아, 용관이! 아호가 오곡(烏谷)인 조용관! 태준이 의병을 일으키기로 한 결심을 최초로 밝힌 동지, 자신을 교회로 인도한 은인이자 유일무이한 동무 오곡 조용관. 그러나 태준은 화들짝 놀란 자신의 표정을 얼른 감추고 태연히 물었다.

"그 환자분은 무슨 병으로 병원에 왔으며, 건강은 회복했습니까?"

"그분은 처음 위장병으로 병원에 오셨지요. 그러나 위에 악성 종

양이 생겨 입원을 오래 해 계셨습니다. 그러나 퇴원해 가셨는데, 그 뒤 제가 만세 운동에 가담했다가 왜경에게 쫓기는 몸이 되어 사촌까지 도망쳐 급히 찾아든 곳이 공교롭게도 조용관 선생의 댁이었습니다. 그때까지는 살아 계셨습니다만 지금 살아 계신지는 저도 잘 모릅니다. 이내 조선을 떠나와서…….”

태준은 속으로 혀를 끌끌끌 찼다. 제발 건강이 회복됐으면 좋으련만, 걸린 병이 위중한 것 같으니 어찌 됐을꼬. 그리고 참, 사이가 안 좋던 부인과는 어찌 됐을꼬. 태준이 물었다.

“그분 부인과도 함께 계시던가요?”

“제가 처음 그 댁을 찾아들었을 때, 저를 맞이하신 부인이 조용관 선생께 ‘여보, 여기 한분 나와 보이소.’라고 하시는 걸 봤으니 부인이 계신 것 같았습니다. 혹시 조용관 선생을 잘 아시는지요?”

태준은 다행이란 생각을 하며 말했다.

“아, 아니요. 훌륭한 분이란 생각이 들고 환자라고 했으니 부인이 계셔야 하지 않겠습니까.”

“훌륭하고말고요. 시골 출신의 환자로 그런 인격자는 처음 뵈었지요.”

태준이 말했다.

“이 선생, 잘 오셨습니다. 동향에다 대학까지 동문이니 이렇게 반가울 수가 없습니다. 이태준입니다.”

태준은 새삼스럽게 이재영에게 손을 내밀며 그의 솥뚜껑 같은 손을 잡았다. 그리고 말을 이었다.

“여기서 좀 기다리십시오. 남은 이야기는 나중에 퇴근 후 마저 하십시다. 지금은 환자를 봐야 하니까요.”

"선생님께서 환자 보시는 걸 제가 옆에서 지켜보면 안 될까요?"

"뭐 안 될 건 없지만 이 동의의국에서 함께 일을 하게 될지 말지 모르는데 굳이 그럴 필요가 있겠어요?"

태준은 짐짓 장난기가 도져 이런 말을 웃지도 않고 냉정한 표정으로 뱉었다.

"아, 아닙니다. 제가 혼자 우두커니 앉아 있는 것보다는 선생님 옆에서 진료를 지켜보는 게 덜 심심할 것 같아 그럽니다. 차후에 여기에서 일을 하게 되고 안 되는 것과는 아무 상관없이 한 말입니다."

태준은 이재영과 함께 병원에서 집으로 돌아와 함께 저녁을 먹고 반주도 한 잔 했다. 그러는 그들을 태준의 아내 은식이 옆에서 시중을 들었다. 그때까지 태준은 이재영의 앞으로의 거취에 대해서는 일언반구도 하지 않았다. 이재영은 조용관의 영향인지 이등박문을 포살한 안중근 선생을 존경한다는 말을 했다. 태준이 거실의 십자가를 가리키며 말했다.

"이 선생이 존경한다는 안중근 선생은 천주교인이었지요."

"그렇지요. 안중근 선생께서는 천주교인이었지요. 이 말씀도 조용관 씨로부터 들었습니다."

태준이 재영을 한참 바라보다가 말했다.

"조용관 씨란 분의 어떤 모습에서 이 선생이 의사 노릇을 팽개칠 정도의 영향을 받으셨는지 말씀해주실 수 있습니까?"

재영이 잠시 침묵을 지키며 생각하다 말했다.

"조용관 선생께서는 신학문을 체계적으로 공부하신 것 같지는 않았습니다. 그러나 한학에는 조예가 깊으셨습니다. 특히 안중근 선생에 대해서는 깊이 알고 계신 듯하였고, 안중근 선생의 국권회복 사상과 왜제에 대한 항거정신을 깊이 알고 계신 것 같았습니다."

"어떤 점이 그렇던가요?"

"많은 환자들은 의사가 회진을 가면 자신의 아픈 곳만 가지고 이야기하면서 의사를 못 살게 구는데 이분은 한 번도 당신의 병에 대하여 이야기하신 적이 없었습니다. 의사가 하는 대로 가만히 지켜보고 있다가 틈이 생기면, 조선의 장래 운명, 조선 젊은이들의 사고방식과 경박한 언동에 대하여 걱정하는 말씀만 하셨지요. 특히 온 조선에 일본어 바람, 일본 상품이 유행하는 풍조에 대하여 우리의 무게 없음, 뿌리의식 없음을 개탄하셨지요."

태준은 이런 말을 들으면서 조용관에 대하여 깊은 신뢰와 함께 뜨거운 우정, 게다가 끝내 부인을 버리지 않은 데 대한 고마움까지 새삼스럽게 느꼈다.

태준이 말했다.

"아까 만세 운동 당시 조용관 씨 댁에서 몸을 피했다는 말씀을 하셨는데, 조금 더 자세히 말씀해보세요."

"제가 함안 군북에서 만세운동을 주도하다가 저를 체포하려는 왜놈 경찰과 헌병들을 피해 간 곳이 군북에서 그리 멀지 않은 사촌리 신촌이란 동네였습니다. 흔히 압실이라 불리는 곳입니다. 동네에서 가장 큰 집을 찾아 들어갔더니 거기가 조용관 씨 댁이었습니다. 그래서 그 댁에서 몸을 숨겼다가 조 선생의 조언대로 정암 나루에서 배를 타고 삼랑진으로 나와 기차를 타고 경성으로 갔지요."

태준은 오래전 젊은 시절, 자신이 용관과 함께 경성의 용관 누님 댁으로 갈 때, 정암 나루에서 배를 타고 삼랑진으로 간 것을 떠올렸다. 재영이 계속했다.

"제가 신새벽에 조 선생 댁을 떠나 올 때, 조 선생은 퇴원 후라 몸이 아주 쇠약한 상태인데도 제가 평생 만져보지 못한 노자를 두둑하게 쥐어주시면서 어찌하든지 국권 회복에 한몫을 하는, 이 시대가 요구하는 일꾼이 되라고 하셨지요. 그리고 조 선생께서는 당신이 아는 의사 한 분도 독립운동에 뛰어들어 중국으로 가셨다는 말씀을 하셨지만 저는 그분이 누군지 여쭙지 못했지요."

태준은 방금 재영이 한 말을 귀 기울여 들으면서 물었다.

"조용관 씨가 안중근 선생에 대해서는 어떤 말씀을 하시던가요?"

"사람들은 흔히 안중근 선생을 단순히 이등박문을 응징한 용감한 분으로만 알고 있기 쉬운데 안 선생은 그 사상과 포부에 있어 엄청난 그릇의 소유자이셨습니다. 그런 사상과 신념의 소유자라면 이등박문 같은 자는 안 선생의 손에 열 번도 더 죽어 마땅한 의리 없는 인간이란 걸 조용관 선생의 말씀을 통해 알았고, 그래서 저는 의사이면서도 3·1 만세운동에 큰 관심을 가지고 함안에서 주동자로 참가하게 된 겁니다."

"안중근 선생의 그릇에 대하여 말씀해주실 수 있으신지요?"

"그보다도 선생님께서는 왜제가 노일(露日)전쟁을 일으킬 때에 선전포고문에 일황의 이름으로 쓴 문구에 어떤 내용이 있었는지 혹시 알고 계십니까?"

"선전포고문에요? 무엇이라고 썼는데요?"

"노일전쟁은 동양평화를 유지하고 대한제국의 독립을 공고히 하기 위한 것이라고 썼습니다. 그래서 이를 믿은 조선 국민들의 다수가, 심지어 조선 의병들조차도 노일전쟁 때 왜국을 도왔던 것입니다. 그런데도 전쟁에서 승리한 왜국은 조선의 국권을 강탈하고 조선 민족을 노예처럼 대하고 있으니 배신행위도 그런 배신행위가 없는 것입니다. 이렇게 얄팍하고 의리 없는 짓을 한 자가 이등박문입니다. 이자의 간교한 장난에 허수아비 같은 일황이 속은 것입니다. 이는 일황에 대한 기만이고 반역행위이기도 합니다. 그리고 안중근 선생은 이등박문을 포살하기 전부터 동양평화론을 주장해왔지 않습니까? 동양평화론은 안중근 선생이 여순 감옥에서 집필 중에 사형에 처해져 미완성이 됐지요. 그러나 조용관 선생이 안중근 선생의 동양평화론을 공부한 내용을 요약하면 대강 이렇습니다. 조용관 선생께서 말씀하시는 것을 들으면서 제가 적은 것입니다."

그러면서 재영은 주머니에서 수첩을 꺼내 깨알 같은 글씨로 쓴 것을 읽어 내려갔다.

"선생님, 조금 지루하시다라도 들어보십시오.

1. 지금 이 시대는 약육강식의 풍진 시대로, 세계는 동서로 나누어져 있고, 지금은 서양세력이 동양으로 뻗쳐 오는 시대다. 동양민족들은 일치단결해서 서양세력의 침략과 화란(禍亂)을 방어하는 것이 긴급한 과제다.

2. 세계가 동서로 나누어져 경쟁하며 또한 각 민족이 서로 나누어져 침략하는 것은 본시 서양이 만들어낸 방식이다. 동양민족은 본시 문(文)과 학(學)에 힘썼는데 서양의 여러 민족들은 서로 뺏고 뺏기는 일에 정신이 없었다. 제정러시아가 그 대표적인 예다.

3. 동양에 대한 서양의 침략과 각 민족 사이의 경쟁은 과학의 발달로 전기포, 비행선, 침수정 같은 것들이 발명되며 점점 대형화·흉

포화해가고 있다. 전쟁할 생각을 고치지 않으면 동양은 자멸한다.

4. 노일전쟁은 동양에 대한 서양의 침략과 각 민족 간의 경쟁으로 말미암은 것이다. 이 전쟁에서 일본은 좋은 명분을 내세웠다. 동양 평화를 유지하고 대한제국 독립을 공고히 한다는 것이었다. 만일 명분 그대로라면 이것은 대의를 얻은 것이며 서양의 침략을 막는 것이 될 수도 있었다.

5. 노일전쟁에서 일본이 승리한 것은 일본이 강했기 때문이 아니라 한·청(韓·淸) 양국 인민이 선전 명분을 믿고 일본군을 지원했기 때문이다.

6. 노일전쟁에서 한·청이 구원(舊怨)을 내세워 러시아를 도왔다면 일본이 패전했을 것은 명약관화한 일이다.

7. 일본은 노일전쟁에서 승리한 후에 강화조약 성립을 전후하여 한·청 양국 인사의 동양 평화 소망을 저버렸으며 동양 평화 유지 약속도 저버렸다. 조선인들은 이제 일본에 속은 것을 알고 의병을 봉기해서 독립전쟁을 하지 않을 수 없게 되었다. 일본은 군대를 파견하여 우리의 수십만 의병을 살해했고, 수백의 의병장을 살해했다.

8. 만약 일본이 정책을 고치지 않고 같은 동양의 황인종에 대하여 침략과 핍박을 더욱 심화한다면 동양 평화를 영구히 깨버리는 것이다.

대강 이상과 같습니다. 그리고 조용관 선생은, 안중근 선생이 이등박문을 포살해 마땅한 죄목, 다시 말씀드리면 이등을 사형감으로 만든 그의 죄를 15개항으로 정하여 발표한 것도 저에게 알려주셨는데, 이것은 지난 기유년(己酉, 1909년) 11월 24일자 대한매일신보(大韓

每日申報)에 기사화된 내용이라고 하셨습니다. 한번 들어보시겠습니까?"

"읽어보시오."

"1. 대한국 민황후를 시해한 죄

2. 대한국 황제를 폐위시킨 죄

3. 을사 5조약과 정미 7조약을 강제로 체결한 죄

4. 무고한 대한국인을 학살한 죄

5. 정권을 강제로 빼앗은 죄

6. 철도, 광산, 산림, 천택(川澤)을 강제로 빼앗은 죄

7. 제일은행권 지폐를 강제로 사용한 죄

8. 군대를 해산시킨 죄

9. 교육을 방해한 죄

10. 대한국인들의 외국유학을 금지시킨 죄

11. 교과서를 압수하여 불태워버린 죄

12. 대한국인이 일본의 보호를 받고자 한다고 세계에 거짓말을 퍼뜨린 죄

13. 현재 대한국과 일본 사이에 경쟁이 쉬지 않고 살육이 끊이지 않는데, 대한국이 태평무사한 것처럼 위로 천황을 속인 죄

14. 동양 평화를 깨뜨린 죄

15. 일본 천황의 아버지 태황제를 죽인 죄

이상입니다."

태준은 자기가 경성을 떠난 뒤 용관이 혼자 공부를 많이 했다는

걸 알 수 있었다. 자신을 사촌교회로 인도할 때만 해도 안중근 선생을 깊이 존경하는 줄은 알았지만, 안중근 선생에 대하여 이렇게 많은 공부를 해서 의사 이재영 씨에게 영향을 주고, 이재영 씨로 하여금 독립운동에 뛰어들게 하다니!

"자아, 은자 군북 3·1 운동 이야기를 좀 들어보입시다."

태준은 자기도 모르게 '이제'란 말의 사투리 '은자'가 튀어나온 것을 알았다. 그는 편안하게 입에 익은 고향 사투리를 마음대로 구사하며 이었다.

"이 선생은 조용관 씨의 이야기를 모두 받아 적니라고 욕을 많이 봤습니다이?"

"저는 조용관 선생의 말씀이 너무 새롭고 놀라운 것이어서 받아 적을 때는 고생시럽다는 것도 몰랐지예."

이재영도 서부 경남 사투리를 쓰기 시작했다. 태준이 재영의 말을 재촉하는 추임새를 넣었다.

"그래, 함안에서도 만세 운동이 굉장했던 모양이네요?"

"함안이라 캐도 워낙 여러 곳에서 일난(일어난) 일이라 지가 다는 알 수 없지예. 다만 군북 시위에 지가 깊이 관여했기 때민에 말씀디리겠습니다."

"말씀해보이소."

"군북에서는 3월 20일에 일났는데, 광무황제 인산에 참석하로 상경했던 사람들이 주동이 됐지예. 물론 지도 인산에 참석하고 이 사람들캉 같이 경성에서 내려오자마자 3월 5일에 만세 운동을 위한 모임을 갖고 함안 읍내 시위를 주도해서 3월 19일 읍내 장날에 만세를 불렀지예. 그래가이꼬 이튿날 군북 장날에 군북에서도 만세를 불렀는데 군북에서는 5천 명 이상의 군중이 모였지예. 왜놈들 추산이 3천 명 이상이라고 했거든예. 처음에는 정오에 군북 장터에서 만세를 부를라 쿠다가 사람들이 너무 많이 모이는 바람에 군북 냇가로 변경하여 만세를 부르고 바로 경찰관 주재소로 몰려가 주재소 유리창을 모두 박살냈지예."

"잠깐, 아까 적어 와서 말씀하시던 것과는 달리 이번 말씀은 좀 두서가 없네요. 내가 묻는 대로 차근차근 좀 말씀해보이소. 만세 운동의 구체적인 계획은 운제 오데서 누구랑 모의했는지부터 말씀해 보이소."

"그라이깨네 우리가 처음 모인 거는 3월 10일 군북 장날 해거름 때 백이산 서산서당에서 거사 계획을 짰지예. 박상엽, 김삼도, 이재형, 조성술, 조용태, 노수정, 이점수, 조문규 등이 모여 각 동네 책임자를 정하고, 책임자들은 3월 20일 군북 장날 정오에 동네 사람들을 데리고 모이기로 했지예. 그래가이꼬 서울에서 가져온 태극기와 독립선언서를 서산서당과 여항산 원효암에서 제작했지예. 독립선언서가 너무 길어 지가 짧게 줄아가이꼬 이틀날 읽었지예. 태극기를 맹글고 독립선언서 등사용 한지(韓紙)는 서산서당의 조석규가 부담하고, 이런 것 제작하는 사람들의 식량은 오곡의 박상엽이 부담했지예."

"잠깐, 이재형이란 사람은 혹시 이 선생 아닙니까?"

"저는 이재영이고, 이재형은 군북면 면서기였지예. 3월 18일까지 준비를 다 마친 우리는 3월 19일 함안읍내 시위에 참가했고, 이튿날 군북 시위에 참가했지예. 군북 시위를 한 날부터 검거가 시작되어 지는 급한 김에 사촌까지 올라가서 조용관 선생님 댁에 몸을 숨겼지예. 이틀을 숨어 있다가 노인맹크로 변장을 해가이꼬 정암 나루터로 나와 배를 탔지예. 배로 삼랑진으로 가서 삼랑진에서 기차를 타고 경성으로 갔다가 경성에서 인천으로 가서 인천에서 배를 타고 중국으로 갔지예. 지한테 그리 하라고 일러주신 분이 조용관 선생님 앙입니꺼."

"그 만세 시위로 사상자는 얼마나 됐습니까?"

"뒤에 들은 이야긴데 사망자 21명, 부상자 17명에 왜놈 군경도 13명의 경상자가 났다고 했지예."

"이 선생, 참 욕 많이 봤습니다. 그러니까 조용관 씨는 이 선생의 생명의 은인임시로 정신적 스승입니다이?"

"그렇지예."

"사실은 그 조용관이 나를 교회로 인도한 둘도 없는 동뭅니다."

"그래애예? 아아하, 조용관 씨가 이 선생님캉 그런 사이였다는 걸지는 은자 처음 듣습니다. 그라고 본께네 조 선생님께서 말씀하신 독립운동가가 된 의사는 바로 이 선생님을 두고 하신 말씀인가베예?"

"그거야 나도 모르지요. 그 양반 참 열렬한 기독교 신자였는데 몰랐어요?"

태준의 말을 듣고 재영이 말했다.

"더러 하느님 우짜고 하는 소리는 하신 것 같지만 지는 예사로 들었습니더."

"그 이야기는 이쯤 하입시다. 시방부터 이 선생캉 내가 할 일이 태산같이 많은데 그 태산 같은 이야기를 하입시다. 먼저 이 선생이 나에게 처음 하신 말씀, 나와 함께 이 동의의국에서 일하고 싶다고 하신 것……, 그리 하입시다. 참말로 일이 많고 나는 너무 바쁘니 나를 도와서 여기에 계시기로 하이소."

"그기 정말입니꺼? 선생님, 참말로 고맙습니더. 그런데 연세도 지카마 많이 우인께네 말씀 고마 낮추시이소."

"말이사 높이든지 낮추든지 그기 오데 그리 중요한 일입니꺼? 은자부터 우리가 우찌 맘을 맞추어서 이 병원 일을 함시로 국권 회복 운동을 병행해나가느냐 하는 깁니다."

그때 안방에서 애기 울음소리가 들려왔다. 태준이 얼른 벽시계를 보면서 말했다.

"우리 수옥이가 벌써 젖 묵을 시간이 됐나?"

그러다가 깜짝 놀라며 말했다.

"어허! 벌써 시간이 저렇기나 갔나? 새로 1시가 넘었네. 여보! 수옥이 젖 멕이소! 이 선생, 남은 이야기는 좀 자고, 날 새거든 다시 하입시다."

그들은 각자의 침대로 갔다. 태준이 침실로 들어오자 아내가 말했다.

"누군데 이야기를 그리 오래 하세요?"

"응, 내가 상해로 갔다가 돌아올 때까지 우리 동의의국을 지킬 의사 선생이오. 마침 고향도 같고, 학교도 같은 학교 후배요."

"당신 상해로 가신단 말씀은 하셨지만 언제 가신다는 것도, 무슨 일로 가신다는 것도 아직 말씀 안 하셨어요."

"알고 있어요. 아직도 한참 더 있다가 떠날 거요. 그리고 갔다가도 조속한 시일 내에 돌아올 거요. 유람 삼아 가는 건 아니고, 사내 대장부가 할 만한 일로 가는 거니까 걱정하지 말아요. 아 참, 상해 임시정부에서 나를 군의관 책임자로 임명했소. 그래서 가지만 그

일 말고 다른 일, 어떤 책임을 지고 가기도 하는 거요."

태준은 금괴를 운반해 간다는 말을 끝내 하지 않았다.

15
1차 임무 수행

태준은 김립(金岦)과 함께, 러시아 레닌정부가 상해임시정부에 제공하는 200만 루블 중 8만 루블에 해당하는 금괴를 가지고 북경을 거쳐 상해까지 무사히 도착하여 임시정부에 전달했다. 그때가 1920년 11월 하순이었다. 울란바토르를 떠난 게 11월 초순이었는데 그때 몽골은 벌써 겨울 날씨였다. 그런데 상해는 11월 하순인데도 딱 견디기 좋은 가을 날씨였다. 상해에서 임무를 수행하고 잠시 조선에 입국, 고향 함안으로 가 단 몇 시간 동안 머물고 다시 상해를 거쳐 몽골로 돌아가는 길에 북경에 도착했다. 그는 서둘러 김원봉(金元鳳)과 만나기로 한 장소로 갔다.

한인사회당의 비밀 연락원인 조응순(趙應順)이 알려준 장소의 명칭은 그냥 이화궁(梨花宮)으로만 되어 있었는데, 가서 보니 그곳은 반점(飯店)이 아닌 요정이었다. 요정은 크고도 넓었다. 조응순은 태준에게, 계산대에 앉은 사람에게 '若山'이란 글자만 써 보이라고 했다. 태준이 카운터로 가서 若山이라고 써 보이자 젊은 남자 종업원이 그를 데리고 구석 쪽의 어떤 방으로 안내했다. 김원봉은 그 방에 혼자 앉아 태준을 기다리고 있다가 얼른 몸을 일으키며 손을 내밀었다.

"어서 오이소, 대암 선생님, 제가 김원봉입니다."

"반갑습니다. 이태준입니다."

약산은 대암보다 열다섯 살이나 아래였다. 그러나 이러한 나이 차이는 아무것도 아니었다. 원봉은 밀양 출신, 태준은 함안 출신이니 같은 영남이라 친밀감도 있었지만 무엇보다도 조국의 국권 회복이란 목표가 같은 두 사람은 초면이면서 마치 구면인 동년배처럼 서로를 생각했다. 그러나 두 사람 모두 가난한 농부의 아들이란 사실은 아직 서로 모르고 있었다. 조응순에 의하면 약산 김원봉은 스물두 살밖에 안 됐는데도 의열단(義烈團)의 단장이라 했다. 그러나 태준은 그때까지 의열단이란 단체를 모르고 있었다. 하기는 그 전 해인 1919년 11월에야 결성되었으니 알 수도 없는 일이었다. 의열단이란 이름이 뜻하는 바는 조국 독립을 위해 정의롭고 뜨겁게 활동하는 단체일 것이라 짐작했을 뿐이었고, 조응순이, 김원봉이란 젊은이는 의열단을 이끌고 나가는 훌륭한 투사라고 해서 그런 줄 알고 있었다. 태준이 나이보다 노숙해 보이는 김원봉을 물끄러미 바라보면서 말했다.

"만리타국에서 고생이 많소이다. 의열단을 이끌고 계신다고요?"

"그보다도 대암 선생님께서 큰일을 무사히 끝내신 노고를 위로하고 또 그 성공을 경하드립니다."

"나 혼자 한 일도 아니고, 또 당연히 해야 할 일 아닙니까? 이런 일이 한 번 더 남아 있기도 하고."

“그야 그렇지만 원로에 그 위험한 일을 해내시느라 얼마나 노심초사하셨습니까? 노독도 푸시지 못한 대암 선생님을 좀 뵙자고 한 것은…….”

“마음 놓고 말씀해보세요.”

“오늘은 변변찮지만 제가 마련한 주안(酒案)이나 드시고, 나중에 침실로 정한 이 옆방에서 주무십시오. 내일 말씀드리도록 하겠습니다.”

“그리 급한 일이 아니라면 그것도 무방하지요.”

김원봉은 종업원을 불러 술상을 가져오라고 했다. 술상은 미리 준비를 해놓았던 듯 바로 들어왔다. 태준은 원봉이 공손하게 건네는 술잔을 받았고, 태준도 원봉에게 술을 권했다. 오랜만에 마시는 중국 술의 향취가 태준을 이내 기분 좋게 취하게 했다. 태준이 말문을 열었다.

“의열단에 대해서 좀 알고 싶은데 말씀해주시겠소?”

김원봉의 설명에 의하면, 의열단은 작년 1919년 11월 10일 만주 길림성에서 조직된 비밀 항일 운동 단체다. 단원은 모두 일정한 주소를 가지지 않고 비밀을 생명처럼 여기면서 왜인 관리(官吏)의 암살, 관청 파괴를 목적으로 한다. 김원봉 자신이 주가 되어, 윤세주(尹世胄), 이성우(李成宇), 곽경(郭敬), 강세우(姜世宇), 이종암(李鐘岩), 한봉근(韓鳳根), 한봉인(韓鳳仁), 김상윤(金相潤), 신철휴(申喆休), 배동선(裵東宣), 서상락(徐相洛) 등이 그 단원들이다. 이들은 모두 나라를 위해서는 목숨을 초개같이 아는 사람들임을 김원봉은 강조했다.

이들은 이 모임을 열었던 9일, 밤새도록 회의를 계속하고 11월 10일 새벽에 이르러서야 의열단이란 비밀단체를 결성하게 되었다고 했다. 그 자리에서 '공약 10조'를 결정하였다…….

여기서 김원봉은 일단 하던 말을 멈추고 태준에게 다시 술을 따라 권했다.

"선생님, 우선 한잔 하시고 오늘은 좀 쉬십시오."

"고맙소이다. 약산도 한잔……. 그런데 방금 공약 10조라고 하셨는데 그 내용도 좀 알 수 있을까요?"

원봉이 술잔을 입으로 가져가다 말고 말했다.

"있고말고요. 제가 초(抄)한 것인데……."

그러면서 원봉은 다음과 같은 내용임을 알려주었다.

1. 천하의 정의의 일을 맹렬히 실행한다.
2. 조선의 독립과 세계의 평등을 위하여 신명을 희생한다.
3. 충의의 기백과 희생의 정신이 확고한 자라야 단원이 된다.
4. 단의를 앞세우고, 단원의 의견을 무겁게 생각한다.
5. 의백(義伯, 단장) 1인을 선출하여 단체를 대표한다.
6. 언제 어디에서나 매월 한 차례씩 사정을 보고한다.
7. 언제 어디에서나 회의 소집에 반드시 응한다.
8. 죽음을 당하지 아니하면 단체의 뜻에 정성을 다한다.
9. 1이 9를 위하여, 9가 1을 위하여 헌신한다.
10. 단의에 배반한 자는 사형에 처한다.

적어 온 것을 보고 읽는 것도 아니고, 열 개 항을 줄줄 외는 품이 두뇌도 비상한 사람으로 보였다. 이 젊은이도 고향에 부모 형제가 있을 텐데 그 따뜻한 가족의 손길을 떠나 혼자 이 고생을 하고 있다니……. 원봉을 지켜보던 태준은 자기도 모르게 눈알이 뜨거워지는 걸 느꼈다. 아, 참으로 장한 청년이다. 우리 동포 사이에 이런 청년이 백 명만 있어도 당장 나라를 되찾을 것 같은 생각이 들 정도였다. 태준이 물었다.

"1이 9를 위하여, 9가 1을 위하여 헌신한다는 말은 무슨 뜻입니까?"

"개인이 아니면 전체를 이룰 수 없고, 전체를 떠나서는 개인이 존재할 수 없음을 뜻한다고 생각하여 쓴 말입니다만."

술 한 잔을 마신 태준이 말했다.

"그렇군요. 장하고 또 대견합니다. 그런데 의열단의 구체적 행동목표는 무엇인가요?"

"예, 저희들은 암살 대상을 왜적 총독 이하 고관, 군부 수뇌, 대만총독, 매국노, 친일파 거두, 반민족 토호 분자 등으로 정하고, 파괴대상으로는 조선총독부, 동양척식회사, 매일신보사, 각 경찰서, 기타 왜적의 중요기관을 정해놓고 있습니다."

"그렇군요. 거듭 말하지만 장하십니다. 반드시 뜻을 이루어 조국광복을 앞당기는 데 기여하시기를 충심으로 축원합니다."

"감사합니다, 선생님."

"암살 대상자에 대만 총독도 들어 있는데?"

"예, 조금은 의아한 생각이 드실 겁니다. 그러나 대만 주민들이 조선 민족과 한 가지로 왜적의 압제하에 있으므로 같은 약소민족으로서 깊은 우의와 동정을 표하고자 하는 뜻에서 나온 것입니다."

"듣고 보니 옳은 생각입니다. 의열단이라……. 단체 명칭을 이렇게 정한 특별한 연유라도 있는지요?"

"부끄럽게도 이것도 제가 정한 것입니다. 공약 10조의 제1조에 있는 글자, '정의'의 '의', '맹렬히'의 '렬'을 취해서 이렇게 지었습니다."

"그런 뜻이었군요. 퍽도 주제넘은 말이지만 나도 가입할 수 있겠습니까? 의열단 10개조를 모두 찬동해서 하는 소립니다. 다만 제7조의, 언제 어디서나 소집에 응한다는 조항이 지키기 힘들기는 하겠지만……."

"그런 건 아무 문제도 안 됩니다. 입단하십시오, 선생님. 쌍수를 들고 환영합니다."

"고맙소이다. 자, 의열단의 말석 단원이 단장께 한 잔 드리리다."

"고맙습니다. 선생님."

두 손으로 잔을 받아 조심스럽게 비운 원봉이 말했다.

"선생님, 오늘은 좀 쉬시고, 내일 제가 드릴 말씀을 드리겠습니다. 옆방을 선생님의 침실로 잡아두었으니 가시어 좀 쉬십시오."

"아니오. 아직 잘 시간도 멀었으니 이 귀한 요리와 술을 좀 더 합시다. 그리고 하실 말씀도 지금 하시고……."

그러자 김원봉이 무릎걸음으로 바짝 다가앉으며 말했다.

"선생님 감사합니다. 그런데 제가 오늘 선생님께 드릴 말씀은 이런 것입니다. 저희들은 폭탄 제조 기술을 하루 빨리 익혀야 합니다. 저희들이 목숨을 걸고 적들에게 혹은 그들의 건물에 폭탄을 써야 하는데, 폭탄 제조 기술이 안 좋아 폭탄이 제대로 폭발하지 않으면 그런 낭패가 없지 않겠습니까? 저희들에게 폭탄 제조 기술은 매일 먹는 밥보다 더 중요합니다. 그러나 아직도 그 기술을 완전히 익히지 못하고 있어 선생님을 뵙고자 했습니다. 선생님께서 폭탄 제조에 뛰어난 기술을 가진 서양사람 한 사람을 아신다고 하기에……."

태준은 조응순에게 언젠가 폭탄을 제조하는 기술자를 알고 있다고 했고, 응순은 이 말을 기억하고 있다가 북경에 들렀을 때 원봉을 만나 폭탄 제조 기술자가 아직도 필요하냐고 물었다. 원봉은 반색을 하며 그런 사람을 알고 있으면 소개해달라고 매달렸다. 그래서 태준으로 하여금 북경에 들른 김에 김원봉을 만나게 한 것이다.

그러면 태준은 어떤 연유로 폭탄 제조 기술자를 알게 됐으며 그는 누구인가. 지난겨울이었다. 무섭게 추워서 문을 철저히 닫아놓고 진료를 하고 있던 어느 날, 동의의국으로 눈알이 새파란 서양사람 하나가 찾아왔다. 서양인은 대개 키가 큰 데도 이 사람은 키도 그리 크지 않았고 덩치도 동양사람처럼 자그마했다. 다만 눈썹 숱이 무섭게 짙어, 눈언저리가 온통 무성한 털로 덮여 있었다. 태준이 짧은 영어로 어찌 왔느냐고 물었더니 그도 서툰 영어로 몸이 아프다고 했다. 그는 입은 옷도 남루한 위에 몽골에서는 겨울철에 아무도 입지 않는 얇은 옷을 입고 있었다. 얼굴도 핏기가 없었고 살이 빠져 많이 쇠약했다. 얼른 봐도 그는 행려병자처럼 보였다.

태준은 간단한 진찰을 했다. 열이 있었고, 목도 많이 부어 있었다. 심한 감기였다. 잘못하면 폐렴으로 발전할 정도로 폐의 기능도 안 좋았다. 태준은 해열제와 폐의 기능을 돕는 약을 지어주고는 난롯가의 의자에 앉게 했다. 또 다른 의사 이재영이 있어 조금 여유가 있기도 했다. 태준이 병원으로 입고 와서 벗어둔, 두꺼운 양가죽을 잇대어 만든 외투를 가져와 그의 어깨에 걸쳐주었다. 그러고는 난로 위에서 펄펄 끓고 있는 차를 한 잔 따라주었더니 두 손으로 움켜쥐고는 천천히 마셨는데, 차의 김 때문인지 그 서양인의 눈가에 이슬이 맺혔다. 차를 다 마실 때까지 태준은 그에게 아무 말도 하지

앉았다.

잠시 뒤에 그는 차를 다 마시고는 어깨에 걸쳐진 태준의 옷을 벗어 주면서 허리를 깊이 숙여 절했다. 그러고는 자기 호주머니 위에 오른손을 대고는 두드리며 돈이 없다고 사정했다. 태준은 염려 말라는 뜻으로 웃으면서 두 손을 저었다. 그러고는 외투를 도로 걸쳐주며 내일 한 번 더 오라고 했다. 그러다 그의 신분이 궁금해서 다시 의자에 앉게 하고 울란바토르에는 어떻게 왔느냐고 손짓과 표정을 섞어 물었다. 그러자 그는 품에서 종이 쪽지 한 장을 꺼내어 펴 보였다. 몽골군 부대에서 발행한 신분증이었는데, 그는 놀랍게도 포로였다. 국적은 헝가리, 이름은 마자르. 태준은 고개를 크게 주억거리며 마자르란 사람의 털투성이 손을 잡고 천천히 영어로 말했다.

“어디에서 먹고 잡니까?”

그러나 그는 아무 말도 못했다. 말귀를 못 알아들어서가 아니고 일정한 거주지가 없었기 때문이다. 태준이 계속해서 대화를 나눠 안 사실은 이러했다.

마자르는 헝가리인이면서도 1차 세계대전에 참전해 몽골까지 와서 싸우다 포로가 되었다. 전쟁이 끝나자 포로들은 뿔뿔이 흩어져 각기 고향으로 돌아갔다. 그러나 마자르는 수중에 돈이 없어 고향으로 돌아가지도 못하고 울란바토르를 떠돌고 있다고 했다. 태준이 말했다.

“우리 병원에서 함께 지냅시다. 밥값을 하면 됩니다. 병원에는 할 일이 많아요. 운전할 줄 알면 차를 몰아도 되고…….”

“운전은 할 줄 압니다. 군에서 차를 몰았지요.”

이래서 마자르를 병원에 있게 하면서 한 가족처럼 지냈다. 그러는 중에 그가 공병대에 있었기 때문에 폭탄 제조 기술이 탁월한 사람임을 알았던 것이다. 마자르는 또 대단한 애국자로 열혈청년이었다. 자신의 조국은 헝가리이지만 비록 타국일지라도 그 나라가 남의 나라의 침략을 받아 고통을 받고 있으면 언제든지 나서서 돕는 의협심 강한 사람이란 것도 알게 되었다. 그래서 태준은 더욱 마자르에게 관심을 가지고 보살피고 있었다.

어느 날 마자르가 말했다.

"저의 이름 마자르는 헝가리에서 목축을 하며 살아가는 종족의 이름이기도 합니다. 즉 저는 마자르족의 한 사람이지요. 저의 아버지는 종족의 이름을 저의 이름으로 지었어요."

이태준은 우리 배달민족의 이름인 배달을 사람 이름으로도 쓰는 걸 알고 있었으므로 고개를 끄덕이며 말했다.

"그렇군요. 마자르 씨의 어깨에 마자르족의 명예가 달려 있습니다."

"그런데도 이 지경이 되어 있어 안타깝습니다."

"아닙니다. 언젠가는 정의로운 일을 하실 날이 올 겁니다."

"고맙습니다, 닥터 리."

태준은 김원봉을 만나기 전이었으므로 마자르의 기술과 위인만 알았지, 그가 북경으로 갈 수 있는지에 대해서는 물어보지 않은 상태였다.

그래서 태준이 원봉에게 말했다.

"폭탄 제조에 뛰어난 기술을 가진 사람을 한 사람 알고 있기는 한데, 그 사람이 몽골에서 여기까지 오려고 할지는 몰라요."

“대암 선생님께서 그를 설득하여 어찌하든지 여기로 올 수 있도록 도와주십사 하고 제가 이렇게 빕고 있는 거 아닙니까?”

“그건 그렇고, 약산도 고향이 밀양이란 걸 조응순 동지를 통해 알았지만 참 대단한 분이오 그려.”

“저도 대암 선생님은 고향이 함안인 줄 조응순 동지를 통해 알고 있었습니다. 조 동지 말씀이 대암 선생님이라면 반드시 이번 일을 성사시켜주실 거라고 했습니다.”

“내가 몽골로 돌아가서 그 서양 사람을 만나 한 번 떠보지요. 그 이야긴 그쯤하고 은자 좀 잘까?”

“그라이소. 옆방으로 가입시다, 선생님.”

태준은 원봉의 안내로 침실로 마련된 옆방으로 옮겨 와 침대에 누웠다. 그러나 술까지 마셨는데도 잠은 오지 않았다. 물론 술은 적당히 마셨고 많이 취하지 않았다.

지난 4월, 모스크바의 레닌 정부에서 상해임시정부에 200만 루블을 지원하겠다고 약속하고 1차로 40만 루블의 금괴가 한인사회당 코민테른(국제공산당) 파견대표인 박진순과 상해임시정부 특사 한형권에게 맡겨졌다. 레닌은 볼셰비키 혁명에 참여하면서 조선인들이 일본군에 맞서 싸우고 있음을 잘 알고 있었다. 더구나 레닌은 조선의 3·1운동에 깊은 감명을 받고 있었다. 조선에 대한 레닌의 그런 우호적 감정에다 박진순과 한형권의 외교적 노력이 더해져 200만 루블의 지원이 가능했다. 얼마나 다행스런 일인가. 임시정부는 한 푼의 돈도 아쉬운 터였다. 그런데 200만 루블이라니!

이태준은 누워서, 감격적이고 역사적인 일을 곰곰이 떠올려봤다. 1차로 받은 40만 루블에 해당하는 이 금괴는 모스크바로부터 시베리아 횡단 철도를 거쳐 박진순 동지와 한형권 동지가 시베리아의 베르흐네우진스크까지 운반했다. 이 40만 루블의 금괴는 무게가 300kg으로 일곱 뭉텅이로 되어 있었다.

베르흐네우진스크에서 모스크바로 귀환하는 한형권에게 활동자금으로 6만 루블을 주었다. 34만 루블이 남았다. 34만 루블 중 22만 루블은 박진순이 몽골과 러시아 국경 가까이에 있는 러시아의 도시 만저우리를 통해 철도로 상해까지 운반하기로 하여 성공했다.

나머지 12만 루블은 이태준과 김립이 몽골 울란바토르에서 중국의 장가구, 북경을 거쳐 상해로 운반하기로 되어 있었다. 그러나 이때 울란바토르는 상황이 대단히 악화되고 있었다. 운게른 군대가 몽골을 침공해 왔기 때문이다. 그래서 12만 루블을 8만 루블과 4만 루블로 나누어 4만 루블은 이태준이 자기 집의 뒤뜰, 건물 벽 밑을 파 묻어두고, 8만 루블만 가지고 김립과 함께 상해까지 성공적으로 운반했던 것이다. 그리고 돌아오는 길에 북경에서 김원봉을 만나 한 잔 하고 이렇게 누워 있다. 이제 남은 일은 몽골로 돌아가서 감춰둔 4만 루블을 이곳 북경까지 마저 가지고 오면서 그 길에 마자르를 김원봉에게 데리고 오는 일이다. 이것이 태준에게 맡겨진 두 번째 임무이다. 북경에서 상해까지는 김립과 또 한 사람의 동지가 금괴를 운반해 갈 것이고 그가 누구인지는 태준도 몰랐다.

이제 웃기 시작한 귀여운 딸 수옥이가 떠올랐고, 딸을 데리고 혼자 있을 아내가 생각났다. 집을 떠날 때, 딸애를 안고 아내가 한 말이 귓가를 맴돌았다. 여보, 꼭 가셔야 해요? 그 일이 저 김은식과 우리 수옥이보다 더 중해요? 태준이 답했다. 그야 물론 당신과 수옥이가 더 소중한 존재요. 하나 이 일은 내가 하지 않으면 안 돼요. 그런데 그 일을 무사히 마쳤다.

그러나저러나 이제 울란바토르로 돌아가서 남은 4만 루블을 북경까지만 운반해 오면 임무는 끝나는데, 울란바토르를 침공한 러시아의 반혁명군 운게른 군대가 마음에 몹시 걸렸다.

태준은 이런 생각을 하다가 또 그 이전의 일까지 떠올렸다. 1918년 10월에 유동열이 동의의국을 찾아온 일이다. 유동열은 태준과 함께 1914년에 몽골로 와서 근 1년을 동고동락한 동지였다. 태준이 동의의국을 처음 개업했을 때 유동열은 서왈보와 함께 여러 가지 궂은일도 마다하지 않으면서 혹독한 겨울을 지내고 1915년 봄에야 울란바토르를 떠났다. 그런 유동열이 블라디보스토크와 모스크바 등 각지로 다니면서 여러 가지 활동을 하고 있다가 이번에 다시 새로운 일 때문에 김립과 함께 울란바토르를 찾아온 것이다.

유동열이 태준을 찾아왔을 때 그는 김립과 함께 와서 김립을 태준에게 소개했다. 당시 김립은 한인사회당에서 선전부장을 맡고 있었다. 유동렬은 김립과 러시아 하바로프스크에서 제정 러시아 군대에 잡혀 있다가 도망쳐 오는 길이라 했다. 그런데 이들은 오는 길에 또 운게른 군대에 잡혀 겨우 도망쳐 왔다고 했다. 유동열이 말했다.

"대암 동지, 기뻐하시오. 러시아의 레닌 동지가 식민지 인민의 독립 투쟁을 지지하고 지원하겠다고 약속했소."

"그 소식은 조응순 동지로부터 들었습니다."

초면인 김립이 말했다.

"조응순 동지는 한인사회당의 비밀연락원입니다. 이곳 몽골에도 그런 연락원이 한 사람 더 필요합니다."

유동열이 말했다.

"대암 동지, 지금 한인사회당 당원 동지들은 너무 바쁘고 일이 많아요. 모스크바는 지금 전 세계 공산주의자들과 혁명가, 식민지 해방 투쟁에 앞장선 독립운동가들의 활동 거점이 되어 있어요. 한인사회당 운동가들은 모스크바와 멀리 떨어진 블라디보스토크와 상해 등지에서 활동하고 있는데, 이들의 상호 연락에는 비밀연락원이 더 필요해요. 지금은 조응순 동지만 비밀연락원으로 있어요. 그런데 이 울란바토르에 그런 비밀연락원이 꼭 한 사람 더 있어야 한단 말입니다."

태준이 웃으면서 말했다.

"그렇다면 그건 제가 맡지요. 바로 저더러 맡으라고 하시면 될 걸 왜 말씀을 그리 빙빙 돌리십니까?"

유동열과 김립이 동시에 말했다.

"고맙습니다."

김립이 더 이었다.

"그런데 이 동지와 제가 해야 할 중대한 일이 있습니다. 오늘 이 동지를 찾아뵌 것은 사실 이 일의 의논 때문이었습니다."

"뭔데요?"

유동열이 설명한 그것이 상해까지의 금괴 운반이었다. 이래서 태준은 금괴를 가지고 상해까지 무사히 운반하여 경북 안동 출신의 독립운동가 김연환에게 전했다. 김연환은 당시 상해 임시정부의 자금책이었다. 그리고 김연환을 도와 그의 밑에서 일하고 있는 두 사람의 동지 심일섭, 김정백과 함께 상해에서 배를 타고 조선 부산으로 가서 함안 고향까지 찾아보고 왔다. 그리고 다시 상해로 와서 북경을 거쳐 몽골로 돌아가는 길이다. 태준의 고향 방문은 물론 허무하기 그지없었다. 딸들과 동생 부부 등 가족을 아무도 못 만났기 때문이다.

어디선가 컹컹컹, 개 짖는 소리가 들렸고 밤은 깊을 대로 깊었다. 내일은 북경을 떠나 몽골로 돌아가는데 오후에 소개받은 이극로(李克魯)를 데리고 몽골까지 가야 한다. 이극로는 베를린대학에 유학하기 위해 몽골 사막을 거쳐 시베리아 횡단철도를 이용할 계획이어서 몽골로 가는 데 동행하기로 했기 때문이다. 이극로는 함안과 이웃인 경남 의령 사람이기도 하거니와 나이 열 살이나 밑인데도 아주 총명해 보이는 사람이었다. 그는 상해 동제대학 예과를 마치고 독일로 유학 가는 젊은이였다.

16
조선 입국과 고향방문

이태준이 금괴를 가지고 상해에 도착한 것은 11월 하순이었다. 몽골을 떠나올 때는 한겨울이었는데 상해는 가을이었다. 금괴는 임시정부의 자금책 김연환에게 전달했다. 그리고 태준은 모종의 사명을 띠고 조선으로 갈 임시정부 동지 한 사람, 그리고 또 다른 한 사람과 술을 마시는 자리에 참석하게 되었다. 태준과 인사를 나눈 두 사람 중 심일섭이란 사람이 말했다.

"조선으로 가는 배가 마침 12월 10일에 있답니다. 김 동지는 그 배를 타고 조선으로 가야 할 것 같습니다."

그는 30대 중반의 남자로, 영남 말씨를 쓰고 있었다. 이마가 훤하고 눈이 서양사람처럼 깊은 사람이었다. 다른 한 사람이 말했다. 그의 이름은 김정백이었다. 그가 조선으로 갈 사람이었다.

"기럼, 그 배를 타야디요. 내레 바쁘게 생겼디요. 이번 배는 부산에 잠시 정박했다가 인천으로 간다는구만."

그는 평안도 억양의 말씨였고, 키가 큰 위에 턱이 무섭게 발달한 사람이었다. 골격도 굵은 장골이었다. 태준이 심일섭에게 물었다.

"저는 고향이 경남 함안입니다만 심 동지께서는 고향이……? 말씀을 들으니 영남이신 것 같은데……."

심일섭이 말했다.

"아, 함안이라고요? 저는 진양군 평촌입니다."

"그렇군요. 평촌 감동에 청송 심씨가 많이 살지요."

"맞습니다. 제가 감딩이에 삽니다. 이 동지는 함안 어딥니까?"

"저는 군북 평광입니다."

"허허, 감딩이에서 그리 멀지 않은 곳이 평광인데, 더 반갑습니다. 어시 고개만 넘으면 명동이고 명동 아래 동네가 평광 아닙니까?"

"예, 그렇습니다. 감동을 감딩이라고 하는 소리 참 모처럼 듣습니다."

"감동이사 면소 호적부에나 있는 말이고 우리는 감딩이라 안 쿱니까?"

김정백이 말했다.

"허허, 오늘 심 동지는 이 동지 만나서리 향우회 하는구만."

그 말에는 답도 하지 않고 심일섭이 말했다.

"방금 김 동지 말씀대로 이번 배는 부산을 거쳐 인천으로 갑니다. 인천꺼정 갔다가 다시 부산을 거쳐 상해로 돌아옵니다."

그러나 이때까지도 태준은 심일섭의 말을 예사로 들었다. 그런데 심일섭이 다시 말했다

"이 동지, 고향을 떠난 지가 얼마나 됐습니까?"

"오래 됐지요. 정미년(1907년)에 떠났으니까 금년으로 14년째네요."

"고향 소식은 더러 듣습니까?"

"상해라면 몰라도 몽골에 있으니 어찌 듣겠습니까? 고향 소식이 하도 궁금해서……."

"그렇겠지요. 이번 기회에 고향을 잠시 다녀오시지요."

"예? 고향을요?"

"김 동지가 타고 갈 배가 인천으로 가는데 부산을 거쳐 갑니다. 인천에서 돌아올 때도 부산을 거쳐 옵니다. 배가 부산에서 인천에 갔다가 다시 부산으로 오는 기간이 이틀입니다. 그러니 부산에서 하선해서 고향을 찾아보시고 다시 부산에서 배를 타고 상해로 오시면 됩니다."

"부산에서 하선해도 함안까지 길이 어디라고 무슨 수로 고향을 찾아보고 이틀 안에 부산으로 돌아옵니까?"

"부산에서 경부선을 이용, 삼랑진까지 가시어 삼랑진에서 배를 타고 정암으로 가시면 됩니다. 마침 정암에서 가까운 군북 월촌에 저의 외갓집이 있어 하는 소립니다. 외삼촌이 저를 공부 시키시고, 제가 조선을 떠나올 때까지 저의 뒤를 봐주신 뼈대 있는 어른이십니다. 말도 몇 마리나 먹이시는 부자이십니다. 말을 빌려 타고 평광으로 가시면 됩니다. 그래서 하는 소립니다."

다행히 심일섭과 김정백은 상해와 조선을 자주 왕래하는 임시정부 소속 요인들이어서 중국 배편의 사정에 정통해 있었고, 조선으로 오가는 배를 타는 중국 선원들과도 익히 아는 사이였다. 모두 중국어도 능통했다. 중국인 선원들은 왜제와는 철저히 담을 쌓고 왜제라면 하나같이 치를 떨었다. 심일섭이 결론처럼 말했다.

"이 동지께서 고향을 찾아볼 수 있는 천재일우(千載一遇)의 기회입니다. 제가 외삼촌 정 학자 수자 어른께 간단한 편지를 써드릴 테니 그걸 보이시고 말 한 필을 빌려달라고 하시면 빌려주실 겁니다.

태준은 심일섭의 말대로 했다. 삼랑진과 정암 사이의 배편은 이미 여러 번 이용해본 적이 있었다. 부산에서 경부선 기차를 타고 삼랑진에 내린 태준은 나루로 가서 배를 타고 해거름에야 정암에 닿았다. 강바람이 차고 날씨가 매우 추웠다. 그는 걸어서 월촌으로 갔다. 먼 길이 아니었다. 심일섭이 말한 대로 월촌에서 제일 큰 기와집을 찾아 대문을 밀고 들어갔다. 관을 쓴 50대 후반의 남자가 대빗자루를 들고 널따란 마당을 쓸고 있었다. 태준은 열린 대문부터 제 손으로 닫았다. 그리고 정학수 어른께 허리 굽혀 절한 다음 심일섭이 써준 쪽지를 내밀었다. 눈이 휘둥그레져서 태준의 아래위를 훑어보던 정학수가 쪽지를 받아 읽더니 얼른 태준의 손을 잡고 사랑채로 안내했다. 심일섭이 그의 외숙에게 쓴 쪽지에는 이렇게 쓰여 있었다.

외숙부님께 올리옵니다

제번하옵고 본론만 쓰오니 그리 아소서. 이 서찰을 가지고 가는 분은 저와 동업자이오니 이분의 말씀을 들어 주시기 앙망하옵니다. 예(禮) 불비(不備) 총총(悤悤).

생질 심일섭 재배

동업자란 심일섭이 항용 독립운동에 투신한 동지들을 두고 하는 소리였고 정학수도 익히 그 말을 알고 있었다. 그리고 심일섭은 언제나 자신에 대해서는 장사하는 사람이라고 했다. 정학수는 생질 심일섭은 물론, 조선의 독립운동 지사들을 몰래 돕고 있는 의식 있는 시골 선비였다.

방에는 짙은 갈색의 장판이 깔려 있었는데, 시골에서는 대개 죽석이나 삿자리를 깔아두고 있었다. 그만큼 장판을 깐 집은 귀했다. 방 아랫목에는 보료가 펴져 있었고 보료 앞에 작은 책상, 책상 위에는 한서 몇 권이 쌓여 있었다.

태준은 방으로 들어가자 다시 큰절을 올렸다. 정학수도 거의 맞절로 태준의 절을 받았다. 태준이 말했다.

"어르신, 저는 평광 출신의 이태준이란 사람입니다. 우연히 심일섭 동지를 만나 이렇게 어르신을 뵙게 되었습니다."

"예, 정학수라고 합니다. 평광 출신이라고예? 지금 어디에서 활동하시는지는 묻지 않겠습니다만 얼매나 노고가 크십니까? 저의 생질이 짤막하게 쓴 서찰대로 하겠습니다. 무엇이 필요하신지 말씀을 해보이소."

"평광까지 타고 갈 말을 한 필 빌려주십시오. 오늘 밤 안으로 돌아옵니다."

"그것뿐입니까? 어렵지 않습니다. 그리 하이소. 그런데 모처럼 고향에 가시어 며칠 쉬지도 않고 오늘로 돌아오신다꼬예?"

"예. 일정이 아주 급합니다. 내일까지 부산으로 가야 합니다."

"와 그리 일정이 급하신지도 묻지 않겠습니다. 말을 타고 가시면 평광까지는 오래 안 걸립니다. 누추하나마 이 방에서 좀 쉬시고, 지녁 드시고 밤이 이슥해서 평광으로 가시는 기 좋을 낍니다."

"감사합니다, 어르신."

"당찮습니다. 그라모 좀 누버서 쉬시이소. 지는 밖에서……."

태준은 상해에서 심일섭과 김정백을 만난 일, 김정백과 함께 배를 타고 부산까지 온 일, 김정백을 배에 남겨두고 혼자 내려 부산에서 이곳 월촌까지 온 일이 흡사 꿈만 같았다. 따뜻한 방에 누워 있으니 피곤해서인지 금세 잠이 몰려왔다. 얼마나 잤을까. 깨우는 소리에 눈을 떴다.

"이 선상님, 은자 지녁밥을 좀 뜨시거로 일나이소. 하도 곤하게 주무시길래 안 깨뱄습니다. 한 술 뜨시고……."

눈을 뜨니 커다란 촛불이 일렁거리며 빛을 내고 있었다. 정학수가 미소를 짓고 있었다. 다시 보니 그는 광대뼈가 좀 튀어나온 얼굴에 작은 눈을 가지고 있었다. 그러나 어딘지 모르게 심지가 굳고 고집이 있는 인상이었다. 태준의 발치에 저녁상이 놓여 있었다. 태준이 몸을 일으키자 정학수가 다시 말했다.

"촌이라서 찬은 없지마는……. 반주도 한 잔 하이소. 집에서 제가 마시는 가양주(家釀酒)입니다. 마침 안주가 괜찮습니다."

반찬은 의외로 좋았다. 특히 돼지고기 수육이 한 쟁반 놓여 있었고 새우젓도 있었다. 참으로 오랜만에 조선 음식을 대했다. 그러나 태준은 술부터 마셨다. 정학수가 부어 주는 대로 석 잔을 거푸 마셨다. 술을 빚어 탁주를 거르기 전에 떠낸 노르스름한 청주였다. 맛이 좋아 더 마시고 싶었으나 독한 술이어서 자제했다. 어두운 오솔길을 말을 타고 가야 하니까. 그리고 밥 한 그릇을 거뜬히 비웠다.

태준의 일거수일투족을 지켜보고 있던 정학수가 말했다.

"아아레가 선고(先考)의 탈상(脫喪) 날이어서 돼지 한 마리를 잡았지예."

"아, 그렇습니까? 선고장(先考丈)께서 3년 전에 별세하셨네요?"

"그렇습니다."

"상해에서 먹던 돼지고기와는 판이하게 맛이 입에 맞습니다."

"아매 많이 시장하싰던 갑습니다. 잘 자시니 고맙습니다. 그런데 내일 부산까지 가실라몬 날이 새기 전에 우리 집에 돌아오시야 합니다. 지캉 같이 정암으로 가야 합니다. 선상님이 타고 가실 말을 지가 정암에서 데리고 와야 하거든예."

태준이 저녁을 먹은 것은 밤 10시가 넘은 때여서 저녁을 먹고 이런저런 이야기를 좀 하고 나자 자정이 넘었다. 그때야 밖으로 나온 정학수는 발목과 목덜미에 얼룩점이 있는 백마를 외양간에서 몰고 나와 말했다.

"이놈이 제일 영리한 놈입니다. 그라고 밤길도 잘 걷고요. 지가 늘 이놈만 타고 댕기기 때민에 혹시 왜놈이 봐도 말 탄 이가 진 줄을 알 낀깨네 안전하기도 합니다. 조심해서 잘 댕겨 오이소. 이거는 삶은 돼지고기를 좀 쌌습니다. 가지고 가이소."

태준은 선물까지 얻어서 말을 타고 곧장 평광으로 올라갔다. 어두워 지척이 분간되지 않아도 별빛 아래에 보이는 정든 강산을 대하자 눈물이 쏟아지려고 했다. 말에서 내려 땅에다 입을 맞추고 싶기도 했으나 말의 옆구리에 박차를 가했다. 말은 코를 푸루룩거리며 잘도 걸었다. 소밋재를 넘고 양졸정 숲을 지나고 하마석도 지났다. 그러나 그는 하마석 앞에서도 말에서 내리지 않았다. 그럴 계제가 아니었다. 서잿골로 접어들어 드디어 그가 살던 오두막 집 앞에 도착했다. 캄캄한 가운데 집 안은 적막하기만 했다. 말에서 내려 말고삐를 사립문 앞 은행나무에 매었다. 은행나무는 그새 많이 커서 아름드리가 되어 있었다. 그는 사립문을 밀고 들어가 기침을 했다.

혹시 수남이나 수용이가 나올까 기대하니 가슴이 마구 뛰었다. 그러나 헛기침을 몇 번이나 해도 인기척이 없더니 한참만에야 방문이 열리며 누가 머리를 내밀었다. 가까이 가서 보니 사촌 형 태희(泰希)였다. 태준이 먼저 말했다.

"앙이, 형님 앙입니꺼? 저 태준입니더."

"뭐시라? 누라꼬?"

"태준이라 캐도요."

"아이구, 자네가 이 밤중에 오데서 오는 기고?"

"일단 방으로 들어가입시다 형님."

그때 또 한 사람의 부인이 나왔다. 그 부인은 태희의 아내, 태준에게는 종수(從嫂)가 되는 사람이었다. 자다가 일어나 부스스한 머리를 가릴 새도 없이 나와 말했다.

"오매야, 아지뱀 앙입니꺼? 이리 들오이소."

그러면서 불을 밝혔다. 불은 소나무에서 떼어낸 관솔불이어서 밝기는 했지만 금세 온 방안에 연기가 가득 찼다. 불빛에 보이는 벽은 맨 흙벽이었는데 벽의 군데군데에 지푸라기가 드러나 있었다. 흙벽을 쌓을 때 작두로 볏짚을 썰어 넣은 것이었다. 태준이 이 집에서 살 때는 그래도 흙벽 위에 여러 가지 종이로 도배를 했었는데, 세월이 흐르면서 낡고 해어진 도배지를 확 뜯어낸 게 분명했다. 태준이 종수를 보고 말했다.

"종수 씨, 형님하고 이 집에서 사시네예?"

"태식이 데름이 떠남시로 집을 좀 지키도라 캐서……."

"고생 많지예? 태식이 내외캉 우리 수남이 수용이는 어데로 갔습니꺼?"

"방이 추접지마는 좀 앉으이소. 옛날에 아지벰이 사시던 집인데."

방에 깐 자리는 갈대로 결어 만든 삿자리였다. 그거나마 한쪽 귀퉁이가 낡고 떨어져 방바닥의 흙이 다 보였다.

태희가 말했다.

"태식이 내외는 상주로 갔네. 거진 10년이 다 돼 가지만 자네가 중국 남경에서 부친 편지를 왜놈들이 뜯어 보고는 왜놈 순사들캉 마산의 헌병들이 어떻금 찾아와서 태식이 내외를 괴롭히는지 태식이가 고생을 엄청시리 했네. 그래서 솔권을 해서 상주로 갔는데 지금은 소식을 모르네. 그라고 수냄이는 나이 좀 에렸지마는 고마 출가를 시킸네. 성산 이씨 가문인데, 처음에는 붕디미에 살다가 오래전에 이새를 갔네. 수용이는 태식이를 따라 갔고……. 일거(一去) 후 무소식이네. 태식이가 자네를 찾아 일본으로, 중국으로 댕긴다는 말도 들렸지만 도통 믿을 수 없는 소리였네. 그래, 자네는 지금도 남경에 있는가? 그라고 면환은 했는가?"

태준이 잠시 입을 다물고 있다가 말했다.

"수남이가 성산 이씨 가문으로 출가했다고예? 이사 간 데를 형님은 모르십니꺼?"

"대구라 쿠더라마는 더 자세히는 모르네."

태준이 늦은 답을 했다.

"저는 면환을 했는데 지금은 중국 남경이 아닌 몽골에 가서 의사 노릇을 하고 있습니더."

"몽, 몽골이 오데고? 그런데 자네는 우쨌기나 그렇기 에러분 의사가 되기는 됐구나. 참 장하네. 우리 가문의 자랑이라 쿤깨네."

태준은 기가 찼다. 동생 태식이는 물론 수남이 수용이를 보러 수만 리를 찾아왔는데 없다니! 그러다 한마디 했다.

"그거는 그렇고, 조선은 요새 살기가 우떻습니꺼?"

"말도 말게. 이기 오데 사는 것가? 죽지 몬해서 이라고 있는 기지. 재작년 만세운동 때는 군북에서도 난리가 났딩이라. 사람도 수태기 다쳤지. 태식이가 그때 평광에 없었던 기 만 분 다행이었지. 있었시몬 틀림없이 왜놈 총에 맞아 죽었거나 지금 감옥에 있을 끼구마는. 그거는 그렇고, 밖에 백말이 매여 있던데 와 밤에 백말을 타고 다니노? 어두분 데서도 잘 뵈이니 왜놈 순사한테 들키기 쉬분데!"

"저 말은 오늘 월촌에서 빌린 깁니더."

"월촌? 월촌이몬 정학수 씨 말인가베? 그 양반 집에 말이 두 마리나 있지. 함안에서 말 타고 댕기는 사람은 그 사람 뿐인깨네. 그 양반이 공부 시킨 평촌 감딩이에 살던 그 양반 생질도 자네 맹크로 중국에서 독립운동 한다 쿠더마는. 그래서 정 씨는 왜놈들 감시를 많이 받고 있네."

태준은 더 말하지 않고 잠시 침묵을 지키다 때늦은 사과 겸 해서 말했다.

"형님, 제가 경성에서 중국으로 갈 때는 워낙 급해서 고향 어른들께 인사도 못 드리고 갔는데 이해하이소. 그라고 우짜든지 몸 건강하게 잘 지내시이소. 저는 지금 다시 떠나야 합니더. 그럼 그만 일날랍니더. 이거는 월촌 정 씨 어른이 주는 긴데 삶은 돼지고기랍니더. 그라고 이거는 형님이 쓰이소. 돈 조금 들었습니더."

"앙이, 지금 간다꼬? 이리 오랜만에 만나가이꼬 접구(接口)도 몬한 채 간다꼬? 허, 그것 참, 이럴 수가 있나? 그라고 이런 괴기캉 돈꺼정……."

"아지벰, 앙이 시방 가신다꼬예?"

태준은 짧게 한마디 했다.

"종수 씨, 미안합니더. 형님캉 몸 조심하시이소."

그는 밖으로 나와 말을 타고 월촌으로 내려오고 말았다. 허망하고 허무한 고향 방문이었다.

17
장애와 악운

1921년 11월 1일 새벽, 이태준은 자다가 벌떡 일어났다. 그는 자고 있는 아내와 딸 수옥이 잠을 깨지 않도록 조심하며 옆방으로 갔다. 옆방에는 이미 불이 켜져 있었다. 그는 그때야 불빛에 시계를 봤다. 5시가 조금 넘었다. 5시에 일어나기로 약속했던 것이다. 마자르는 일어나 벌써 옷을 다 입고 있었다. 태준은 아예 옷을 입은 채 잠자리에 들었었다. 말없이 마자르와 함께 현관문을 열고 밖으로 나갔다. 찬바람이 삼킬 듯이 그들을 덮쳤다. 그들은 뜰 뒤쪽으로 돌아가 준비해둔 삽과 곡괭이로 건물 벽에서 조금 떨어진 곳을 팠다. 소리를 내지 않으려고 조심했지만 쿵쿵 곡괭이질을 할 때마다 땅이 울렸다. 벌써 땅이 얼어 있어 소리가 더욱 컸다. 마자르가 익숙한 솜씨로 곡괭이질을 하고, 태준이 삽으로 흙을 퍼냈다. 다친 왼손 때문에 힘을 쓸 수는 없었지만 함께 흙을 파내야 했다. 이내 금괴를 넣은 마대자루가 드러났다. 두 사람은 힘을 모아 그것을 들어냈다. 비도 오지 않았는데 금괴를 싼 겉 자루가 흙과 함께 축축하게 젖어 있었다. 태준이 흙투성이의 겉 자루를 벗겨내었다. 깨끗한 새 자루가 나왔다. 4만 루블의 금괴였다. 그것을 마자르와 함께 차에다 실었다. 마자르가 차에 올라 시동을 거는 동안 태준은 다시 방으로 들어갔다. 아내도 그 사이 일어나 불을 켜두고 있었다. 아내가 말했다.

"벌써 떠나시게요?"

그는 자고 있는 딸 수옥의 이마에 입을 맞추고 아내에게 말했다.

"지금 떠나도 안 일러요. 말한 대로 장가구까지만 내 차로 갈 거요. 차는 마자르 씨가 몰기로 했으니 걱정하지 말아요. 장가구 십전의원에 차를 맡겨둘 거요. 장가구에서 북경까지는 기차를 이용할 거요."

"알고 있어요. 그래도 조심해서 다녀오세요."

아내 김은식이 무슨 생각에서였든지 일어나더니 두 팔을 벌려 태준을 끌어안았다. 혼인 후 한 번도 이런 포옹을 자청하지 않은 아내였다. 이들 부부는 길고 격렬한 입맞춤을 했다. 아내는 입맞춤의 중간 중간에 여보, 여보 소리만 되풀이하고 있었다. 태준도 힘껏 아내를 안고 귀에 대고 속삭였다.

"사랑해요, 여보."

아내는 뜨거운 입김을 풍기면서 눈을 감고 있었다. 태준이 그런 아내를 아쉽게 풀어내면서 말했다.

"마자르가 차에 타고 있지 않았어도 나 이대로는 못 가는데……."

"소꼬리 고아 둘 테니 잘 다녀오세요."

이것이 이들 부부의 마지막이 될 줄은 아무도 몰랐다. 그러나 이들이 미처 몰랐던 일은 또 있었다. 이날 운게른 군대는 울란바토르를 점령했고, 동시에 일부 남아 있던 중국 군대는 울란바토르에서 완전히 퇴각했던 것이다. 그런 정보를 미처 모르고 하필 이날 태준과 마자르는 차에다 금괴를 싣고 울란바토르를 떠났다.

태준은 자주 아내가 해주는 소꼬리 곰탕을 먹었다. 조선에서는 그리 귀한 소꼬리가 여기서는 흔하디흔했다. 그래서 이날 새벽에도 떠나는 남편 태준에게 꼬리곰탕을 해놓을 테니 북경에 다녀와서 잘 먹으라고 한 것이다. 꼬리곰탕이 남자의 정력 보충에는 아주 좋은 것을 은식도 알고 있었던 것이다.

태준은 밖으로 나와 차에 올랐다. 그 사이 마자르는 차에 시동을 걸어 엔진을 적당히 가열해놓고 있었다. 마자르는 곧장 울란바토르를 빠져나가 중국의 장가구를 향해 달렸다. 장가구에는 오후 늦게 도착할 것이었다. 이들은 장가구에 닿으면 김현국의 십전의원에서 일박하고 다시 기차로 북경까지 가기로 했다.

운게른 군대는 울란바토르 외곽의 여러 전투에서도 모두 중국군을 소탕하고 10월 14일 울란바토르를 완전히 점령하였다.

울란바토르를 점령한 운게른 군대는 울란바토르 유럽인 주거지역에 모여 살던 유태인들과 유태인 외의 유럽인 등 외국인들을 닥치는 대로 학살하고 그들의 재산을 강탈했다. 그러나 같은 러시아인은 잔인하게 학살하지 않고, 대신 군에 징집했다. 러시아의 부리야트인들도 무조건 병졸로 징집했다. 뿐만 아니라 운게른 군대는 몽골 전역에서 대대적인 약탈과 살육을 자행했고, 많은 몽골 사람들과 외국인들을 납치하기도 했다. 이태준의 집은 유럽인 거주지역인 이른바 유럽가(街)에 있었다.

이해 10월 21일 운게른은 국왕 보그드 칸을 황급히 황제로 추대하여 즉위시키고 정부를 다시 구성하여 몽골 국가 건설을 만방에 선언하였다. 일견 운게른이 몽골에 큰나큰 은혜를 베푼 것처럼 보였다. 보그드 칸은 이렇게 잠시 타의에 의해 황제가 되었다.

운게른은 유대인과 볼셰비키 사상을 가진 사람들을 숙청한다는 명목으로 울란바토르에서 공포의 살육을 자행했다. 이러한 무자비한 테러와 살육은 운게른 군대의 일상이었다. 매일 수많은 양민을 학살했는데, 민족과 성별과 나이와 빈부에 관계없이 테러와 살인을 자행했다.

한편 운게른이 몽골에서 지배 체제를 갖추자 한때 몽골의 방방곡곡에서 운게른 군대에 지원하는 사람들이 생겼는데, 몽골족은 물론이고 몽골 변방의 이민족들도 상당수 섞여 있었다. 또 한 가지 간과할 수 없는 일은 이때 일본 정규군 장교단이 운게른 군대의 참모본부로 편입되어 온 것이다. 이 일본군 장교단은 운게른 군대의 모든 일에 간여하면서 상당한 영향력을 행사하였다.

어쨌든 운게른은 이렇게 외국 군대까지 포섭함으로써 군사력 증강에 성공, 군대다운 군대를 거느리게 되었고, 군사력이 증강되면 될수록 휘하의 병사들이 몽골인들에게 행하는 패악과 패륜은 점점 더 심해져갔다. 부하들에 대한 운게른의 주의 내지 경고가 없지 않았지만 이것은 하나의 형식에 불과해서 범죄를 저지르다 적발돼도 처벌은 솜방망이었고 따라서 운게른 군대의 범죄행위는 끊이지 않고 계속되었다. 이 중에서도 몽골인들이 가장 두려워한 것은 아녀자들의 납치, 강간, 폭행, 살인이었다.

운게른 군대의 이러한 패륜행위는 울란바토르에 거주하고 있던 외국인들에게는 더욱 심했다. 이들의 손에 희생된 사람들은 몽골 애국자들에게 도움을 주었던 국내의 진보인사들과 국경의 관리에서부터 일반 상인과 사업가, 러시아군 탈영자, 승려, 의사 등 사회 여러 계층의 대표적 인사들이었는데, 그 수가 수천 명에 달했다. 운게른이 몽골에 침공하기 이전, 만 2년 동안의 중국 지배 시절에 중국인들의 강탈과 폭력에 지친 몽골인들은 운게른 군대를 맞아 처음에는 구원자, 해방자인 줄 믿었다가 큰 코를 다친 셈이었다. 손발이 묶인 채 재산을 강탈당하고, 그것도 모자라 그 아내를 눈앞에서 강간하고는 데리고 가버리는 것을 보고도 아무 말을 못한 사람이 자살을 한 일도 있었다.

이태준이 마자르와 함께 북경으로 가기 위해 집을 나선 바로 그날 울란바토르를 점령한 운게른 부대의 군인들은 제일 먼저 유럽가를 덮쳤다. 유럽가는 울란바토르에서도 가장 부유한 사람들이 모여 사는 주택지였기 때문이다. 이들은 이름만 군인이지 모두 강도 떼들이었다. 유럽가에 도착한 군인 복장의 강도 떼들은 마치 목마른 들짐승이 물을 만난 듯 함성을 지르며 외국인 주택으로 쳐들어갔다. 그러고는 사람들을 닥치는 대로 살상하고 집안의 패물과 금은보석을 강탈했다. 문을 잠가놓고 열어주지 않으면 밖에서 문을 부수고 구둣발로 안으로 들어갔다. 저항하는 집주인은 총대로 마구 두들겨 패거나 칼로 찔렀다. 그러나 총을 쏘지는 않았다. 총탄을 아끼라는 운게른 부대장의 엄명 때문이었다.

이들이 태준의 집으로 들이닥친 것은 은식이 혼자 아침밥을 먹고 났을 때였다. 그런데 이들 강도 중에는 러시아 사람 외에 일본인들도 섞여 있었다. 일본의 낭인 패거리가 운게른군 부대에 편입되어 있었던 것이고, 그 일본인 낭인 패거리 속에는 조선인도 아주 드물게 섞여 있었다.

김은식은 몽골인 도우미 여성이 차려준 아침밥을 먹고, 딸 수옥에게 젖을 물리고 있었다. 그때 현관문이 부서질 듯 요란한 소리를 내면서 열리는 것 같더니 이내 여러 사람의 구두 발자국 소리가 들렸다. 구두 발자국은 이 방 저 방의 방문을 거칠게 여닫더니 사람을 찾는 듯 소리를 질렀다. 김은식은 깜짝 놀라 수옥을 안은 채 방 밖 거실로 나갔다. 몽골 도우미 여성 두 사람이 새파랗게 얼굴이 질려 군인들에게 끌려 나왔다. 군인들은 도우미 여성에게 뭐라고 윽박지르고 있었다. 군인들은 은식이 울란바토르 시내에서 자주 보던 황인종인 중국인이 아닌 서양사람들이었다. 김은식은 그들이 러시아의 반혁명군인 백군, 그것도 악명 높은 운게른 부대의 군인인 줄을 몰랐다. 설령 알았다고 해도 아무 소용없는 일이었을 것이다. 키가 훌쩍 큰 위에 머리카락이 노랗고 눈알이 새파란 군인들은 은식에게서 수옥을 빼앗아 아무 데나 팽개쳤다. 거실 바닥에 팽개쳐진 수옥이 자지러질 듯 울었다. 은식은 엄습하는 공포감 속에서도 정신을 잃지 않으려고 애쓰면서 군인들을 바라봤다. 서양 군인 한 사람이 누군가를 소리쳐 불렀다. 불려온 사람은 태준의 방에서 몽골 지폐 한 뭉치를 들고 나왔는데 그는 동양 사람이었다. 태준은 그날그날 치료비를 받아 가정용 금고에 보관하거나 미처 금고에 넣지 못한 것은 책상 서랍에 넣어두고 있었던 것이다. 그래도 고용인들은 아무도 거기에 손을 대지 않았다.

도대체 이 군인들은 누구며 왜 아침부터 남의 집에 들어와 이런 짓을 하고 있는가. 은식은 우선 팽개쳐져 울고 있는 수옥이부터 도로 안았다. 수옥이는 계속 울어댔다. 어딘가 몹시 다친 모양이었다. 은식은 다시 품에 안은 수옥을 흔들어 어르며 떨리는 소리의 조선어로 말했다.

"당신들 누구예요? 왜 남의 집에서 이런 난리를 피워요?"

그러자 손에 돈뭉치를 쥐고 있던 동양 군인이 조선어로 말했다.

"어라! 조선말을 쓰네? 조선 사람인가?"

은식은 그 군인이 조선말을 쓰는 데 대해서는 예사로 생각하면서 다시 소리쳤다.

"왜 아침부터 남의 집에 와서 이런 행패냐구요? 당신들 도대체 뭐예요?"

은식이 험악한 표정으로 소리치는 걸 옆에서 본 운게른 부대의 군인 한 사람이 허리에 찬 칼을 뽑아 은식을 내려치려고 했다. 그걸 조선말을 쓴 사람이 제지했다. 군인이 칼을 치켜든 채 멈췄다. 은식의 품에 안긴 수옥이는 계속 울어댔다. 그러자 칼을 칼집에 도로 꽂아 넣은 운게른 부대의 군인이 다시 은식의 품에서 수옥을 빼앗아 이번에는 거실 바닥에 힘껏 내동댕이쳤다. 순간 수옥은 울음을 멈추어버렸다. 기절을 했거나 숨을 거둔 것 같았다.

조선 사람 군인이 낮은 소리로 말했다.

"아짐씨, 죽기 싫으면 가만히 좀 있어!"

운게른 부대의 군인이 소리쳤다. 데리고 가라는 말이었다. 동양 사람이 은식을 강제로 일으켜 세워 끌고 나갔다. 부들부들 떨며 옆에서 이런 광경을 지켜보고 있던 가사 도우미 몽골 여성 두 사람도 함께 끌려 나갔다.

러시아 반혁명 점령군은 수많은 가축을 빼앗아 도륙하고 양민들을 납치했다. 납치한 몽골인들 중 젊은 남자들은 군부대로 끌고 가 일부는 군에 징집하고 나머지는 노예처럼 일을 시켰으며, 여자들에게는 부대 안의 잔일을 시키면서 더러는 성노예로 삼아 온갖 추악한 짓을 공공연히 자행했다. 이러한 운게른의 군대에는 일본인 의용병 43명과 조선인 7명도 포함되어 있었다. 중국은행 약탈에는 일본인 의용병이 앞장을 서기도 했다.

중국 군대를 축출한 운게른은 이제 몽골에서 자신의 지배체제를 구축했다. 그것은 전투에서 노획한 엄청난 무기와 자금을 이용함으로써 가능했다. 운게른은 중국군에게 체포되어 울란바토르의 감옥에 수감되어 있던 많은 몽골인들을 석방했다. 납치해 간 몽골 사람들도 일부는 풀려났다. 이때 태준의 집에서 일하던 몽골 부인 두 사람도 풀려났지만 은식은 끝내 돌아오지 않았다.

태준과 마자르는 중국의 장가구를 향해 달리고 있었다. 마자르는 운전 기술이 좋아 태준보다 훨씬 빨리 그리고 안전하게 달릴 수 있었다. 이런 속도라면 예정보다 빠른 시간에 장가구에 도착할 수 있으리라 생각했다.

장가구는 태준에게 특별히 기억되는 곳이기도 하다. 얼마 전 상해까지의 금괴 운반 1차 임무수행을 마치고 돌아올 때, 북경에서 만난 이극로란 젊은이를 데리고 몽골로 갈 생각으로 장가구까지 왔다가 사정이 여의치 않아 이극로는 도로 북경으로 돌아간 일이 있기 때문이다. 그런데 어디선가 멀리서 총소리가 간헐적으로 울려오고 있었다. 울란바토르 주변이 운게른 백군 때문에 하루도 조용할 날 없이 소란스럽기는 해도 설마 울란바토르를 침공하지는 않으리라 생각하고 있었다. 가오 시린의 중국군이 있기 때문이었다.

차를 잠시 세우고 자세히 들어보니 총소리는 울란바토르 쪽에서 들려오고 있었다. 그 시각, 운게른 부대가 몽골을 점령하고 울란바토르에 입성하고 있었지만 태준과 마자르는 그런 사실을 전혀 모르고 있었다.

아니나 다를까, 태준과 마자르의 측면 방향에서 한 무리의 군인들이 구름 같은 먼지를 일으키며 말을 타고 달려왔다. 그들은 한 손을 치켜들고 뭐라고 소리를 질렀다. 마자르가 빠른 소리로 말했다.

"이대로 계속 달릴까요?"

"아니오. 우리가 죄짓고 도망치는 것도 아닌데 더 달리다 잡히기라도 하면 불리해요. 일단 차를 세워 저들을 만나봅시다."

"금괴가 위험하지 않을까요?"

"그건 차를 달려도 매한가지요."

이내 그들이 다가와 차 앞을 막아섰다. 말들이 씩씩거리며 큰소리로 코를 푸르륵거렸다. 6명의 러시아 군인들과 한 사람의 일본군 장교였다. 그들의 지휘자는 일본군 장교 토정번치(土井繁治, 쓰치이시게지)였다. 일본군 장교들이 운게른 부대의 참모로 활동하고 있었는데, 쓰치이는 그중의 한 사람이었다.

쓰치이가 러시아말로 거만스럽게 소리쳤다. 다른 군인 여섯은 이미 말에서 내려 차를 둘러싸고 있었다. 쓰치이의 말을 마자르가 빠르게 통역했다. 그는 러시아말도 할 줄 알았다.

"울란바토르에서 도망치는 사람들은 모두 검문 중이라고 해요."

마자르가 운전대에서 내려 그들을 상대했다. 군인들 중의 하나가 러시아 말로 물었다.

"어디로 가는 사람들이냐?"

마자르가 답했다.

"중국의 장자커우로 가고 있습니다."

"거기는 무슨 일로 가는가?"

"의약품을 가지러 갑니다."

"의약품? 당신들은 뭐하는 사람들인가?"

"차에 탄 분은 의사 선생이고 나는 그의 운전숩니다."

쓰치이가 차 안의 태준에게 내리라는 손짓을 했다. 태준이 내리자 러시아 군인이 말했다.

"당신이 의사야? 신분증을 내봐!"

마자르가 얼른 통역했다. 태준은 얼른 몽골국왕 보그드 칸이 만들어준 명함을 내보였다. 쓰치이가 명함을 물끄러미 들여다보다가 마자르에게 물었다.

"이게 뭐야?"

마자르가 답했다.

"국왕 보그드 칸이 발행한 국왕의 주치의 신분증입니다."

"당신은 어느 나라 사람이야?"

"나는 헝가리 사람입니다."

"저 의사는 어느 나라 사람인가?"

"조선 사람입니다."

순간, 일본군 장교의 표정이 바뀌며 일본어로 냉정하게 말했다.

"내가 마음대로 당신들을 놓아줄 수는 없소. 우리 부대장의 엄명이오. 그러니 울란바토르로 되돌아가서 우리 부대장을 만난 뒤에 국경을 넘는 문제를 결정해야겠소."

이번에는 마자르가 태준을 바라봤다. 태준이 작은 소리로 통역했다. 이래서 태준과 마자르는 러시아 백군들에게 포위된 채로 차를 몰고 울란바토르로 되돌아가 부대장 운게른 앞으로 압송됐다. 부대장 운게른을 만나야 할 외국인들로 부대장실 앞은 인산인해를 이루고 있었다. 모두들 울란바토르에서 타지로 도망을 치다 붙잡혀 온 사람들이었다. 아침도 점심도 못 먹었고, 해는 거의 떨어져 있었다. 그러나 태준은 배고픔보다도 아내와 딸을 걱정하고 있었는데, 그것은 군모도 벗어 던진 난봉꾼 모습의 군인들이 저마다 큰소리로 지껄이며 패물을 꺼내 서로 자랑하고 있는 모습을 보고, 군인들이 민간인 주택에 침범해서 패물 등을 약탈한 거라고 마자르가 얼른 설명해주었기 때문이다.

해가 지고 어두워져도 태준과 마자르가 운게른 앞으로 갈 차례는 멀었다. 그동안 운게른을 만나고 나온 외국인(주로 러시아 사람들)의 대화를 유심히 듣고 있던 마자르가 태준에게 속삭이듯 말했다.

"외국인들은 가던 길을 계속 갈 수 있지만 몽골인들은 모두 거주지로 돌아가는가 봅니다."

태준도 몽골 사람들의 말은 알아들어 그런 것은 알고 있었다. 마자르가 다시 말했다.

"우리는 외국인들이니까 무사히 북경까지 갈 수 있을 것 같습니다."

"글쎄요."

태준은 마음이 착잡했다. 북경에서 마자르가 오기를 눈이 빠지게 기다리고 있을 김원봉을 생각하고, 또 약속 날짜에 금괴를 북경까지 운반해야 할 일을 생각하면 반드시 여기를 무사히 빠져나가야 한다. 그러나 아내와 딸을 생각하면 먼저 집으로 가서 가족들의 안

위를 확인해야만 마음이 놓일 것 같았다.

거의 밤이 되어서야 저녁이라고 한술 얻어먹었다. 기다리던 다른 사람들은 거의 면담을 마치고 돌아갔으므로 저녁을 먹은 사람들은 몇 되지 않았다. 마자르는 종일 굶은 터라 허겁지겁 돼지죽 같은 음식을 잘도 먹건만 태준은 도무지 먹을 수가 없었다. 음식이 험해서가 아니라 아내와 딸이 걱정돼서였다.

이날 밤은 부대 안 어느 창고 같은 방에서 여러 사람들과 함께 자는 둥 마는 둥 밤을 새웠다. 몹시 추웠다. 밤이 깊어졌는데도 여기저기에서 장병들이 술 취해 떠드는 소리, 노랫소리, 고함 소리 등이 쉴새없이 이어졌다. 군부대가 아니라 여행객들의 합숙소 같았다. 살짝 출입문께를 보니 그런 중에서도 문지기가 보초를 서고 있었다. 도망도 칠 수 없었다. 아침에도 어제 저녁과 비슷한 죽이 나왔다. 다른 게 있다면 거무튀튀하고 알갱이가 거친 밀빵을 한 개씩 더 준 것뿐이었다.

아침을 먹고도 한나절이나 지난 뒤에야 그들은 부대장실로 불려 들어갔다. 등받이가 높다란 의자에 등을 기대고 앉은 운게른을 태준은 처음 봤다. 첫인상이 뱀같이 섬뜩하게 느껴졌다. 번들번들 벗겨진 이마 때문이었을까. 흰자위가 유난히 크면서 날카로운 눈매 때문이었을까. 아니면 카이젤 수염같이 기른 콧수염 때문이었을까. 복장은 정장 군복이었는데 양쪽 어깨에는 누런 금실로 수놓여진 견장이 붙어 있었고, 가슴에는 열 십 자 형태의 하얀 훈장도 달려 있었다. 그 훈장은 운게른이 1차 세계대전에 참전하여 만 3년 동안 전장에서 싸우고, 다섯 차례나 부상을 당한 끝에 받은 성 게오르규 십자훈장이었다. 소매 끝에도 금빛의 끝동이 몇 겹이나 수놓여 있었다. 책상 위에는 운게른이 만나는 사람들에 대한 정보인지 서류 뭉치가 놓여 있었고, 그걸 보고 있던 운게른이 먼저 마자르에게 말했다.

"당신은 외국인 아닌가? 국적은 어딘가?"

"헝가리입니다."

"유럽의 헝가리? 여기는 언제 무슨 일로 왔는가?"

"전쟁 때 이곳 전투에서 포로가 되어 줄곧 여기에 있었습니다."

"전쟁이라니? 이번 우리 러시아 황제군과 중국군의 전투 말인가?"

"아닙니다. 1차 세계대전 때입니다."

"뭐, 1차 세계대전? 그런데 왜 고국으로 가지 않고 있는가?"

마자르는 잠시 망설이다 말했다.

"여비가 없었습니다."

"함께 온 저 사람과는 무슨 관곈가?"

"저분의 자동차 운전숩니다."

운게른은 여기서 다시 서류에 눈을 주고 한참이나 들여다봤다.

그때 어제 태준과 마자르를 붙잡아 이리로 데리고 온 일본군 장교 쓰치이가 운게른 곁으로 와 그의 귀에 대고 뭔가 작은 소리로 속삭였다. 쓰치이는 운게른 군대가 울란바토르를 점령하기 훨씬 전부터 울란바토르 외곽지역에 주둔해 있던 러시아군의 고문이었는데, 이번에 운게른이 울란바토르를 점령하자 운게른에게로 가서 스스로 참모가 되기를 자원해 발탁된 터였다. 책상 위의 정보 서류들은 모두 쓰치이의 부하들이 작성해서 올린 것들이었고, 특히 이태준에 대해서는 국적과 직업 등의 신상과 최근의 활동 등이 소상히 기록돼 있었다. 태준이 며칠 전 상해에 다녀온 일까지 기록되어 있었다.

귓속말을 들은 운게른이 태준을 힐끗 바라보는데, 금세 표정이 굳어지면서 심각해졌다. 운게른이 마자르에게 말했다.

"당신은 외국인이므로 이제부터 자유를 주오. 다만 저 사람과는 다시 만나지 말아야 하오. 몽골 국경을 넘어도 괜찮소. 차는 두고 가야 하오. 지금 바로 이 방에서 나가도록 하시오."

마자르를 쫓아내다시피 하는 운게른의 갑작스런 말에 마자르는 잠시 어리둥절해 있었다. 그런 마자르에게 태준이 급히 몽골어로 말했다.

"꼭 북경으로 가서 김원봉이란 사람을 만나야 해요."

마자르가 다가와 태준의 손을 잡으면서 말했다.

"닥터 리, 선생님의 행운을 빕니다. 말씀대로 하겠습니다."

이것이 이들의 마지막이었다. 다행히 마자르는 그 길로 천신만고 끝에 북경으로 가서 김원봉을 만났다.

18
번개와 천둥

이날 오후에 태준은 가까스로 집으로 돌아올 수 있었다. 운게른에게 사정사정해서 부대 밖으로 나갈 수 있도록 허락을 받았다. 운게른은 러시아 백군(황제군) 병사 두 사람과 함께 간다는 조건하에 태준이 부대를 떠나 집으로 가는 것을 허락했다. 단 집 밖으로 나와 멀리로는 함부로 나다니지 않겠다는 약속을 하고서였다. 그 전에 태준은 왜 자신이 부대에 억류돼 있어야 하는지 항의했지만, 부대에도 환자가 있어 치료를 해야 한다는 말뿐이었다. 치료를 하기 위해서는 병원으로 가서 치료 장비를 가져와야 한다고 우겨 겨우 얻어낸 허락이었다.

집 안에는 태준 혼자 들어갔다. 현관을 들어서면서 아내를 부르고 찾았지만 집안은 적막강산이었다. 불길한 예감에 사로잡힌 태준은 급하게 이 방 저 방을 들락거려 봤다. 온 방이 하나같이 옷가지와 가재도구로 어지럽혀져 있었고, 세 명이나 되는 가사도우미들이 한 사람도 안 보였다. 다시 거실로 나온 태준은 그때야 거실

한 구석에 내동댕이쳐진 채 숨져 있는 딸 수옥을 발견했다. 그 하얗던 얼굴빛이 벌써 검푸르게 변하고 있었다. 태준은 그런 수옥을 거실 바닥에서 들어 올리려다 움찔했다. 다친 왼손에 격렬한 통증이 전해졌기 때문이다. 중국군 사령관 가오 시린으로부터 칼등으로 맞아서였다. 그러나 그는 수옥을 품에 안고 싸늘하게 식은 수옥의 볼에 자신의 얼굴을 갖다 대어 비비면서 오열했다. 한참을 그렇게 오열하다 생각난 듯 수옥을 안방의 침대에 눕히고 얼른 집 밖으로 나갔다. 부대에서 함께 온 군인 두 사람은 태준의 집 맞은편 가게 앞 벤치에 앉아 술을 마시고 있었다. 태준은 그 가게로 들어가 사람을 찾았으나 끝내 아무런 응답이 없었다. 군인들은 주인의 허락도 없이 마음대로 가게의 술을 마셨던 것이다. 다시 태준은 그의 옆집 문을 두드렸다. 그 곳은 프랑스 사람의 집이었고, 노부부가 살고 있었다. 아들은 몽골 철도국 기술자였다. 한참 만에 머리칼이 온통 하얀 할아버지가 나와 문을 열고는 태준임을 발견하고 몽골어로 말했다.

"오, 닥터 리 무슨 일입니까?"

"우리 딸애가 죽어 있고, 아내가 없어졌어요. 어찌된 건지 혹시 아시나 해서 왔어요."

"닥터 리의 집만 당한 일이 아니고, 여기 유럽가 사람들은 거의 다 당했어요. 로스케들이 와서 난동을 부리면서 모든 걸 강탈해 갔어요."

"아니, 러시아군 병사들이요?"

"그래요. 지금 이 동네는 온통 난리가 났어요. 그건 그렇고 닥터 리 손은 왜 그래요? 다쳤어요?"

그때 안에서 할머니가 나왔다. 할머니는 안에서 이들의 대화를 다 들은 듯했다.

“닥터 리 부인이 없다면 틀림없이 로스케들한테 납치돼 갔을 거예요. 많은 사람들이 붙잡혀 갔으니까요.”

“예, 감사합니다. 바빠서 이만…….”

태준은 그 길로 동네에서 멀지 않은 장의용품 상회로 갔다. 그는 장의용품상에서 유아용 관을 주문했다. 태준의 집 앞에서 술을 마시고 있던 운게른 부대의 병사 두 사람이 거기까지 따라왔다. 감시를 철저히 하라는 명령대로였다. 관은 다음 날 오전에 된다고 했다. 다시 오기로 하고 집으로 돌아오는 길에 꽃집에 들러 흰 국화 한 다발을 샀다. 태준은 집으로 와서 꽃을 수옥의 시신 옆에 놓았다.

운게른 부대장 앞에서 마자르가 떠나고, 좀 뒤 태준이 허락을 받아 집으로 간 다음, 쓰치이는 그때까지 부대 길가에 세워져 있던 태준의 차를 다시 한 번 수색했다. 분명히 차에는 뭔가 있을 것이었다. 이번에는 차 안 구석구석을 뜯어내면서 살폈다. 그러다 놀랍게도 조수석 의자 밑에서 엄청난 양의 금괴를 발견했다. 첫 번째 수색 때 발견하지 못했던 것이다. 일본군 장교는 회심의 미소를 머금다가 쾌재를 불렀다. 그럼 그렇지! 이 금괴가 레닌이 상해의 조선 임시정부에 원조하는 것임을 쓰치이는 알고 있었다. 그는 그런 정보들을 진작 입수해놓고 있었던 것이다. 이것을 가지고 상해로 가려는 것이었어! 이것만 가지고도 이 자는 처형감이다! 그러나 입수된 정보에 의하면 금괴는 이것 말고도 더 있어야 한다. 그걸 찾아내야 한다.

관을 주문해 놓고 온 태준은 수옥의 시신에 방부제를 주사했다.

아내 은식이 돌아오기 전까지는 수옥의 장례를 치를 수 없다고 여겼기 때문이다. 가능하면 수옥의 깨끗한 모습을 그대로 아내에게 보이고 싶었다. 그래서 그는 수옥의 시신이 상하지 않도록 방부제를 주사했던 것이다.

태준은 이날 밤을 빈 집에서 혼자 새웠다. 운게른 부대의 군인들은 밤이 깊어 부대로 돌아갔다. 이튿날 태준은 장의용품상으로 가서 관을 가지고 돌아왔다. 하늘이 잔뜩 흐려 미구에 비가 올 것 같았다. 관을 어깨에 메고 집으로 온 그는 수옥의 시신을 관 속에 넣었다. 그러고는 하얀 국화꽃을 관 속 시신 위에 얹었다. 수옥의 시신이 얼굴 외에는 완전히 꽃으로 덮였다. 눈을 감은 수옥은 마치 꽃 속에서 자고 있는 것처럼 보였다. 그런 수옥을 한참이나 내려다보다가 태준은 관 뚜껑을 덮은 다음 조심스럽게 옷장 안으로 밀어 넣고 문을 닫았다. 거실로 나온 태준은 십자가 밑에 엎드렸다.

"자비로우신 하느님 아버지, 저의 딸 수옥의 영혼을 당신 손에 맡기오니 부디 영원한 안식을 주소서. 그리고 종적을 감춘 저의 아내 김은식이 무사하도록 당신의 손길로 보호하여주소서."

그때 밖에서 후두둑 빗방울 듣는 소리가 들렸다. 빗방울 소리와 함께 한 무리의 군인들이 태준의 집으로 들이닥쳤다. 예의 그 일본군 장교 쓰치이가 앞장을 서 말을 타고 온 것이다. 쓰치이는 옷에 떨어진 굵은 빗방울을 툭툭 털며 일본어로 투덜거렸다.

"거참, 겨울에 갑자기 웬 소나기가 내려?"

그러면서 태준에게 몽골어로 물었다.

"당신 언제 레닌과 만났어?"

태준이 되물었다. 역시 몽골어였다.

"거 무슨 소리를 하는 거요? 레닌과 만나다니, 내가 러시아로 간 것도 아니고, 레닌이 몽골로 온 것도 아닌데……."

"레닌이 너희 조선 임시정부에 제공하는 금괴가 네 차에서 나왔으니까 하는 소리 아냐?"

쓰치이는 얼굴이 시뻘개져서 눈을 부라렸다. 태준은 안 그래도 그 금괴 때문에 안절부절 못하고 있던 차였다. 부대 앞에 주차해 놓은 차로 가려고 해도 꼼짝달싹을 못하게 해서 여태 간만 졸이고 있었던 것이다. 금괴가 발견돼도 벌써 됐을 텐데 왜 여태 잠잠하나 싶기도 했던 터였다. 태준은 잡아떼는 수밖에 없다고 생각했다. 비겁하지만 마자르에게 책임을 미루기로 했다. 마자르는 하마 몽골을 빠져나갔을 것이니 그에게 화가 미칠 염려는 없기도 했기 때문이다.

"금괴라니? 나는 모르는 소리오."

"그 차는 네 찬데 모르다니? 모른다고 할 것을 모른다고 해야지!"

"내 차이기는 해도 늘 마자르가 몰고 다녔소. 그날도 마자르가 운전하는 걸 당신도 보지 않았소?"

"야카마시! 너 이 새끼 고분고분 불면 살려주려고 했더니 안 되겠어. 어이, 이 새끼 의자에 앉혀 묶어! 그리고 온 집안을 뒤져 남은 금괴를 찾아내!"

군인들이 흩어져 방으로 들어가 마구 뒤지기 시작했다. 그때까지 태준은 결박되지 않은 상태였다. 군인들이 안방의 벽장 문을 열려고 하자 그는 군인들에게 애걸하다시피하면서 말했다. 그 벽장에는 수옥의 시신이 든 관이 있었다. 군인들이 태준을 왈칵 밀어젖히자 태준이 그 자리에서 꿇어 앉아 다시 말했다.

"부탁입니다. 이 문만은 열지 말아주시오."

쓰치이가 무슨 소리냔 듯 태준을 거칠게 밀어내고 문을 활짝 열어젖혔다. 그러자 벽장 안에는 소아용 관이 있을 뿐이었다. 흠칫 놀란 쓰치이가 소리쳤다.

"옳지! 이 관 속에 넣어 두었군. 관을 꺼내 뚜껑을 열어!"

이내 관이 열렸다. 그러나 관속에는 수옥이 꽃 속에 누워 있었다. 장교가 소리쳤다.

"이건 뭐야? 어린애 시체 아냐? 시체를 들어내!"

그러나 관 속에는 아무것도 없었다.

밖에서는 바람과 함께 소나기가 쏟아지고 있었고, 쓰치이가 태준에게 소리쳤다. 그 소리에 섞여 번개도 번쩍거렸고, 멀리서 나는 작은 천둥 소리도 들렸다.

"남은 금괴는 어디에 감췄어? 감춘 데를 말하란 말얏!"

"금괴라니? 나는 모르는 일이오."

"어이, 이 새끼 의자에 앉혀 묶어, 빨리!"

태준은 강제로 의자에 앉혀져 굵은 밧줄로 결박되었다. 쓰치이는 허리에서 권총을 빼내 태준에게 겨누었다. 쓰치이는 운게른으로부터 악질 반동 조선인 의사를 처형해도 좋다는 말을 듣고 왔던 것이다. 그 순간 태준의 눈앞에 야생마 아닌 야생마 타키 한 마리가 나타났다. 그렇게나 찾던 타키였다. 갈기와 네 발목은 검고, 가슴은 딱 벌어지고, 목은 짧고, 대가리는 큰, 누런 색깔의 타키. 잔등에 사람을 절대로 태우지 않는다는 타키가 나타났다. 태준은 의자에서 벌떡 일어나 날렵하게 타키의 잔등에 올라탔다. 그때 번쩍하는 번개가 침침하던 방안을 잠시 밝혔다. 이어서 무서운 천둥소리가 천지를 뒤흔들었고, 동시에 쓰치이의 총알이 태준을 향해 발사됐지만 총소리는 천둥소리에 묻혀버렸다. 태준은 힘껏 타키의 엉덩이를 걷어찼다. 타키가 큰소리로 한번 울면서 힘차게 솟구쳤다.

작가의 말

내가 대암(大巖) 이태준(李泰俊) 선생에 대하여 관심을 가지게 된 것은 2001년 7월 한국소설가협회 회원들과 함께 몽골을 거쳐 러시아 바이칼 호로 단체여행을 했을 때였다.

몽골의 수도 울란바토르에 도착하여 몇 곳의 관광지를 둘러본 우리는 그날의 마지막 여정으로 이태준공원을 찾았다. 울란바토르의 중심지에 자리 잡은 2000여 평 부지의 공원은 일견 황량하고 쓸쓸해 보였다. 별로 볼 것도 없는 이름만의 공원이었기 때문이다. 그런데도 한국인 남자 가이드는 한국에서 오는 관광객들을 맞이하면 반드시 이곳으로 안내해 온다면서 대암 이태준이란 분에 대해 설명했다.

대암 이태준 선생은 세브란스 의학교를 졸업한 의사이면서 독립운동가라고 했다. 중국을 거쳐 몽골 울란바토르로 온 대암 선생은 1910년대 몽골에 창궐한 성병환자를 고치는 데 혁혁한 공을 세워 몽골에서는 온 국민의 존경을 받는 위에 신의로 추앙받아 몽골 국왕의 어의가 되기도 했으나 안타깝게도 몽골에서 젊은 나이에 허무하게 목숨을 잃었다고 했다. 그래서 몽골 정부는 대암 선생이 몽골 국민들에게 베푼 인술에 감사하는 의미로 이 공원을 만들었다고 했다.

나는 이 여행에서 돌아와 대암 선생에 대하여 알아보기 시작했다. 그러나 그때만 해도 한국의 어떤 문헌에도 이분의 함자가 기록되어 있지 않았다. 인터넷에서도 찾을 수 없었다.

나는 왜로(倭虜)와 싸운 분은 어느 분에 대해서나 깊은 존경심을 품고 있는 작가다. 그래서 대암 선생에 대해서도 특별한 관심을 가지고 알아본 바, 놀랍게도 나와 같은 경남 함안 출생이었다. 그래서 이분의 고향으로 가봤지만 이분과 동년배의 고향 어른들이 모두 진작 세상을 떠나셨기 때문에 이분에 대하여 아는 이가 거의 없었다. 게다가 직계 후손도, 가까운 친족들도 거의 세상을 떠났거나 함안을 떠나 있었다.

그러던 중 대암 선생의 모교인 연세대학교 의과대학에서 대암 선생의 행적을 발굴·연구하여 세상에 알리게 되었고, 또 함안에서는 대암선생기념사업회가 발족하여 지난 2009년에는 선생의 서거 88주년 기념 국제학술회의를 열었는데 나도 거기에 참석했다.

그리고 2010년 8월에는 대암선생기념사업회에서 몽골 울란바토르에 있는 대암선생기념 공원을 방문, 현지인들과 여러 가지 뜻 깊은 행사를 가졌는데, 나는 이 여행과 행사에도 동참하여 대암 선생에 대하여 더욱 깊은 관심을 가지게 되면서 대암 선생을 소재로 소설을 쓸 결심을 구체적으로 하게 되었다.

한국이 구소련과 국교도 맺기 전인 1990년에 나는 사할린에 가족도 없으면서 중·소 이산가족회의 회원으로 가입하여 2년간 회비를 꼬박꼬박 내는 수고 끝에 어렵사리 소련의 사할린으로 가서 보름 동안 사할린의 구석구석을 돌며 현지 동포들을 만나 그들의 한 맺힌 망향의 정과 설움 속에 살아온 사연을 취재, 3권짜리 대하소설 『먼 땅 가까운 하늘』을 낸 적이 있다. 그러니 대암 선생의 이야기를 소설로 쓰는 것은 나에게 주어진 당연한 책무라는 생각까지 하였던 것이다.

사실 우리 문단은 과거 조국의 국권 회복을 위해 애쓰신 순국선열들에 너무 무관심하다 해도 지나치지 않을 것이다. 많은 소설이 엄청나게 쏟아져 나오고 있어도 국권상실기의 비극을 다룬 작품은 그렇게 많지 않다. 나의 이러한 생각도 이 소설을 쓰는 데 한 몫을 했음을 밝힌다.

여러 가지 문헌과 자료를 모아 집필을 시작한 게 2011년 3월이었는데, 길이 나서 잘 써나가던 중에 불행히도 2011년 4월 11일 부마고속도로 상에서 교통사고를 크게 당했다. 고향의 봄 시제에 다녀오던 길이었다. 그 사고로 머리를 크게 다쳤지만 다행히도 뇌에는 이상이 없었다. 3주간 입원했다가, 병원에서 더 있어야 한다는 의사의 말을 뿌리치고 이 소설의 집필 때문에 퇴원한 나는 여러 가지 후유증으로 오래 고생하면서 죽음의 문턱을 몇 번이나 넘나들었다. 조기 퇴원을 후회하면서 몇 번이고 병원을 다시 찾는 고통을 겪어야 했다. 그러느라 연말까지 한 줄의 글도 못 쓰고 꼬박 앓기만 했다. 2012년에 들어서서는 또 집사람의 위중한 발병 때문에 집필하던 장편에는 계속 손을 못 대고 있다가 집사람이 건강을 거의 회복한 2012년 후반부터서야 집필을 다시 계속하여 겨우 이제야 탈고하게 되었다.

작품에는 수많은 인물이 등장하는데 거의 역사적 실재인물이고 가공의 인물은 그리 많지 않다. 실재인물은 이름이 처음 나올 때 한

자(漢子)를 병기했지만 가공인물에는 한자병기를 하지 않아 독자들이 구별하도록 했다. 실재인물이라도 한자를 끝내 알 수 없는 경우도 있었음을 밝힌다. 역사적인 유명 인물이 아니면 한자명을 알 수가 없었다.

이 소설을 쓰는 데 여러 가지 도움을 주신 많은 분들께 깊은 감사를 드린다. 특히 한국외국어대학교 사학과 반병률 교수님의 논문 〈이태준과 초기 항일 혁명 운동〉과, 몽골 과학아카데미 역사연구소 상임연구원 N. Khisigt 님의 논문 〈운게른 남작 지배하의 몽골〉(이평래 번역)은 소설을 쓰는 데 큰 도움을 주었음을 밝힌다. 그리고 송경희 님의 어린이 소설 〈대암 이태준〉도 참고가 되었다.

그리고 무엇보다도 이 소설을 출판하도록 도와주신 대암선생기념사업회 차채용 이사장님과 이창하 사무국장의 노고, 함안군청의 도움에 진정 어린 감사의 인사를 드린다. 또 표지에 단평을 써주시고, 소설에서 언급되는 한국현대사 문제에 대하여 감수를 해주신 이만열 교수님, 그렇게 바쁜데도 단평을 써 주신 남송우 교수님과 지대한 관심을 보여주신 연세대 박형우 교수님께도 깊은 감사와 경의를 표한다. 그 외 참고 논문과 자료를 제공해주신 많은 분들, 여러 가지 자문에 응해주신 분들께 감사드린다. 그리고 무엇보다도 흔쾌히 출판을 맡아주신 산지니 출판사의 강수걸 사장과 권경옥 편집장과 문호영 님 외 여러분께도 고맙다는 인사를 전한다.

2014년 연말에

저자 이규정 삼가 쓰다

작가 약력

이규정(李圭正)

경남 함안 출생

경북대학교사범대학 국어과 졸업, 동아대학교대학원 국문과 석사과정 수료

학교경력

1963-1978	마산고 부산남여상 경남상고 부산여고 부산상고 교사
1979-1982	동원공업전문대학(현 동명대학교) 조교수
1983-2002	신라대학교 사범대학 국어교육과 교수(학보사 주간, 교무처장, 교수평의원회 의장, 사범대학장 역임)

문단경력

1977	단편 〈부처님의 멀미〉를 월간 『시문학』지에 발표하면서 작품 활동 시작
1979-2015	한국작가회의 회원, 자문위원, 고문 역임, 현 평회원
1993-1997	부산가톨릭문인협회 회장, 현 고문
1994-1998	부산소설가협회 회장, 현 고문
1986-2005	부산일보 · 국제신문 신춘문예 소설부문 심사위원 역임
2003-2014	요산문학상 운영위원 및 심사위원. 현 요산기념사업회 이사

저서

소설집	『부처님의 멀미』(1979. 서울 시문학사)
	『들러리 만세』(1984. 부산 지평)
	『아겔다마』(1988. 부산 지평)
	『첫째와 꼴찌』(1993. 부산 해성)
	『아버지의 적삼』(1997. 부산 해성)
	『퇴출시대』(2000. 부산 지평)
	『당신 손에 맡긴 영혼』(2002. 서울 박이정)
	『멀고도 먼 길』(2006. 부산 해성)
	『치우(癡友)』(2013. 부산 산지니)
짧은 소설집	『아버지의 브래지어』(2001. 부산 해성)
중편집	『패자의 고백』(1990. 서울 고려원)
신앙소설선집	『쏟아지는 빛다발』(1994. 서울 황석두 루카서원)
전작장편	『돌아눕는 자의 행복(1980. 서울 유림사)
대하소설	『먼 땅 가까운 하늘』 전 3권(1996. 서울 동천사)
동화	『눈 오는 날』(2005. 서울 자유지성사)
이론서	『현대소설의 이론과 기법』(1998. 서울 박이정)
	『현대작문의 이론과 기법』(1999. 서울 박이정)
산문집	『우리들의 가면무도회』(2009. 부산 푸른별)
신앙칼럼집	『아름다운 누룩』(2009. 부산 푸른별)
그 외 공저	『소설, 이렇게 쓰라』, 『한국현대문학사』

사회활동

1990-1992	부산참여자치시민연대 초대공동대표, 현 고문
2000-2006	(사)부산민주항쟁기념사업회 이사
2006-2010	(사)부산민주항쟁기념사업회 이사장

2005-2010	(사)지역경영연구소 이사장
2006-2010	(사)민주화운동기념사업회(서울) 부이사장
2006-2010	과거사정리위원회(서울) 자문위원
2011-현재	민족의 길 민족광장 공동의장

종교활동

1999-2001	천주교 부산교구 평신도사도직협의회 회장, 고문 역임
2001-2003	천주교 부산교구 꾸르실료 사무국 주간, 현 고문

수상

1986	일붕문학상(수상작 단편 〈아무데나 봐 형님〉)
1988	부산시문화상 문학부문
2001	한국가톨릭문학상(수상소설집 『퇴출시대』)
2002	존경받는 인물상(부산홍사단 제정)
2002	신라학술상(수상저서 『현대소설의 이론과 기법』)
2002	정부로부터 홍조근정훈장
2002	요산문학상(수상소설집 『당신 손에 맡긴 영혼』)
2003	PSB(현 KNN) 부산방송 문화대상 문화예술부문
2003	가톨릭대상 문화부문(천주교 한국평협 제정)
2005	부산가톨릭문학상(수상작 단편 「멀고도 먼길」)
2014	이주홍문학상 (수상 소설집 『치우』)